저자 소개

김 명 숙(金明淑)

1967년 12월 25일 중국 길림성(吉林省) 서란시(舒蘭市) 출생. 1986년 북경 중앙민족대학 조문학부 입학, 본과와 석사학위공부를 마친 후 1996년 동 대학 조문학부에 남아 교사로 사업. 1998~2001년 동 대학 소수민족언어문학학원에서 비교문학전공의 박사학위 취득. 2004년 부교수로 승진. 연구방향은 비교문학, 한국근현대문학, 중한현대문학비교, 동방문학. 저서로는 『조선현대순수문학사조연구』, 『조선현대문학비평연구』, 『조선근현대문학사』가 있고 그 외 수십 편의 논문이 있음.

현대문학작품의 다각적 해독

초판 인쇄 2010년 6월 1일
초판 발행 2010년 6월 10일

지은이 김명숙
펴낸이 이대현
편 집 이소희
펴낸곳 도서출판 역락
　　　　　서울 서초구 반포4동 577-25 문창빌딩 2층
　　　　　전화 02-3409-2058(영업부), 2060(편집부)
　　　　　팩시밀리 02-3409-2059
　　　　　이메일 youkrack@hanmail.net
　　　　　등록 1999년 4월 19일 제303-2002-000014호

ISBN 978-89-5556-836-3 93810
정 가 19,000원

＊잘못된 책은 교환해 드립니다.

현대문학작품의 다각적 해독

현대문학작품의 다각적 해독

김 명 숙

역락

머리말

본 저서는 문학작품을 분석함에 있어 각도를 다양화하고 연구시각을 쇄신시켜 기존의 습관화된 이론적 시각을 탈피하여 나옴으로써 새로운 흠상효과를 취득하는 데 목적을 두었다.

문학연구는 흔히 새로운 이론의 도입으로 인하여 저명하여지고 또한 난해하여지기도 한다. 동일한 텍스트일지라도 이론 연구방법이 다름에 따라 해석이 달라지고 잇따라 흠상도 새로워지는데 이때야말로 경이로운 학술의 매력을 느끼게 된다.

그러나 실제 연구와 수업에서 우리는 흔히 이론은 이론만으로 그치게 되고 이론과 구체적인 문학작품 텍스트와의 성공적인 결합은 결코 많지 못한 현상을 접하게 된다. 그리고 확실히 이 면에서의 실천 작업은 그로서의 어려움이 있는바 모종의 이론은 제한된 유형의 문학텍스트만을 편애하는 듯하였다. 예하면 구조주의비평은 상징주의시가분석에 적합하고 맑스주의비평은 흔히 사실주의를 편애하는 것이 그러하다. 그러므로 한 작품을 해석할 때마다 그에 맞는 이론을 찾기에 고심할 수밖에 없게 된다. 물론 다양한 연구방법이 모두 적용되는 텍스트의 경우도 있는데 이때면 심오하거나 단조롭게만 보였던 이론과 이론사이의 구별이 확연하여지면서 학생들에게는 보귀한 공부의 기회가 되고 우리 연구자 모두에게는 경이로움을 가져다준다.

본 저서는 한국현대문학에서 중요한 문제 작가이면서 대가들인 이광수, 이기영, 한설야, 정지용, 홍명희 등의 작품을 그에 맞는 이론 시각과 입장을 취하여 기존 연구가 미치지 못한 새로움을 발견하기에 고심하였다. 이광수는 한국 "신문학 50년사 상에 가장 많은 독자에게 가장 깊은 감동과 영향을 준 작가"라고 평가되기는 하나 그의 연박한 지식과 함께 그의 작품이 보여준 관념화의 특징은 평자들로 하여금 그의 작품을 분석함에 있어 흔히 이론을 앞세우게 하였다. 그러나 일단 그렇게만 되면 이광수의 엄밀한 논리 체계에 빠져들어 객관성을 잃어버리고 마는 결과를 초래하게 된다. 본 저서에서는 정신 분석 학설을 도입하여 이광수의 무의식의 저장소에 진입해 들어감으로써 작가의 환상과 욕망과 작가가 무엇인가 감추고자 하는 노력과 초조함과 그 초조해 하는 원인 등을 탐구함으로써 보다 진실한 이광수에 접근하고자 하였다. 그리고 동시대의 일본작가인 가와바다 야스나리와의 비교를 통해 이광수문학의 특징을 보다 분명히 하고자 하였고 이광수작품이 구비한 자장(磁場)권을 탈피함으로써 연구의 객관성을 획득하고자 하였다.

　홍명희의 유일한 대하소설 「임꺽정」은 지금까지 적지 않은 연구가 이루어졌으나 주인공 임꺽정에 대한 평가는 소설자체에 대한 높은 평가에 비해 폄하되어 있는 것이 특징적이다. 이는 홍명희 연구의 커다란 잠재성과 여지를 말해주면서 소설의 총체적인 특징이 임꺽정이라는 인물과는 관계없이 연구될 수 있는가 하는 치열한 문제점을 제기한 것이 된다. 본 저서에서는 임꺽정 형상은 전반 소설의 성격과 관련될 뿐더러 작가의 추구와 사상의 한계를 보여주고 작가의 미학을 집중적으로 보여주는 중요한 예술적 부호라고 전제하였다. 그리고 임꺽정 형상의 특징으로 가장 뚜렷한 것이 자유의지이며 그에서 기인한 일종의 '광'기가 전반 작품의 미학을 이루고 있고 또한 그로 인해 희비극성을 초월함으로써 그만의 독특한 예술성을 확보하였다고 인정하였다.

시인 정지용과 그의 시에 대하여 문단에서는 실로 많은 말을 하여 왔다. 정지용이 창작활동을 진행한 그 시기에서 지금에 이르기까지 정지용 시문학에 대한 높은 찬사는 변함이 없다. 그러나 흔히는 그를 두고 "조선일등의 예리한 감각과 기막힌 언어를 가진" 시인이면서 "인간 문제의 해결과 구원"에 관해서는 "아무것도 말하지 못하고 있"다면서 그 원인은 "씨의 감각도 언어도 씨의 어떤 정신적 필연성이나 심장의 요구에서 나온 것이 아니라 씨의 수공의 노력과 련마에서 나온 것이었던" 때문이라는 예리한 지적을 받았다. 본 저서에서는 타자화와 반타자화의 비교문학이론을 도입하여 상술한 문제점을 해결하고자 하였다. 정지용에게서 시적 자아는 전통적 의의의 문화적 신분을 탈피하여 나와 새로운 의의를 획득하고자 하는 몸부림을 보여주고 있다. 그리고 많은 경우에 그는 동태적인 모색과정에 처해 있었다. 문화적 신분은 '무엇인가'와 '무엇이 되는가'를 찾고 확인하는 함의를 내포하고 있는데 바로 이런 동적이고 다변적이고 불확정적이고 복합적인 상태야말로 현대주의 인격과 현대인의 정감수요에 부합되는 것인바 정지용은 그에 맞는 현대주의의 정감과 이미지를 융합시킴으로써 커다란 성공을 이룩한 것이다.

이기영, 한설야는 저명한 좌익문단의 대표인물이다. 그러나 그 풍격과 제재와 작가의 흥분점은 전혀 달랐다. 이기영의 작품이 사회주의 전경에 대해 유토피아적인 동경으로 넘쳤고 주로 농촌제재를 다루었다면 한설야는 어디까지나 냉철한 이성을 바탕으로 하고 있고 성장하는 노동자의 형상부각에 정열을 쏟았다. 본 저서에서는 수평비교의 이론을 도입하여 이기영과 김동리의 사상구조를 비교함으로써 좌우익의 본질적인 차이를 깊이 있게 도출해내었다. 그리고 대표적인 좌익 문학작품들에 대한 자세한 분석을 통하여 그 시기 인텔리들이 혁명에 투신(投身) 할 수 있었던 내적 동기를 탐구하였다. 그리고 특히 한설야의 초기 단편소설의 특징을 새롭게 조명하면서 그 사실주의를 비전형화한 사실주의라고 규명하였다.

작품연구는 비평시각이 달라짐에 따라 해석 또한 새로워지며 하기에 우리는 연구에서 반드시 다원적인 안광을 길러야 한다. 연구의 어려움은 이론자체에서보다는 그 이론을 어떻게 응용하는가에서 보다 드러난다.

더욱이 한국근현대문학은 오늘에 이르기까지 그 역사적 거리가 반세기를 훨씬 넘어 우리에게 객관성을 가지고 명철하게 분석할 수 있는 조건을 제공하여 주었다. 따라서 지금이야말로 시간적으로 착실히 연구할 때이라고 본다. 현대문학은 다양하면서 딱히 말하기 어려운 풍격의 문제 작가들로 인하여 그 깊이가 보유되어 있고 갈수록 그 진면모와 가치가 풍요롭게 안겨온다. 시대의 격변기적 특징은 그들에게 다원화의 모습을 부여하여 주었던 것이며 독자들에게 다각적인 해독을 할 수 있는 공간을 제공해 주었다. 본 저서가 이미 습관화된 이론적 시각을 탈피하여 나와 연구와 흠상을 쇄신시킨 면에서 일정한 효과를 거두었다면 실로 다행으로 생각한다.

본 저서의 출간을 적극 지지하여 주신 고려대학교 국어국문학과의 최호철 교수님과 도서출판 역락의 이대현 사장님게 깊이 감사드린다. 그리고 책이 출간되기까지 알뜰히 살펴봐 주신 권분옥, 이소희 등 편집부 선생님들의 노고에 경의의 마음을 드린다.

2010년 4월

김명숙

차 례

제 1 장

이광수 문학에 대한 정신 분석학적 고찰

이광수 소설 「사랑」을 중심으로

정신 분석 비평은 작가의 무의식 세계에 주의를 돌려 그런 무의식적인 심리가 창작에 주는 영향을 연구하는 문예 비평 방법이다. 이 정신 분석 비평은 문학 작품은 복잡한 창조적 활동이지만 그 비밀을 밝힐 수 있으며 텍스트의 밑바닥에 깔려 있는 의미와 그 심층적 내용을 제시할 수 있다고 인정한다. 물론 정신 분석의 비평 방법은 완벽한 것이 아니므로 창작 과정에 작용하는 작가의 이성적 요소와 사회적 사명감 등에 대해서는 충분한 해석을 하지 못한다. 그리고 현실에 대한 비판적 기능 역시 프로이드의 문학관에서 찾아보기 어렵다. 그러나 작가 이광수와 그의 대표작 「사랑」을 분석함에 있어서 이 방법이야말로 적절한 것이라고 하지 않을 수 없다.

조선 문학사에서 이광수만큼 "가장 행동적이었고, 가장 많이 방황했"[1]으며, "신문학 50년사 상에 가장 많은 독자에게 가장 깊은 감동과 영향을 준 작가"2)이면서, 그러나 그 본질을 논하기는 지극히 어려운 작가는 두 번 다시 없을 것이다. 독자와 비평가들을 오리무중에 빠뜨리며 이리저리 휘저을 수 있는 이광수의 장기는 무엇보다도 그의 연박한 지식의 힘에서 기인된다. 동학과 기독교, 불교 사상을 모두 섭렵하였고 동서양 사상체계를 두루 접수하였으며 러시아의 톨스토이와 인도의 간디의 사상을 특히 선호한 그에 대하여 평론가들은 한국에서 첫째가는 박식한 지식을 소유한 작가, 한국에서 처음으로 가는 사상을 작품화한 작가, "우리나라에서 최초로 자기의 문학을 인간의 신성에까지 치켜 올려 본 작가"3)라는 평가를 아낌없이 주고 있다. 이런 관념화의 특점은 평자들로 하여금 그의 작품을 분석함에 있어 흔히 톨스토이의 사상이나 불교적 교리 등 이론을 앞세우게 하였다. 그러나 일단 그렇게만 되면 이광수의 엄밀한 논리 체계에 빠져들어 객관성을 잃고 마는 결과를 초래하게 된다. 게다가 그의 언론들은 전후 모순적인 관점들로 점철되어 있다. 수많은 작품을 발표한 신문학의 선구자이면서도 이광수 자신은 자기가 문사임을 거부하고 있으며, 창작에서 오락적 기능을 강조하면서도 자기의 작품이 통속적이라는 평에 대해서는 분노하고 있으며, 민족주의를 부르짖으면서 친일 행각을 하였고 친일하였으면서도 "민족을 위하여 친일했소"라고 엄숙히 해석하는가 하면 "제 몸을 팔아서 아버지의 고난을 면케 하려는 심청의 심정"으로 친일을 하였다4)는 해괴한 논리를 내놓고 있다. 뿐더러 개성 해방을 부르짖고 자유연애를 주장하면서도 근대적 자아에 각성한 여성보다는 우상 숭배에 빠져있는 여

---

1) 김붕구, 「신문학초기의 계몽사상과 근대적 자아」, 『이광수 연구』(상), 태학사, 1984년, 134면.
2) 김붕구, 「신문학초기의 계몽사상과 근대적 자아」, 『이광수 연구』(상), 태학사, 1984년, 138면.
3) 김팔봉, 「작가로서의 춘원」, 『이광수 연구』(상), 1984년 태학사, 41면.
4) 김붕구, 「신문학초기의 계몽사상과 근대적 자아」, 『이광수 연구』(상), 태학사, 1984년, 68면.

성을 보다 필묵을 넣어 그리고 있다. 이 모든 것은 이광수 연구에 수많은 가능성을 제공함과 동시에 적지 않은 오류와 편차를 낳게 하고 있다.

　이광수가 자기의 해박한 지식과 세련되고 우아한 표현력으로 만들어 놓은 작품 세계는 강한 흡인력과 설득력을 구비한 자장(磁場)권을 만들어 놓고 있는데 이런 영향력을 탈피함으로써 연구의 객관성을 획득할 수 있는 방법으로 정신 분석 학설은 좋은 방법론을 제공하였다고 본다. 이광수의 소설 「사랑」을 두고 기독교나 불교의 사상을 작품화하였다고 보는 관점들은 바로 이광수가 만들어 놓은 엄밀하고 강한 체계 내에 흡인되고 만 것이 아닌가 하는 우려를 준다. 하기에 직접 이광수의 무의식의 저장소에 진입해 들어가 작가의 환상과 욕망과 작가가 무엇인가 감추고자 하는 노력과 초조함과 그 초조해 하는 원인 등을 탐구하는 것은 보다 진실한 이광수에 접근할 수 있는 지름길이기에 틀림 없다.

1. 이광수 동년의 모성 결핍증과 모성화한 인정 세계 추구

　「작가와 백일몽」에서 프로이드는 인간의 아동시기에 주목하면서 아동의 유희와 작가의 창작은 유사하다고 하고 있다. 아동들은 유희하는 가운데 하나의 환상적인 세계를 창조함과 동시에 그것을 현실 세계와 구분시키고 있다면 작가들은 아동의 유희 대신 성인의 환상 즉 백일몽에 빠진다. 이때 작가의 환상은 당연히 어린이들의 유희처럼 그렇게 단순하지 않으며 작가는 무엇인가 감추어야 하는 필요를 느끼며 이가 곧 환상의 동기로 된다. 이런 환상은 세 가지 특징을 보여 주고 있는데 우선 행복한 사람은 환상을 하지 않는다는 것이고 다음은 만족을 얻지 못한 염원이야말로 환상의 동력이라는 것이며 그 다음은 환상은 과거·현재·미래의 세 가지 시간 사이를 배회한다는 것이다.[5] 하여 커다란 소망을 가지기에 족한 유발성적인 장면, 이를테면 소시적의 경력으로 거슬러 올라 갈 수 있는 일들을 만들어 내며 미래적인 정경을 창조한다는 것이다. 말하자면 작가들은 세속생활에서 욕망을 만족시키지 못한 그러한 사람들과 마찬가지로 현실에 불만을 품고 자기들의 흥취를 환상 속에 전이시키며 창작활동 가운데서 작품을 통하여 울분을 털어냄으로써 거리낌 없이 대체성 만족을 얻는다.

상술한 프로이드의 비평에 비추어 볼 때 이는 마치 작가 이광수를 위해 나온 이론인 듯하다. 우선 행복한 사람은 환상을 하지 않는다고 할 때 작가 이광수는 모든 소원을 성취할 수 있는 처지에 처해 있지 않을 뿐더러 극히 불행하고 암담한 동년을 보냈다. 그러므로 그의 무의식 영역에는 여러 가지 억눌린 욕망들이 깔려 있을 것이 틀림없으며 이런 억제된 욕망들은 잠재의식 가운데에 자리하고 있으면서 작가로 하여금 과거·현재·미래의 시간과 공간을 나래 치도록 하였을 것이다. 하여 이광수로 하여금 예술창작의 형식을 빌어서 자기의 욕망을 위장, 발산하게 함으로써 만족과 승화를 가져오게 하였다고 추정해 볼 수 있다.

잘 알고 있다시피 이광수는 그 인생 자체가 하나의 비극이었다. 이광수는 자기가 태어난 몰락한 양반가정에 대하여 어떠한 미련도 없었다. 그가 보기에 "조부나 아버지나 삼촌이나 다 세상에는 아무짝에 쓸모없는 인물들이었다. 조상의 유업을 받아가지고 놀고 먹고 그리고 가난해져서 쩔쩔 매"었으며, "그들은 다만 제 생활에만 무관심인 것이 아니라

---

5) 김호웅, 『문학비평방법론』, 료녕민족출판사, 2002년, 144면.

모든 세상일에 대하여 다 무관심한 사람들이었다." 그러면서도 체면유지를 중히 여기고 풍류를 일삼고 축첩을 자랑으로 하는 그런 가정이었다. 이런 사람들에게서 이광수는 어떤 사랑도 기대할 수 없었으며 그런 사람들의 "자손이 된 것을 이광수는 부끄러워하지 아니할 수 없"었다.6) 게다가 이광수는 11살 되는 해에 어머니 아버지를 잃고 고아가 되어 버렸다. 하여 재당숙이나 친척집으로 전전하면서 서러운 나날을 보낸다. 이광수의 작품에 남의 집에 기식하였던 남주인공이 부잣집의 아름다운 따님과 결혼하는 이야기스토리가 흔히 출현하는데 예하면 「무정」의 이형식이는 자기가 가정교사로 봉사하던 김장로라는 부잣집의 아름다운 딸인 선형이와 결혼하며 「흙」에서 혈혈단신이었던 허숭이는 부잣집의 아름다운 따님인 윤정선과 결혼하는데 이런 것들은 이광수가 몰락해가는 자기 가문을 부흥시켜 보려는 그의 어릴 적의 욕망의 표현이라 할 수 있는 것이다. 이런 표현은 그의 동년에 품고 있었던 꿈인 가정을 보호하고 가정을 풍성하게 꾸려 보려는 사상의식에 뿌리를 두고 있다. 이렇듯 작가 이광수는 환상을 통하여 과거의 격식에 좇아 현실적 환경을 이용하여 미래의 생활을 설계한다. 같은 도리로 소설 「사랑」에서 우리는 이광수의 모성에 대한 갈증이 하나의 강한 욕망으로 작용하고 있음을 감지할 수 있다.

프로이드학설은 작가의 동년을 논할 때 어머니의 역할을 가장 중요시한다. 이광수는 11살에 어머니를 여의고 만다. 그리고 이광수의 아래에 누이동생이 둘이나 되므로 사실상 이광수는 어머니를 여의기 전에도 어머니 사랑을 독차지할 수 있는 처지는 아니었다. 몰락한 집안에

---

6) 이광수, 『그의 자서전』, 김영덕, 『춘원의 기독교입문과 그 사상과의 관계 연구』에서 재인용. 『이광수 연구』(상), 태학사, 1984년, 179면.

자기보다 20살이나 많은 남자에게 시집와 생활난에 허덕이던 그의 어머니는 말수가 적은 성격이면서도 무능한 남편에게는 때때로 불평을 부리기도 하였었다. 「나/나의 고백」에서 이광수는 자기 어머니에 대한 인상을, 남편의 죽음에 직면하여 어린 아들의 앞날을 걱정할 때의 어머니의 인상을 다음과 같이 그리고 있다.

> 어머니는 머리를 풀고 앉아서 나를 물끄러미 바라보더니,
> 「도경아.」
> 하고 대단히 감정적인 음성으로 나를 불렀다. 평소에 무뚝뚝하다고 할 만큼 냉정하던 어머니의 이 센티멘탈한 음성은 나의 마음을 움직임이 크고 깊었다.
> 「왜요?」
> 하고 나는 이상한 무엇을 기대하는 사람과 같이 눈을 크게 떴다.
> 「나까지 죽으면 너는 무엇을 할련?」
> 이것이 어머니의 첫 말이었다.
>
> ⋯(중략)⋯
>
> 「우리 농사해 먹고 살아. 내가 낭구도 하고 소도 먹이고 다 할께. 조고마한 지게를 하나 걸어 달래서 나도 지게를 지거든. 어머니야 농사 잘하지 않소?」
> 이렇게 말하면서 나는 머릿속에 내가 지게에 볏단을 지고 소를 끌고 어머니 있는 집으로 저녁때에 돌아오는 광경을 생각하였다. 그러면 마음이 든든하였다.
> 「안돼!」
> 하고 어머니는 고개를 설레설레 흔들었다.
> 「왜?」
> 하고 나는 눈을 크게 떠어 어머니의 눈을 보았다. 어머니의 눈에도 전에 못 보던 빛이 있었다. 그것은 이모의 재치 있는 빛보다도 더 깊고 큰 빛이었다.
> 「내가 안 죽으면 네가 지게를 지고 소를 몰아야 되는고나, 나마저 죽

어야 네가 공부를 하여서 후제 귀히 되지.」
…(중략)…7)

결국 어머니는 아들의 전도에 거추장스러운 역할을 하지 않기 위하여 간난 애와 함께 죽기를 소원했던 것이다.

> 어머니는 젖먹이 누이를 업고 일어나서 띠를 매더니, 아버지의 시체 가까이 다가서며, 산 사람에게 말하듯,
> 「나허구 언년이하구 다려가시우. 그리구 도경이허구 간난이허구 오래 오래 잘 살게 해 주시우.」
> 하고 한 발을 번적 들어서 아버지의 시체의 허리를 타고 넘었다. 그리고는 크고 어려운 일을 치른 듯이 한숨을 쉬고 빙그레 웃으면서 날더러,
> 「이렇게 하면 다려간대.」
> 하였다. 이때에는 어머니의 눈은 예사롭게 되어서 무섭지도 이상하지도 아니하였다.8)

그 후 어머니는 아버지가 금방 운명한 방에서 아버지가 돌아간 때에 깔았던 요를 깔고 그 베개를 베고 그 홑이불을 덮고 죽기를 원하던 끝에 마침내 똑같은 병을 얻어 일주일 만에 영영 가고 말았다고 한다. 훗날 이광수는 이런 자기 어머니에 대하여 "그러나 그때에 받은 내 정신의 감동은 형언할 수가 없었다. 더구나 어머니는 그 말대로 소원대로 된 것을 생각하면 세상에 이에서 더한 비창하고 비장한 일이 없을 것 같았다."9)고 쓰고 있다.

훗날 이광수가 이리저리 떠돌아다니며 서러운 나날을 보낼 때, 그리

---

7) 이광수, 『나 / 나의 고백』, 우신사, 1984년, 115면.
8) 이광수, 『나 / 나의 고백』, 우신사, 1984년, 117면.
9) 이광수, 『나 / 나의 고백』, 우신사, 1984년, 118면.

고 결혼하여 가정을 이루고 문단에서 명성을 얻고 남아로서의 성공을 이룩하여 갈 때 이 모성의 아름다움은 그에게 가장 높은 인정과 사랑의 봉우리로 그를 고무하였으며 그가 창작에서 쓰고자 하는 목표의 하나로 되었으며 그가 두 번 다시 접할 수 있기를 갈망하는 중요한 것이 되었다. 소설 「유정」을 창작할 때 작가는 "나는 인생 생활을 움직이는 힘 중에 가장 힘 있는 것이 인정인 것을 믿습니다. 그리고 인생을 높게 하고 깨끗하게 하는 것도 인정인 것을 믿습니다. 돈의 힘으로도 권력의 힘으로도 군대의 힘으로도 할 수 없는 힘을 인정의 힘으로 할 수 있을 이만큼 인정에 신비한 힘이 있는 것을 믿습니다."10) 하면서 인정의 아름다움을 쓰고자 하였다고 하고 있다. 그러나 이런 인정의 아름다움의 본질을 살펴보면 사심이 없는, 오로지 대방을 위하는 모성에 가까운 정의 세계라는 것을 우리는 감지할 수 있다.

소설 「유정」에서 남주인공 최석이 남정임을 아끼고 사랑하는 것은 처음부터 끝까지 어버이사랑인 것이다. 물론 최석 역시 인간으로서는 본질적인 정욕의 폭발과 그 강대한 힘을 감지하지만 인정의 숭고함과 아름다움을 수호하고자 하는 의지에 비기면 그는 결코 중요하지 않았으며 최석은 능히 그를 억제할 수 있었다. 최석이 북만주 광야의 F역에서 자기와 같은 처지를 당하여 조선을 멀리 탈주하고 나온 R이라는 남자를 만났을 때 R은 최석이처럼 정의 순결성을 수호하고 자기의 정욕을 이겨내는 데 고투하는 것이 아니라 사랑하는 여학생과 살림을 차리고 아이들을 주렁주렁 낳고 살아가고 있었다. 그때 최석은 아무리 해도 R의 그런 인생선택에 수긍할 수는 없었다. 최석이 보기에 R은 정욕의

---

10) 이광수 『유정』 서문, 우신사, 1984년.

노예로 전락하였고 인간 사이에 있어야 할 숭고한 정을 더럽혔다고 인정되었기 때문이었다. 하여 최석은 그 "R과 그 여학생과 두 사람이 영원히 달치 못할 꿈을 안은 채로 깨끗하게 죽어서 묻"혔다면 얼마나 좋았을 것인가고 잔인한 생각까지 하면서 "일종의 불만과 환멸"을 느꼈던 것이다. 그리고 자기와 정임이의 일을 생각하면서 "그리고 내가 정임을 여기나 서백리아나 어떤 곳으로 불러다가 만일 R과 같은 흉내를 낸다 하면 하고 생각해 보고는 나는 진저리를 쳤소. 나는 내 머리 속에 다시 그러한 생각이 한 조각이라도 들어 올 것을 두려워하였소." 하고 고백하고 있다.11) 최석이 자기를 죽이면서까지 수호하고자 한 "영원히 달치 못할 꿈"은 바로 이광수 어머니가 자기를 죽이면서까지 이광수를 사랑하였던 그 인정의 높이에 다름 아닌 것이다. 그런 성스러운 곳에 성욕과 같은 것이 들어오는 것을 이광수는 당연히 "한 조각이라도" 허용할 수 없었다.

소설 「사랑」에 오면 이런 모성화한 인정의 세계는 보다 순화되고 이상화되어 있다. 소설 「사랑」은 남주인공 안빈과 세 여성지간의 관계를 쓴 것인데 작품에서 안빈은 사회적으로 성공한 성숙한 중년남자이며 천옥남·석순옥·박인원은 하나같이 안빈을 위해 헌신적인 사랑을 보인 여성들이다. 그리고 그 헌신적인 사랑은 바로 모성에 가까운 인정의 세계에 다름 아닌 것이며 그러므로 작품에서 세 여성은 모성을 구비한 인격체들로서 아름다움을 보이고 있다. 안빈의 부인인 천옥남은 안빈과 혼인한 후의 근 20년간, 그 사이 남편이 "삼년이나 병을 앓는 동안, 또 안빈이 칠년이나 의학공부를 하는 동안" 재봉 삯일을 하여 안빈의

---

11) 이광수, 『유정』, 우신사, 1984년, 114면.

뒷바라지를 한다. 하여 안빈이 마침내 성공을 이룩할 때에 부인은 그만 병이 들어 죽어가게 된다. 이광수의 어머니가 이광수의 성공을 기원하여 죽기를 원하였듯이 천옥남은 남편이 성공을 이룩하기까지 목숨을 바쳤다. 이광수 어머니는 이광수의 성공을 염원하였을 뿐으로 그것을 실제로 도울 수는 없었으나 소설에서 천옥남은 안빈의 성공을 직접 도울 수 있었다. 그것은 그대로 이광수의 무의식 속에 잠재하고 있는 어머니에 대한 그리움의 표현인 것이며 어머니가 죽으면서까지 아들 인생의 행복을 기원하였던 간절함을 예술적 허구를 통해 만들어낸 작품적 실천에 다름 아닌 것이다.

소설 「사랑」에서 석순옥과 안빈 사이의 관계는 중년 남자와 그를 숭배하는 소녀의 관계로서 둘은 모두 상대방을 소중히 여김으로써 그들 사이의 감정은 본질상 애정의 특질을 구비하고 있다. 그러나 둘은 이성적인 애정의 내용을 완강히 거부하는데 그 원인에 대해 이광수는 다음과 같이 해석하고 있다. "육체의 결합을 목적으로 하는 사랑이 가장 많겠지마는 그것은 마치 생물계에 사람보다도 벌러지가 많다는 것과 다름없는 것이다. 육체의 결합과 아울러 정신에 대한 사모를 짝하는 사랑이야말로 비로소 인간적이라는 이름으로 불려 질 자격을 가지겠지마는 한층 더 올라가서 육체에 대한 욕망을 전연 떼어버린 사랑이 있는 것이 인류의 자랑이 아닐 수가 없다. 그것은 일시적인 우리 육체 속에 있는 '영원한 존재'를 인식하는 데서만 생길 수 있기 때문이다."[12] 여기서 이광수가 말하고 있는 "우리 육체 속에 있는 '영원한 존재'"는 어떻게 풀이해야 하는가? 그것은 이광수가 자기 어머니로부터 감수하였던

---

12) 이광수, 『유정』 서문, 우신사, 1984년.

모성에 가까운 아름다운 인정의 세계라고 충분히 해석할 수 있는 것이다. 다만 그는 이런 정감이 부모 자식 간에만 있을 것이 아니라 남남지간에도 구비되어야 하며 더 나아가 인간이라면 반드시 갖추어야 하는, 혹은 발굴되어야 하는 '영원한 존재'라고 인식하였을 따름인 것이다. 소설에서 석순옥과 안빈사이의 관계를 볼 때 정신적인 정감의 교환 외에 이루어진 것은 어머니가 자식을 위해 할 수 있는 자질구레한 생활 내용들이다.

> 순옥은 아이들만을 돌아보는 것이 아니라, 안빈의 뒤도 거두었다. 내복·칼라·와이셔츠·양말을 아침마다 구김살 없이 준비하여놓고 또 양복과 넥타이도 다리미로 다려서는 양복장에 걸어 놓았다.[13]

두 주인공이 똑같이 이성관계를 배재해버렸다고 할 때 그들 사이 남는 것은 역시 크고 깊은 모성에 가까운 사랑의 모습인 것이다. 이광수는 이 인간세상에서 남과 남 사이에도 모성화한 아름다운 인정의 연계가 이루어질 수 있기를 갈망하였으며 그것을 자기 작품에서 실험하였던 것이며 그리고 사람과 사람지간에 이런 정감으로 넘치는 인간사회야말로 이상적인 사회라고 구가한 것이다.

소설에서 석순옥뿐 아니라 박인원 같은 도고한 독신여자마저 모성이 발굴되는 모습으로 처리된 것은 이광수의 상술한 의도를 보다 명확히 하여주는 증거이다. 안빈을 잘 모르고 더 정확히는 알려고도 하지 않았던 극히 회의적이고 자기 주체성이 강한 박인원은 석순옥이 허영과 결혼하여 안빈 곁을 떠나자 석순옥을 대신하여 안빈의 자녀들을 부양하

---

13) 이광수, 『사랑』, 우신사, 1984년, 192면.

는 일을 떠맡는데 이렇게 구사할 수 있었던 것은 역시 작가 이광수가 동년에 받았던 상처, 거대한 손상, 말하자면 정의 부재, 더 정확히는 모성결핍증에서 그 원인을 찾지 않을 수 없다.

> "세상에 나를 반가와 하는 사람이 없을 수록에 나는 더욱 사랑을 갈망하였다. 마치 아귀의 앞에는 언제나 먹을 것이 보이되 입을 대어서 먹으려면 그것이 못 먹을 것으로 변한다는 것과 같이. 게다가 나는 돈보다도 지위나 명성보다도 누구의 사랑을 구하는 성품이다 나를 만져주는 따뜻하고 부드러운 손이 없이는 살수 없을 것 같이, 어려서만이 아니라, 낫살 먹은 뒤에도 생각하는 가여운 업보를 타고난 중생이다. 사랑을 구하면서 사랑을 못 받는 것은 배고픈 일이었다. 헐벗은 일이었다."[14]

그러나 모성에 가까운 인정세계는 이광수가 일생을 두고 추구하는 것이지만 쉽사리 이루어질 수 있는 성질의 것은 결코 아니었다. 물론 그 인정의 세계는 이광수가 성장하기까지 이광수에 대한 영원한 고무의 힘으로 작용하여 왔으나 실제적으로 이광수에게 있어 어머니의 사랑은 종래로 그 존재가 허락되지 않았던 터이다. 소설에서 천옥남은 죽었고 석순옥은 안빈을 떠나갔으며 박인원이 그의 곁에 있기는 하여도 그와의 마음의 거리는 위의 두 여자와의 사이만큼 가까울 수 없었다.

이런 요원화(遙遠化)의 처리는 소설의 다른 두 이미지와 함께 이광수의 무의식 세계에 잠재하고 있는 추구를 거듭 진하게 보여 준다. 하나는 옥색의 이미지이다. 소설에서는 천옥남과 석순옥이 모두 옥색을 좋아하며 석순옥의 약혼 시에 안빈은 석순옥에게 옥색의 옷을 선물한다. 이 옥색은 바로 이광수가 추구하고 있는 순결하고 고상한 모성화한 인

---

14) 이광수, 『나/나의 고백』, 우신사, 1984년, 55면.

정 세계에 대한 상징인 것이다. 다른 한 이미지는 어미개의 모습에서 두드러진다. 어미개는 안빈이 동물 실험에 사용하는 새끼 아홉을 가진 조선 재래종의 개인데 새끼가 난지 사오일 쯤 지나서 새끼 아홉 마리 중에 한 마리를 감추었더니, 어미개는 한참이나 슬픈 소리를 하며 헤매었고 그 이튿날 새끼 한 마리를 남겨놓고 여덟 마리를 감추었을 때 어미개의 슬퍼하는 양은 차마 볼 수가 없었다. "입과 앞발로 땅바닥을 후비고, 짖는 소리, 끙끙대는 소리는 애통 그 물건인 듯하였다. 그가 미친개 모양으로 꼬리를 축 늘이고 애원하는 눈으로 사람을 바라보는 눈에는 눈물조차 어린 것 같았다."[15] 이 어미개의 모습은 소설에서 가볍게 스케치하듯 씌여지고 있는 잠시적인 자연교체물이기는 하나 실질적으로는 이광수의 기억 속에 영원히 오염됨이 없이 자리하고 있는 무의식과 같이 언제나 활력으로 충만된 모성화한 인정 세계에 대한 그의 영원한 추구를 상징하고 있는 것이다. 이런 처리는 작가 이광수의 예술 표현 면에서의 전환의 능력을 말해주는 것이기도 하다. 그리고 이런 과정을 거쳐 작가는 어머니를 잃은 자기의 거대한 비애에 대해 매장과 수복의 행위를 거행하였던 것이다.

이렇듯 작가 이광수는 자기의 작품에서 자기가 동년시절에 체험한 모성에 대한 갈증과 억눌렸던 욕망을 발산시켜 모성화한 인정의 세계를 마음껏 추구하였다. 그러나 그와 동시에 작가는 자기 마음속 깊은 곳에 저장되어 있는 어머니로 인한 고통과 아픔을 감출 수는 없었다. 그것은 바로 자기가 자기 어머니와 아버지의 죽음을 지켜보면서 그들을 위해 아무 일도 할 수 없었던 데 대한 지워버릴 수 없는 회한인 것이다.

---

15) 이광수, 『사랑』(상), 우신사, 1984년, 47면.

소설에서는 '죽음의 저쪽'이라는 한개 장절, 혹은 그보다 더 많은 부분을 할애하여 천옥남의 죽음을 거듭 묘사하고 있다. 주인공 안빈은 죽어가는 천옥남을 위하여 원산의 송도원 해안으로 모시고 가서 해변가 요양을 시키고 병석에 누워 있는 천옥남을 죽음의 공포로부터 벗어나도록 부드럽게 위안하여 주고 거듭거듭 그의 인생을 충분히 긍정하여 준다.

> "나는 이러한 죄인이오. 당신께 대해서두 죄를 많이 지었소. 그러나 나는 이 죄인의 껍데기, 범부의 껍데기를 벗어 버리구 성인이 되려구 애만은 써왔소. 내가 그렇게 애쓰는 양을 당신의 착하구 깨끗한 마음이 보시구 나를 그처럼 과대하게 평가하는게요. 나는 당신 생전에 성인인 남편이 못 되어 드린것이 유감이오. 그러나 언제나 내가 성인이 되어서 당신의 사랑을 다시 받을 날이 있을것을 믿소. 내 바로 말하리다. 당신의 생명은 의사의 판단으로 보면 앞으로 얼마 안 남았소. 그러나 그것은 당신의 이 몸의 생명을 말하는것이구, 당신은 이번 일생을 실로 깨끗하게 보냈으니까, 다음 생은 훨씬 더 높구 아름다운 사람으로 태어나리다. 나는 그것을 확실히 믿소. 그때에는 내 지금보다 훨씬 좋은 남편으로 다시 만나서 당신의 은혜를 갚으리다."16)

안빈이가 눈물을 흘리며 하는 이 말은 소설에서는 죽어가는 아내를 위안하기 위해 남편이 하는 말이지만 사실은 작가 이광수가 자기 어머니의 원통한 영혼을 위안하여 드리는 말이며 어머니의 그 사랑으로 자기가 지금 성장하고 있음에 대한 고마움의 고백인 것이다. 게다가 소설에서는 이런 고백이 한 두 번이 아니라 거듭 반복하여 나오면서 천옥남의 죽음의 과정을 가능한 늘여 주고 그 공간을 가능한 아늑하게 하

---

16) 이광수, 『사랑』(상), 우신사, 1984년, 270면.

여 준다. 자기 어머니의 영혼으로 하여금 끝없이 넓고 시원한 바닷가라는 자연 속에 모셔 두기도 하고 천사와 같은 석순옥의 시중을 받게도 함으로써 바다라는 이 냉혹하고 깊이를 알 수 없는 자연환경과 석순옥의 뜨거운 인정의 바다를 서로 교차시키면서 이광수는 11살의 어린 나이로 어머니를 잃어야 했던 자기의 억울함과 고통을 회억하고 있으며 그런 격렬한 정감을 가능한 제어하면서 자기의 동년의 깊은 상처를 한껏 보상 받고자 하고 있다.

안빈과 석순옥의 진정 어린 위로 하에 천옥남은 죽으면서까지 평온한 마음으로 태연하게 웃을 수 있었고 찬미가를 부르고 죽을 수 있었다. 이것은 작가 이광수의 어머니의 죽음에 대한 종교화한 환상이며 그것은 그대로 그의 깊은 고통과 손상적인 체험에 대한 거듭되는 정서적 공제였다. 그러나 작가의 강렬한 정감은 이것만으로도 그칠 수 없기에 이광수는 죽는 이로 하여금 "탈것 왔으니 나가 봐" 하고 중얼거리게 함으로써 전통적인 은유도 곁들이면서 어머니의 죽음을 위로하고자 한다. 그리고 "안빈은 의사로서 이러한 경우에 할 일을 다 하였다. 직접 심장의 근육에 놓는 주사까지 하고 산소 흡입도 시켰다."[17]라고 특별히 씀으로써 어머니의 죽음에 갑자기 맞닥뜨려야 했던, 죽어가는 어머니를 위해 아무 일도 해 드릴 수 없었던 이광수 동년의 원통하였던 아픔을 되새기고 있다.

그리고 천옥남의 죽음이라는 이 영원한 이별에 대하여 소설은 여러 시각에서 반복적으로 음미하고 있다. 남편인 안빈의 시각에서, 천옥남을 시중들어 주었던 석순옥의 각도에서, 어머니를 잃는 세 어린 아이의

---

17) 이광수, 『사랑』(상), 우신사, 1984년, 276면.

시각에서 거듭거듭 쓰여지고 있는데 이광수가 동년에 받은 어머니의 죽음이라는 이 충격과 아픔과 상처는 너무 깊어서 작가는 아무리 지껄여도 미진한 느낌이었던 것을 우리는 충분히 감지할 수 있다.

2. 이광수 피해망상증과 우상숭배형 여성형상 창조

제2차 세계대전 후 프로이드주의는 갈수록 대상관계의 이론에 의해 대체되었다. 이 이론은 본능을 인간 정신생활의 기초로 보는 관점을 반대하면서 관심의 초점을 자아의 형성과정 중에 작용하게 되는 부모와 자녀의 관계 문제에 집중시킨다. 프로이드주의가 무의식적 재료의 표현을 강조하였다면 대상관계의 이론은 자아를 형성하는 역량과 타인사이의 관계의 내재화를 강조한다. 어린애가 부모와의 원초의 공생(共生)의 관계로부터 점차 독립되어 나갈 때 가령 어린 애가 주요한 보호자로부터 한 개 온정적인 이미지를 얻게 되면 그는 비교적 용이하게 보호자와의 분리를 인내해 낼 수 있으며 뿐더러 한 개 자주적인 자아로 발전할 수 있는 것이다. 그러나 이런 조기의 관계가 만족스럽지 못할 경우 어린애는 상처를 받을 수 있으며 이런 상처는 어린애로 하여금 분리(分離)에 대한 공포적인 정감을 가지게 된다.

이에 비추어 볼 때 이광수 동년의 가정환경은 어린 이광수에게도 모멸을 느끼게 하는 환경으로서 경제면에서 온정성이 결핍할 뿐더러 정신적으로도 이광수 자아의 형성에 건강한 분위기로 작용할 수 없었다. 이 면의 예로서 이광수가 그의 아버지를 따라 김의관네 집에 청혼하러 갔던 일을 들 수 있다. 김의관은 "이천냥을 쓰고 중추원 의관을 얻어

하여서 옥관자를 붙인 사람"이었다. 이광수의 아버지는 폐포파립(弊袍破笠)에 가난하기 이를 데 없으나 자기네가 양반이었다는 허울을 근거로 용기를 내여 그 집을 찾았던 것이다.

> 이러는 판에 아버지는 염치 없이도 김의관의 막내딸을 내 아내로 달라는 말을 꺼낼 때에 나는 쥐구멍으로 들어가고 싶었다. 그러면서도 나는 김의관의 얼굴을 꼭 지켜보고 있었다.
> 김의관은 소리 안나는 코웃음을 하면서,
> "자네 내 딸을 데려다가 무엇을 먹이려고 그러나."
> 할 때에 몸부림을 하고 울고 싶었다.
> "자네 딸에 먹을 것을 얹저 주게그려."
> 아버지는 이런 말을 하였으나 물론 그 말이 통할리가 없었다. 이날의 망신은 내가 평생에 잊을수가 없는것이었다. 그러나 나는,
> '인제 두고만 보아라, 네가 나를 사위로 아니 삼은것을 후회할 날이 있으리라'
> 하고 풀죽은 아버지를 따라서 집에 돌아오는 길에 나는 이렇게 속으로 중얼거렸다.[18)

보다시피 이광수의 어릴 적 환경은 이광수에게 치욕과 불온정감과 초조함, 내지는 분노와 원한을 유발시키는 환경이었다. 이광수 아버지의 초라한 모습과 김의관의 "명주옷을 입고 탕건을 쓰고 사랑 아랫목에 도사리고", "어딘지 모르게 귀골인듯 어엿한", 압도적인 모습의 격차에서 어린 이광수는 심한 자극을 받지 않을 수 없었다. 그러나 그런 환경일망정 이광수에게 보호자로서의 역할은 유지되지 못하였다. 머지 않아 발생한 어머니 아버지의 영원한 이탈은 이광수로 하여금 철저히 버림받고 사회에 던져진 운명에 맞닥들이도록 하였다. 이런 상황은 이

---

18) 이광수, 「나」 소년편, 『이광수전집』 14권, 삼중당, 1972년, 394~395면.

광수의 건강한 심리 발전의 보장을 불가능하게 하였을 뿐만 아니라 매우 큰 위협을 가져다 준 것이 된다.

그의 아버지가 병으로 쓰러져 죽어갈 때도 어린 이광수의 눈에 비친 세상은 냉혹하기만 하였다. 어머니의 부탁을 받고 이광수가 아버지의 죽마고우를 모시러 갔으나 그 친구는 "인명은 재천이야, 죽고 살기는 천명이지." 하며 도와주러 오려 하지 않았고 '청룡모루 김의원'을 부르러 갔으나 그 사람도 "래일 추석이니까 다례를 지내야 하니까 못 가." 하고 야멸치게 거절하였던 것이다.[19] 이런 거절을 받고 홀로 소나기가 쏟아지는 길을 허둥지둥 달리면서 아버지 살려 달라고 천지신명께 애절하게 빌어야 했던 어린 이광수에게 있어서 타인의 세계는 항상 이광수 자아와는 대립해 있는 냉혹하고 강한 역량이었다.

이런 자아와 타자 사이의 현격한 차이를 느끼게 하는 냉혹하기만 한 거리감은 훗날 이광수가 고아가 되어 친척집으로 떠돌아다니는 과정에 보다 진하게 강조될 따름이었다. 이광수는 자기가 "조상부모하고 집 없이 떠돌아다닌다는 것은 청승꾸러기가 아닐 수가 없었다", "기껏 호의를 가진 사람이라야 나를 박복한 고아로 불쌍히 여겼을 것이요, 그만한 호의도 없는 사람이면 나를 집에 들이기에는 상서롭지 못한 물건으로 알았을 것이다. 내가 어느 집 문전에 들어설 때보다도 그 문을 나올 때에 그 집 사람들이 기뻐하였을 것이다"[20]라고 늘 생각하게 되었다. 이런 과정에 이광수는 마침내는 외계에 대해 극히 민감한 신경체계를 갖게 되었다. 그리고 확실히 이광수가 소중히 생각하는 이들은 모두 좋은 운명에 처해 있지 않았다. 두 누이 가운데 하나는 죽고 하나는 찾을 길

---

19) 이광수, 『나 / 나의 고백』, 우신사, 1984년, 111면.
20) 이광수, 『나 / 나의 고백』, 우신사, 1984년, 55면.

없이 되었으며 그의 조부는 그가 뵈러 갔을 때 80이 된 병 든 몸으로 어떤 서당에 얹혀 죽음을 기다리고 있었는데 방은 얼음처럼 싸늘하였고 이광수가 불을 때려고 해도 장작개비 하나 없었다. 게다가 그가 첫사랑의 애틋한 연정을 품었던 실단이라는 여자애는 바보신랑에게 시집을 가도록 사회가 그렇게 만들어놓고 말았다.

이런 이광수 성장기의 인상들은 이광수로 하여금 세상을 불신하면서 타인과 세상으로부터 자기가 항상 박해 받고 있고 포기당하고 있다는 환각에 싸이게 하였다. "우리는 우리 中에 多少 頭角이 드러난 사람이면, 들러 붙어서 입으로, 붓으로, 個人으로, 團體로, 심하면 주먹으로, 武器로 그예 없애 버리고야 말려고 든다. 聲討·埋葬이 어찌 그리도 많은가"21) 이런 공포적인 피해망상증은 이광수로 하여금 "가정과 사회는 내게 향하여 宣戰을 포고하고, 포격을 가할 터이고, 나도 그네들에게 대하여 宣戰을 布告하고, 砲擊을 가할것이다"22) 하고 세상에 반항하는 혁명성을 갖게 하였다. 그러나 동시에 "一家의 傳統에 끌림은 우리의 取할 바 아니니 그것을 필요하거든 弊履와 같이 집어던지고 自己가 一家의 始祖가 되리라는 氣魄이 있어야 한다. …(중략)… 우리는 先祖도 없는 사람, 父母도 없는 사람(어떤 의미로는)으로 今日 今時에 天上으로서 吾土에 降臨한 新種族으로 自處하여야 한다"23) 하고 세상을 재구축하거나 타인이나 세계와 한일체로 융합하고자 하는 갈망을 갖게 하였고 그래야만 이광수는 안전감을 느낄 수 있었던 것이다.

그러나 그렇다 하여 이광수가 세상에 대한 책임감으로 시종일관하는

---

21) 이광수, 「예술과 인생」, 『전집』 16, 삼중당, 1922년 1월, 29면.
22) 이광수, 「개척자」, 『전집』 1, 삼중당, 1972년, 401~404면.
23) 이광수, 「부활의 서광」, 『전집』 17, 삼중당, 1972년, 46~47면.

것이 아니라는 것은 아래의 말에서 알 수 있다.

> "一言以弊之하면 과연 朝鮮人의 文學이라 할 만한 朝鮮文學이 있었을
> 까. …(중략)… 적어도 李氏朝鮮 五百年間에는 吾人은 우리 것이라 할만
> 한 哲學·宗敎·文學·藝術을 가지지 못하였다"[24]

　비록 상술한 언론이 조선문학에 관한 그의 평가이나 우리는 그 속에
서 기존 전통에 대한 그의 반항성을 읽을 수 있음과 동시에 쉽게 극단
에로 치닫는 그의 정서화한 성격을 감지할 수도 있는 바이다. 그리고
이런 정서화한 격정은 이광수에게서 쉽게 비정상적인 모멸의식을 낳게
되기도 하였다.

> "오늘의 朝鮮은 純潔한 眞과 愛의 探究者가 살아가기에는 너무도 虛僞
> 가 많고 憎惡과 猜忌와 爭鬪가 많은 나라다"[25]

하는 식의 지극히 감상적인 모멸의식은 마침내 그의 사상의 근저에 깊
이 뿌리 내리게 되었다. 그러므로 그는 극도의 자부심과 반항의식으로
끓다가도 쉽게 소침하여지는, 말하자면 한 극단에서 다른 한 극단으로
쉽게 치닫는 한마디로 말하기 어려운 복잡한 심리상태를 바탕으로 한
대사회적 성격이 이루어진 것이다.
　확실히 이광수에게서 부각된 주인공들은 세상의 여론에 특별히 민감
하여 그 때문에 쉽게 패배당하는 모습이며 그런 세상여론 앞에 어쩔
수 없다는 태도이다. 소설 「무정」의 이형식은 배학감의 모독을 받고 간

---

24) 이광수, 「부활의 서광」, 『전집』 17, 삼중당, 1972년, 27~29면.
25) 이광수, 「예술과 인생」, 『전집』 16, 삼중당, 1922년 1월, 136~138면.

단히 학교를 사직해 버리며, 「유정」의 최석도 그 아내의 오해를 사고 한 끝에 학교 교장 직을 사직해 버리고 사회를 향한 어떠한 변명도 없이 탈출해 버린다. 「흙」의 허숭 또한 사회 참여에 열성을 보이다가도 좌절에 부딪치면 간단히 돌아서버리고 마는 성격이다. 주인공의 이런 비정상적인 대사회적 태도는 「사랑」의 안빈에 와서는 불교 교리의 뒷받침 하에 얼마간 확고하여진 모습이기는 하다. 그러나 그는 사회와 융합하고자 하는 강한 욕망을 가지고 있으면서도 세상을 불신한 끝에 언제라도 외면하려는 준비가 든든히 되어 있다는 것을 말해 줄 뿐이다. 항상 자기가 세상으로부터 박해 받고 있다는 억울함으로 가득 차 있고 이런 저열한 세속을 조용히 받아들이고 홀로 삭일 수밖에 없다는 마음가짐은 그대로 이광수가 어릴 적부터 마음 깊이에 품고 있었던 공포의 표현인 것이다. 그러나 그 어쩔 수 없다는 자세에는 세상에 대한 소침한 태도를 말해주는 표면의 모습으로 그치는 것이 아니라 사실 그 속에는 깊은 불복의 태도, 멸시와 초월의 복잡한 정감이 감추어져 있는 것이다.

 타인이나 세계와 한일체로 융합하고자 하는 갈망은 이광수로 하여금 어릴 적부터 "룡이 못되고 중도이폐한 강길이가 될가봐 두려워하"게 하였으며[26] 이광수의 일생으로 하여금 분투하는 일생이 되게 하였으며 세상으로부터 포기당하는 것을 극도로 두려워하게 하였다. 하여 심지어는 자기의 친일행위 마저도 심청이의 마음에 비기면서 민중으로부터 이해를 얻고자 안간힘을 써야만 하였던 것이다.

 이광수의 분투의 일생은 정신 분석의 각도에서 본다면 사실상 이광

---

26) 이광수, 『나 / 나의 고백』, 우신사, 1984년, 87면.

수가 세상과 타인으로부터 포기당하지 않는, 보다 안전하게 될 수 있는 방법과 도경을 찾는 과정이라 할 수 있다. 결과 이광수는 자기를 우상의 높이에 두어야만 영원히 불패(不敗)의 지위에 처할 수 있다는 것을 마침내 깨닫게 된 것이다. 이는 이광수의 마음 깊이에 매장된 깊은 공포를 이겨내고 안전감을 찾을 수 있는 유일한 도경이며 그의 잠재의식 가운데 은폐되어 있는 은밀한 비밀이며 욕망이었다. 소설 「무정」에서 주인공 이형식은 서울 바닥에 널리 알려져 있는 전도가 유망한 인사라 영채가 소문만을 듣고 찾아갈 수 있었는데 소설 「사랑」에 와서 안빈은 이름이 뜨르르한 명사로서 적지 않은 추종자를 가지고 있었다. 그가 부인 천옥남과 석순옥과 세 자녀들과 해수욕하러 갔을 때 유람객들은 그를 알아보고 반길 수 있을 정도였고 그에 관한 일들은 늘 신문지상의 중요한 자리를 차지하였다. 석순옥은 안빈의 숭배자로서 "열서너살 된 계집애 적부터" 안빈의 글을 접하고 안빈을 마음속에 모셨었다. 하여 "안빈의 글들을 성경과 꼭 같이 소중하게 대접하였다. 기숙사 시절에는 아이들에게 놀림을 받으면서도 변함이 없었다. 그리고 신문이나 잡지에 난 안빈의 사진을 오려서는 다른 아이들 못 보는 곳에 붙여놓고 몰래 바라보고는 좀 더 분명한 사진이 있었으면 하고 애를 태웠다".27) 그러다가 26세 나던 해에는 끝내 여학교 교원 직을 사직하고 안빈이 꾸리는 병원에 간호부로 취직할 결심을 내린 것이다. 그것은 다른 목적에서가 아니고 오로지 자기가 사모하던 사람의 곁으로 가까이 가 모시고 싶어서였다. 그리고 그는 정말로 그렇게 일생을 보냈으며 그런 자기 일생에 대하여 추호의 회환도 없이 그지없이 행복해 한다. 물론 안빈 곁

---

27) 이광수, 『사랑』(상), 우신사, 1984년, 34면.

을 잠시 떠난 적도 있었지만 그와 안빈의 마음의 거리는 변함이 없었었다.

「저는 이 세상에 가장 행복된 사람 중에 하나라고 믿어요. 제 소원은 완전히 성취되었으니깐요. 선생님 곁에서 거진 반생이나 보낼 수가 있었으니깐요. 제 만족은 완전해요. 저는 이 이상의 소원은 하나두 없읍니다. 더구나 북간도서 온 뒤에 십여 년간은 저는 완전한 기쁨 속에서 살았읍니다. 무엇을 하고 언제 세월이 이렇게 흘러갔는지도 몰라요. 앞으로 소원이 있다고 하면 그것은 제가 죽기까지 선생님 곁에 모시는 거야요.」[28]

그러나 이 표현도 부족하여 다음과 같이 혼신으로 감격을 토한다.

「제 일생에 무엇이 잘된 일이 있다고 하면, 그것은 선생님이 제 몸을 통하셔서 하신 일입니다. 무어 잘한 일이야 있겠읍니까마는 그래두 가만히 생각하면 석순옥이 저로는 못할 일들인 것 같아요. 저는 아무 지혜두 깨달음두 없었읍니다. 지금두 없읍니다. 저는 무엇이 좋은 일인지 아닌지두 몰라요. 그저 선생님 뜻이 이러시리라 하는 것을 생각하고 그것을 따라서 살아왔읍니다. 앞으로도 그렇게 밖에는 살아갈 힘이 없는 저야요. 제 가슴에는— 오직 선생님이 계실 뿐입니다.」[29]

이런 석순옥에게서 우리는 근대적 자아의 모습이란 찾아볼 수 없으며 그가 전문학교를 나오고 여학교 영어 교사 직에 있었던 신녀성인 것은 더구나 생각할 수 없다. 그는 결혼이라는 민감하고 중요한 인생 대사에서 조차도 안빈의 생각대로 하려고 하고 결혼의 동기마저도 사랑에서 나온 것이 아니라 세상에 대하여 "안빈과 자기와의 결백함을

---

28) 이광수, 『사랑』(하), 우신사, 1984년, 282면.
29) 이광수, 『사랑』(하), 우신사, 1984년, 283면.

보이기 위하여", 그리고 허영이란 남자를 "가엾이 여겨서", 그런 괴이한 원인으로 결혼을 단행한다. 이성지간의 숭고한 정감형태로서 애정에 구비되어야 할 존엄에 비추어 볼 때 석순옥의 상술한 사랑을 대하는 태도는 석순옥 자신뿐 아니라 허영이라는 인격에 한해서도 모독이 아닐 수 없다. 그리고 또한 사바세계를 초탈하고자 하는 인격들이면서 왜서 석순옥은 그토록 세속의 모독이 무서워 자기를 속이고 남을 속이면서 결혼을 감행해야 하는 것인가?

> 「그래두 저는 선생님 뜻을 거슬리구 싶지 아니해요. 저는 선생님께서 지시하시는 대루 일생을 살구 싶어요.」
> 「그것두 이 경우에서는 아니할 말이오.」
> 「그럼, 제가 허영하구 혼인해두 좋겠읍니까?」
> 「글쎄, 그걸 다른 사람이 어떻게 아나?」
> 「선생님이 그렇게 제 혼인에 대해서 모르신다구 하시면 제가 어디 가서 누구의 지시를 받습니까?」[30]

석순옥의 이 말은 「무정」에서 신여성 김병욱이가 한 "녀자도 사람이지요. 사람일진대 녀자의 권리가 있겠지요"라는 격정적인 선언과는 너무도 선명한 차이를 보인다. 뿐더러 소설 「무정」에서 이형식의 돌연적인 물음으로 신교육을 받은 부잣집 딸인 선영이를 깜짝 놀라게 하였고 나아가 그 시기 조선 사회 전체까지를 놀라게 한 아래와 같은 충격적인 선언에 비기면 더구나 역류적이라 하지 않을 수 없다.

> 「만일 선영씨가 나를 사랑하시지 아니하면?」
> 「벌써 약혼을 했는데두?」

---

30) 이광수, 『사랑』(하), 우신사, 1984년, 31면.

「약혼이 중한것이 아니지요」
「그러면 무엇이 중합니까?」
「사랑이지요.」
「만일 사랑이 없다면?」
「약혼은 무효지요.」[31]

이처럼 상술한 대화가 발산하고 있는 지극히 혁명성적인 사상과 문화정보는 석순옥의 자기 주체성을 스스로 포기해 버리는 사랑태도와 지극히 상반되는 표현이거니와 이렇듯 대치되는 관점이 이광수라는 한 사람의 입에서 나온 것이라 할 때 우리는 어리둥절해지지 않을 수 없다. 이광수의 작품을 통틀어 볼 때 이광수에게서 이성지간의 사랑의 특점에 대한 탐구는 「무정」의 이형식과 「사랑」의 최석의 감수성에 대한 발굴을 통해 이루어지려다가 그쳐버린 모습이다. 이성지간에 있게 되는 미묘하고도 복잡한 정감 특징은 「사랑」에 와서는 위의 예문에서 보다시피 석순옥식의 우상숭배적인 모습으로 우스꽝스럽게 귀착되어졌다. 이는 이광수가 신문학 초기에 가졌던 근대적 자아의 발견과 "정의 해방"의 주장에 대한 변이(變異)의 모습이며 개성 해방을 부르짖었던 초기의 자기 관점에 대한 병적인 자기 부정의 표현인 것이다. 사실상 이광수의 작품 계열에서 석순옥을 닮은 여성형상은 종래로 중요한 주인공으로 자리 잡아 온 것을 우리는 발견하게 된다. 자기 아버지를 구원하기 위해 쾌히 기생이 되고자 한 「무정」의 영채, 「흙」에서 허숭을 마음에 사모하면서 허숭의 배치 하에 다른 남자에게 시집 가 억울하게 죽은 유순 등인데 그들의 우매한 듯하면서 남에게 헌신적인 모습은 이광수가 특별한 감정을 몰부어 부각한 형상들인 것이다. 물론 「사랑」에

31) 이광수, 『무정』, 『전집』1, 삼중당, 1972년, 251면.

와서 석순옥은 무식한 구식여성이 아니라 교육 받은 신여성이나 그러나 그 정신 상태는 그네들과 별로 다르지 않으며 이런 겉과 속의 선명한 차이는 현대문학사에서 기이한 경치를 이루고 있는데 이는 작가 이광수의 전근대적인 과도기적 특점을 보여주는 유력한 증거가 된다. 사실상 이광수에게서 근대적 인간으로서의 인간다운 욕망을 긍정해 보려는 생각은 일순간 명멸하였다가 사라진 상태였던 것이다.

「무정」 시기에 이광수는 영채의 불행한 운명을 씀으로써 그런 운명을 만든 사회를 공소하고 나섰다면 「사랑」에 와서는 그 혁명성을 잃은 반면에 구식 여성에 대한 사랑과 흠상과 지어는 존경의 태도를 보이고 있는 것이다. 그리고 그런 여성들이 떠받들고 있는 우상의 위치에 작가 자신을 올려놓고자 하였다는 비밀을 발견하게 될 때 우리는 그렇게 할 수밖에 없는 작가의 제한성 혹은 어떤 간절함이나 난처함 같은 것을 생각하지 않을 수 없다.

소설에서 세 여성은 안빈을 대함에 그야말로 신성을 띤 우상으로 받든다. 천옥남은 안빈에 대하여 "하느님과 남편과를 구별할 수가 없는 것 같이" 느껴졌으며 하여 "남편은 이 하늘이나 바다의 뜻을 다 아는 것 같았"고 심지어 "안빈이가 대수롭지 않게 여기는 그 경지조차도 옥남에게는 알아볼 수 없이 높고 먼 것이라고 생각"한다.[32] 그것은 옥남의 신분이 아내이기에 그렇다 하더라도 젊은 신녀성으로서 석순옥의 안빈에 대한 숭배는 엄숙하고 진지하여 "안빈의 얼굴을 한번 대하면" 마음이 환하게 밝아져 마치 "어두운 그늘에 있다가 볕에 나온 모양"이라 하고 있다. 그런가 하면 도고한 독신녀성인 박인원마저도 안빈을 숭

---

32) 이광수, 『사랑』(상), 우신사, 1984년, 116면.

배하는 면에서는 천옥남이나 석순옥에게 뒤지지 않는다.

　　「내가 말야. 차차 선생님을 모시구 있는 것이 기뻐진단 말야. 도무지 무슨 일이나 힘이 들지 않구 늘 기쁘단 말야. 그러니깐 순옥이한테 미안한 생각이 나요.」
　　　　　　　　　…(중략)…
　　「잘 생긴 큰 산이나 강을 바라보는것 같아.」
　　　　　　　　　…(중략)…
　　「응, 산이 가만 있지 않어? 말두 없구 움직이지두 않구. 그래두 암만 바라보아두 늘 싫지가 않거든. 싫지가 않은 것만이 아니라, 늘 전에 못 보던 새 빛이 난단 말야 새 맛이 나구. 강두 그렇지. 안선생을 뫼시구 있으면 그런 생각이 나. 그래서 언제 보아두 늘 고요하면서두, 또 잠시두 가만히 있는 때는 없단 말야. 선생님이 조석으로 집에 오신대야 별루 말씀두 없으시지. 인원이 잘 잤소? 이런 말씀이나 한마디 하실까, 원. 그래두 선생님이 한 시간쯤 댕겨가시면 여남은 시간이나 무슨 좋은 강의나 음악을 듣구 난 것 같아. 그래서 속이 깨끗해지구, 편안해지구—순옥인 안 그랬어?」
　　　　　　　　　…(중략)…
　　「참 그래. 선생님이 가만히 계신 것두 무슨 설법이야. 소리없는 설법을 하셔서 우리가 귀 아닌 귀로 듣는 셈인가 보아, 안 그래?」[33]

　박인원이 형용한 것이 불교적으로 어떻게 높은 경지라 하더라도 그리고 자아를 죽여 무엇이 되라는 설법을 떠받든 것이라 하더라도 어쨌든 그는 '신여성의 우상화'라는 역류적인 사상임에는 틀림이 없다. 그리고 이광수 본신이 바로 그 "잘 생긴 강이나 산"이 되고 싶었던 것이라 하면 조금도 과분하지 않을 것인즉 게다가 '아우라몬'의 이미지는 이광수의 이 염원을 보다 아름답고 은폐적으로 그러나 완고하고 강렬

---

33) 이광수, 『사랑』(하), 우신사, 1984년, 123면.

하게 표달한 것이라 하지 않을 수 없다. '아우라몬'은 이광수의 창조로 소설에서는 주인공 안빈의 연구보고초의 중요한 내용으로 전개된다.

> 「성적인 애정을 경험한 동물의 혈액에서 검출되는 아모로겐에서는 다량의 유황과 암모니아를 본다. 이것이 그 혈액에 자극성이면서 약간 불쾌감을 주는 비린내에 가까운 냄새를 발하게 하는 원인인듯하다. 새끼에게 젖을 먹이고 그 몸을 핥아주고 있고 어미개의 혈액에서 검출되는 아모로겐에서는 극히 소량의, 겨우 형적이나 있다고 할만한 유황질과 암모니아질이 있을 뿐이요, 금이온이 현저히 증가함을 본다. 그리고 그 혈액에서는 비린내와 같은 자극성인 악취가 없고 심히 부드러운 방향을 발할 뿐이다.」[34]

위의 기록에서 "비린내와 같은 자극성인 악취가 없고 심히 부드러운 방향을 발"하는 것이 '아우라몬'에 가까운 것인데 의학박사인 안빈은 자기의 연구에서 "아모로겐중에 유황질과 암모니아질이 없는 화합물을 아우라몬이라고 명명"한다. 이런 '아우라몬'은 성인의 피에서나 발견될 가능성이 있는 것인데 석순옥의 피에서 발견되었다고 쓰고 있다. 그것도 석순옥이가 허영에게 안겨 있으면서 마음속으로는 안빈만을 생각하였을 때에 취한 피에서였다. "그것은 그 오분동안에 저는 줄곧 선생님을 생각하고 있었어요. …(중략)… 아무려나 제게 아우라몬이 있다면 그것은 선생님의 것야요. 순옥은 선생님 곁에 뫼시고 있는 동안만 아우라몬을 가진 계집앱니다." 이때 안빈은 석순옥을 위해 "순옥! 일생에 변치 말고 아우라몬으로 살아" 하고 고무하는데[35] 그것은 모종의 의미에서 보면 영원히 이광수 자신을 우상으로 모시고 살아라 하는 의미와

---

34) 이광수, 『사랑』(상), 우신사, 1984년, 52면.
35) 이광수, 『사랑』(상), 우신사, 1984년, 83면.

다르지 않은 것이다.

이렇듯 우상의 지위를 보존하고자 하는 이광수의 완강한 노력은 우리에게 그 시기 문단에서의 그의 처지를 상기시킨다. 소설에서 이광수의 분신으로서의 안빈의 문단에서의 명성을 본다면 "안빈은 젊어서부터 시와 소설 등 문학을 썼다. 그것이 안빈에게 꽤 큰 명성을 가져왔다. 안빈은 처음에는 그 명성을 대단히 기뻐하였고 또 자기의 문학적 능력과 공적은 그 이상의 명성을 얻기에도 합당하다고까지 생각한 일도 있었다"36)고 쓰고 있는데 이는 이광수 독무대였을 때의 1910년대의 이광수의 영광과 그에 대해 흡족하였던 자부심의 표현인 것이다. 그러나 이 빛나던 시대는 어느덧 지나가고 불과 4년 만에 김동인들을 비롯한 동인지 시대가 시작되면서 이광수 작품과 전연 다른 새 작품들이 쏟아져 나오기 시작하였으며 문단의 새로운 천재들이 각광을 받았었다. 소설에서 김동인 세대를 대표할 수 있는 인물로 허영이 그 자리에 맞먹는다.37) 소설에서 허영은 다음과 같이 안빈의 문학을 비판한다.

> 「안빈의 소설은 모르겠소. 허지마는 시루야 어떻게 허영과 비긴단 말요? 안빈의 시는 시 아니어든. 케케묵은, 시대에 뒤떨어진거란 말요 — 내용으로나 형식으로나 더구나 그 사상 인생관으로 말하면 중세기식이란 말요. 그 사람은 시대 정신을 이해하지 못하구, 이를테면 시대에 역행하는 사람이어든. 그 문학이란 계몽기 문학이란 말야. 젖비린내 나는 여학생들이나 속이는 문학이란 말요. 순옥이두 잘못 알구 그러는 거요마는, 다시는 내 앞에서는 그런 소리 마시오.」38)

---

36) 이광수, 『사랑』(상), 우신사, 1984년, 136면.
37) 김문집, 『재생 이광수론』에서는 "허영이 젊은 이광수의 인간상이라면 무색무취의 성의 안빈은 로춘원의 리상경"이라 쓰고 있다. 『이광수 연구』(상), 태학사, 1984년.
38) 이광수, 『사랑』(하), 우신사, 1984년, 59면.

이는 허영의 선입관이 드러난 한낱 주관적인 비평이라 하더라도 문단에서의 이광수의 빛 잃은 상황을 말해 주기에는 충분하다. 사실 문단에서의 이광수의 도태는 필연적인 것인바 그것은 외계의 탓만이 아니라 주로는 이광수의 전근대적인 문학관에서 기인한 것이다.

> 「문학작품을 쓴다는 의식으로 썼다는것보다는 대개가 론문대신으로 …(중략)… 자유로 동포에게 통정할수 없는 심회의 일부분을 말하는 방편으로 소설의 붓을 든것이다. 그러므로 소설을 쓰는것은 나의 여기다. 나는 지금도 문사는 아니다.」[39]

보다시피 논문을 쓰는 식으로 문학을 한다고 한 이광수의 상술한 관점 하나만으로도 우리는 이광수의 과도기적 특점을 지적하기에는 결코 빈약하지 않거니와 실제로 소설 가운데는 "순옥은 어찌하여 갑작스레 허영과 혼인을 작정을 하였는가", "이야기는 병원으로 돌아가─", "옥남을 죽음의 저쪽으로 보낸 뒤 남은 사람들은 어떠한 길을 밟으려는고?" 하는 신소설식의 낡은 표현법이 여러 곳에서 보인다.

그러나 이광수의 강한 자존심은 문단에서의 이런 도태를 받아들일 수 없게 하였다. 그는 그 시기 문단에 대하여 "데카당스의 亡國情調가 풍미하여 마치 아편모양으로 毒酒 모양으로 靑年文士 자신과 및 순결한 그네의 讀者인 靑年男女의 精神을 迷惑합니다"라고 비판하였다. 그리고 특히 예술지상주의 또는 탐미주의, 악마주의에 대한 반감을 감출수가 없었는바 『文士란……牧民의 聖職』이라는 신념을 내세우면서 문단의 선봉적인 변화를 견제하고자 한 것이다.

---

39) 이광수, 「여의 작가적 태도」, 『전집』16, 삼중당, 1972년, 191면.

> 「近來에는 文士라 하면 學校를 졸업하지 말것, 물은 술, 불은 술에 耽
> 溺할것, 반드시 戀愛를 談할것, 頭髮과 衣冠을 야릇이 할것, 神經衰弱性・
> 貧血性 容貌를 가질것, 不規則・不合理한 生活을 할것等의 屬性을 가진
> 人物을 의미하게 되었습니다」[40)](40)

이런 비판과 풍자의 태도를 소설 「사랑」에서는 석순옥의 입을 빌어
"감각파라는것도 있으니깐 감각적이라구 해서 시가 나쁜것은 아니겠죠.
다만 내 성질이 감각적인것보다는 정신적인것을 요구해서 그런게죠"[41)](41)
하고 점잖게 자기의 지극히 순수한 '정신적인' 특징을 강조한다. 그러
나 허영이라는 인물을 부각함에 있어서는 그런 점잖음을 보유할 마음
의 여유를 미처 갖지도 못하고 작가 이광수의 주관적 감정이 격렬하게
내비친다.

결과 소설에서 허영의 형상은 철저하게 만화화되고 모독 받고 있었
다. 소설의 부각에 의하면 허영은 여성숭배자의 특이한 목소리를 가진
경박한 시인으로서 석순옥을 숭배하고 사랑하던 사람이다. 그러나 석
순옥의 거절을 받자 신문지상에서 안빈과 석순옥의 관계를 비방중상함
으로써 자기가 석순옥을 얻지 못한 분풀이를 한다. 그러다가 석순옥이
가 자기 오빠인 영옥과 함께 허영을 찾아가자 그는 자기가 한 짓에 더
럭 겁이 나서 이제 다시는 순옥이를 해치는 일을 하지 않을 것을 말한
다. 그러다가 순옥이 측에서 뜻밖에 청혼해 오자 이번에는 감격의 눈물
을 흘리면서 그 청혼을 받아들이는데 이런 그의 일거일동은 서양영화
의 장면처럼 희극화되고 과장되어 있다.

---

40) 이광수, 「문사와 수양」, 『전집』 17, 삼중당, 1972년, 22면.
41) 이광수, 『사랑』(하), 우신사, 1984년, 53면.

「고맙습니다, 고맙습니다. 황송합니다. 아아, 순옥씨는 저를 죽음의 그
늘에서 건져내시는 신인이십니다. 아아, 도무지 이것이 믿어지지를 아니
합니다. 아아 하느님! 당신은 내 기도를 들으셨습니다. 감사합니다.」[42]

그런가 하면 결혼 첫날 순옥의 눈에 비친 새 신랑인 허영은 다음과
같은 모습이다.

드르륵 건넌방 창을 잡아 젖히고 나타나는것은ㅡ가른 머리는 이마로
산산이 흘러내리고, 얼굴은 해쓱하고, 눈은 거슴츠레하고, 코는 찌그러지
고(순옥에게는 그렇게 보였다.) 헤벌린 입에서는 침이 지르르 흐르고, 고
개는 껍질만 붙은듯이 건들먹거리고, 칼라와 넥타이는 제껴지고 찌그러
지고, 두팔은 중풍한 모양으로 축 늘어지고, 그리고 오장이 뒤집힐듯한
술 냄새를 푸푸 뿜고, 게다가 싱글싱글 얼빠진 웃음을 띠고[43]

이렇듯 방종한 모습이 문단에서는 그의 이름자 그대로 허영으로 부
풀어만 있다.

「인제부터 쓰지. 인제부터 본격적으로 저술생활을 한단 말야. 그리구
문예잡지두 내구, 내가 주간으로. 그래서 신문예운동의 중심이 된단 말
요. 아직꺼정은 우리 나라에 문학이라구 할 만한 것이 없었거든. 안빈 시
대는 벌써 다 지나갔구. 이제부터는 허영 시대란 말요.」[44]

이것만도 부족하여 허영은 도덕적으로도 타락한 인물이라 결혼 전에
이미 벌써 귀득이라는 여자와의 사이에 아들애까지 낳은 과거를 가지
고 있으며 순옥이와 결혼하고서도 그 여자와 비밀적인 관계를 계속 유

---

42) 이광수, 『사랑』(상), 우신사, 1984년, 250면.
43) 이광수, 『사랑』(하), 우신사, 1984년, 53면.
44) 이광수, 『사랑』(하), 우신사, 1984년, 85면.

지한다. 이에 순옥이가 이혼을 제기하자 처음에는 순옥이로부터 오는 경제 내원이 막혀짐으로써 생활 유지가 불가능하게 될까봐 이혼을 반대하다가 후에는 하는 수 없어 이혼수속을 밟게 된다. 그러나 경제적으로 이미 파산된 그는 순옥이의 도움을 받지 않으면 살아갈 수 없는 가련한 처지가 된다. 하여 귀득이와 결혼하는 비용마저도 안빈이에게서 빌려야 했고 신혼여행을 끝내고 오는 도중 귀득이는 죽고 허영도 뇌출혈을 일으켜 누추하게 병 든 모습이며 순옥이의 헌신적인 도움으로 목숨을 이어가다가 결국은 저열하게 죽어간다. 그러나 죽으면서 까지도 순옥이의 은공에 대해서 고맙게 생각하기는커녕 비방과 중상, 악담을 그치지 않는다.

이렇듯 작품에서 이광수는 허영의 형상을 과장되게 그리고 있는데 정신 분석학은 흔히 비뚤어진 묘사에서 그 속에 숨겨진 진정한 원인을 파게 된다. 이에서 볼 때 이광수가 이토록 이지를 잃고 자기 필하의 인물을 증오에 차 그린 것은 결코 심상한 일이 아닌 것이다. 안빈과 석순옥을 극도로 추상화하고 이상화한 것과 대조되게 허영은 허영이라는 이름이 말해주는바와 같이 정신적으로 허깨비적인 존재인 것이며 최대로 물질화되고 비난 받았으며 심지어는 저주에 빠져 있는 모습인 것이다. 허영을 보는 안빈과 석순옥의 눈길은 물질욕에 흔들리는 유치한 인간을 내려다보는 하느님의 눈길에 방불할 지경이다. 허영에 대한 이런 정신적 공동화(空洞化)의 처리에는 여러 겹의 의미가 주입되어 있는바 그 속에는 허영의 정감과 생활면에서의 공동화외에 허영의 문학 주장의 취약성도 포괄되며 그런 허영에 대한 작가의 멸시의 태도도 포괄된다. 동시에 그는 이광수의 문단에서의 옛적의 휘황하였던 성망을 잃지 않으려는 욕망의 발로인 것이며 빛 잃은 자기 자신에 대한 일종의 위안이며 보상이기도 한 것이다. 이런 작가의 임의적인 염원과 파괴성을 띤 에너지의 흐름은 작가의 무의식 저장소에서 발동되어 작중인물들을 지배함으로써 공격을 전개하게 한 것이다.

특히 허영의 사랑 고백에 직면하여 석순옥이 실험용으로 허영의 피를 채취하는 해괴한 장면에 대한 묘사는 이광수의 상술한 태도를 예술적으로 말해준 것이 된다. 천사 같은 모습의 석순옥이지만 이때만은 마음속으로는 안빈만을 생각하면서 대범하게 허영의 품에 안겨 시곗바늘이 가는 것을 냉정하게 지켜보며 그것도 정확히 3분을 지켜, 그러나 허영의 유치한 어린애 같은 때질 때문에 지체되어 5분후 자기의 피와 허영의 피를 채취한다. 검사한 결과 허영의 피에는 비린내 나는 '아모로겐'이 들어있고 자기는 그 사이 안빈이만을 생각하였기에 그 피에는 고상하고 순결하기 이를 데 없는 '아우라몬'이 발견되었다고 한다. 이런 피의 이미지에 대한 비논리적, 비과학적인 묘사는 일종의 미친 듯한 비이성적인 모습이라 할 수 있으며 그것은 그대로 일종의 욕망의 상징이며 정신의 상징이 아닐 수 없다. 그것은 이광수의 상술한 감정 표달 외에 이광수 본인의 자기 문학에 대한 회의와 고통의 발로이기도 한 것이며 이광수 정신세계의 환낙의 결핍상태를 상징하기도 한다. 바로 현실의 논리가 고통을 일으키는 것이기에 이광수는 비논리를 만들면서까지 자기 심령으로 하여금 기편당하게 함으로써 해소 받으려 하는 것이다. 인간 영혼은 만약 이렇게 해서라도 고통의 체험을 극복하고 능히 생존해 갈 수만 있다면 서슴없이 그렇게 하는 것이다. 그러므로 아우라몬의 이미지는 이광수의 자기의 과거의 영광에 대한 미련과 지금의 소외된 자기에 대한 합리화 내지 자기우상화의 환상에 다름 아닌 것이다.

이광수의 고민은 그의 정신세계의 모든 방면에 침투되어 있는바 그는 자기의 이 거대한 결핍을 안빈과 세 여자와의 아름다운 정감 생활을 그리는 가운데 보상받고 있다. 그중에서도 안빈은 석순옥에 대하여 갈망하면서도 거절하고, 포기하였으면서도 못 잊어 하는 괴상한 정감 관계이다. 완전히 대립 모순되는 충동은 그의 체험 가운데 병존하고 있는데 이런 상황 하에서 욕망과 거절은 상호보완적이고 동태적인 것이며 마치 꿈속에서처럼 상호간 모순되고 대치되는 현상이 기이하게 한데 뒤엉킨 모습인 것이다. 그것은 그대로 이광수의 모순으로 충만한 대사회적 태도를 나타내고 있다. 석순옥식의 숭배자는 이광수로 말하면 사회에로 통하는 도경에 해당하며 이광수의 현실논리의 방식을 보여준다. 그리고 이런 현실논리는 석순옥과 안빈, 더 나아가 작가 이광수까지 모두 의식의 감옥에서 살고 있는 사람들이란 것을 말해준다. 우리는 정신 분석을 이용함으로써 현재하는 것에서 은폐적이고 왜곡된 것을 읽어냄과 동시에 표면의 병태적인 것 뒤에 매장되어 있는 배후의 사회적 인과관계를 찾아낼 수 있는 것이다.

3. 이광수의 결벽증과 유미주의 추구와 "민족개조론"

　많은 논자들은 소설 「사랑」이 이성지간의 사랑관계에서 "육체적인 면을 초월해서 성스러운 련애 행위가 이루어져야만 한다는 그(이광수)의 사상을 형상화한것"이라고 평45)하고 있는데 그런 순정의 높이는 거저 이루어진 것이 아니고 가혹한 자기 학대 과정을 거친 후에야 비로소

---

45) 김팔봉, 「작가로서의 춘원」, 『이광수연구』(상), 태학사, 1984년, 38면.

도달한 것이다. 그리고 이 자기 학대 과정은 정신 분석학의 인격 구조 이론에서 본다면 자아, 본아, 초자아와의 치열한 갈등의 외화라고 할 수 있다.

정신 분석학이 처음으로 발견한 무의식의 영역은 본아, 자아, 초자아의 세 가지 층위로 이루어졌다고 하고 있다. 본아를 성본능에 내재하는 힘인 리비도를 포괄하여 인간이 출생할 때부터 가지고 있는 여러 가지 본능의 총화라고 할 때 자아는 본아와 현실상황 사이에서 조절 역할을 하며 현실 원리에 따라 이로운 것을 택하고 해로운 것을 피하면서 사회가 받아들일 수 없는 것들을 무의식 속에 눌러버리거나 저장해 둔다. 동시에 사회도덕과의 공개적인 충돌도 피면하면서 본아의 목적도 이룰 수 있는 최선의 도경과 방식을 찾고자 노력한다. 이에 비해 초자아는 도의적 방면의 요구를 대변하면서 쾌락 원칙을 따르는 본아거나 또는 현실원리에 적응하고자 하는 자아를 모두 초월하여 보다 완미한 경지에 도달하고자 한다. 인격구조의 최고 차원은 당연히 초자아이다.

이렇게 볼 때 이광수의 소설 「사랑」은 그대로 심리 활동의 기록서라고 할 수 있을 정도이다. 소설에서 안빈과 석순옥의 인격 구조는 초자아의 승리의 모습이고 허영은 자신을 억제 못하는 광폭한 본아의 상징이며 박인원, 석영옥 등은 균형성과 명지한 이성 즉 자아에 보다 가까운 모습이라고 할 수 있다.

소설에서 작가 이광수와 가장 가까운 존재는 당연히 안빈과 석순옥의 인격구조이며 이 두 인물의 초자아의 승리의 획득 과정은 작품에서 중요한 자리를 차지한다. 석순옥에게서 초자아의 승리는 우선 성본능인 리비도를 억제하는 모습으로 나타난다. 그가 안빈을 사랑하고 사모하는 과정은 그대로 안빈에 대한 정욕을 억누르는 과정, "젊은 여자다

운 여러 가지 공상", "거룩하지 못하다고 생각"되는 "감각적인 모든 공
상들"을 억누르는 과정이기도 하였다.

> 「그런데 말야. 선생님앞에서는 그렇게두 깨끗하구 안정했던 마음이,
> 선생님을 떠나서 내 방에 혼자 돌아와 있으면 더러운 잡념들이 끓어오른
> 단 말야. 제목야 여전히 선생님이지, 언제나 늘 선생님이지마는 이렇게
> 혼자 있을 때에는 선생님이 한 이성으루, 한 남자루 내앞에 나타나는 일
> 이 있단 말야, 그리구는 안구 싶구 그렇구려 언니. 그러면 내가 내 몸을
> 꼬집지, 시퍼렇게 멍이 들두룩, 이년, 이년, 이년! 하면서. 그러나 이것두
> 깨어있을적 일이지, 꿈을 어떡허우?」[46]

석순옥의 이런 고백은 중년 남자를 사모하는 한 소녀의 정상적이고
도 건강한 성적 욕구와 그에 대해 억제하고자 하는 노력을 나타낸 것
이다. 여기서 말하는 꿈의 상태는 석순옥의 무의식적인 욕망의 상징적
체현으로 꿈속에서 자아는 상대적으로 느슨해지는 반면에 성욕을 포함
한 본아가 기승을 부린다. 이런 본아는 자아의 억제를 받아 잠시 눌리
울 수는 있어도 영원히 억제당할 수는 없는 것이며 그것은 무의식의
저장소에 잠재해 들어가 폭발될 기회를 수시로 엿본다. 바로 순옥이가
한사코 본아의 광포함을 불허하여 이성지간의 애정의 본질적 특점과
자연 법칙에 거슬러 도전하고자 하고 있기 때문에 순옥이에게 있어서
자아와 초자아의 노력은 특별히 힘겹게 되기 마련인 것이다.

> 「내가 남달리 잡년이 되어서 그런지 모르지만 이성 그리운 생각이 나
> 요, 때때루.」
>
> …(중략)…

---

46) 이광수, 『사랑』(상), 우신사, 1984년, 217면.

「내 속에 사람이 둘이 들어 있어서 말요. 한 사람은 안된다! 하지마는 또 한사람은 팔을 벌리고 덤비지 않우? 그래서는 안 될 어른을 향해서 말야」

순옥은 급히 달음박질이나 한것처럼 숨이 가빠진다. 그리고 눈찌와 입술에는 누구와 금시에 싸우기나 하려는것처럼 험한 빛을 띄운다.

…(중략)…

「그런걸 내가 입술을 꼭 물구, 옳은 마음을 지키느라구, 나 자신의 유혹에 지지 않으려구 부덕부덕 애를 썼어요. …(중략)… 하루에두 몇번식 이 싸움이요! 이 피 흐르는 싸움이요! 생명의 기름이 부쩍 부쩍 마르는 싸움 말요. 하루에 열 번만 했더라두 만여번이 아니요? 나는 내가 그동안에 죽지 아니 한 것만 신통하게 생각해요. 제일 어려운 때가 언니, 밤이요 밤! 그중에두 봄철의 밤! 죄악의 유혹두 도적놈 모양으루 어두운 그늘로 찾아 댕겨요. 어떤 때에는 언니, 싸우다가 싸우다가—그것두 특별히 자주 습격해 올 때가 있거든. 그런 것을 이를 악물고 싸우다가 싸우다가 고만 내 혼이 진력이 나서 축 늘어지는 때가 있어요. …(중략)…」[47]

여기서 석순옥의 의식세계에 "사람이 둘이 들어 있"다는 말은 곧 초자아와 본아의 충돌을 말하는 것이며 "생명의 기름이 부쩍부쩍 마르는 싸움"이란 석순옥의 의식 가운데 자아가 나서서 본아와 초자아사의 모순을 조절하는 과정을 말함이다. 석순옥에게서 초자아의 목표는 지극히 비현실적인 것이었다. 그가 인정하는 완미한 경지는 "내 핏속에 아모로겐이 생기지 못하게 하느라구 내 피를 영원히 아우라몬의 상태로 유지하"기 위한 데 있었다. 육욕적이고 감각적인 모든 인소를 배제해버리고 순수 정신적인 사모의 애끓는 정만을 보존하는 이 정신승리의 이미지인 '아우라몬'의 경지는 그대로 석순옥의 초자아의 중요한 내용으로서 자아이상의 목표인 것이다. 석순옥의 이런 초자아 가운데는 사회

---

47) 이광수, 『사랑』(상), 우신사, 1984년, 214~215면.

적 도덕규범의 내용도 함께 포괄되어 있는데 그러므로 석순옥은 사회도덕의 평판을 특별히 중요시하고 있으며 자기가 안빈의 신변에 있음으로 하여 안빈의 명성을 더럽히는 것을 꺼려서 마음에 없는 남자인 허영이와 결혼행위까지도 감히 선택할 수 있었다.

> 「…(중략)… 내가 허씨하구 혼인할 바에야, 내 몸과 마음을 다해서 그이를 사랑하구 돕구 기쁘게 해드리는것이 옳지. 그렇지, 언니? 내가 이렇게 찌뿌드드하게 생각하구 있는것이 잘못이지, 언니? 잘못이구 말구. 오늘 내가 기뻐해야지. 허씨가 섭섭하지 않게 해야지. 그러는게 옳지, 언니? …(중략)…」

허영이와의 약혼식 날에 친구인 박인원이를 상대로 뱉어 내는 석순옥의 이 넋두리는 석순옥이 무의식 가운데의 자아를 인도하여 사회가 용납할 수 있는 행동을 취하게 하도록 본아를 이끄는 모습인 것이며 초자아가 기능을 발휘하는 과정에 대한 발로인 것이다. 허영과 결혼하여 세속생활에 젖어 평온하게 살 것을 결심한 것이 초자아의 한 목표라면 그러나 그러면서도 마음속으로는 안빈과의 정신적 사랑을 키워가겠다는 생각이 다른 한 목표였다. 그러나 결혼 후 이 두 목표는 모두 실행이 불가능하므로 그는 다시금 깊은 좌절에 몸부림쳐야 했다. 사회적인 도덕규범도 범하지 않음과 동시에 사랑하는 이를 영원히 모시고 '아우라몬'의 경지에서 살고자 하는 자아 이상은 그 자체 내에서 치열하게 충돌하여 참으로 괴이하기 그지없다. 미치게 사랑하는 이성이 있으면서도 그 곁을 떠날 수 있는 석순옥에게서 우리는 자아를 지도해 본아의 충동을 억제하는 승리의 모습을 채 흠상하기도 전에 그것을 뒤엎어버리는 이율배반의 괴상한 힘을 보게 된다. 소설에서 사랑의 양상

이 그로테스크하다고 하는 원인의 하나는 바로 이런 모습 때문이라고 할 수 있는 것이다.

인격구조 중에서 본아, 자아, 초자아의 충동과 억제는 인간의 심리활동의 가장 본질적인 내용을 이루고 있다. 자아는 본아와 초자아라는 이 서로 대립되는 역량을 조화시켜 인간으로 하여금 정상인으로 되게 한다. 그러나 만약 이러한 평형관계가 파괴되면 히스테리에 걸리게 된다. 소설에서 석순옥은 이 두 평형관계를 간신히 조절하여 순정의 높이에 도달한 듯 하지만 그것은 역시 일종의 병적인 히스테리임에는 틀림이 없다.

「그러니깐 난 이제부터 내 가슴속에서 선생님의 모양을 파내야 해요. 선생님의 얼굴과 몸 모습은 내 가슴에서, 내 마음속에서 파내구.」
　하다가 순옥은 울음을 삼키고 눈물을 눈시울로 짜 버리면서,
　「그리구는 선생님의 정신만— 그 무언의 교훈만을 뫼시구 있어야 해. 그것이 선생님의 뜻일거야. 내가 선생님의 뜻대루 살아가는 것이 선생님을— 선생님을—.」
　그 뒤에 사랑이란 말을 넣을수도 없고 무슨 말을 할는지를 몰라서 울음으로 끊어버리고, 그리고는 입술을 꽉 물고 안간힘을 서너번 쓴 뒤에 순옥은 고개를 들면서,
　「언니, 언니」
　하고 부르기만 하고 말이 아니 나온다.[48]

보다시피 석순옥은 사실상 자기가 파놓은 의식의 함정에 빠져 고민하는 의식의 노예였다. 그러나 작품에서 이광수는 석순옥의 이런 비정상적인 모습이야말로 최고로 아름답다는 심미관을 발한다. 안빈의 입

---

48) 이광수, 『사랑』(하), 우신사, 1984년, 129면.

을 빌어 나온 심미관을 보면 젊은 여자의 사모에 젖는 모습이야말로 더없이 아름답다는 가치표준이다.

> 우주에 있는 만물중에 사람의 몸처럼 아름다운것이 있을까. 사람의 몸 중에도 어린애기와 사랑에 타는 젊은이의 몸처럼 아름다운것이 있을까. 다른 세계에는 비록 지구의 인류보다 더 아름다운 존재가 있다고 하더라도 현재의 이 지구 위에서는 어린애기와 사랑에 타는 젊은이의 몸이야말로 아름다움의 마루터기가 아닐수 없다.[49]

여기서 이광수가 "어린 애기와 사랑에 타는 젊은이의 몸이야말로 아름다움의 마루터기"라 하는 것은 이성지간의 사랑에 있어 어린 애기와 같은 순수함을 수호하여야 한다는 것, 말하자면 성적인 결합 같은 것은 철저하게 비난 받거나 적어도 홀시당하여야 한다는 관점을 의미하며 다음으로 "사랑에 타는 젊은이의 몸"이란 정신적인 사랑, 영원한 열연 상태, 불타고 있는 듯한 연소과정에 처해 있는 사랑을 가리킨다. 보다시피 이광수의 심미관은 이렇듯 정신적으로는 영원히 식지 말아야 하고 육체적으로는 영원히 상대를 범함이 없이 순수함을 유지하여야 한다는 관점의 기이한 결합으로 이루어졌다. 그는 지극히 병적인 것으로 소설의 석순옥에게 제기된 잔혹한 형벌이였다. 그러나 석순옥은 총감독인 이광수의 배치 하에 이런 잔혹한 고험을 용하게 이겨내고 있는 기이하게 병적이고 기이하게 순결하고 아름다운 모습인데 그는 그대로 이광수 심미관이 집약된 예술적 부호인 것이다. 그리고 이는 오스카 와일도의 유미주의 대표작인 「살로메」에서 도고한 공주 살로메가 사랑하는 사람을 죽여서 그 피 흐르는 머리를 안고 넋두리하면서 우는 모습

---

49) 이광수, 『사랑』(상), 우신사, 1984년, 81면.

이라든가 다니자끼 쥰이찌로의 「슌낀쇼」에서 바늘로 자기의 두 눈을 찔러 맹인이 되는 대가를 지불하고서야 사랑하는 이의 아름다운 모습을 영원히 마음에 간직하겠다는 태도와 별로 다를 바 없는 것이다. '아우라몬'의 이미지는 정신의 승리를 대변하는 것 같지만 역시 유미주의의 병적인 모습의 상징이기도 하다.

이광수가 이런 심미관을 가질 수 있는 것은 두 가지에서 그 원인을 찾아볼 수 있다. 우선은 이광수의 타고난 결벽증에서이다.

정신 분석비평은 작가들의 가슴 깊이에 묻혀 있는 갈등 특히 동년시절의 성적인 충동과 환상 및 그 좌절이야말로 문학창작의 근본적인 원동력으로 된다고 보고 있다. 이광수의 동년생활을 연구하여 볼 때 이광수는 성에 대한 역겨운 선입관을 어릴 때부터 싹 틔웠고 동물적인 성의 내용을 배제한 동물과 다른 인간만의 사랑 세계에 대한 추구를 신성한 문학적 사명으로 삼은 것을 알 수 있다.

작가 이광수가 음양의 이치를 희미하게 알기 시작한 것은 그가 성장한 곳이 농촌이므로 닭, 개 등 짐승의 배우하는 것을 볼 기회가 많은 데서부터 기인하는데 그가 진실로 인간의 음양에 관한 자세한 강의를 들은 것은 그와 동갑나이인 몽급이라는 아이로부터였고 몽급이가 보여준 몽급이 어머니 아버지의 밤 생활을 구경하고부터라고 한다. 그때 이광수는 열 살 미만이었다. 그때의 느낌을 이광수는 다음과 같이 쓰고 있다.

> 나는 안볼것을 보았다고 생각하였다. 거기 대하여서 일종의 흥미를 느끼면서도 진저리치도록 불쾌하였다. 사람이 닭, 개, 짐승과 같다는것이 아무리 하여도 더럽고 끔찍끔찍하였다. 나는 이때에 예수교를 안것도 아니요, 불교를 안것도 아니언마는 어디서 이런 생각이 났을까. 전생부터

의 무슨 인과라고밖에는 생각할수가 없었다.[50]

결과 이광수는 "청교도적 순결에 대한 동경을"[51] 일찍부터 가지게 되었으며 소설 「흙」에서 부각 받은 허숭과 같은 자기학대증 환자가 그의 붓 끝에 산생될 수 있었던 것이다. 소설 「사랑」에서는 상술한 이광수의 선입관을 바탕으로 한 사랑관을 끊임없이 비쳐내고 있다. 그리고 성적인 장면에 대한 묘사는 지극히 절제되어 있으며 안빈과 천옥남이라는 부부 사이에서 마저도 성에 대한 선입관이 있었다. 그러므로 천옥남은 밤에 남편에게로 파고들어 왔으면서도 "나를 퍽 천한 계집으로 아서요!"라고 말해야만 하는 정신부담을 가지고 있었다. 그리고 소설에서 석순옥은 자기가 그토록 사모하는 안빈과 결혼할 수 없는 원인을 다음과 같이 해석한다.

> 「선생하구 어떻게 혼인을 하우? 선생님하구 혼인을 한다면 내가 선생님을 모독하는것 같아. 지금까지 내가 선생님을 사모해 오던 깨끗한 정이 더러워지는것 같구.」
> 「왜 혼인이란 그렇게 더러운 물건인가?」
> 「그렇게 더러운 물건은 아니라두, 그렇게 거룩한 물건일 건 무어요? 남녀가 살을 맞대구 비비는게 혼인 아냐? 그게 동물적이지 무어요? 그것두 일종 음탕이지 무어요?」[52]

보다시피 석순옥은 사랑하는 이성지간의 건강한 성적 욕구를 포함하여 모두 음탕이라고 가두어버리고 이런 더러움을 씻어버릴 수 있는 유

---

50) 이광수, 『나 / 나의 고백』, 우신사, 1984년, 53면.
51) 이광수, 『문단생활 30년 회고』, 조광, 1936년
52) 이광수, 『사랑』(상), 우신사, 1984년, 204면.

일한 방법은 정신적인 사랑, 인격이 고상한 사람을 정신적으로만 사모하는 것이라고 판단하기에 이른다.

> 「아무리 음탕한 여자라두 선생님 앞에서는 마음이 아니 깨끗해질 수는 없어요. 말씀 한마디나 눈찌 하나가 무엇이나 다 엄숙하시거든. 엄숙하다두 싸늘하게 무섭게 엄숙한 게 아니라, 그중에도 따뜻하구 부드럽구 향기로움이 있으시구. 그러니 그 앞에서 아무리 음탕한 여자기루 어떻게 음탕한 생각을 품수? 게다가 내 마음을 말짱 꿰뚫어 보시니. 말씀은 안 하시지, 말씀야 안 하시지만 내 속을 빤히 다 들여다 보셔요. 그러니깐 나두 이러한 선생님 앞에다가 숭한 꼴을 아니 보이려구 마음을 조심하는 거 아니오?」[53]

이것이 순옥이가 안빈의 곁에서 받을 수 있는 정신적 영향이며 순옥이가 말하는 사모(思慕)의 구체적 내용인 것이다. 그리고 그것은 작가 이광수가 소설 「사랑」에서 풀이해낸 순정의 구체적인 내용이며, 과정이며 혹은 전부라고 해도 과언이 아니다. 그리고 작가 이광수도 이것을 인류의 자랑으로 생각하여 스스로 대견해마지 않는다.

이렇게 하여 소설 「사랑」이 작가 이광수의 결벽증을 바탕으로 한 혼인관과 순정을 나타냈다고 그치면 문제는 많이 간단하여 진다. 그러나 정신 분석비평은 작품을 통해서 볼 수 있는 것은 드러난 이야기이나 그 밑바닥에는 잠재된 내용들이 있다고 인정한다. 그리고 그 내용들은 흔히 아이러니적인 현상 밑에 은폐되어 있는 것이다. 소설 「사랑」에서 가장 뚜렷한 아이러니는 석순옥에 대한 안빈의 태도에서 보여진다. 안빈은 석순옥이가 자기가 경멸하는 남자에게 시집가는 것을 평온하게

---

53) 이광수, 『사랑』(상), 우신사, 1984년, 217면.

지켜볼 뿐만 아니라 순옥이를 놓아 보내는 것이 그를 너무 사랑하기 때문이라고 하고 있다. 그리고 결혼을 앞둔 순옥이에게 다음과 같은 말을 한다.

「그렇게 걱정할거 없어. 인생의 일생이란 끝없는 수련의 길의 한토막이니까, 하루니까. 형극의 길이든, 장미의 길이든, 성심성의로 날마다 당하는 일을 잘 치러 가면 고만이니까. 원체 인생의 목적이 향락이 아니기 때문에 행복이니 불행이니 그것을 교계할것은 아니어든. 그것은 모두 인과응보루—금생뿐 아니라, 전생 다생, 무시 이래의 인과응보로 오는것이니까. 치를 빚은 아무 때에나 치러야 하는것이고—빚이란 아무쪼록 빨리 치러버리는것이 좋은 일이구. 단지 한 가지 내가 순옥에게 부탁할 것은 무엇에나 잡히지 말라구 빠지지 말구. 행복에나 불행에나 말야, 내 몸이 아프구, 죽는것까지라도 말야, 다 꿈이고 허깨비요, 물거품이요, 그림자란 것을 잊지 말란 말야. 그래서 좋은 일이 오더라두 꿈이어니 궂은일이 오더라두 꿈이어니, 이러란 말야. 이렇게 보는것이 인생을 바루 보는 것이오.」54)

이는 소설에서 안빈이 석순옥에게 하는 말이기는 하나 실제 생활에서는 작가 이광수가 자기에게 타이르는 말임은 그 어조의 심각성과 의미심장함에서 충분히 느낄 수 있다. 위의 말에서 "걱정할거 없"다는 것, "인생의 목적이 향락이 아니"라는 것, "몸이 아프구, 죽는 것까지"라는 등등의 표현은 그대로 이광수의 커다란 고통과 번민에 싸인 정신 상태를 말해주며 이를 벗어나는 유일한 길은 모든 것이 허깨비라는 현실, 사회, 시대에 대한 인식을 철저히 가지는 것이라고 풀이하고 있다.

주지하는 바와 같이 이광수는 일찍 「2·8독립선언서」도 작성하였고

---

54) 이광수, 『사랑』(상), 우신사, 1984년, 251면.

중국 상해에서 독립운동에 종사하였었으며 민족의 열광적인 우상으로 추대 받았었다. 그러나 친일의 길로 굽어듦으로써 그는 만인의 질타를 받는 수치스런 위치로 전락하고 만다. 이광수에게 있어서 이런 인생의 역전, 특히 친일의 선택은 다시 돌이킬 수 없는 하나의 악몽이었으며 억눌린 욕망의 원천이었고 그러므로 그는 자기의 창작에서 이 악몽을 최대로 미화시키고 아픔을 무마하는 작업을 하지 않을 수 없었다. 그리고 그 작업은 자기변명이라는 흔적조차 허락하지 않는 엄밀한 것이어야 할 뿐더러 작가는 작품에서 반드시 본래의 우상의 지위보다도 더 고상하고 완벽한 모습을 만들어야만이 그 목적에 도달할 수 있었다. 이는 천재적인 총명과 자부심의 체질인 이광수로 말하면 심지어 작가 자신마저도 뚜렷이 감지할 수 없는 거의 본능에 가까운 욕망이며 무의식의 광적인 충동이며 가장 은밀히 스며들어 있는 비밀인 것이다.

　소설에서 안빈의 형상은 확실히 「무정」의 이형식보다 세련되어 있고 인격적으로도 거의 완벽에 가까운 듯하다. 이형식은 동기(童妓) 계향의 향수 냄새에 쉽게 흥분하는 인물이나 안빈은 자기를 진정으로 숭배하고 사모하는 미모의 신녀성을 마주하면서도 조금도 흔들림이 없다. 그가 인간다운 정욕을 전혀 느끼지 않는 것은 아니지만 그에게서 자아와 초자아의 충돌의 모습은 석순옥에게서처럼 어려운 것이 아니었다. 불교의 인과논리로 튼튼히 무장하고 있는 그의 얼굴은 오히려 항상 고마움으로 만족해 있었다.

　　「그 선생님의 인격의 기초가 고마움이어든. 그 선생님은 무엇에 대해서나 다 고맙게 느끼시는 선생님이시란 말요. 그 선생님의 마음에서 무슨 소리가 난다면 그것은 고마워라, 고마워라의 무궁한 연속일거야. 사람에게 대해서만이 아니라 무엇에 대해서든지 말야. 풀이나 나무에 대해

서두 말야. 그 선생님은 어디서나 언제나 고마움을 느끼신단 말야. 난 그
렇게 생각해요, 선생님을.」[55]

이런 고마움의 노래를 부르는 고상한 얼굴로 민족주의를 부르짖은
이광수, 사실 이광수는 소설 속의 안빈과 같은 완벽한 인격의 소유자의
형상을 부각함으로써 그 시기 조선 민족에게 가혹한 정신적 고문을 가
한 것이 된다. 그리고 그는 그대로 자기의 친일행위에 대한 망각이며
자기 위안이며 자기 합리화의 노력인 것이다. 소설에서 석순옥이 허영
에게 시집 가 갖은 모함과 시련을 겪었으나 모두 이겨내고 종국에는
안빈에게로 돌아오게 되는데 이런 석순옥은 그 시기 수난 받는 조선을
상징한다고 한다면 석순옥의 돌아옴은 조국광복의 그날을 고대하는 이
광수의 조국애를 은폐시켰다고 해석할 수도 있으나 역사는 이광수에게
그런 최고 점수를 내리게끔 허락하기 어려운 것이다. 그처럼 미칠 듯이
사랑하는 여자를 그것도 자기가 모멸하는 남자에게 고스란히 넘겨주는
안빈의 태도가 바로 이광수의 친일의 태도, "민족을 위하여 친일했"다
는 것, 그리고 "제 몸을 팔아서 아버지의 고난을 면케 하려는 심청의
심정"으로 친일을 하였다는 해괴한 논리에 대한 예술적 표현이란 말인
가? 그렇다면 소설속의 석순옥과 안빈의 관계가 바로 조국과 이광수의
관계라 할 수 있을까? 그러나 어찌하든 친일의 길을 걸은 이광수의 정
신은 안일할 수가 없었으며 거대한 고통에 몸부림쳤다는 것이야말로
분명한 사실임을 우리는 추단할 수 있다. 실제로 가난과 망국의 모든
책임을 민족의 도덕적 결함으로 돌리고 일제의 억압 하에 고난에 허덕
이는 자기 민족에 한하여 구원과 따뜻한 위안의 손길을 줄 대신 그 결

---

55) 이광수, 『사랑』(하), 우신사, 1984년, 124면.

점을 들어 사정없이 매도하였던 것이 그가 일관되게 주장해온 "민족개
조론"의 태도였던 것이다. 그러므로 소설에서 주인공의 인격세계가 완
벽한 모습일수록 그것은 이광수의 꿈의 산물이며 이광수의 고통의 몸
부림의 표현이며 그 고통을 잊고자 하는 노력의 결과인 것이다.

정신 분석 학설은 한 개 인간의 정감 표현이 비정상 혹은 굴곡의 모
습을 보이게 될 때 그 원인을 해명함에 있어 한 개 유력한 방법론을 제
공하여 준다. 이광수의 대표작 「사랑」에서 작가 이광수가 풀이한 사랑
의 양상은 이상에서 분석하고 있는 바와 같이 기이하다 못해 그로테스
크하고 난해한 모습을 띠는데 정신 분석학의 각도에서 볼 때 이는 분
명 일종의 광기에 다름 아닌 모습인 것이며 그러므로 이는 정신 분석
학설에 하나의 생동한 재료를 제공한 것이다. 정신 분석학의 이론으로
비추어 볼 때 그것은 이광수 동년의 모성 결핍에 대한 보완의 노력의
산물이며 초창기 문단에서 이광수가 가졌던 엄청난 영광에 대한 미련
의 표현이며 현재 고독한 자기 처지에 대한 초극의 노력의 표현이라고
할 수 있다.

「꿈의 해석」이란 저서에서 프로이드는 작가의 창작을 꿈에 비교하면
서 작품은 작가의 무의식적인 욕망의 상징적 체현이라고 하고 있다. 그
리고 그 창작과정에 작가들은 마치 꿈을 꾸듯이 응축, 위장, 전위 등
방식으로 구상을 진행하며 문학작품에 낭만성, 희극성, 상징성과 전형
성을 부여한다고 밝히고 있다. 분석을 거쳐 우리는 작가 이광수도 자기
의 창작에서 자기의 모든 천재성을 동원하여 위장 또는 상징적 수단으
로 독자들에게 형식적인 미적향수와 즐거움을 제공함으로써 사회의 승
인과 존중을 받고자 한 것을 알 수 있다.

제 2 장

이광수 문학에 대한 비교문학적 조명

가와바다 문학과의 비교

조선 작가 이광수(1892~? 1950)와 일본 작가 가와바다 야스나리(川端康成, 1899~1972)는 저마다 자기가 속한 민족의 근대에서 현대로의 전환기에 중대한 공헌을 한 작가이다. 이광수는 조선사회 1910년대의 계몽주의 시대에서부터 시작하여 "가장 행동적이었고 가장 많이 방황했"[1]으며 조선 문학의 현대적 이행을 크게 추진함으로써 "신문학 50년사상에 가장 많은 독자에게 가장 깊은 감동과 영향을 준 작가"[2]이다. 그에 비해 가와바다는 일본의 근현대문학사상에서 근대문학의 주류인 서구로부터 들어온 현실주의, 낭만주의 등을 반대하고 감각적 표현을 시도함과 동시에 일본의 전통적인 미학 표현을 현대화하는 면에서 높은 성과를 이룩하였다. 그리고 그의 창작은 1968년 노벨문학상을 수상함으로

---

1) 김붕구, 「신문학초기의 계몽사상과 근대적 자아」, 『이광수 연구』(상), 태학사, 1984년, 134면.
2) 김붕구, 「신문학초기의 계몽사상과 근대적 자아」, 『이광수 연구』(상), 태학사, 1984년, 138면.

써 국제적인 인정을 받았다. 이광수는 가와바다보다 7년 연상으로 당연히 계몽주의의 문학을 하였거니와 사회의 격변기에 그들 사이의 차이는 7년이란 시간대 이상으로 멀었던바 두 작가가 처한 시대적인 과제는 엄청나게 달랐던 것이다. 게다가 이광수는 가와바다보다 20년 남짓한 세월을 더 급히 떠나 간 작가이다. 두 작가는 대체로 51년의 세월을 같이 향유한 것이며 그러므로 기본상 동시대인으로 보아야 한다. 이광수가 비명(非命)에 가지 않았던들 두 작가는 보다 긴 시대를 함께 향유하였을 것이나 여하튼 두 작가가 완수한 부동한 과제로부터 우리는 그 시기 서세동점(西勢東漸)의 세계적인 추세와 서방의 문화사조가 일본이라는 중계역을 거쳐 조선에 들어오는 흐름과 그로 인한 시대적 격차를 우선 감지하게 된다.

이런 판이한 작가일지라도 두 작가가 모두 고아였고 그런 동년의 고아의식은 두 작가의 일생과 창작활동에 심후한 영향을 주었다는 면에서 우리는 가비성(可比性)을 찾게 된다. 프로이드와 융의 이론에 의하면 인간에게 있어 동년에 받았던 충격이나 갈증 같은 것은 없어지지 아니하고 작가의 무의식 가운데 잠재해 들어가 작가의 창작을 완고하게 좌우지한다고 하고 있다. 이렇게 볼 때 특히 두 작가의 붓 끝에서 부각된 여성형상은 그로서의 특점을 보여주고 있는데 그는 당연히 그들 동년의 콤플렉스의 문학적 표현이라고 풀이할 수 있는 것이다. 그러나 똑같은 고아의식의 발로라 할지라도 두 작가가 부각한 여성형상은 두 작가의 부동한 개성과 시대적 과제의 차이와 서로 다른 민족전통 등으로 인하여 미묘하면서도 완고한 차이를 보여주고 있다. 우리는 두 작가가 그린 여성형상 분석에 입각하여 두 작가의 고아의식의 작품적 표현, 부동한 개성과 문학적 추구 등 과제들을 탐구해냄으로써 두 작가의 난해한 문학세계에 접근함과 동시에 문학창작의 모종의 법칙을 더듬어 볼 수 있다.

1. 고아의식과 그에 대한 보상의 갈망

이광수와 가와바다 두 작가는 모두 어려서 부모를 여읜 고아였다. 이광수는 11살 때였고 가와바다는 3살 때였다. 그러나 두 작가의 감수는 달랐다. 이광수는 죽어간 부모에 대한 기억이 선연하였고 어머니 사랑을 짧은 시간에서나마 깊이 감수하였으며 자기의 작품에 그런 사랑을 쓸 수 있었지만 가와바다는 자기 어머니에 대해 아무런 요해가 없었고 그러므로 어떠한 감정도 가지고 있지 않았다. 그러나 그렇다 하여 가와바다가 어머니를 그리워하지 않은 것은 아니며 그에게서 어머니에 대한 동경은 관념화에 머물러 있었다.

작가 이광수는 「나 / 나의 고백」이란 자서전에서 자기 어머니에 대한 인상을 적고 있다. 아버지가 전염병을 얻어 먼저 죽고 남편보다 20세나 어린 그의 어머니는 어린 이광수를 대하여 "내가 안 죽으면 네가 지게를 지고 소를 몰아야 되는고나, 나마저 죽어야 네가 공부를 하여서 후제 귀히 되지." 하는 말을 하였으며 그로부터 자기 남편이 죽기 전에 사용하였던 이불과 요를 쓰고 일주일을 보낸 후 남편과 똑같은 병을 얻어 죽고 만다. 그러나 어린 이광수는 어머니가 상술한 말을 할 때 눈에 어리었던 "전에 못 보던 빛", 그 "깊고 큰 빛"을 잊을 수 없다고 하였다.

"그러나 그때에 받은 내 정신의 감동은 형언할 수가 없었다. 더구나 어머니는 그 말대로 소원대로 된 것을 생각하면 세상에 이에서 더한 비창하고 비장한 일이 없을 것 같았다."[3]

훗날 이광수가 이리저리 떠돌아다니며 서러운 나날을 보낼 때, 그리고 결혼하여 가정을 이루고 문단에서 명성을 얻고 남아로서의 성공을 이룩하여 갈 때 이광수에게 박아준 그 심상치 않은 어머니의 눈빛은 이광수를 이끌고 고무하는 가장 힘 있고 뜨거운 빛이 되었으며 그가 창작에서 쓰고자 하는 가장 높은 인정과 사랑의 봉우리로 되었으며 그가 두 번 다시 접할 수 있기를 갈망하는 중요한 것이 되었다.

소설 「유정」을 창작할 때 작가는 "나는 인생 생활을 움직이는 힘 중에 가장 힘 있는 것이 인정인 것을 믿습니다. 그리고 인생을 높게 하고 깨끗하게 하는 것도 인정인 것을 믿습니다. 돈의 힘으로도 권력의 힘으로도 군대의 힘으로도 할 수 없는 힘을 인정의 힘으로 할 수 있을 이만큼 인정에 신비한 힘이 있는 것을 믿습니다."[4] 하면서 인정의 아름다움을 쓰고자 하였다고 하고 있다. 그러나 이런 인정의 아름다움의 본질을 살펴보면 사심이 없는, 부모자식간의 어버이사랑에 가까운 정의 세계라는 것을 우리는 감지할 수 있다. 어머니에게서 받은 짧지만 강렬하였던 모성의 아름다움은 이광수로 하여금 자기의 창작에서 그런 사랑의 위대함과 순결성을 그리도록 추동하였던 것이다.

그에 비해 일본작가 가와바다에게 있어 모성애과 여성은 그의 마음 속에 크고 깊은 고독과 허무와 심지어는 신비의 도가니를 만들어 주었다. 가와바다는 3살에 아버지를 여의고 4살에 어머니를 여의였으며 하

---

3) 이광수, 『나/나의 고백』, 우신사, 1984년, 118면.
4) 이광수, 『유정』 서문, 우신사, 1984년.

나밖에 없는 누나도 그와 같이 있어본 적이 없었다. 말하자면 청춘으로 충만하는 젊은 여성과 접촉하여본 적이 없으며 그가 본 것은 늙고 아무런 힘이 없는 할머니와 할아버지였다. 그러므로 같은 일본의 신감각파 작가인 요꼬미쯔리이찌(橫光利一)가 가와바다는 자기 어머니를 본 적이 없기 때문에 그의 작품에는 대량으로 어머니를 연모하는 콤플렉스가 노출되어 있다고 지적하였을 때 가와바다는 몹시 놀라지 않을 수 없었다. 왜냐하면 가와바다는 자기가 어머니에 대해 전혀 모르고 있으므로 사랑의 느낌이라든가 다른 어떠한 감정도 가지고 있지 않다고 생각하여 왔기 때문이었다. 그러나 비록 어머니의 형상이 가와바다의 기억 가운데 어떠한 흔적도 남기지 못하였더라도 가와바다에 있어 어머니와 모성에 대한 갈망은 이념적인 의의에서 작가에게 심원한 영향을 준 것이다. 그리고 그 영향은 가와바다 본인이 의식하지 못할 정도로 무의식적이고 은폐적이었다. 이광수가 "아귀의 앞에는 언제나 먹을 것이 보이되 입을 대어서 먹으려면 그것이 못 먹을 것으로 변한다는 것과 같이" 애타게 정을 갈구한 것처럼 가와바다 역시 비록 어머니에 대한 구체적 인상은 없다 할지라도 그의 어머니에 대한 갈망은 절대로 이광수에 뒤지는 것이 아니었다. 특히 여성의 정결하고 부드러운 피부는 가와바다의 본능적인 갈망의 대상이 되었다.

중학시대에 가와바다는 자기와 한 침실에 있는 오오가사하라(小笠原)이라는 소년과 연애를 경험하였는데 가와바다는 그 동성연애를 자기의 첫사랑이라고 생각하였다. 전반 중학시절의 기숙생활에서 유지되어 온 그런 동성연애에 대하여 가와바다는 후에 50세의 나이에 그때의 일기를 보고 그 노골적인 표현에 자기도 저어기 놀랐다고 말하였다. 그만큼 그 시기 일기에 적어놓았던 사랑에는 불순한 의식이 섞여 있었던 것이다. 후날 지난 일을 돌이켜 볼 때에 가와바다가 갑자기 깨달은 바는 그 때의 그 자신의 사랑은 오오가사하라에 대한 사랑이기보다는 그 자신이 심령상의 전환을 갈망한 결과였다는 점이였다. 그 시기 오오가사하라의 피부에 접하였을 때 그로부터 흘러서 느껴오는 부드러운 느낌은 소년으로서의 그가 처음으로 접촉한 인체의 부드럽고 윤기 나는 청춘의 기운이였으며 처음으로 체험한 생명의 감동이였던 것이다. 그는 「독영자명(獨影自命)」이란 글에서 "나는 이번의 애정에서 따사로움과 순결함과 구원을 얻었다. 그 느낌은 심지어 나로 하여금 그가 이 세상의 소년이 아니라고까지 생각하게 하였다. 그로부터 50세에 이르기까지 나는 두 번 다시 이런 순정의 사랑과 만난 적이 없다."[5]

가와바다는 어릴 적부터 피부의 사랑을 감수해 본 적이 거의 없었으며 그러므로 오오가사하라와의 사랑은 그의 이런 거대한 결핍감을 잠시나마 보상해준 것이 되였으며 그가 유년과 동년 시절에 잃었던 사랑을 얼마간 되찾을 수 있게 한 효과를 발한 것이다. 오오가사하라는 가와바다에게 "인생의 새로운 경이"를 가져다주었으며 그는 가와바다의 "구세주"와 "수호신"으로 되였다. 여성이 없었던 가정이라는 특점은 가와바다의 성의식으로 하여금 기형적인 면모를 띄게 하였는데 말하자면 그에게는 사랑의 정이 싹트는 나이에 소년에게서 느끼는 매력과 유혹은 소녀를 초월하였던 것이다. 오오가사하라와의 이 감정은 가와바다에게 더러운 기억을 남겨주지 않았을 뿐더러 그에게 커다란 즐거움과 따사로움을 가져다주었으며 그로 하여금 자아혐오감을 잊을수 있도록 하였으며 자포자기의 소극성을 극복하고 타인과 세상에 대한 두려

---

5) 川端康成, 「獨影自命」, 중국사회과학출판사, 1996년, 19면.

움을 초월함으로써 인생에서 희망을 갖도록 하였던 것이다. 후에 가와바다는 이 한 단락의 경험을 기초로 소설 「소년」을 창작하였는데 창작 후 작가는 이 부분의 일기 원고와 오오가사하라와 거래하였던 서신들을 전부 불살라 버렸다.

조선의 작가 이광수의 경력을 살펴볼 때 우리는 이광수 역시 동성연애에 대한 기록을 남기고 있음을 찾아볼 수 있다.

> 그러나 나는 그가 나를 사랑해주는 줄을 느꼈다. 그가 나를 보고 빙그레 웃을 때면 나는 가슴이 울렁거리고 그의 품에 안기고 싶었다. 형도 없고 누나도 없는 쓸쓸한 가정에서 자라나는 때문이었을까. 나는 어려서부터 퍽 고적을 느꼈는데 내 고적한 혼을 만져주기 위하여 처음 나타난 사람이 이 심태섭이었다. …(중략)…
>
> 나는 처음으로 애정을 경험한것이다. 그것은 우리가 소나기를 만났을 때에 태섭은 바위 밑에서 나를 꼭 껴안아 주어서 젖지 않고 춥지 않게 해주고, 그리고 소나기가 그치고 볕이 나서 우리가 바위 밑에서 나올 때에 태섭은 내 목을 꼭 껴안고 입을 맞추어 주었던 것이다. 나는 그의 입의 향기를 지금도 기억하고 있다. 그것은 그의 향기였을는지도 모른다.[6]

이것은 춘원이 8세 나던 때의 일이였으며 태섭이라는 남자는 나이가 18세나는 총각이었다. 여기서 춘원은 총각의 입맞춤에 대하여 더럽다기보다 향기롭다고 하고 있는데 그러나 그가 인식한 동성연애는 가와바다처럼 그렇게 구체적인 내용을 가진 동성연애는 아닌듯하다. 뿐더러 그는 가와바다처럼 그렇게 기이한 감각적인 자극에 빠져들지 않았다는 것을 알 수 있다. 설령 이광수의 정에 대한 갈증이 가와바다처럼

---

6) 김영덕, 「춘원의 기독교입문과 그 사상과의 관계연구」에서 재인용, 『이광수 연구』(상), 태학사, 1984년, 181면.

그렇게 간절하였다 하더라도 이광수는 다만 범상적인 의의에서의 인간의 정을 갈망하였을 뿐이라는 것은 다음의 이광수의 고백이 증명하여 준다.

> "세상에 나를 반가와 하는 사람이 없을 수록에 나는 더욱 사랑을 갈망하였다. 마치 아귀의 앞에는 언제나 먹을 것이 보이되 입을 대어서 먹으려면 그것이 못 먹을 것으로 변한다는 것과 같이. 게다가 나는 돈보다도 지위나 명성보다도 누구의 사랑을 구하는 성품이다 나를 만져주는 따뜻하고 부드러운 손이 없이는 살수 없을 것 같이, 어려서만이 아니라, 낫살 먹은 뒤에도 생각하는 가여운 업보를 타고난 중생이다. 사랑을 구하면서 사랑을 못 받는 것은 배고픈 일이었다. 헐벗은 일이었다."[7]

그의 자서전인 「인생의 향기」에 의하면 그가 열 살 때 산에서 나무를 하다가 무명지 세 마디를 그만 베여서 울고 있을 때 길 가던 웬 여인이 치마 고름을 찢어서 싸매어 준 일을 적고 있었다. 조실부모한 고아로서 그때 이광수는 그냥 고맙다고 생각하기보다는 그것 이상으로 오랜 시간 그 여인의 얼굴을 생각하고 감격해한 끝에 부모를 잃고 난 후 처음 용기를 얻었다고 쓰고 있다. 이때 이광수가 표현하고 있는 '용기'는 사실상 가와바다가 오오가사하라에게서 느꼈던 "인생의 새로운 경이"에 맞먹는 충격과 고무의 역량인 것을 알 수 있다. 다르다면 이광수는 이성이나 동성이나를 막론하고 그에게 인정의 뜨거움을 보인 사람이면 그 인정의 아름다움에 감격하고 그를 동경하였던 것이다. 그러나 가와바다는 이광수처럼 정신적인 데로 도약(跳躍)할 수 없었으며 그는 늘 어릴 적부터 "음탕하고 방탕한 망상 속을 방랑"하였으며 이에

---

7) 이광수, 『나 / 나의 고백』, 우신사, 1984년, 55면.

대해서는 그 본인도 승인한 바이다. "만약 일단 육체적인 미가 결핍하게 된다면 환상적인 정경에 대한 나의 갈망과 격정은 그에 따라 소실되고 만다." 이렇게 쓰고 있는 가와바다에게서 우리는 감각에 특별히 민감한 그의 개성적 특성에 놀라는 한편 그가 창작에서 이룩한 신감각파의 예술성과도 함께 상기하게 된다. 확실히 '감각의 노예'의 모습으로 보이는 그의 이런 개체적인 타고난 경향성이 그의 신감각파의 예술 추구와 전혀 무관하다고는 할 수 없는 것이다. 그러나 여하튼 두 작가가 모두 모성결핍증에서 그에 대한 보상의 노력에 혼신의 힘을 기울였다는 점에서는 동일한 것이다.

작가 이광수는 자기가 동년시절에 체험하였던 모성애의 높이와 깊이와 아름다움을 자기의 작품에서 마음껏 추구하고자 하였으므로 그의 작품에서는 심지어 정상적인 애정마저도 모성애가 가리키는 범위의 내용과 혼동되거나 굴절된 모습으로 굳어지기조차 하였다.

소설 「유정」에서 최석이 남정임을 아끼고 사랑하는 것은 처음부터 끝까지 어버이사랑인 것이다. 물론 그들 사이의 정감이 이성지간의 사랑의 특징을 구비하였다고 말할 수 있지만 두 주인공은 억지로라도 그런 이성지간에 있음직한 사랑의 내용을 배재해버리고 그보다 훨씬 숭고한 것을 추구하고자 하고 있다. 그러나 그런 숭고한 것이 도대체 무엇인지는 똑똑히 밝히지 못하고 있는데 그들이 세속적인 결혼의 방식을 거부하였다는 것만은 분명하다. 남정임과의 관계로 인하여 최석이 안해와 사회로부터 억울한 누명을 쓰고 멀리 북만주로 갔을 때 그는 마침 자기와 같은 처지를 당하여 조선을 탈출하여 나온 R이라는 남자를 만나게 된다. 그때 R은 자기의 사랑하는 제자와 결혼하여 애들을 주렁주렁 낳아 살림을 차려 살고 있었다. 최석은 자기도 모르게 그런 R

과 자기를 비교하면서 아무리 해도 R의 그런 인생선택에 수긍할 수 없다는 결론을 얻는다. 뿐더러 R을 싫어하게 까지 되어 "R과 그 여학생과 두 사람이 영원히 달치 못할 꿈을 안은 채로 깨끗하게 죽어서 묻"혔다면 얼마나 좋았을 것인가 하고 잔인한 생각까지 하면서 "일종의 불만과 환멸"을 느꼈다. 그리고 자기와 정임이의 일을 생각하면서 "그리고 내가 정임을 여기나 서백리아나 어떤 곳으로 불러다가 만일 R과 같은 흉내를 낸다 하면 하고 생각해 보고는 나는 진저리를 쳤소. 나는 내 머리 속에 다시 그러한 생각이 한 조각이라도 들어 올 것을 두려워 하였소." 하고 자기의 태도를 분명히 하고 있다.8) 여기서 최석이 수호하고자 한 "영원히 달치 못할 꿈"이란 어떤 경지를 말함인가? 그것은 작가 이광수가 소설창작 동기에서 밝히고 있는 "인정의 아름다움"이란 내용과 분명히 통할 것인즉 필자는 이광수가 어릴 적 자기 어머니로부터 받았던 그 사랑의 질에 대등하는 경지의 것이라고 말하고 싶은 것이다.

　「유정」에서 최석과 남정임 사이의 애매한 관계에 닮은 정감상태는 소설 「사랑」에 오면 보다 순화되고 보다 멀리 가 있다. 소설에서 남녀 주인공인 안빈과 석순옥은 「유정」의 최석과 남정임처럼 서로 깊이 사모하면서 세속적인 결혼의 길로는 가지 않는다. 「유정」에서 최석은 사회의 비난을 외면하여 조선을 떠나 죽어버리지만 「사랑」에서 안빈은 불교적인 인생관으로 무장하였기에 최석처럼 그런 상처투성이의 모습이라기보다는 "잘 생긴 강이나 산"처럼 확고하다. 뿐더러 자기의 그런 강한 인내의 정신을 자기를 사모하는 석순옥에게까지 가르친다. 그리고

---

8) 이광수, 『유정』, 우신사, 1984년, 114면.

소설은 두 사람의 관계와 같은, 세속적인 결혼도 하지 않고 그러나 잊지도 않으면서 사모에 불태우는 모습이야말로 최고 아름답다는 가치판단을 하고 있다. 이런 심미판단 역시 이광수가 추구한다고 한 상술한 "인정의 아름다움"을 가리키고 있다고 할 수 있다. 이에 대해 이광수는 다음과 같이 말하기도 한다.

> "육체의 결합을 목적으로 하는 사랑이 가장 많겠지마는 그것은 마치 생물계에 사람보다도 벌러지가 많다는 것과 다름없는 것이다. 육체의 결합과 아울러 정신에 대한 사모를 짝하는 사랑이야말로 비로소 인간적이라는 이름으로 불려 질 자격을 가지겠지마는 한층 더 올라가서 육체에 대한 욕망을 전연 떼어버린 사랑이 있는 것이 인류의 자랑이 아닐 수 가 없다. 그것은 일시적인 우리 육체 속에 있는 「영원한 존재」를 인식하는 데서만 생길 수 있기 때문이다."[9]

여기서 이광수는 그 표현을 달리하여 "우리 육체 속에 있는 「영원한 존재」"라고 하고 있지만 그 역시 앞에서 말하였던 "인정의 아름다움"과 같은 의미의 내용인 것이며 더 나아가 그것은 이광수가 자기 어머니로부터 감수하였던 모성에 가까운 아름다운 인정의 세계라고 충분히 해석할 수 있는 것이다. 다만 그는 그런 아름다운 정감이 부모 자식 간에만 있을 것이 아니라 남남지간에도 구비되어야 하며 더 나아가 인간이라면 반드시 갖추어야 하는, 혹은 발굴되어야 하는 "영원한 존재"라고 인식하였을 따름인 것이다.

소설 「사랑」에서 세 여성은 무엇보다도 모성을 구비한 인격체로서 아름다움을 구비하고 있다. 석순옥은 안빈에 대하여 정신적인 사모만

---

9) 이광수, 『유정』 서문, 우신사, 1984년.

한 것이 아니라 마치 어머니와도 같은 역할을 하였다는 것은 아래의
구절이 말해준다.

> 순옥은 아이들만을 돌아보는 것이 아니라, 안빈의 뒤도 거두었다. 내
> 복·칼라·와이셔츠·양말을 아침마다 구김살 없이 준비하여놓고 또 양
> 복과 넥타이도 다리미로 다려서는 양복장에 걸어 놓았다.[10]

석순옥뿐만 아니라 소설의 다른 두 여주인공도 마찬가지다. 안빈의
부인인 천옥남은 안빈과 혼인한 후의 근 20년간 그 사이 남편이 "삼년
이나 병을 앓는 동안, 또 안빈이 칠년이나 의학공부를 하는 동안" 재봉
삯일을 하여 안빈의 뒷바라지를 한다. 하여 안빈이 마침내 성공을 이룩
할 때에 부인은 그만 병이 들어 죽어가게 된다. 이광수의 어머니가 이
광수의 성공을 기원하여 죽기를 원하였듯이 천옥남은 남편이 성공을
이룩하기까지 목숨을 바쳤다. 이광수 어머니는 이광수의 성공을 염원
하였을 뿐으로 그것을 실제로 도울 수는 없었으나 소설에서 천옥남은
안빈의 성공을 직접 도울 수 있었다. 작가 이광수는 천옥남의 형상을
아내라기보다 어머니에 보다 가까운 모습으로 그림으로써 작가의 어머
니가 죽으면서까지 아들 인생의 행복을 기원하였던 간절함을 예술화하
였다. 소설에서 석순옥뿐 아니라 박인원 같은 도고한 독신여자마저 모
성이 발굴되는 모습으로 처리한 것은 이광수의 상술한 의도를 보다 명
확히 하여주는 증거이다. 안빈을 잘 모르고 더 정확히는 알려고도 하지
않았던 극히 회의적이고 자기 주체성이 강한 박인원은 석순옥이 허영
과 결혼하여 안빈 곁을 떠나자 석순옥을 대신하여 마치 어머니와도 같

---

10) 이광수, 『사랑』, 우신사, 1984년, 192면.

이 안빈의 자녀들을 부양하면서 모성애의 아름다움을 보인다.

이렇듯 작품에서 안빈과 세 여성 사이의 인정의 세계는 크고 깊은, 부모 자식 간에 있음직한 모성에 가까운 사랑의 모습인 것이다. 이광수는 이 인간세상에서 남과 남 사이에도 모성화한 아름다운 인정의 연계가 이루어질 수 있기를 갈망하였으며 그것을 자기 작품에서 실험하였던 것이며 그리고 사람과 사람지간에 이런 정감으로 넘치는 인간사회야말로 이상적인 사회라고 구가한 것이다.

이광수가 모성애에 대한 강렬한 인상과 모성결핍증으로부터 자아헌신적인 모성애적인 정감을 최고의 아름다움으로 보았으며 결과 이성지간의 정감마저도 그 방향으로 굴절시켰다면 가와바다에게서 모성은 아무런 구체적 내용도 가지고 있지 아니하다. 가와바다의 소설 「눈고장」에서 여주인공 고마꼬에 대하여 작가는 남주인공인 시마무라의 입을 빌어 "심지어는 모성과 같은 감각"을 느꼈으며 안전감을 가졌다고 표현하고 있으나 그가 여기서 쓰고 있는 모성의 구체적 내용은 이광수가 감수한 모성애의 깊이와 높이에 도달한 것이 아니며 관념화와 추상화에 머물러 있을 뿐이다. 작품에서 여주인공 고마꼬의 형상은 이광수에게서 부각된 여성들과 본질적으로 다른바 그들은 모성을 구비한 인격자가 아니라 이성으로 향한 사랑에 자기를 매몰시키려는 일본 여성의 전통미의 소유자에 보다 접근하고 있다. 자기 선생의 아들인 유끼오(行男)의 불치의 병을 치료하는 데 필요한 비용을 벌려는 목적으로 예기가 된 고마꼬의 헌신정신이 두드러지긴 하지만 사랑하는 남자의 품속에 죽도록 잠겨 버리고자 하는 퇴폐에 가까운 욕망이 전자를 훨씬 압도하고 만다. 작가는 이런 여성형상을 부각함으로써 애처로운 생명에 대한 동경의 노래를 부른 것이지 이광수처럼 모성화한 "인정의 아름다움"을 노래한 것은 결코 아닌 것이다.

가와바다에게서 보다 두드러지는 것은 그에게서 여성형상은 흔히 모성결핍증으로 인한 자아혐오감과 우울증을 극복하고자 한 노력의 산물이란 점이다. 소설 「이즈의 춤아가씨」에서 아름다운 무녀의 형상이 그러하다. 대정 7년(1918년)의 여름에 가와바다는 고아의식에서 오는 우울증을 이겨내기 위하여 홀로 경치가 아름다운 이즈반도를 여행하였는데 여로에서 유랑예인들을 만나 길동무하였다. 가와바다가 그때 의식적으로 유랑예인들을 뒤쫓을 수 있었던 것은 여성이 없는 가정에서 성장한 결과 가지게 된 여성에 대한 남다른 민감성과 그에 빨려 들어가는듯한 사랑의 힘 때문이었다. 어느 한번 가와바다는 무녀들이 낮은 소리로 "참 좋은 사람이야"하고 자기에 대해 의논하는 소리를 들었다. 가와바다가 보기에 그들의 이런 평가는 "천진하게 정감을 토로한 소리"였고 "순진하면서 솔직하였고 상당히 여음이 있었다."[11]하여 가와바다 본인마저도 자기가 좋은 사람이라고 신심을 가질 수 있도록 막혔던 마음이 확 트이는듯 힘을 얻었다. 비록 담담한 한마디였으나 그 평가는 가와바다로 하여금 종신토록 잊을 수 없도록 하였고 감격하게 하였다.

> "스무살인 나는 자기 성질이 고아근성으로 비뚤어져있다는 호된 반성을 거듭하고 그 숨막히는 우울에 견디여니재 못해서 이즈려행에 나와있는것이였다. 그래서 세상에서 흔히 느낄수 있는 생각으로 자기가 좋은 사람으로 보인다는것이 말할나위없이 고마운것이였다."[12]

이런 효과는 사실상 가와바다가 오오가사하라와의 동성연애에서 생

---

11) 가와바다 야스나리, 「이즈의 춤아가씨」, 『세계문학』(5), 연변인민출판사, 1981년, 23면.
12) 가와바다 야스나리, 「이즈의 춤아가씨」, 『세계문학』(5), 연변인민출판사, 1981년, 23면.

의 힘을 얻었던 느낌과 같은 내용의 것이었다. 이즈의 여행을 거친 후 가와바다는 8년이란 시간의 온양을 거친 후에 이 불멸의 정감을 붓끝에 옮겨 불후의 명작인 「이즈의 춤 아가씨」를 창작해낸 것이다. 소설에서 가와바다의 분신인 청년학생이 암담하였던 마음으로부터 자아확신의 신심을 갖게 된 심리변화를 다음과 같이 쓰고 있다.

> "나는 아무리 친절한 대접을 받아도 그것을 참으로 자연스럽게 받아들일수 있을것만 같은 아름다운 공허한 심정이였다. 래일아침 일찍이 할머니를 우에노역에 데리고 가서 미또까지 차표를 사주는것도 지극히 당연한 일인 줄로 생각하고 있었다. 무엇이고간에 하나로 무르녹아버린것 같이 느껴졌다. 선실의 남포등이 꺼져버렸다. 배에 실은 생선과 바닷물 냄새가 강해졌다. 깜깜한 속에서 소년의 체온으로 따스해짐을 느끼면서 나는 눈물이 흐르는 대로 내버려두었다. 머릿속이 맑은 물이 되어버려서 그것이 주룩주룩 흘러 그 뒤에는 아무것도 남지 않을것 같은 달콤한 상쾌감이였다."13)

여기서 말하는 "머릿속이 맑은 물이 되어버려서 그것이 주룩주룩 흘러 그 뒤에는 아무것도 남지 않을 것 같은 달콤한 상쾌감"이란 표현은 바로 인간들 사이 심령상의 교류를 거친 후 갖게 되는 조화롭고 행복한 이상적인 경계를 가리키는 것이다. 이렇듯 가와바다의 붓끝에서 무녀와 같은 여성형상의 창조는 그대로 작가 가와바다가 자기의 고아근성과 모성결핍증을 이겨내고 생활의 신심을 얻기 위한 노력의 산물이였던 것이다.

---

13) 가와바다 야스나리, 「이즈의 춤아가씨」, 『세계문학』(5), 연변인민출판사, 1981년, 29면.

2. 첫 연정의 아픈 체험과 그에 대한 동경

이광수와 가와바다는 모두 첫사랑의 실패를 경험하였으며 그로 인한 영향은 크고 깊었다. 이광수는 「나 / 나의 고백」에서 그가 첫사랑의 연정을 품었던 여인인 실단이에 대해 쓰고 있다. 실단이를 사랑하게 된 것은 그가 일본에서 중학공부를 할 때였다. 조실부모하였던 관계로 갈 곳이 없었던 그는 정월 대보름에 외가를 찾아 갔었는데 실단이는 바로 그 외가가 있는 동네집의 여자애였다. 따져 보면 이광수네 집안과 아무런 친척관계가 없는 것은 아닌 집안이기도 한데 어린 이광수는 실단이를 보자부터 "실단에게 강하게 마음이 끌리는 것을 억제할 수가 없었"으며 "사랑을 느낀 것은 이날 밤, 실단에게 대하여서가 맨 처음이었다." 그 애와 술래잡기 유희를 놀 때 "그가 내 허리를 반쯤 안고 뒤에 와서 붙을 때에는 일부러 무관한 체 힘을 써야만 내 마음의 평정을 보전할 지경이었다."14) 후에 실단이네 집에서는 어린 이광수를 위하여 생일상도 차려 주었고 여러 번 만나는 사이 둘은 애틋한 사랑의 정을 키웠다.

> 나이 이십이 가까우니 장가 들고 싶은 생각이 상당히 강하였다. 게다가 실단이를 그리워하는 마음이 억제하기 어렵도록 강하였다. 나는 몇 번이나 실단이 아버지에게 내 뜻을 고하는 이를테면 청혼 편지를 썼으나 하나도 부치지는 아니하고 다 찢어버렸다. 집도 한 간 없는 중학생 녀석이 남의 딸을 노리는 것이 몰염치한것 같았고, 그렇다고 해서 내가 성공하여 처자를 칠만한 힘이 생길 시기까지 실단이를 시집 보내지 말고 기다리게 하여달라는 것은 더욱 뻔뻔스러운 일이었다.

---

14) 이광수, 「나 / 나의 고백」, 우신사, 1985년, 59면.

지나간 사년, 만 삼년 이개월간에 하나 사진도 없이 필적도 없이 그를 그리워하였다. 다만 내 마음속에 그의 동그스름한 얼굴, 갸름한 눈, 방싯 열린 재주 있을듯한 입술 사이로 엿보이는 하얀 이빨, 까무스름한 살빛, 그리 크지 아니하나 구석 빈데 없은 몸매, 이런 재료로 그를 만들어 놓고는 그리워하였고 심히 부드럽고도 맑은 그의 음성을 귀에 듣고는 그리워하였다. 내가 상상하는 얼굴이 실물에 얼마나 가까운지 나는 모른다. 그러나 내가 마음속에 그려 놓은 그는 내게 있어서는 실재였다. 나는 그를 위하여 공부에 힘을 내고 그를 위하여 살았다. 더구나 내가 학년이 높아져서 문학작품을 읽게 되면서부터 그 속에 나오는 모든 아름다운 여성을 언제나 내 실단이와 비교해보았다. 그러나 문학작품 중의 어느 여성도 내 실단을 당할 수는 없었다. 단테의 베아트리체나 내 실단이에 비길까.[15)

이렇듯 실단이를 그리워하매 그에게 실단이는 그대로 모자람이 없는 "완전 그 물건이었다." 그러나 4년 후 그가 그리움을 안고 실단이를 볼 수 있는 외가를 찾아갔을 때 공교롭게도 바로 그날이 실단이 새서방이 장가 오는 날이었다. 부자집이기는 하나 "나이는 열다섯 살인데 아직도 침을 질질 흘리고 게다가 반벙어리"의 남자가 실단이 신랑이라는 것이었다. 실단이 집에서는 처음에는 신랑됨됨이를 모르고 속아서 약혼을 하였으나 후에는 실정을 알고도 파혼을 못하였는데 그 원인은 "실단이 할아버지는 양반의 집에서 한번 허락했으면 고만이지 웬 딴소리가 있느냐고 고집을 하"[16)였기 때문이라고 하였다. 이런 간단하고도 완고한 이유는 한 꽃 같은 여성의 일생을 쉽게 망가뜨렸다. 그때의 분노를 이광수는 다음과 같이 쓰고 있었다.

---

15) 이광수, 「나 / 나의 고백」, 우신사, 1985년, 81면.
16) 이광수, 「나 / 나의 고백」, 우신사, 1985년, 89면.

<그러기로 이럴 법도 있나?>

나는 한번 더 속으로 중얼거렸다. 이때에 내가 느낀 슬픔, 분함, 뉘우침, 괴로움은 도저히 내 붓으른 그릴 수가 없다. 그저 내 모든 희망, 신앙, 평생의 계획이 한꺼번에 다 깨어지고 절망과 암흑의 밑 없는 구렁텅이로 빠진 것과 같았다고나 할까.[17)

이어서 이광수는 "끝으로 자식의 운명을 부모의 마음대로 결정하는 우리나라의 인습에 대하여 강하게 반항하는 마음이 불 일듯 일어나기도 하였다."[18)고 쓰고 있는데 훗날 이광수는 그때 가졌던 억울함과 분노를 부단히 자기 작품에서 곱씹는다. 그러므로 우리는 「소년의 비애」에서의 난수의 형상, 「무정」에서 영채의 형상, 「흙」에서 유순의 형상 등에서 실단의 그림자가 비쳐있음을 느끼게 된다. 이렇듯 첫 연정의 아픈 체험은 작가 이광수로 하여금 낡은 관습에 반대하여 나서는 반봉건의 전사(戰士)가 되도록 하였다. 소설 「무정」에서 이광수는 김병욱과 같은 신녀성의 형상을 부각하여 다음과 같은 격렬한 언론을 발표하게 한다.

"여자도 사람이지요. 사람일진대 사람의 직분이 많겠지요. 딸이 되고, 아내가 되고, 어머니가 되는것도 여자의 직분이지요. 또 혹은 종교로, 혹은 과학으로, 혹은 예술로, 혹은 사회나 국가에 대한 일로 인생의 직분을 다할 길이 많겠지요. 그런데 고래로 우리 나라에서 는 남의 아내 되는것 만으로 여자의 직분을 삼았고, 남의 아내가 되는것도 남의 뜻대로, 남의 말대로 되어 왔어요. 지금까지 여자는 남자의 한 부속품, 한 소유물에 지나지 못하였어요. 영채씨는 부친의 소유물이다가 이씨의 소유물이 되려 하였어요. 마치 어떤 물품이 이 사람의 손에서 저 사람의 손으로 옮겨가는 모양으로……. 우리도 사람이 되어야 합니다. 여자도 되려니와 우선

---

17) 이광수, 「나 / 나의 고백」, 우신사, 1985년, 91면.
18) 이광수, 「나 / 나의 고백」, 우신사, 1985년, 90면.

사람이 되어야 합니다. 영채 씨께서 할 일이 많지요. 영채씨는 결코 부친
과 이씨만을 위하여 난 사람이 아니외다. 과거 천만대 조선과, 현대 십육
억 동포와, 미래 천만대 자손을 위하여 나신것이야요. 그러니깐 부친께
대한 의무 외에, 이씨께 대한 의무 외에도 조상께, 동포에게, 자손에게
대한 의무가 있어요. 그런데 영채씨가 그 의무를 다하지 아니하고 죽으
려 하는것은 죄외다."19)

김병욱이 토하는 이 장편 연설은 신여성인 김병욱이 한 말이라기보
다는 이광수 자신이 하고 싶은 마음의 목소리였다. 소설에서는 구식 여
자인 영채를 두고 한 말이지만 진실로 이광수는 자기가 사랑하였던 실
단이 같은 여자가 낡은 인습에 의하여 불행을 당하는 일이 두 번 다시
이 땅에 있어서는 안 될 일이라고 간절히 생각한 바였다. 사실상 이광
수의 전 작품을 분석해 볼 때 우리는 이광수가 신여성의 구체적 의미
를 잘 알고 있다고는 할 수 없다. 그가 그려낸 소위 신여성은 「무정」의
김병욱 외에 성공적으로 부각한 인물이 거의 없다는 사실은 이 점을
충분히 말해주는 바이다. 뿐더러 이 김병욱 역시 자세히 살펴보면 신여
성이라기보다는 작가의 목소리를 전하는 한 개 부호로서의 의미가 더
짙다. 그와 반면에 이광수는 구식 여성을 더 잘 알고 있으며 그들의 운
명을 깊이 관심하고 있고 그들에게 무한한 동정을 주고 있음을 우리는
감지할 수 있다. 소위 신여성이란 이광수의 이런 구여성에로 향한 동정
과 사랑의 마음을 전하는데 필요한 연결고리일 뿐이지 그 이상의 의미
는 담지 못하고 있다. 이광수는 자기의 작품에서 구식 여성의 인내의
미덕과 자기희생정신에 더 없는 찬양의 자세를 보이고 있다. 소설 「흙」
에서 남주인공 허숭은 농촌계몽의 의무를 실행하기 위하여 서울에서의

---

19) 이광수, 「무정」, 광명출판사, 1993년, 310면.

안락한 생활을 버리고 시골로 내려가는데 전형적인 구식 여성인 유순을 찾아가 다음과 같은 말을 한다.

> 「천하 사람이 다 있어도 순씨가 없으면 천지가 비인것 같아서……」
> 「고맙습니다」
> 하고 순은 한번 더 고개를 숙였다.
> 「나는 아주 이 동네에서 살려고—일생을 이 동네에서 살려고 서울을 버리고 내려왔지요. 집을 짓는 것도 그 때문여요. 이 동네가 고향이 되어서 그런 것이 아닙니다. 이름이 고향이지 집도 없고 아무것도 없고, 생각을 하면 잇새에 신물이 도는 고장이지마는 이 동네에서 일생을 보내려고 작정한 것이 무슨 때문인지, 누구 때문인지 아서요?」[20]

신여성이 아니라 구식 여성과 이런 아기자기한 사랑의 속삭임을 하고 있는 남주인공의 형상에서부터 우리는 얼마간 의아한 느낌을 가짐과 동시에 작가 이광수의 구식 여자에 대한 깊은 미련의 정을 충분히 감지하게 된다. 이광수는 참으로 여성해방의 선두에 서서 활약하거나 혹은 시대의 맨 앞자리에 서서 시대의 바퀴를 끌고 나아가고자 하는 신여성, 자기 운명을 스스로 좌우지하고자 하는 정신이 있는 여성에 대해서는 잘 모르고 있는바 이는 근대작가로서의 이광수의 과도기적 특성과 제한성 때문이라고 지적할 수 있다. 소설 「사랑」에서 석순옥의 형상도 그의 신앙적인 일면을 빼고 보면 사실상 백프로의 구식 여성인 것이다.

그러나 여하튼간에 이광수는 자기의 작품에서 정의 세계를 대폭적으로 그리면서 이정항리(以情抗理)의 기치를 높이 든 것이다. 그에 비해 가와바다에게 있어 첫사랑의 실패는 그의 모순으로 충만한 여인관의 형

---

20) 이광수, 「흙 / 무명」, 『학원 한국문학전집(전 30권)』, 학원 출판공사, 1992년, 94면.

성, 심지어는 창작관의 형성을 직접 영향 주게 된다.

가와바다가 소년에 대한 사모를 소녀에 대한 정상적인 연모로 전환시켜 "먼 하늘의 번개를 대상으로 한듯한" 진정한 의미의 첫사랑을 경험한 것은 가와바다가 동경제국대학에서 공부할 때의 일이었다. 그는 16세 나는 이도우 하쯔꼬(伊藤初代)라는 여자애를 알게 되었는데 그때 그녀는 제국대학에서 멀지 않은 곳의 한 커피숍에서 여접대원으로 일하고 있었다. 가와바다는 그녀에게 깊은 애정을 느꼈으며 친구들에게 자기가 하쯔꼬와 결혼하게 될 것을 선포함으로써 친구들을 경악하게 하였다. 얼마 후 둘은 확실히 정혼하였고 결혼준비를 알뜰히 하였다. 그러나 만단의 준비가 된 때에 가와바다는 갑자기 하쯔꼬로부터 결혼을 할 수 없다는 훼약의 편지를 받았다. 이 짧고 급촉하고 간단하고 연유가 불분명한 편지는 가와바다의 마음속에 거대한 회오리바람을 일으켰으며 수년이 지난 후에도 그 여음은 여전하였다. 훗날 가와바다는 다른 여자와 결혼생활을 하였지만 그것은 첫사랑을 잃은 가와바다의 공허한 심정을 메우기 위한 것에 불과하였다. 가와바다가 "나로 하여금 동심을 보존하게 한 여성은 바로 나 이상중의 안해이다."[21]한 것과 같이 가와바다는 첫사랑의 연인을 영원히 잊을 수가 없었으며 그를 "이상중의 안해"로 마음속에 새겨 일생을 그와 동행하였고 "동심"처럼 순수한 동경을 간직하였던 것이다. 확실히 가와바다가 그려낸 수많은 아름답고 순결한 소녀의 형상 속에는 다다소소 하쯔꼬의 혈액이 흘렀던 것이다. 이렇듯 실패한 첫사랑은 가와바다의 창작에 불멸의 동경을 심어주었다.

그리고 동시에 첫사랑의 좌절은 가와바다의 여인관의 형성에 영향

---

21) 川端康成, 「獨影自命」, 중국사회과학출판사, 1996년, 125면.

주었다. 모성애의 결핍과 첫사랑에서 당한 중대한 배반은 가와바다로 하여금 여성의 온유함과 아름다움을 갈망하게 함과 동시에 여성에 대해 심각한 회의와 심지어는 절망을 느끼게 하였다. 끊어버릴 수 없는 동경 때문에 절망의 느낌이 보다 강렬해지는 것이며 그런가 하면 절망 속에서 희망을 얻고 다시금 동경에 탐닉하고자 하였던 것이다. 가와바다는 절망을 포기함으로써 해탈 받고자 노력하기도 하였으나 그럴 려면 우선 여성에 대한 동경을 철저히 포기하여야 하며 그러나 본질적으로 가와바다는 여성으로부터의 강렬한 유혹을 아무리 해도 씻어버릴 수 없는 형편이었다. 이는 실로 심각한 아이러니인바 가와바다는 자기도 모르는 가운데 여성을 섬세하게 관찰하고 여성에 대한 그리움가운데 빠져들었던 것이다. 여성에 대한 깊은 관심은 가와바다로 하여금 극도로 피로하게 하였고, 그러나 가와바다로 하여금 순결하고 우아하고 강의하며 생명력으로 충만한 여성을 자기 작품에 부각하도록 하였던 것이다.

가와바다는 화목한 가정에서 행복하게 성장한 여자를 좋아하는 것이 아니라 "친인과 이별하였고 불행한 환경가운데서 성장하였고 그러나 자기의 불행을 승인하고자 하지 않을 뿐더러 이런 불행을 이겨내고 인생의 길을 걸어온 여자"22)를 좋아하였다. 하쯔꼬(初代)가 바로 그런 불행한 소녀로서 선후로 어머니와 사별하고 아버지와 생이별하였고 여기저기로 표박하면서도 견강하고 활달하며 남에게 자기의 불행을 전시하지 아니하는 인격이었다. 가와바다가 갈망하는 것은 바로 이런 자기와 비슷한 경력의 사람이었다. 오로지 이런 사람이여야만이 자기를 충분

---

22) 川端康成, 「致父母的信」, 『川端康成文集·伊豆的舞女』, 중국사회과학출판사, 1996년, 215면.

히 이해할 수 있었으며 자기와 같이 인생의 승화를 완성할 수 있다고 인정한 것이다. 그러나 가와바다는 불행히도 배반당하였으며 그는 자기의 이 여한을 아름다운 동경으로 화함으로써 그만의 독특한 예술을 빛내었던 것이다. 이광수가 계몽의 과제를 안고 있는 그 시기 조선사회에서 사회 변혁의 의무를 깨닫고 노력하였다면 그 시기의 일본은 시대적으로 조선에 앞장서 있었으며 그러므로 가와바다는 계몽의 의무 같은 것은 당연히 생각할 바가 아니었다. 그는 자기의 창작에서 소설의 허구 면에서의 수용도를 넓혀 추악한 것은 의식적으로 삭제해버리고 여성을 완미화하고 현실을 이상화시켜 일종의 승화된 초현실의 미를 이룩한 것이다. 또한 이러는 가운데 작가는 그 시기 일본문단의 자연주의와 사실주의를 극복하고 현대주의에로 나아가는 길에서 중요한 역할을 한 것이다.

3. 두 작가가 수용한 서로 다른 민족문화전통

금방 상술한 바 이광수와 가와바다는 서로 다른 시대적 과제로 인하여 그 창작도 서로 다른 모습을 보여주고 있다고 하였다. 이광수는 계몽주의문학을 하였고 가와바다는 신감각파 문학을 하였다. 그러나 이 이유는 필요이유는 되지만 충분한 이유로는 되지 못한다. 왜냐하면 보다 중요한 이유는 두 나라의 서로 다른 민족문화전통에서 찾아지기 때문이다. 조선 문학은 종래로 우국우민의 특징을 띠었던 것이며 농후한 사회참여의식을 보여주었다면 일본문학은 그와 달리 "사"적인 특징을 짙게 가졌던 바이다.

　　일본문학은 최초의 시가총집인 「만엽집」에서부터 "사(私)"를 묘사하고 "애(哀)"를 노래하는 발전방향을 예시하였다. 하여 이성지간의 연애, 슬픔과 기쁨, 이별과 만남 등 개인적인 정감을 주로 작품화하였는데 그런 것들은 인간에게 공유한 것으로 흔히 감동으로 인하여 솟구쳐 나온 정감이며 심사숙고를 거치지 않은 감성적이고도 이유가 불분명한 "사"적인 것이었다. 따라서 그런 내용들은 국가, 민족, 사회, 정치와 관계를 발생하지 않아도 되었다. 그러나 그렇다 하여 그들이 국가대사와 사회, 정치를 관심하지 않은 것은 아니며 다만 문학인들은 전통적으로 사적인 것을 국가대사와 대립시켜 개인적인 것만을 문학작품에 써넣어야 한다고 인정하였던 것이다.

　　"정치"라는 의미가 중국과 조선에서는 "국가에서 실시하는 일체 조치"를 가리키며 정치는 당연히 국가라는 개념과 이어져 있다. 그러나 그 개념이 일본에 들어간 후 그 의미는 "제사(祭祀)"로 풀이되었는데 뜻인즉 신에게 자기의 심정과 념원을 토로한다는 의미였다. 이런 하소연이나 토로는 당시에 한자로 "가(歌)"와 "소(訴)"로 의식되었으며 그 의미는 우아하고도 감동적으로 자기의 심정과 염원을 표달함으로써 신을 강렬히 감동시켜 신으로 하여금 자기의 염원을 접수하게 하는 일종의 방식 혹은 수단을 가리켰다. 정치에 대한 상술한 이해, 그리고 일본이 섬이라는 지리환경과 봉폐성으로 인하여 일본문학은 그 맹아시기에 이미 비정치성과 비사회성을 띠었으며 "사"적인 특성을 띤 것이다.

　　일본문학의 이런 특성은 대규모로 중국문화를 수입하였던 7~9세기에는 다소 압제를 받았으나 9세기 말에 와서 견당사파견의 제도가 폐지되고 중국문화의 대규모적 수입이 중지됨에 따라 일본 고유의 문화전통은 다시금 발기하고 신속하게 발전하였다. 동시에 궁중여인들을 중심으로 하는 문학살롱이 발달함에 따라 종국적으로는 물애미(物哀美)라는 미학적 개념으로 집약되었다. 이 개념에서 "물"은 객관대상이고 "애"는 주관감수이며23) 그는 "본 것 혹은 들은 것, 모 한 사물을 접촉할 때 감수한 미묘함, 조화로움 및 이에 대한 흠상의 태도"24)를 말함이다. 가와바다의 신감각파도 당연히 이런 물애미적 전통의 연장선상에서 풀이가 가능하다. 물론 그의 신감각파는 서방 현대파 문학에서 영양분을 흡수한 특징을 띠기도 하지만 예술추구 면에서 가와바다 본인이 말하고 있는바 "일본식의 수용법을 채용하여야 하며 일본식 기호에 근거하여 배우고 전부 일본화하여야 한다."25)고 하였다시피 그는 일본의 전통미를 표현하려고 노력한 것이다. 신감각파적 수법은 감각지상(感覺至上)을 강조하고 심지어는 우주만물은 모두 개인의 직각적(直覺的)인 장악가운데에 소속되어 있으며, 직각으로 사물을 관찰하고 객관 사물로 하여금 주관의 정신이 침투되게 하는, 말하자면 "주관의 확대"로 된 것이라 할 수 있다. 바로 이런 "주관의 확대"는 일본전통의 물애미의 특징과 통하는 바 가와바다는 물애의 기초에서 자유연상, 의식의 흐름, 순간의 감수 등 표현수법을 운용하여 객관사물이 인물 주체에 남겨준 순간적인 이미지 혹은 감각을 포착하고자 한 것이다.

가와바다의 소설 「이즈의 춤아가씨」는 주인공인 청년학생의 주관의식을 돌출히 하는 것으로 일관되어 있다. 청년학생의 주관감각은 아래 네 가지로 두드러지는데 중풍노인에 대한 인상, 유랑예인들에 대한 인상, 다방과 여관 여주인에 대한 인상, 그리고 고아 및 노할머니에 대한

---

23) 金田一春彦 等, 『學研·國語大辭典』, 學習研究社, 1984년.
24) 本居宣長, 「源氏物語玉之小節」, 『增補本居宣長全集』, 1984년.
25) 川端康成, 「日本文學之美」, 『20世紀日本文學史』, 叶渭渠 著, 靑島出版社, 1998년, 333면.

인상 등이다. 이런 인상계열들은 작품에서 청년학생의 주관의식과 유기적으로 통일되어 있다. 중풍노인의 병과 고통, 유행감기에 부모를 잃은 세 고아와 아들며느리를 잃은 늙은 할머니의 불쌍한 모습, 남의 기시를 받는 유랑예인들, 여기저기 떠돌아다니는 신세인 에이기찌(榮吉), 유랑도중 아이를 조산하고 잃어버려 영원한 여한을 느끼는 찌요꼬(千代子), 오빠의 반대에도 불구하고 하는 수 없어 무녀가 되어버린 가오루(熏子), 사회풍습 때문에 스스로도 자기를 얕잡아 보는 유랑예인의 한 성원인 어머니, 고향과 친인을 떠나 홀로 무녀가 된 유리꼬(百合子) 등 이런 고난에 찬 인생들을 접하면서 청년학생은 자기의 고아로서의 신세와 우울함과 외로움을 생각하여 그런 인생들로부터 강렬한 공명을 느낀다. 이러는 과정에 청년학생의 고아근성으로 왜곡되어 가던 심령은 한차례 또 한차례의 세례와 승화를 가져올 수 있었다. 전반 작품의 기저에 흐르고 있는 것은 작가의 비애적인 정조인데 작품은 주관적인 것과 객관적 심시가 원숙하게 융합됨으로써 높은 예술적 성취를 이룩하고 있는 것이다.

이런 "주관의 확대"와 달리 이광수의 작품은 "사"적이 아니라 "공"적이며 떨쳐버릴 수 없는 군중의 목소리를 항상 뚜렷이 독자에게 인식시켜 준다. 「무정」의 이형식은 사회변혁의 의무를 강하게 느끼면서 "옳습니다. 우리가 해야지요! 우리가 공부하러 가는 뜻이 여기 있습니다. 우리가 지금 차를 타고 가는 돈이며 가서 공부할 학비를 누가 주나요? 조선이 주는 것 입니다. 왜? 가서 힘을 얻어오라고, 지식을 얻어 오라고, 문명을 얻어오라고, 그리해서 새로운 문명 위에 튼튼한 생활의 기초를 세워 달라고, 이러한 뜻이 아닙니까."[26] 하고 열변을 토한다. 이

---

26) 이광수, 「무정」, 광명출판사, 1993년, 415면.

연설에서 보다시피 이형식의 자아에 대한 인식은 "학비"를 주는 "조선"이라는 이 집단에 대한 인식 속에 세워져 있으며 개체의 가치는 집단을 위한다는 "공"적인 것을 내세울 때라야 가치가 있다고 여겨졌다. 그리고 조선청년에게 이 가치는 신성한 사명으로 안겨온 것이다. 「흙」의 허숭은 이형식보다도 직접적이고 실천적인바 서울의 우월한 생활조건을 버리고 고향으로 내려가 농촌건설에 자기의 모든 것을 이바지하고자 노력하는데 그 역시 "공"적인 사회의무에 자기의 모든 것을 이바지하기 위해서였다.

> 어디 해보자, 내 힘으로 살여울 동네를 얼마나 잘 살게 할수 있는가. …(중략)… 장 래의 천국을 약속하는것 보다 당장 죽을 농민을 살릴 도리, 아주 살릴 수는 없다 치더라도, 그 고통을 감하고 이익을 증진할 도리—이것은 내 자유가 아니냐.[27]

여기서 "농민을 살릴 도리"는 자아가 아닌 집단의 이해관계를 우선시하는 "공"적인 이광수의 사고방식을 보여준다. 「무정」의 이형식과 「흙」의 허숭이 이러할 뿐 아니라 「사랑」의 안빈 역시 이형식과 허숭의 정신세계, 말하자면 사회와 민족과 시대적인 의무 등 "공"적인 것을 사명감으로 하였다는 점은 다름이 없다. 물론 안빈은 이름자 그대로 안빈낙도(安貧樂道)의 의미로 입세(入世)보다 출세(出世)를 보다 강조하는 듯하다. 그러나 사실 안빈은 대중으로부터 오는 자기에 대한 평가를 자나 깨나 기억하고 있었다. 소설에서 세 여성은 안빈을 그야말로 신성을 띤 우상으로 받든다. 천옥남은 안빈에 대하여 "하느님과 남편과를 구별할 수가 없는것 같이" 느껴졌으며 하여 "남편은 이 하늘이나 바다의 뜻을 다

---

27) 이광수, 「흙 / 무명」, 학원 한국문학전집(전 30권), 학원 출판공사, 1992년, 83면.

아는것 같았"고 심지어 "안빈이가 대수롭지 않게 여기는 그 경지조차
도 옥남에게는 알아볼수 없이 높고 먼 것이라고 생각"한다.[28] 석순옥
은 "안빈의 얼굴을 한번 대하면" 마음이 환하게 밝아져 마치 "어두운
그늘에 있다가 볕에 나온 모양"이였으며 박인원은 안빈을 "잘 생긴 큰
산이나 강을 바라보는 것 같"다고 "소리없는 설법을 하는듯" 보는 이
들로 하여금 마음 편하게 하여 준다고 신성화한다. 이렇듯 천하의 일을
근심하기보다는 개인의 수양 닦기를 보다 중시하였다 하더라도 안빈과
안빈을 부각한 이광수는 대중의 우상이 되고 싶었던 욕망을 버릴 수
없었던 것이다. 말하자면 이광수와 그가 부각한 주인공은 "공"적인 사
명감을 떠나서는 개체의 가치적 좌표를 찾지 못하는 상황이었다.

특히 소설에서 석순옥과 안빈의 사랑의 괴이한 모습은 이광수가 주
장하였던 "정의 해방"이 조선 전통 문화의 상술한 특성과 치열하게 충
돌한 결과의 모습이라고 할 수 있다. "정의 해방"은 집단으로부터 오는
구속을 벗어버리고 개인적인 정감의 존중을 전제로 하지만 이광수는
조선전통문화 속을 걸어온 한 개 문화의 분자로서 그는 "공"적인 데서
오는 역량을 철저히 외면할 수가 없었다. 개체현상으로서의 정감과 집
단의지에 대한 존중을 모두 자각하다보니 두 주인공은 서로 간 사모의
감정도 신성시하고 동시에 군중 속에 뿌리 내린 "공"적인 가치적 판결
로부터도 순결성을 수호하고자 안간힘을 쓰는 모습인 것이다. 가와바
다가 철저하게 주관을 확대시킴으로써 개인정감의 토로를 강조하여 심
감각파로 되었다면 이광수는 죽어도 군중의 힘을 숭상하다보니 신이
되고 싶었고 대중의 우상이 되고 싶었던 것이다. 이광수는 "공"적인 것

---

28) 이광수, 『사랑』(상), 우신사, 1984년, 116면.

을 너무 중요시하였기에 심지어 창작마저도 군중과의 거리가 보다 가
깝고 군중에 미치는 효율이 보다 직접적인 듯한 논문의 효과를 가져야
한다고 인식하고 있다.

> ……문학작품을 쓴다는 의식으로 썼다는 것 보다는 대개가 논문 대신
> 으로 …(중략)… 자유로 동포에게 통정할수 없는 심회의 일부분을 말하
> 는 방편으로 소설의 붓을 든 것이다. 그러므로 소설을 쓰는 것은 나의
> 여기다. 나는 지금도 문사는 아니다.[29]

이광수는 "자유로 동포에게 통정할" 것을 갈망하였다면 가와바다가
표현하고자 하는 것은 직각이며 감동이었다. 이광수가 추구하고자 하
는 이상, 포부는 사회, 국가, 시대 등 "공"적인 것과 연계되어 있었다.
일본문학은 개인적이고 비사회적이고 비정치적인 것으로서 무릇 감동
적인 문학이라면 정치와 관련을 맺기 어려웠다. 왜냐하면 정치는 이성
적이며 주밀한 사고를 거친 목적이 있는 행위이며 즉흥적인 정감의 발
로가 아니기 때문이다. 일본문학에서 "감동"은 기성사물로부터 산생하
는 모종의 정감인 것이며 그러므로 흔히는 시태(時態)상에서 과거에로
향하며 미래에 눈을 주는 것은 대체로 아니다. 과거를 위주로 한 생활
환경이 요구한 문학표현은 순정주의이고 감정상의 탐닉이고 따라서 그
런 작품은 음울한 비애와 영탄적인 논조를 띄게 되며 옛 일에 대한 미
련과 숙명에 대한 감수 등을 나타낸다. 가와바다 문학이 비애적이고 이
광수 문학이 상대적으로 밝은 미래 지향적인 경향을 나타낸 것은 이
때문인 것이다. 소설 「무정」의 결말이 이 점을 말해준다.

---

29) 김붕구, 「신문학초기의 계몽사상과 근대적 자아」에서 재인용, 『이광수 연구』(상), 태학사,
1984년, 73면.

　　어둡던 세상이 평생 어두울것이 아니요, 무정하던 세상이 평생 무정할
것이 아니다. 우리는 우리 힘으로 밝게 하고, 유정하게 하고, 즐겁게 하
고, 가멸게 하고, 굳세게 할것이로다.
　　기쁜 웃음과 만세의 부르짖음으로 지나간 세상을 조상하는 '무정'을
마치자.30)

　　이에 비해 가와바다의 작품은 시종 일종의 담백하고도 우울하고 민
감한, 그리고 섬세한 필법으로 이야기를 서술하고 있으며 그런 가운데
가와바다의 미학적 추구와 예술적 탐색을 전달해내고 있다. 그것은 그
대로 "공"적인 정감이 아니라 "사"적인 자기 표달을 우선하는 일본 고
전 미학전통에 대한 현대적 체현이며 연속인 것이다. 두 작가의 성차별
의식도 이 면에서 풀이가 가능한바 서로 비슷한 모습을 보이면서도 미
묘하지만 완고한 차이를 보여주고 있다.

　　이광수와 가와바다 두 작가의 작품에서 남성은 항상 여성의 우위에
놓여 있고 여성은 언제나 남성보다 열등한 위치에 놓여 있으며 그러므
로 남자의 우월감이 전반 창작을 관통하고 있다고 해도 과언이 아니다.
이광수의 작품세계를 본다면 「무정」에서부터 「사랑」에 이르기까지 항
상 여성이 남성을 숭배하는 모식이다. 영채는 이형식을 마음에 따르고
숭배하며 그를 위해 정조를 지키다가 그 꿈이 파멸되자 자살하고자 한
다. 「흙」에서 유순이도 허숭을 마음속에 모시며 허숭이 이미 결혼하였
어도 그 충성의 마음은 변함이 없다. 소설 「사랑」에 오면 이런 추세는
한 개 고봉을 이루어 꽃 같은 세 여성이 남주인공 안빈을 우상의 높은
지위에 두고 신처럼 공경한다.

　　가와바다 문학에서도 여성은 언제나 남성보다 열등한 지위에 처해

---

30) 이광수, 「무정」, 광명출판사, 1993년, 424면.

있었고 그에 비해 남자는 높이 올라서서 여자를 내려다보는 지위에 있었다. 「이즈의 춤아가씨」에서 남주인공 '나'는 옛 고등학교의 학생인데 당시로 보면 사회적으로 긍정 받는 인물인가 하면 그에 비해 여주인공은 사회 최하층에 처해 있는 무녀였다. 남주인공 '나'는 언제나 우월감의 시각에서 허리를 굽혀 신분이 비천한 소녀를 내려다보는 자세이다. '나'가 무녀와 같이 산길을 걸을 때 무녀는 나의 뒤를 따라오면서도 언제나 두메터거리를 사이 두는데 이 두메터의 공간은 남녀주인공의 신분과 지위의 거리를 상징해 준다고 할 수 있다. 그들 일행이 샘물을 발견하였을 때 처녀들은 자기네들이 마시지 않고 기다리고 있다가 뒤이어 온 '나'가 먼저 마신 후에야 자기네들이 마신다. 이는 남성을 받드는 그네들의 전통 예절이거니와 '나' 역시 이런 남녀 불평등의 대우를 당연한 듯이 접수하고 있다. 그런가 하면 '나'는 또 떡 뻗치고 서서 무녀가 무릎을 꿇고 허리를 구부리면서 '나'의 바지의 먼지를 털어 주는 것을 내려다본다. 내리막 산길을 걸을 때 무녀는 두 번이나 달려갔다 달려오면서 '나'의 손지팽이감이 될 만한 참대작대기를 주어오는데 그 과정에 무녀는 밭고랑에 걸려 넘어질 뻔 한다. '나'가 방을 나가려고 하면 무녀는 재빨리 '나'를 앞질러 게다를 똑바로 놓아주어 '나'에게 편리를 준다. 이런 모든 세절들은 작가의 "잔인하리만지 모든 것을 회피하지 않고 주시하는 냉철한 눈길"과 함께 결코 평등하지 못한 남녀관계를 전시하고 있다. 물론 작품은 종국적으로는 독자들로 하여금 어린 무녀의 순결과 아름다음을 감지하게 하지만 이는 분명 우로부터 아래로의 감정주입식의 연애모식으로서 가와바다문학의 시종(始終)을 관통하고 있다고 할 수 있는 것이다.

소설 「눈고장」이 표현한 애정도 이런 상하관계의 기초 위에 이루어졌다. 여주인공 고마꼬(駒子)는 신분이 비천한 예기이며 남주인공 시마무라(島村)는 아버지대에서 풍부한 가산을 물려받은 중산계급 지식인이며 예술가이다. 고마꼬는 만사를 불구하고 시마무라를 사랑하게 되는데 시마무라가 그의 곁을 떠날 때마다 여자는 연모의 고통에 시달렸으나 정작 시마무라가 그를 찾아오게 되면 그는 남자에게 자기 마음의 목소리를 감히 말하지 못하고 가무와 샤미셍으로써 표달한다. 예기인 고마꼬를 처음 만났을 때 시마무라는 여자가 순결한 나머지 그 발가락새 마저도 깨끗하기 이를 데 없을 것이라는 느낌을 받는데 이는 시마무라 안중에 예기하였던 고마꼬의 형상이 불결했었다는 것을 말해준다. 소설 전반에 걸쳐 작가는 여전히 의식적 무의식적으로 자기의 남성의식을 시마무라의 몸 위에 이전시키고 있는데 늘 관능적인 감각으로 여자를 평판하는 그 고약한 태도는 남녀평등의 각도에서 나온 것이 아닌 것이다. 쓰러지듯 안겨오는 고마꼬의 사랑에 직면하여 시마무라는 극히 허무주의적이고 심드렁한 태도이며 거저 동정 때문에 여자를 사랑하고 있으며 여자의 인생을 애처롭게 보고 더 나아가 인류 생명에 대해 동경하게 된다고 감개무량해 할뿐이다. 이런 시마무라의 몸에는 여성에 대한 기정관념만이 완고하게 투영되어 있음을 우리는 보아낼 수 있는 것이다.

조선작가 이광수와 일본작가 가와바다에게서 남성의 이기성은 모든 문자표현 가운데 침투되어 있으며 두 작가는 모두 남성의 형상과 지위를 극력 수호하고자 하였으며 그 대가로 여성의 관대함이나 인내와 순종, 내지 의뢰성을 미덕으로 그리고 있다. 따라서 그들에게서 비교적 완벽한 여자는 석순옥이나 고마꼬와 같이 일심으로 남자를 위하는 자기희생정신으로 충만하여 있는 여자들이었다. 이런 가치판단 가운데는 완고한 그 어떤 집체무의식이 작용하고 있거니와 그러나 꼭 같은 것은 아니며 그 가운데는 미묘하지만 완고한 차이가 보이며 그는 당연히 두 나라의 서로 다른 민족전통 때문이다.

그 미묘한 차이는 여성을 평판하는 남성의 자세에서 보여진다. 하나는 관념적이고 다른 하나는 관능적이고 감각적이다. 이광수의 소설 「무정」에서 이형식은 영채가 자기를 찾아왔다가 간 그날 밤에 영채에 대한 생각으로 공상에 빠진다.

> 옳다. 영채는 과연 나를 믿고 내가 보호를 청하려고 왔던 것이로다. 육칠년간이나 차디차고, 괴롭고 괴롭던 세상 풍광에 부대끼고 부대끼다가, 저를 사랑하여 주어야 할 내가 서울에 있음을 알고 반갑고 기뻐서 나를 찾아왔던 것이로다. 옳다, 그렇다. 나는 영채를 구원할 의무가 있다.
>
> 영채는 나의 은사의 따님이요, 또 은사가 내 아내로 허락하였던 여자다. 설혹 운수가 기박하여 일시 더러운 곳에 몸이 빠졌다 하더라도 나는 그를 건져낼 책임이 있다. 내가 먼저 그를 찾아다니지 못한것이 도리어 한이 되고 죄송하거늘, 이제 그가 나를 찾아왔으니 어찌 모르는체 하고 있으리오. 나는 그를 구원하리라. 구원하여서 사랑하리라. 처음에 생각하던대로, 만일 될수만 있으면 나의 아내를 삼으리라.
>
> …(중략)…
>
> 형식은 마음 속으로, '영채씨, 아름다운 영채씨, 박선생의 따님인 영채씨, 나는 영채씨를 사랑합니다. 이렇게 사랑합니다.'하고 두 팔을 벌리고 안는 시늉을 하였다.[31]

이형식의 이런 묘사는 가장 개체적이고 가장 은밀한 심리활동인 듯하지만 자세히 살펴볼 때 그 가운데는 그 무슨 의무와 의리와 "공"적인 가치판단을 주축으로 한 간섭과 관념적인 예속의 역량이 강하게 작

---

31) 이광수, 「무정」, 광명출판사, 1993년, 67~68면.

용하고 있음을 발견할 수 있다. 이형식은 진정으로 영채를 사랑하는지 아니하는지 자기도 얼떨떨한 기분이며 그냥 도리대로 "박선생의 따님"이기에 "구원할 의무"가 있고 사랑하여야 한다는 관념적인 논리 속에 놓여 있는 것이다. 가와바다의 소설 「이즈의 춤아가씨」의 한구절을 보면 다음과 같다.

> 둥둥둥 세찬 비소리에 섞이여 멀리서 북소리가 희미하게 들려왔다. 나는 잡아뜯듯이 덧문을 열고 몸을 내밀었다. 북소리가 가까워오는것 같다. 비바람이 내 머리를 내리쳤다. 나는 눈을 감고 귀를 기울이면서 북이 어디를 어떻게 돌아 여기로 오는지를 알고자 했다. 이윽고 샤미셍소리가 들렸다. 여자의 기다란 웨침소리가 들렸다. 화려한 웃음소리가 들려왔다. 그리고 예인들은 목로하숙집 맞은편에 있는 료리집의 연회석에 불려 가 있다는것을 알았다. 두세사람의 여자소리와 서너사람의 남자소리를 분간해들을수가 있었다. 그쪽이 끝나면 이쪽으로 놀이하러 오려나보다 하고 기다리고 있었다. 그러나 그곳 술자리는 흥겨움을 지나쳐 미친듯이 소란을 피워가는 모양이다. 여자의 간드러진 목소리가 가끔 번개불처럼 어둔 밤에 날카롭게 지나갔다. 나는 신경을 곤두세우고 언제까지나 문을 열어놓은 채로 꼼짝 않고 앉아있었다. 북소리가 들릴 때마다 가슴이 발그레 밝았다.
>
> ≪아! 춤아가씨는 아직도 술자리에 앉아있는거군. 앉아 북을 치고 있는거구나.≫
>
> 북이 그치면 못 견딜 지경이였다. 비소리밑바닥으로 나는 가라앉아 들어가고 말았다.32)

이는 무녀들이 손님의 요청에 응하여 공연 나가고 청년학생은 홀로 숙소에 남아 북소리를 들으며 무녀의 신변을 걱정하여 마음을 졸이는 장면에 대한 묘사이다. 북소리가 나면 무녀가 안전하다고 여겨져 "가슴

---

32) 가와바다 야스나리, 「이즈의 춤아가씨」, 『세계문학』(5), 연변인민출판사, 1981년, 11면.

이 발그레 밝"아 안도의 숨을 쉬었고 그러나 북소리가 아니 날 때는 안타까움으로 "못 견딜 지경"이며 숨 막히는 듯하였다. 이런 묘사는 상술한 이광수의 소설 「무정」에서 이형식이 영채를 두고 안타까워하는 것과 비슷한 정감을 나타냈다고 할 수 있으나 서로 다른 민족문화전통의 영향으로 인하여 하나는 "공"적이고 관념적이고 다른 하나는 "사"적이며 관능적이라는 데서 뚜렷한 구분이 보여진다.

총괄적으로 조선작가 이광수와 일본작가 가와바다는 각기 조선과 일본의 문학대가로서 그들의 문학세계는 모두 한마디로 논하기 어려운 복합성을 보이고 있다. 그러나 두 작가가 여성심리를 침투해 들어가는 능력을 구비한 대가들이라는 점에 입각하여 분석한다면 그들 작품세계의 특성을 얼마만이라도 명확히 논할 수 있다. 확실히 남성작가로서 이 두 작가처럼 정확하게 여성의 의식과 정감을 파악할 줄 아는 작가는 드물다고 할 수 있다. 비록 그들의 예술세계에서 여성이 흔히 하층에 처해 있기는 하나 여성은 그대로 그들 예술의 든든한 근저를 이루고 있다. 말하자면 이 두 작가는 여성의 심신을 통찰해 내면서 그 속을 자유롭게 드나들 줄 알았다. 하기에 그들의 문학은 여성을 떠날 수 없으며 여성의 아름다움은 남성을 감동시키고 남성의 동경을 불러일으키며 하기에 남성형상은 흔히 여성을 비치는 한 개 거울에 불과한 역할을 하였다. 두 작가가 이렇게 할 수 있었던 것은 그들의 특수한 동년체험인 고아의식에서 기인한 것이며 여성에 대한 그들의 심절한 관심과 혼신을 바친 사랑에서 온 것이다. 세심하게 여성을 체험하고 여성에 대해 투철히 요해함으로써 그들의 문학은 여성을 세련되게 그려낼 수 있었다. 다만 서로 다른 민족전통과 시대적 과제와 개성의 부동함으로 인하여 두 작가는 각이한 모습을 띠게 된 것이다.

제 3 장

홍명희 문학관과 세계관에 대한 검토

임꺽정 형상에서 본 자유의지와 '광'의 미학

홍명희(洪命熹, 1888~1968)는 충청도 괴산 출생이며 호는 벽초(碧初)이고 집안은 증조할아버지가 조선조 말의 판서, 할아버지가 참판을 하였던 명문가였다. 그리고 그의 부친 홍범식(洪範植)은 금산 군수였는데 한일합방 시에 순국(殉國)으로써 일제에 항거한 애국자이다. 홍명희는 유년시절에는 한학을 수학하였고 1900년대에는 서울에서 신교육을 받았고 동경유학을 하였으며 후에 중국의 상해와 남양의 싱가포르에서 수년간 생활하였다. 홍명희는 작가라는 신분 외에 식민지시기 민족협동 전선체인 신간회(新幹會) 창립에 주도적인 역할을 한 민족해방운동가로서 이름이 높다. 그는 최남선, 이광수와 함께 '조선 삼재(三才)'로 불렸던 바 이조말기에서 식민지시대를 거쳐 1945년 일제의 통치를 벗어나 정치형세가 극히 복잡했던 다재 다난한 민족의 역사시대를 살아오면서 조선문학의 근대에서 현대에로의 이행기에 중대한 공헌을 하였다.

홍명희의 유일한 작품인 「임꺽정」은 1928년 12월 26일 ≪조선일보≫에 첫 회분이 연재되어 1940년 10월 잡지 ≪조광≫의 연재로 마감된 신문연재소설인데 연재시간이 전후로 10여 년의 세월이 걸렸음에도 종내는 미완성인체 1940년 5권의 단행본으로 출판되었고 지금까지 재판이 거듭되고 있다. 소설은 16세기 조선 명종조시대의 실제 사건인 '임꺽정난'을 작품화한 것인데 연산조 갑자사화부터 명종조 을묘왜변에 이르기까지의 50여 년의 시간 폭이 다루어졌다. 소설은 발표되자마자 많은 논란을 일으켜 '조선 초유의 대작, 조선 문학의 대수해(大樹海), 조선어광구(鑛區)의 노다지, 천하의 대기서(大奇書), 조선 문단의 자랑, 조선 현대문학의 거탑'[1]이라고 그 시기 문인들로부터 찬탄을 받아왔는데 작가가 1948년 4월 '남북조선재정당 사회단체 대표자 연석회의' 참가 중에 북에 남아 활약함으로써 작가에게 적색의 모습과 신비성이 부여됨과 동시에 한국에서는 그에 관한 연구가 금지되고 "남북한 문학사에서도 실종되다시피 한다."[2] 그러다가 1985년 「임꺽정」 전 9권의 출판, 1988년 한국에서의 해금조치 실행과 함께 지금에 이르기까지 연구는 활발히 진행되고 있다.

연구 가운데 많은 연구자들은 홍명희의 애국주의정신에 감복하는 자세로 흔히 홍명희의 문학관과 그의 정치활동과를 결부시켜서 연구하였다.[3] 그리고 그가 월북한 작가라는 것과 「임꺽정」 창작의 '현실적 의

---

1) 권희돈, 『임꺽정연구의 수용양상 연구』, 『한국문예비평연구』, 한국현대문예비평학회, 2007년, 286면.
2) 권희돈, 『임꺽정연구의 수용양상 연구』, 『한국문예비평연구』, 한국현대문예비평학회, 2007년, 286면.
3) 강영주, 「벽초 홍명희의 조선학운동」, 『인문과학연구』 제5호, 1996년, 제113면 ; 채진홍, 「8·15 이후 벽초 홍명희의 통일관과 문학관의 상관성 연구」, 『한국언어문학』, 2006년, 제44호, 467면 등을 비롯한 여러 편의 글.

의’를 운운한 홍명희의 창작동기에 관한 언론에 근거하여 흔히 그의 작품을 ‘계급의식’, ‘민족주의적 역사소설’, ‘민중의식의 구현’, ‘민족문학의 정점에 있는 작품’이라는 특점을 들고 있다. 그러나 동시에 부정적으로 “계급의식이 투철하지 못했다”는 평가[4]를 내리기도 하였다. 그리고 작가 홍명희의 “전설나부랭이를 모아서 어떻게 꾸며놓은 것”[5]이라는 겸허한 말들을 비롯한 언론을 근거로 작품에 대한 소재연구의 결과 “이야기체로써의 서술방식, 일대기적 서사구조”, “강담식 서술, 대화를 통한 정황 만들기”, “조선적 삶의 심층적 정서에 근접한 삽화적 풍속사”, “말살되어 가는 조선정조를 되살리고 있다”는 등 특징[6]으로 귀납 짓기도 하였다.

이런 활발한 연구들은 홍명희와 그의 작품인 「임꺽정」의 중요한 문학사적 가치를 웅변적으로 증명해준 것이 된다고 할 수 있는데 연구 자체는 총체적으로 볼 때 총괄적인 성질 규명을 하고자 하는 성급함을 보여주고 있다. 실로 「임꺽정」의 방대한 분량과 작가가 활동한 복잡한 격변기에 비추어볼 때 ‘조선정조, 계급의식, 민중성’ 운운은 너무 단순화된 연구라고 하지 않을 수 없다. 목전의 홍명희연구는 개별연구를 중요시하여야 할 때인데 예하면 페미니즘각도에서의 연구나 「수호전」과

---

4) 긍정적 평가에는 홍정선, 「벽초 홍명희의 문학관과 임꺽정」, 『청석골대장 임꺽정』, 동광출판사, 1989년 ; 박대호, 「민중의 주변성과 향약자치제적 세계관」, 구인환 외 공저, 『한국 현대 장편소설 연구』, 삼영사, 1989년 등 글들이 있고 부정적 평가에는 정호웅, 「불기의 사상－임꺽정론」, 『우리 소설이 걸어온 길』, 솔, 1994년 ; 강진호, 「민족주의자의 행로와 임꺽정」, 민족문학사연구소 편, 『민족문학사강좌, 하』, 창작과 비평사, 1995년 ; 장양수, 「임꺽정의 의적모티브일고」, 현대문학 동의어문론집, 제5집(91, 1) 등 글이 있다.

5) 홍명희, 『홍명희·설정식 대담기』(1948년 5), 신세대(강영주·임형택 편, 『벽초 홍명희와 임꺽정의 연구자료』, 사계절, 1996년, 222면).

6) 한창엽, 「임꺽정에 나타난 조선조서사자료의 수용양상」, 『한양어문연구』 제2집, 제189면 ; 「역사소설 임꺽정과 갑오농민전쟁의 담론양식과 언어분석」, 송명희·박순혁·김재윤·안숙원, 『우리말연구』 제11집(2001년) 등 글들이 있다.

의 비교연구 등7)은 연구시점을 개별화시킴으로써 착실한 시도를 보였다. 그리고 이런 개별연구가 많아야 작품의 진면모를 입체적으로 독자들에게 전시할 수 있고 이런 연구가 충분히 진행되고서야 보다 정확한 총체연구가 이루어질 수 있을 것이다.

임꺽정이라는 인물형상분석은 전반 소설에 진입할 수 있는 창구나 돌파구의 위치에 놓여지는데 학계의 상황을 보면 임꺽정이라는 인물에 한해서 비판의 경향이 뚜렷하다. 예하면 임꺽정이 계급 대립의 주체가 되지 못하고 백정으로서의 억울함을 사회 제도의 문제로 승화시켜 인식하지 못한 점, 세 명의 첩을 거느린 부도덕한 모습과 청석골 두목으로 군림하면서 봉건적 권위의식을 보이고 있다는 점, 계급 대립의 한 축인 농민의 생활상을 그려내지 못했다는 비판8) 등이 그러하다. 또한 임꺽정에 대해 "성정이 거칠고 조급하며 단순하다. 이 때문에 그는 신분 차별에 분노할 줄만 알았지, 그 차별의 근원이 무엇이며 그 차별을 없애기 위해서는 어떤 일을 해야 하는가 하는 깊은 성찰에 도달할 수 없다."고 하면서 "위계를 세우고 왕처럼 군림하는 임꺽정의 모습은 마치 어릿광대의 그것이다."9)라는 신랄한 비판의 관점을 보이기도 하였다. 이런 비판은 소설 「임꺽정」에 대한 대체로 높은 평가와는 너무나 선명한 대조를 이루었다는 점에서 특이하다면 특이하다고도 할 수 있다.

소설에 대한 높은 평가와 임꺽정 인물에 대한 폄하한 비판의 대립의

---

7) 채진홍, 「혼인이야기를 통해 본 임꺽정의 혁명성과 반혁명성 연구」, 『현대소설연구 30』, 한국현대소설학회 현대소설연구, 2006년, 제31면 ; 강영주, 「여성주의의 시각에서 본 홍명희의 임꺽정」, 『여성문학연구 16』, 한국여성문학연구회, 2003년 ; 한창엽, 「임꺽정에 나타난 수호전 수용양상 연구」, 『한국한론집』 제25집, 171면 ; 김은진, 「수호전과 임꺽정의 서사구조 비교연구」, 연구논문, 295면.
8) 장양수, 「임꺽정의 의적모티브일고」, 현대문학, 동의어문논집 제5집(1991년, 1월).
9) 이기인, 「임꺽정의 심미적 특성에 대하여」, 『어문논집』, 민족어문학회, 1999년, 351면.

현상은 홍명희연구의 커다란 잠재성과 여지를 말해주면서 소설의 총체적인 특징이 임꺽정이라는 인물과는 관계없이 연구될 수 있는가 하는 치열한 문제점을 제기한 것이 된다. 사실상 소설 「임꺽정」이 쉽게 규명할 수 없는 복합성을 띠었다고 한다면 그 원인의 하나는 임꺽정이라는 형상에서 찾아진다고 보아야 한다. 그만큼 임꺽정의 형상 특징은 전반 소설의 성격과 관련되며 작가의 추구와 사상의 한계를 보여주고 작가의 미학을 집중적으로 보여주는 중요한 예술적 부호인 것이다. 보다 분명히 말한다면 임꺽정 형상의 특징으로 가장 뚜렷한 것은 자유의지이며 그에서 기인한 일종의 '광'기가 전반 작품의 미학을 이루고 있고 또한 그로 인해 희비극성을 초월함으로써 그만의 독특한 예술성을 확보하였다고 할 수 있다.

1. 세상의 부조리에 대한 '광'적인 항거

임꺽정에게서 '광'은 어디에도 매이지 않고자 하는 영웅적인 기세와 그를 핵으로 한 정신적 개성을 말함인데 공자는 「논어. 자로」에서 '광자진취(狂者進取)'라는 논리를 말하고 있다. 이에 비추어 볼 때 작가 홍명희의 진취적인 특징은 많은 글들에서 언급되고 있거니와 "양반출신으로서는 놀랄 만큼 전통적 인습과 권위주의로부터 자유로운, 진취적 성격을 지니고 있었다."[10]거나 "항상 새롭게 가려는 노력 아래 도리어 후진 청년들에게서 배우려고 애쓴다."[11]는 평가가 그러하다. 홍명희에

---

10) 박학보, 『홍명희론』, 신세대, 1946년 3월, 강영주·임형택 편, 『벽초 홍명희와 임꺽정의 연구자료』, 사계절, 1996년, 241면.

게서 부각된 주인공인 임꺽정의 '광'기도 그런 진취성에서 원류가 찾아지는데 정상적인 상황이라면 임꺽정은 마땅히 적극적으로 진취하는 인생태도로 인하여 종국에는 세속에 매몰됨이 없이 정신적인 도약을 실현함으로써 인간 존재의 가치를 실현하고 생명의 기쁨을 즐겼어야 한다. 그러나 불행하게도 임꺽정은 신분등급제도가 엄격한 봉건사회에 가장 최하층의 천민으로 태어났으며 그로 인해 임꺽정의 초인적인 기세는 정상적 자아와 주체의 성장에 주입되지 못하고 오히려 피해를 가져다주고 만 것이다. 이런 현상은 임꺽정의 소년시절에서부터 이미 뚜렷해진다.

> 선생이 꺽정이를 불러세우고
> 「양반의 댁 도련님에게 손찌검을 하다니, 너 이놈 매 좀 맞아라.」
> 하고 종아리채를 해 오라고 야단을 쳤다. 꺽정이는 선생의 층하하는것을 아이들의 업신여기는 것보다 더 분하게 생각하여 책을 들어서 선생의 면상에 내던지고
> 「글을 안 배우면 고만이다.」
> 하고 횡하게 집으로 돌아갔다.[12]

이렇듯 소년 임꺽정으로 하여금 "선생의 층하하는 것을 아이들의 업신여기는 것보다 더 분하게 생각하"게끔 강한 자극을 준 신분차별의 억압은 임꺽정의 야생마 같은 '광'적 기세에 부딪쳐 임꺽정으로 하여금 정상적인 교육을 접수할 권리를 포기하게 하는 결과를 초래하였다면 임꺽정의 「인성향선(人性向善)」의 본능적인 선한 욕망을 굴절시킨 예도

---

11) 홍기문, 「아들로 본 아버지」, 『조광』, 1936년 5월, 강영주·임형택 편, 『벽초 홍명희와 임꺽정의 연구자료』, 사계절, 1996년, 240면.
12) 홍명희, 「피장편」, 『임꺽정』 2권, 사계절, 1991년, 157면.

우리는 그의 경력에서 어렵지 않게 찾아볼 수 있다. 충청 감사하였던 이해라는 양반이 억울하게 악형을 당하고 귀양 가는 길에 죽자 아무도 그 시체를 돌볼 사람이 없게 되었다. 그때 꺽정이가 나서서 "아무 죄도 없이 애매하게 간신들에게 맞아 죽은 사람이니까 관 하나쯤 아까울 것이 없소" 하며 자기 아버지를 우겨서 관을 짜 시신을 거두어 주었다. 본래 이는 임꺽정의 마음속에 오염 받지 않은 인간성의 선량한 힘의 표현으로 장려 받을 일인 것이나 사람들은 오히려 "백정놈이 주제넘다."고 싫어하고 비난하였으며 목사는 임꺽정 부자를 옥에 가두어두고 형장 몇 차례를 톡톡히 안겨주었다. 좋은 일을 하고도 "다음에 만일 또 그런 외람한 짓이 있으면 귀양 갈 줄 알아라" 하는 훈계까지 받아야 하는 임꺽정의 성장은 이런 억울함의 연속인 것이며 그는 마침내 "양반을 미워하고 세상을 미워하는 생각은 뼈에 깊이 새기어지"게 된 것이다.13) 그리고 임꺽정이 이런 분한 생각을 가지기까지는 그의 보통인을 넘는 '광'적인 기세가 억압당하고 그것이 다시 억울한 "응어리진 한"으로 가슴에 맺히는 과정이기도 한 것이다. 국가가 왜난을 맞아 위급할 때 임꺽정은 역시 나라를 위해 힘을 바치겠다는 정의감 때문에 군졸 모집에 응하러 나섰으나 "아무리 진중에서라도 백정 같은 천인과 같이 뒹굴기를 누가 좋아하겠소."14) 하는 역시 백정이라는 원인으로 거절당하고 마는데 이는 임꺽정에게 사회가 허하는 규범 내에서는 어떠한 발전도 불가능하다는 것을 선고한 것이 되었다.

임꺽정이 백정임으로 인하여 마음 깊이 맺혀야 하는 이런 억울함은 소설에서 이장곤의 특이한 시각을 통해 남김없이 나타내고 있다. 이장

---

13) 홍명희, 「양반편」, 『임꺽정』 3권, 사계절, 1991년, 93~97면.
14) 홍명희, 「양반편」, 『임꺽정』 3권, 사계절, 1991년, 324면.

곤은 본래 홍문관교리라는 이조시기의 고위직의 양반이었으나 사화에 말려들어 유배살이를 가고 사약까지 받게 된다. 막부득이한 때에 도망가던 길에 백정집안의 딸과 결혼하고 은거생활을 하게 되는데 그러므로 그는 "홍문관교리"라는 양반으로부터 "백정집의 데릴사위"로 전락하는 신분하강을 하게 된 것이다. 그리고 이런 신분하강은 임금의 신변에서 일을 보아오던 고귀한 신분의 이장곤에게 백정이라는 사회 최하층사람들이 신분의 비천함에서 기인한 울분을 친히 감수할 수 있는 기회를 준 것으로 된다. 그 시기 백정은 양반뿐 아니라 양민으로부터도 천대를 받아야 하였다. 거리바닥에서 농군에게 반말하였다는 원인으로 뺨을 맞아야 하였고 그에 대들었다고 "백정의 사위놈이 양민에게 손을 대다니 무엄하기도 짝이 없지. 도대체 세상이 망했어."15) 하며 모여든 사람들로부터 봉변을 당하여야 하였고 정당하게 자기의사를 말하였다고 매를 맞아야 하였다.

그러나 이때의 이장곤은 양반이라는 신분 자체가 진실한 것이고 백정사위라는 신분이야말로 필경은 잠시적인 것이기에 두두룩한 뱃심과 넉넉한 자세로 갑자기 닥치는 각색의 봉변을 대처할 수 있었다. 그러나 진실로 백정의 신분에 처해 있는 임꺽정으로 말하면 그가 감내하여야 할 억울함의 절박성은 이장곤의 감수에 비할 수 없는 성질의 것이었다. 훗날 이장곤은 자기 신분과 직함을 되찾은 후 고귀한 양반이라는 신분의 높이에서 "백정도 사람의 자식이며 그들을 인간적으로 대해야 할 것"을 점잖게 호소할 수 있었지만 임꺽정은 이장곤의 이 호소가 현실화될 때까지 인생을 모두 허비하며 기다릴 수는 없었다. 한마디로 임꺽

---

15) 홍명희, 「봉단편」, 『임꺽정』 1권, 사계절, 1991년, 80면.

정은 그 인간성이 악하거나 도덕적으로 패덕하거나 혹은 기호적으로 즐겨서 도적이 된 것이 아니고 부조리한 사회가 그를 도적의 길로 핍박하였던 것이다. 도적의 길을 걷지 않으면 안 되는 갈림길에 섰을 때에도 임꺽정은 "외아들 백손이를 도적놈 만드는 것이 더욱 마음에 싫"[16]게 생각되어 진정으로 가슴 아파 하였다. 이때의 이 심리로부터 우리는 임꺽정은 본래 쉽사리 사회에 반기를 들 사람은 아니며 자기와 자기 아들 모두가 사회체제와 도덕규범 내에 정상적으로 납입되어 살아갈 것을 갈망한다는 정신상태임을 감지할 수 있다. 그리고 더 나아가 그는 자신이 도적이 됨으로써 세상을 바로잡을 수 있다는 생각을 가진 것 또한 아니[17]었다. 그는 다만 자기 앞에 아무런 정상적인 인생의 길이 주어지지 않은 상태에서 도적으로 되고 도적굴을 만들 수밖에 없었으며 이 도적굴이야말로 그가 자기의 '광'적인 정신적 개성을 발산할 수 있는 유일한 곳이었던 것이다. 이렇듯 그에게서 '광'은 비이성의 형식으로 이성적인 내용을 표달함을 의미한 것으로 되였다.

임꺽정의 벅찬 '광'적인 모습은 그의 초상묘사에서 우선 두드러진다. 소설에서는 "극히 귀하구 극히 천한 상"[18]의 기이한 모습이라고 하고 있는데 여기서 가장 귀하다는 것은 그의 놀라운 재능과 정의로운 기세를 말해주며 가장 천한 것은 그의 이런 기세가 다른 한 극단인 도적의 모습으로 굴절된 것을 말함이며 이런 두 극단이 모여짐으로 인한 기이한 관상은 고상할 수 있었던 에너지가 제대로 피어나지 못한 억울함이

---

16) 홍명희, 「의형제편」, 『임꺽정』 6권, 사계절, 1991년, 124면.
17) 홍명희, 「의형제편」, 『임꺽정』 6권, 사계절, 1991년, 124면. 여기서 "도적놈의 힘으로 악착한 세상을 뒤집어 엎을수만 있다면 꺽정이는 벌써 도적놈이 되었을 사람이다."라고 쓰고 있다.
18) 홍명희, 「의형제편」, 『임꺽정』 6권, 사계절, 1991년, 205면.

그대로 얼굴에 서려있게 되었다는 의미를 말해 준다. 한마디로 그것은 기이하게 초인적인 모습이며 그대로 반항의 모습인 것이다.

그의 이름이 임꺽정인 것도 그가 어릴 때부터 "사납고 심술스러워" "저것이 커서도 저러면 걱정거리다." 하고 그의 외조모를 비롯한 집안 사람들이 사뭇 걱정하였던 것이 그렇게 이름이 되었던 바이다. 그리고 확실히 임꺽정은 어릴 적부터 "그러면 상감이란게 꼭대기이구료, 내가 크거든 상감 할라오" 하고 남다른 호기를 나타내었다.[19]

「양반의 세상에서 성명 없는 상놈들이 기 좀 펴구 살아보려면 도둑놈 노릇밖에 할게 무엇 있나. …(중략)… 내 생각을 똑바루 말하면 유복이 같은 도둑놈은 도둑놈이 아니구 양반들이 정작 도둑놈인줄 아네. 나라의 벼슬두 도둑질하구 백성의 재물두 도둑질하구 그것이 정작 도둑놈이지 무엇인가.」[20]

상술한 말은 임꺽정이 "기 좀 펴구 살아보려면 도둑놈 노릇밖에 할" 수 없었던 자기의 논리를 말하고 있거니와 이는 백정의 억울함을 가장 잘 알고 있는 이장곤의 아래의 말과 논리적으로 맞먹는다.

"백정의 집에 기걸한 인물이 난다면 대적 노릇을 할밖에 수 없을 것이요. 내가 억울한 설움을 당할 때에 참말 백정으로 태어났다고 하고 억울한것을 풀자고 하면 무슨 짓을 하게 될까 생각해본 일이 여러 번 있었소이다."[21]

확실히 임꺽정은 도적굴 외에는 갈 곳이 없었으며 광기를 부리는 외

---

19) 홍명희, 「피장편」, 『임꺽정』 2권, 사계절, 1991년, 154~155면.
20) 홍명희, 「의형제편」, 『임꺽정』 5권, 사계절, 1991년, 393면.
21) 홍명희, 「봉단편」, 『임꺽정』 1권, 사계절, 1991년, 126면.

에는 아무런 전도가 없었고 인간다운 어떠한 행위도 그에게는 허가되지 않았던 것이다. 임꺽정이 청석골에서 자기와 같은 불우한 인사들을 모여 놓고 벌이는 화적활동은 임꺽정이 당하였던 억울함의 각도에서 본다면 눌리었던 기세의 폭발로서 참으로 통쾌하고 흡족한 것이었다. 진상봉물을 약탈해서 마음껏 잔치를 베풀었고 옛적에 저들에게 군왕처럼 군림하던 고을 관리를 속여 넘기거나 혼내줌으로써 도적사회라는 작은 범위에서만이라도 신분의 상승을 이룩하고 고을관리와 자기와의 신분적 도치를 실시한 가운데 통쾌하게 대리만족을 얻을 수 있었던 것이다.

> 「몹쓸 차별을 없애려면 령을 내릴 사람이 있어야지요.」
> 「령을 나린다고 그렇게 쉽게 없어질것이 아니니.」
> 「령을 아니 좇는 놈은 깡그리 죽여버리면 될것 아니요」[22]

이는 임꺽정의 단순화한 성격을 비판하는데 이용될 수 있는 것이지만 그의 '광'기의 발산의 각도에서 본다면 비이성의 형식으로 정상적인 내용을 표달한 것이 된다. 중국의 학자인 전종서(錢鍾書)는 그의 명작 「관추편(管錐編)」에서 '광'을 두 가지로 나누어 말하고 있는데 하나는 '피세지광(避世之狂)'이고 다른 하나는 '오세지광(忤世之狂)'[23]이라 하였다. 피세지광에 대해 세상 사람들은 흔히 동정의 마음을 갖게 되나 오세지광(忤世之狂)은 마음이 가는 대로 말을 하고 성정에 따라 행동하는 행위를 가리키기에 수양과 중후한 덕성 면에서 볼 때 그다지 인정하지 아니하였다. 그러나 홍명희는 임꺽정 형상의 부각에서 이런 '광'기에 거

---

22) 홍명희, 「양반편」, 『임꺽정』 3권, 사계절, 1991년, 300~301면.
23) 전종서(錢鍾書), 『관추편(管錐編)』, 中華書局, 1979년 8월.

리낌 없이 긍정의 자세를 보여주었다. 작가의 이런 자세는 우리에게 「임꺽정」 창작 시의 홍명희가 맞닥뜨린 현실을 상기시켜준다.

소설 「임꺽정」이 역사소설이기는 하나 작품 속에는 작가 홍명희의 정서 발산의 요소가 다분히 있게 되며 소설가의 자아형상은 흔히 소설 속에 나타나 독자들의 관심을 모으는 초점으로 된다. 물론 홍명희가 창작 가운데 구축해낸 자아가 현실 중의 자아와 그 중심과 특색 면에서 완전히 일치될 수는 없다 할지라도 소설 속의 자아는 현실 자아의 인격으로부터 예술적으로 '확인'받은 자아인 것이다. 이렇게 볼 때 예술적 자아는 이상적 인격의 존재방식이기도 한 것이다. 이에 비추어 우리는 홍명희가 명문가의 장자라는 현실 속의 고귀한 신분과 천민이라는 소설속의 임꺽정과의 신분의 격차로 인해 홍명희가 임꺽정을 통해 이상적 인격을 투사(投射)시켰다고 인정하기는 어려운 것 같다. 하지만 임꺽정의 하늘을 찌를 듯한 도도한 기세와 야생마적인 정신적 기질로 볼 때 그것은 그대로 홍명희의 명문귀족의 피 속에 도도하게 흐르는 양반의 기세와 동질의 에너지인 것을 알 수 있다. 황차 그 시기 일본의 식민지로 전락한 시대환경 속에서 홍명희는 자기가 여태껏 자랑으로 여겨왔던 양반의 신분이 헛것이다 못해 치욕적인 위치에 떨어진 것을 뼈저리게 느꼈을 것이다. 중인에게 호령을 일삼던 데로부터 방향을 바꾸어 일본인의 노예임을 승인하여야 하는 현실에 홍명희는 자기의 창작 속에 자기의 이런 강렬한 정서 체험을 주입하지 않을 수 없는 것이다. 이장곤이 홍문관교리에서 천민백정으로 떨어진 이야기로부터 전반 소설의 방대한 세계가 열려진 것은 결코 우연한 일이 아닌 것이다. 소설 속의 임꺽정이 세상의 억압 하에 정상인으로의 성장이 허락되지 않은 것과 같이 홍명희 역시 식민지현실에서 어떠한 밝은 길도 트여있지 않았다. 행여나 안일하게 여느 귀족들처럼 식민지 치하에서나마 귀족신분을 보류 받아 호의호식하는 길이 주어졌었다고 할지라도 홍명희 부친의 나라를 위한 비장한 순국과 "죽을지언정 친일을 하지 말고 먼 훗날에라도 나를 욕되게 하지 말아라"[24]는 정의의 유언은 자기 계급에 나태하게 기대일수 있는 길마저 막아버린 것이 되었다.

현실 속의 자아와 작품 속의 자아의 관계는 미묘하다고 할 수 있는 바 작품 속에서는 중대한 의의를 가지는 경험일지라도 작가의 현실생활에서 보면 미소한 것일 수 있다. 그러나 반면에 현실생활 가운데 강렬하였던 작가의 정서와 감수 면에서의 체험은 반드시 작품 속에 전이되는바 작가는 창작이라는 예술형식을 통하여서만이 비로소 일상현실에 대한 자기의 초월을 이룩하게 되는 것이다. 이때 작가가 부각해낸 예술개성은 문화(문학을 포함)전통과 주체 면에서의 동경을 상호 결합시킨 결과의 산물인 것이다. 홍명희가 하필이면 천대받는 천민에게 자기 인격을 주입시켰는가는 현실 속의 홍명희가 한일합방과 부친의 죽음에서 얼마나 커다란 충격을 받았는가를 말해주며 홍명희가 양반귀족과 자기의 처지에 대한 재인식이 얼마나 처절하였는가를 말해주는 것이 된다. "관 뚜껑이 닫히기 전에는 항복도 하지 않고 모욕도 받지 않으리라."[25] "노상에서 굶어죽을지언정 참 원수놈의 나라에서 밥을 먹을 수는 없"[26]다는 만강의 비분과 격앙으로 인한 호기는 작가 홍명희로 하여금 금기를 범한 강한 성격의 인물을 부각하도록 하였으며 소설 속의 임꺽정이 느껴야 했던 벅찬 울분이야말로 홍명희에게 강한 공명을 불

---

24) 현승걸, 「통일념원에 대한 일화」, ≪통일예술≫ 창간호, 광주, 강영주·임형택 편, 『벽초 홍명희와 임꺽정의 연구자료』, 사계절, 1996년, 319면.
25) 김창숙, 답 홍벽초, 국역 심산유고(心山遺稿), 성균관대학교 대동문화연구원, 1979년, 268면.
26) 김택영, 「홍범식전」, 『김택영전집』 제2권, 아세아문화사, 1978년, 72~73면.

러일으키기에는 족한 것이었다. 임꺽정은 광기를 부리는 외에 아무 일도 할 수가 없었고 도적의 길을 걸을 수밖에 없었다면 홍명희 역시 한일합병이 실현된 민족 치욕의 시대에 깊은 허탈감과 공허 속에 빠져 소실되어가는 영혼을 '광'적인 것에서 찾을 수밖에 없었던 것이다.

　　임꺽정이란 옛날 봉건사회에서 가장 학대받던 백정계급의 한 인물이 아니었습니까? 그가 가슴에 차넘치는 계급적 해방의 불길을 품고 그때 사회에 반기를 든것만 하여도 얼마나 장한 쾌거였습니까? 더구나 그는 싸우는 법을 잘 알았습니다 …(중략)… 원래 특수민중이란 저희들끼리 단결할 가능성이 많은것이외다. …(중략)… 이 필연적 심리를 잘 이용하여 백정들의 단합을 꾀한 뒤 자기가 앞장서서 통쾌하게 의적 모양으로 활약한것이 임꺽정이엇습니다 그려. 이러한 인물은 현대에 재현식혀도 능히 용납할 사람이 아니엇스릿까.[27]

여기서 중요한 것은 임꺽정이란 "인물은 현대에 재현식혀도 능히 용납할 사람", "필연적 심리"라고 한 것인데 이는 작가 홍명희가 "옛날 봉건사회"의 임꺽정과 식민지시대의 자기와의 내재적 연관성을 말한 것이며 자기가 임꺽정을 쓸 수 있었던 필연적 원인을 말한 것이나 다름없다. 말하자면 홍명희는 임꺽정을 창작함으로써 식민지 현실에 대한 자기 초월을 이룩할 수 있었던 것이다. 따라서 '장한 쾌거'와 '통쾌하게'라는 표현은 홍명희의 양반으로서의 '장쾌한 기세'와 일제와 시대에 대한 반항이 임꺽정의 "가슴에 차넘치는 계급적 해방의 불길을 품고 그때 사회에 반기를 든" '장한 쾌거'에 전이 되었음을 말해 준 것이 된다.

---

27) 홍명희, 「조선일보의 임꺽정전에 대하여」(삼천리 1호 1929년 6월, 제27면), 홍명희, 『임꺽정』 10권, 사계절, 1991년, 137면.

황차 홍명희는 종래로 문학과 정치를 분리시켜 생각하지 아니한 작가로서 "정치라는것은 광범위로 해석한다면 문학하는 사람이 그것을 어떻게 떠날 수가 있을까. 말하자면 인생을 떠나서 문학이 있을 수 없는것 모양으로 말이요"[28)]이란 관점을 말한 것을 보면 그의 식민지시대에 마음에 쌓였던 민족적 울분을 떠나서 그의 창작을 논할 수는 없는 바이다. 확실히 식민지시대가 끝난 후 홍명희는 "작자와 작품과의 문제는 금후에도 충분히 토의해야 할 중대한 문제겠지. (중략) 자꾸만 임꺽정을 끝내라 조르지만 임꺽정이가 독립후인 오늘날도 내 뒤를 따라다닌대서야……"[29)]고 심드렁한 태도를 보이었는데 이는 식민지시대에 임꺽정을 통해 폭발하지 않을 수 없었던 '광'기가 식민지시대의 결속과 함께 소실되었으므로 창작적 충동을 느끼지 않는다는 의미이다. 홍명희는 또 문학이라면 "獨特한 魂에서 흘러나오는 獨特한 내용과 형식이 있어야겠다"고 하면서 "이러한 산魂에서 울어 나오는 문학이 아니면 문학적으로 失敗할 것은 定한 일입니다."[30)]고 하고 있는데 여기서 말하는 '산 혼' 역시 작가의 정신적 '기'와 통하는 표현으로서 임꺽정의 '광'기란 곧바로 작가 홍명희의 '산 혼'과 '獨特한 魂'이 임꺽정이라는 인물형상, 말하자면 그와 관련된 '獨特한 내용과 형식'으로 예술적인 승화와 변이를 가져온 것을 말해주는 바이다.

---

28) 홍명희, 「홍명희 · 설정식 대담기」, 신세대, 1948년 5월, 강영주 · 임형택 편, 『벽초 홍명희와 임꺽정의 연구자료』, 사계절, 1996년, 217면.
29) 「벽초 홍명희선생을 둘러싼 문학담의」, ≪大潮≫ 창간호, 1946년 1월, 강영주 · 임형택 편, 『벽초 홍명희와 임꺽정의 연구자료』, 사계절, 1996년, 191면.
30) 홍명희, 「문학청년들의 갈길」, ≪조광≫, 1837년 1월, 강영주 · 임형택 편, 『벽초 홍명희와 임꺽정의 연구자료』, 사계절, 1996년, 37면.

2. 지식인에 대한 '광'적인 분노와 자아심시

조기에 지식인에 대한 홍명희의 사고는 그가 소속되어 있는 계급의 범주 내에서의 시각과 높이에 한정되어 있었다. 그러나 홍명희로 하여금 진정으로 지식인에 대한 사고 면에서 독특성과 심각성을 가지도록 추동한 것은 역시 한일합방과 그의 아버지의 죽음이라는 사건이라고 할 수 있다. 아무것도 가진 것이 없이 울분과 '광'기만으로 가득 찬 임꺽정의 처지에서 공명을 느껴 「임꺽정」을 창작하면서 그의 지식인에 대한 관점도 무르익어갔던 것이다. 소설 「임꺽정」에서는 한개 절이라는 편폭으로 임꺽정이 지식인과 대결한 이야기를 쓰고 있는데 그 시점은 임꺽정의 안광으로 되여 있다. 임꺽정은 심판자이고 지식인은 심판받는 위치에 처해 있는데 작가 홍명희는 천민의 안광을 빌어 그 시기 조선 지식인의 정신 상태를 심시하고자 한 것이다.

여기서 또 하나 해석해야 할 것은 "양반정치의 가장 큰 결함이 두 가지가 있으니, 하나는 사대(事大)주의요, 또 하나는 숭문천무(崇文賤武)의 정신이다."31)라는 홍명희의 말과 본 장절의 특수성, 8명의 과거시험에 참가한 유생을 상대로 하였다는 특점과 관련하여 본다면 여기서만은 양반과 지식인을 동등시할 수 있다는 점이다.

소설의 「화적편」의 「피리」 장절에서는 임꺽정일파가 과거시험 보고 돌아가는 길에 청석골을 지나는 선비 8명을 잡아온 일을 쓰고 있다. 본래 그들은 비를 피하기 위해 주막에 모였다가 술을 마시었는데 한담가운데 청석골 도적의 악행들을 우연히 입에 올리게 되어 마침 옆 상에

---

31) 홍명희, 「이조정치제도와 양반사상의 전모」, ≪조선일보≫, 1938년 1. 3~5, 口述, 강영주・임형택 편, 『벽초 홍명희와 임꺽정의 연구자료』, 사계절, 1996년, 133면.

서 술 마시고 있던 청석골 도적의 중요한 일원인 서림이의 예민한 신경을 건드린 결과 잡혀오게 된 것이다. 한바탕 조롱 끝에 임꺽정과 서림이는 8명 중 3명만 돌려보내고 5명은 무참히 죽여 버리고 만다. 임꺽정의 이 행위를 두고 학계에서는 흔히 "양반이란 이유로 잡아다 한명씩 죽이는 행위는 흉포함을 넘어 잔악하기까지 하다."[32]고, 임꺽정의 포악성에 대한 비판의 증거로 이용하여 왔다. 그러나 각도를 달리하여 임꺽정이 왜서 어떤 선비는 죽이고 어떤 선비는 살려 주었는가를 살펴본다면 지식인에 대한 작가 홍명희의 전면적인 사고의 맥락을 짚어볼 수 있는 근거로 인용될 수도 있는 것이다. 이 장절은 작품의 방대한 분량에 비하여 짧은 몇 천자의 글에 불과한 것이나 선비에 대한 임꺽정의 태도를 나타낸 심상치 않은 대목임이 틀림없다. 그는 양반과 상민의 대결이자 지식인과 비지식인의 대결을 보여준 것인데 임꺽정의 각도에서 본다면 지식인과의 이런 직접적인 대결은 지식인에 대한 한차례 심판이면서 조선인의 정신결구와 정신력에 대한 고험임과 동시에 도적으로서의 임꺽정 자신에 대한 심시이기도 한 것이다.

홍명희는 우선 사상층면의 각도에서 조선의 양반계급과 지식인을 심시하였는데 조선양반의 사상을 떠받치고 있는 기본 바탕에 대하여 심각한 회의를 나타내었다. 그는 도적의 눈을 빌어 평화시대의 양반과 위기에 처했을 때의 양반의 모습을 묘사하면서 그들의 진정한 정신적 역량을 시험해 보고자 하였다.

잡혀온 8명의 한사람인 정생원을 본다면 본래 그는 기고만장한 양반이며 선비로서의 자존심으로 충만한 사람이었다. 주막에서 술을 먹고

---

32) 이기인, 「임꺽정의 심미적 특성에 대하여」, 『어문논집』, 1995년, 367면.

주막주인이 술값을 비싸게 받으려고 하자 그는 "오늘 우리가 먹은 술값을 봉산읍내 정생원댁에 와서 받아가거라." 하면서 놈짜를 붙이며 분해하였다. "양반앞에서 내라니 저런 죽일놈 봤나", "이놈, 네가 양반들을 사구류할 작정이냐!", "양반행티라니 저런 죽일놈의 말버릇이 있나"33) 하는 그의 말에는 양반이라는 신분으로 상대방을 누르고자 하는 우월감이 차 있었다. 그러나 임꺽정에게 잡혀 끌려나오게 되자 그런 기세는 가뭇없이 사라지고 임꺽정네가 시키는 대로 할 것이니 제발 살려달라고 무릎 꿇고 애걸한다. 8명의 지식인 가운데 5명은 거의 모두가 이런 인격들이고 또 한명은 "겁을 잔뜩 집어먹고 말문이 꽉 틀어 막혀서 죽인다고 땅땅 어르는데도 살려달란 말 한마디 못하고 사시나무 떨듯 떨기만 하"는 "불쌍한 인생"이었다.34) 여기서 홍명희가 밝히고 있는 것은 양반의 예절 아래 감추어져 있는 약탈성과 허약성의 두 가지 본질적 내용이다. 상민 앞에서는 허례허식을 떨며 억압과 약탈을 일삼으나 폭력 앞에서는 꼼짝 없이 쓰러지고 마는 허약성이다. 물론 본 장절에서 주막주인은 임꺽정 일당의 부탁을 받고 일부러 양반들에게서 술값을 비싸게 부르며 시간을 가능한 길게 지체하려 한 것이다. 하기에 정생원의 노염도 이해가 가는 것이기는 하나 정생원의 오만하고 각박한 태도에서 우리는 그의 평소의 언행, 특히 상민을 대함에 버릇처럼 굳어진 그의 압도적인 기세를 충분히 감지하게 된다. 그의 이런 오만무례한 신분적 우월감은 그 시기 양반의 정신 상태에 공동으로 존재하는 보편화한 특성이므로 의의가 있다.

양반의 약탈적 본성은 소설에서 이장곤의 파란 많은 인생에 대한 반

---

33) 홍명희, 「화적편」, 『임꺽정』, 9권, 사계절, 1991년, 25면.
34) 홍명희, 「화적편」, 『임꺽정』, 9권, 사계절, 1991년, 32면.

영을 통해, 홍문관교리에서 백정으로 신분하강을 이룩한 특수한 시각을 통해 전개되었다. 그때 이장곤은 부탁 받고 만든 동고리를 가져다주라는 장인의 심부름을 받고 양반인 '도집강'네 집에 찾아간다. 그래 물건을 주고 물건 값을 당연히 받으려고 기다리나 양반은 전혀 줄 생각이 없었다. 기다리다 못해 자기의 의사를 밝히니 양반은 천둥같이 화를 내면서 "그놈을 거기 꿇려 엎지 못한단 말이냐!", "그놈의 주둥이를 쥐어지르지 못하느냐"하는 호령을 하였다. 결국 이장곤은 그 장인까지 다 붙잡혀와서 명석말이 매를 맞아야 하였고 "황송하오나 해바친 물건을 도루 가지고 가옵느니 이 자리에서 매를 열개 더 맞아지어다." 하고 비굴하게 빌어서야 공짜로나마 동고리를 올려 바치고 돌아올 수 있었다.[35] 이렇듯 대낮에 남의 것을 제 것으로 약탈하는 날강도적 특성을 지방 양반의 습관화된 횡포를 통해 새롭게 인식하게 된 이장곤은 자기역시 고위급 양반인 점을 상기하면서 놀라움을 금치 못한다. 소설에서 임꺽정네가 잡아온 8명의 선비 가운데 앞에서 말한 정생원을 비롯한 5명의 선비가 대체로는 이장곤이 만났던 그런 '도집강'유의 양반이었다. 그리고 더욱 고약한 것은 이런 양반들은 그럴듯한 형식으로써 저들의 약탈성의 본질을 합리화시켜 세상사람들을 속이고 있다는 점이었다. 홍명희는 양반의 예절과 그들의 욕심 사이의 관계를 다음과 같이 지적한바 있다.

　　양반의 예절과 의리도 많은 경우에 있어 형식에 흐르고 말았다. 그러나 양반사상의 핵심이 관료주의에 놓여 있다는것을 인식할때 그것은 도리어 필연한 형세다. 즉 의리는 그들의 목표를 세우기 위하여 또 그와

---

35) 홍명희, 「봉단편」, 『임꺽정』 1권, 사계절, 1991년, 87면.

같이 예절은 그들의 위의를 보호키 위하여 필요한 까닭이다.36)

보다시피 홍명희는 양반의 위엄과 예절은 그들의 이기주의, 관료주의 혹은 약탈의 목적을 보장하기 위한 목적"이외 아무것도 아닌" 것이라고 하였다. 예절은 약탈성을 은폐하거나 합리화하기 위한 것일 뿐이고 그러므로 폭력과 같은 특수한 환경에 놓일 때 양반의 허약성은 남김없이 드러나게 되는 것이다. 서구 자연주의 작가들이 인간을 특수한 조건 하에 두고 인간에 영향 주는 요소들의 변수에 따라 그 변화를 관찰하였던 것과 같이 홍명희는 조선의 선비들을 도적굴에 집어넣음으로써 한차례 정신적 고험을 실시한 것이다. 그 시기 일제에 합병당한 비참한 조선의 상황에서 볼 때 정생원유의 지식인이야말로 대다수였다. 겁을 집어먹고 떨기만 하고 있는 볼모양 없이 썩어빠진 지식인은 살았어도 죽은 것이나 다름이 없다면 죽임을 당한 5명의 지식인들의 정신 기둥은 허약이라는 정도에 그치지 않고 반동이기까지 하다.

금방까지도 뒤공론 시에 임꺽정을 '흉악한 대적놈'이라 하고 서림이를 '창귀'라고 하였던 정생원은 정작 임꺽정 앞에 끌리어 오자 태도를 바꾸어 임꺽정의 칭호까지도 '임장군'이라 고쳐 부르고 "임장군은 만부부당지용을 가지셨구 서모사는 지모가 제갈공명같으시"37)다고 아첨하는데 이런 그의 모습에서 우리는 그들이 힘을 들임이 없이 안락하고 쉬운 방법에 의거하여 생명을 유지하는, 말하자면 "상식을 수호"하는 지식인들임을 알 수 있다.

그러므로 사회가 정상적인 궤도에 놓여질 때 양반들은 저들의 총명

---

36) 홍명희, 「이조 정치제도와 양반사상의 전모」(조선일보, 1938년 1. 3~5, 口述), 강영주·임형택 편, 『벽초 홍명희와 임꺽정의 연구자료』, 사계절, 1996년, 131면.
37) 홍명희, 「화적편」, 『임꺽정』 9권, 사계절, 1991년, 27면.

한 재질을 발휘하여 안일하고 화락한 세월을 즐길 뿐인데 이런 현상을 통해선 그들의 반동성이 드러나지 않을 뿐 아니라 그것이 오히려 한 개 우점으로 보이기조차 한다. 전제적인 제도에 영합해 감을 당연하게 받아들일 수 있다고 할 때 그들은 본질적으로 개인주의자이고 역사의 발전을 저해하는 반동성을 고유하게 된다. 이 면에 대해 홍명희는 '지공무사'하지 못하다고 함과 동시에 '자기비판'을 모르는 품질이라고 매도한 것이다.

> 선결문제는 정치인들이 자기비판을 하는것이다. 지공무사(至公無私)하게 나아가면 민중도 따라나갈 것이고 민족통일도 완전독립도 쉽게 달성될것은 틀림 없다.[38]

이 언론은 홍명희가 1945년 후의 복잡한 민족정치 상황을 배경으로 지식인 지도자들을 상대로 한 말이지만 우리는 이것을 홍명희의 동일문제에 대한 사고의 궤도 위에 두고 분석할 수 있다. 말하자면 이를 근거로 홍명희의 지식인에 대한 오랜 사고의 맥락을 거슬러볼 수 있다. 홍명희가 보기에 이런 지식인들은 평화시기에는 그래도 자기의 허약성을 엄폐하고 상민에 대한 약탈과 억압을 감행하면서 그럴듯한 명분을 지키고 살아갈 수 있으나 국가가 난을 당하면 대번에 지식인으로서의 사명감을 탈리하여 일신만을 살고자 하는 '지공무사'하지 못한 모습으로 변신한다는 것이었다. 양반의 명분만을 뒤집어쓰고 성인(聖人)의 말씀을 공부하는 것을 일종의 특권으로 여기면서 진정한 지식인으로서의 책임을 불문하는 그들의 생존은 마치 한개 생물처럼 목적만 있고 이상

---

38) 홍명희, 「정치인의 자기비판」(자유신문 1946. 10. 9), 강영주·임형택 편, 『벽초 홍명희와 임꺽정의 연구자료』, 사계절, 1996년, 151면.

이 없으며 생활만 있고 생명이 없는 것이었다. 정생원류의 지식인들이 획득한 것은 죽은 지식으로서 그들의 삶은 이런 허울밖에 남아있지 않은 "지식"을 유일한 근거로 한 존재방식이었다. 지식만은 장악하였으되 인간으로서의 덕목이 결핍하기에 그들은 전반 사회에 반동적이고 보수적인 풍기를 쉽사리 조작할 수 있으며 따라서 이런 지식인들은 그 자체가 민족의 안위를 위협하는 잠재적인 존재인 것이다.

게다가 그들이 상민들 앞에 자랑으로 뽐내는 지식이란 지극히 허약한 것으로 위험한 상황에 부딪치면 즉시에 무너져버렸다. 임꺽정의 모사인 서림이 "목숨은 되우 아까운가 부다. 그렇게 살구 싶거든 요순우탕 문무주공 공자 맹자 주자 하늘에 기신 여러 조상님네 굽어 살피셔서 잔명을 보전하게 해줍소서 해봐라. 혹 살는지 모르니"[39] 하고 비난하자 정생원은 그것이 조롱 인줄도 모르고 정말로 그런 말을 되뇌며 간절히 빌었다. 이에서 우리는 그들이 진정으로 성인의 말씀을 이해하여 사상적 역량으로 자기의 정신세계를 튼튼히 무장하지 못한 것을 충분히 감지하게 된다.

책이라는 부호세계에 머물러 현실세계의 진정한 문제 앞에서는 무능하고 허약하고 속수무책인 그들에 한해서 홍명희는 일찍부터 지극히 커다란 실망과 분노를 품고 있었거니와 8명 가운데 반수가 훨씬 넘는 5명을 죽이게 한 임꺽정의 '광'적인 태도는 지식인의 정신 상태에 대한 홍명희의 상술한 인식의 직접적인 반영인 것이다. 임꺽정의 '광'기의 중심 핵에는 작가 홍명희의 깊은 실망과 분노의 에너지가 집약되어 자리한 것이다. 이런 에너지의 폭발은 홍명희의 다음의 언론에서도 분명

---

39) 홍명희, 「화적편」, 『임꺽정』 9권, 사계절, 1991년, 27면.

히 나타난다.

> 양반정치는 진취적이 아니라 퇴영적이요, 행동적이 아니라 형식적이
> 며, 이용후생적(利用厚生的) 이 아니라 번문욕례적(繁文辱禮的)이다. 그러
> 한 계급으로서는 한번 기울어진 이상 다시 재흥할 기력을 가질수 없는것
> 으로 반드시 외래의 힘이 아니라고 하더라도 이미 자체의 붕괴를 수습치
> 못하기에 이르렀었다.[40]

홍명희는 자기가 인식한 양반의 열근성과 반동성에 대해 "퇴영적"이
고 "형식적"이고 "번문욕례적"이라 개괄하고 그러므로 일제의 침략이
라든가 하는 "외래의 힘"이 아니더라도 양반정치는 스스로 "이미 자체
의 붕괴를 스습치 못하기에 이르렀"다고 날카롭게 지적하였다.

소설에서 홍명희는 임꺽정의 입을 빌어 양반의 이 점을 들어 한마디
로 '더럽다'고 하였다. "그놈 더러운 놈이다. 빨리 내다 목을 비어라"[41]
하는 어떠한 여지도 두지 않는 태도는 홍명희의 상술한 분노를 재차
증명하여 주었다. 기타 4명의 선비를 죽인 원인도 모두 이렇게 "더럽
다"는데 있었다. 지식인을 심시하고 그들의 정신적 구조를 살펴보는 임
꺽정의 날카로운 눈은 그들의 허위와 허약의 거죽을 꿰뚫고 약탈과 반
동의 본질을 보아내고도 남음이 있었다. 그리고 그들의 이런 '더러운'
면에 비추어볼 때 도적인 자기가 오히려 당당한 인간임을 재인식하기
에 이른 것이다. 자기는 겉과 속이 모두 거짓이 없는 도적일지라도 양
반의 점잖은 외피에 도적의 심보를 가리운 것은 임꺽정이 보기에 진실
로 '더럽다'는 외에 다른 표현을 찾기 어려웠다.

---

40) 홍명희, 「이조정치제도와 양반사상의 전모」(조선일보, 1938년 1. 3~5, 口述), 강영주·
　　임형택 편, 『벽초 홍명희와 임꺽정의 연구자료』, 사계절, 1996년, 132~133면.
41) 홍명희, 「화적편」, 『임꺽정』 9권, 사계절, 1991년, 27면.

이렇듯 가증한 양반의 전형으로 정생원이 형상화되었다면 한생원이라는 양반은 그의 대립면에서 그려졌다. 소설에서는 한생원을 "행검(行儉)이 있어서 자기 앞도 잘 닦거니와 입이 발라서 남의 허물을 용서 않고 면박을 잘하는 까닭에 친구들 사이에 평산어사라는 별명이 있"[42]는대 바른 사람이라고 쓰고 있거니와 비록 사소한 일일지라도 남의 약주 한잔조차 공짜로 얻어먹는 것을 꺼려하는 한생원은 임꺽정에게 잡혀서도 굴할 줄 몰랐다.

> 「양반이 죽으면 죽었지, 도둑놈 앞에 무릎을 꿇지 않는다." "이놈, 네가 누구를 놀리느냐! 내가 너희같은 도둑놈들에게 놀림받을 사람이냐! 너희가 나를 죽이기는 할지라두 놀리지는 못한다.」
> 「대체 빌긴 무얼 빌란 말이냐? 우리가 너희에게 빌 일이 무어냐! 우리의 친구 하나가 꺽정이를 대적놈이라구 또 서림이를 꺽정이의 창귀라구 말했다구 우리를 잡아다가 이 욕을 보인다니 그래 꺽정이가 대적놈이 아니냐!서림이가 꺽정이의 창귀가 아니냐? 그 말이 무에 잘못이냐! 설사 그 친구의 말 삼가지 않은것을 잘못이라구 하기루서니 우리가 너희에게 빌 일이 무어냐? 그러구 너희같은 무도한 도둑놈들에게 살려줍시오 죽여줍시오 빌 사람이 누구냐?」[43]

보다시피 한생원은 양반신분의 선비이기에 앞서 인간으로서의 존엄이 구비된 인격이었다. 강한 정신적 역량의 소유자로서 그는 죽음과 횡포나 불의 앞에 오로지 의젓하였다. 그의 이런 모습은 정생원유의 규범 내에 소속되여 있지 않는 부분의 것이었다. 임꺽정은 극히 만족하고 "여보 서종사, 저 사람은 사내요. 저 사내는 내가 살려보내겠소. 이때까

---

42) 홍명희, 「화적편」, 『임꺽정』 9권, 사계절, 1991년, 13면.
43) 홍명희, 「화적편」, 『임꺽정』 9권, 사계절, 1991년, 29~30면.

지 잘못했습니다, 살려줍시오 소리에 욕지기가 나서 못배기겠더니 인제 속이 좀 시원하우” 하고 감탄해마지 않는다. 굳건한 의지와 지식인으로서의 책임감으로 나타나는 ‘인간됨됨이’는 바로 홍명희가 힘을 들여 재구축하고자 하는 지식인 정신세계의 근본적인 동력이었다.

일찍 홍명희는 지식인의 정신에 대해 「이조정치제도와 양반사상의 전모」에서 다음과 같이 말하였다.

> 첫째 그들은 빈한을 견디고 재화를 천히 아는 것이 한 가지의 지조니, 양반이 땅을 사고 돈을 만지는 것은 후세에 이르러 타락한 행동이며, 둘째 곤고(困苦)를 감심(甘心)하며 비열을 피하는 것이 또 한가지의 지조니, 관벌주의와는 모순됨에 불구코 권문세가(權門勢家)에 출입하는 것을 탐탁하게 여기지 않으며, 셋째 자중자대(自重自大)하여 경조부박(輕躁浮薄)을 경계하는 것이 또 한가지의 지조니, 일거수일투족(一擧手一投足)이라도 정중한 태도를 가져야 하며, 넷째 대의를 위하여 목숨을 던질지언정 몸을 더럽히지 않는 것이 지조 중에도 가장 높은 지조니, 조선서는 절사(節死)와 순사(殉死)를 가장 높이 여기어 왔다.44)

주막주인의 무례함에 정생원이 양반의 기세로 누르기만 한 것과는 달리 한생원은 “이런데 와서 술을 먹는것이 우리의 불찰이니까 한말값이든 두말값이든 달라는대루 주구가세”45) 하고 돈을 거두어 줌으로써 관대하게 남을 헤아려주는 덕성을 보인다. 동시에 생사고비의 준엄한 시각에 갑자기 닥쳤음에도 그는 남에게 책임을 전가하거나 자기합리화의 억지도 없이 추호의 굴함도 보이지 않는 강의한 정신력을 나타내었다. 홍명희는 일찍 양반사상의 핵심은 “유자의 교훈보담 관벌주의에 놓

---

44) 홍명희, 「이조정치제도와 양반사상의 전모」(조선일보, 1938년 1. 3~5, 口述), 강영주·임형택 편, 『벽초 홍명희와 임걱정의 연구자료』, 사계절, 1996년, 132면.
45) 홍명희, 「화적편」, 『임걱정』 9권, 사계절, 1991년, 24면.

이어 있"으며, 따라서 "인의예지(仁義禮智)를 유자나 양반이나 다 함께 숭상하"되 유자는 인에 치중하고 양반은 "인보다 예와 의에 치중"하고 있다고 하였다.46) 이렇게 볼 때 한생원이야말로 홍명희가 지적한 '관벌주의'에 빠져들지 않은 진정한 양반이며 '인의'를 중히 여기는 유자(儒者)인 것이다.

소설에서 임꺽정은 이런 한생원을 '사내'라고 감탄하면서 목숨을 살려주었는데 한생원 외에 또 한사람 신진사라는 지식인에 대해서 임꺽정은 역시 숭경의 마음을 표하였다. 한생원에 비해 신진사에게서 보귀한 것은 명철함과 여유와 변통의 매력이 구비되었다는 점이었다. 한생원이 '책'이라는 부호세계와 현실세계지간에 강인하게 우뚝 서서 천하의 문제와 책임을 회피하지 않는 모습을 보였다면 신진사는 양자의 멋진 결합을 보여주었다. 소설에서 신진사에 대해 "사람은 풍채도 좋고 문장도 좋고 언변까지 좋아서 어느 좌석에 끼이든지 한몫 볼만"47)하다고 쓰고 있는 것과 같이 신진사는 한생원의 굴강한 의지 외에 지식인으로서 구비하여야 할 회의정신과 사변적인 사고력과 변통할 줄 아는 넉넉한 마음가짐이 있었다. 그 역시 임꺽정에게 잡혀와 죽임을 당할 듯한 위험한 시각임에도 자기의 박식한 지식을 동원하여 도적들의 행적과 성격에 대해 과감히 총결하고 질책하며 그들의 조롱에조차 같은 조롱으로 대처할 줄 아는 유연성을 보였다.

> 「옛말에 梁上에 군자가 있고 녹림에 호걸이 있다 하니 그대네 중에 군
> 자도 있을것이요 호걸도 있을것인데 그대네가 어찌하여 大黨 소리들만

---

46) 홍명희, 「이조정치제도와 양반사상의 전모」(조선일보, 1938년 1. 3~5, 口述), 강영주 · 임형택 편, 『벽초 홍명희와 임꺽정의 연구자료』, 사계절, 1996년, 131면.
47) 홍명희, 「화적편」, 『임꺽정』 9권, 사계절, 1991년, 13면.

들고 義賊 노릇들은 하지 않는가 의적이 되려면 의로운 자를 도웁기 위하여 불의한 자를 박해하고 약한 자를 붙들기 위하여 강한 자를 압제하고 또 부자에게서 탈취하면 반드시 빈자를 구제하여야 할것인데 그대네의 소위는 빈부와 강약과 의·불의를 가리지 않고 한결같이 박해하고 압제하고 탈취하되 인가에 불 놓기가 일쑤요, 인명을 살해하는게 능사라 하니 이것이 그대네의 수치가 아닐까. 그대네가 전일 소위를 다 고치고 의적 노릇을 해볼 생각이 없는가. 다 고쳐야 할 일이지만 그 중에도 지중한 인명을 무고히 살해하는건 天罰을 받을 일이니 단연코 고치라고.」

서림이가 신진사의 말을 다 듣고 냉소하며

「우리가 선생님으루 받들어 뫼실테니 입당하시겠소?」하고 물었다.

「지금 말과 같이 꼭 나를 선생으루 대접하겠소? 빈말루만 선생 대접한다는건 미덥지 못하니 꺽정이가 내 앞에 와 꿇어앉아서 내 말이면 팥으루 메주를 쑤래두 어기지 않겠다구 하늘을 가리켜 맹세하면 입당해보겠소」

서림이의 입당 권유도 진정이 아니지만, 신진사의 입당 허락도 역시 진정이 아니었다.48)

이런 지식인 앞에 잔혹한 임꺽정일지라도 어느덧 광기 부릴 엄두를 내지 못하고 할 말을 잃고 침묵할 뿐이며 서림이 놓아 보낼가고 물어와도 그저 묵묵히 머리만 끄덕였다. 정녕 신진사류의 지식인이 세상을 다루었던들 임꺽정은 결코 도적이 되지 않았을 것이라는 도리는 임꺽정의 침묵의 태도가 충분히 말해주고 있다. 도적굴에서 풀려나 집으로 돌아갈 때 도적이 준 여비를 한생원은 "촌촌걸식하여 갈망정 도둑놈의 재물로 노수를 쓰지 않는다"고 하면서 당초에 받지 않았고 신진사는 그것을 받아가지고 탑고개에 와서 호송하는 졸개들에게 행하로 다 주고 갔다.49)

---

48) 홍명희, 「화적편」, 『임꺽정』 9권, 사계절, 1991년, 32면.
49) 홍명희, 「화적편」, 『임꺽정』 9권, 사계절, 1991년, 32~33면.

임꺽정의 안광을 통해 본 지식인에 대한 심시는 사실상 각도를 달리해서 본다면 작가 홍명희가 진행한 그 시대 현대문화사상에 대한 심시이기도 하다. 홍명희시대의 조선지식인들은 과거제도가 폐지됨으로 인하여 과거시험을 거쳐 국가체제에 납입되는 길이 막혀 있었고 그러므로 그들은 근근이 사상문화의 영역에서 문화의 힘을 빌어 사회에 자극을 주고 문제를 해결하고자 하는 위치에 처해졌다. 그러나 그들은 흔히 자기 앞에 놓인 이런 특수한 사명을 흔쾌히 짊어지는 것이 아니라 현실생활에 부딪치는 문제에 대해 추상적인 사색으로만 그쳐버리거나 나태하게 인류의 진보방향과는 관계없이 자그마한 득실과 비환만을 고려하는 데로 빠져들기 쉬웠던 바이다. 그런가 하면 지식인이 접수한 책속의 지식은 부호로 이루어진 세계일뿐이며 그것이 비록 현실에서 기원하였고 현실생활과 모종의 상징관계를 가지고 있는 것이라 할지라도 부호세계는 그로서의 추상과 모방의 특징으로 인하여 진실한 생명의 세계와는 거리가 있는 것이며 결과적으로 생동성을 잃어버리고 말게 될 수 있었다.

> 이미 금일의 문학은 생활을 배반한지 오래다. 시험 삼아서, 일개의 창작가의 창작과 그의 생활과를 비교하여보라. 우리들은 그의 생활과 문학과의 사이에서 하등의 일치점을 발견하지 못하는것이 사실이다.[50]

홍명희의 이런 비평은 현실에서의 박진감을 잃어버린 일부 문학현상에 대한 지적이거니와 지식인에 고유하기 쉬한 고루함을 비판하는 것으로도 받아들여질 수 있다. 이때 신진사식의 민감하고 심각한 사고력

---

50) 홍명희, 「신흥문예의 운동」, ≪문예운동≫ 창간호(1926년 1월), 강영주·임형택 편, 『벽초 홍명희와 임꺽정의 연구자료』, 사계절, 1996년, 71면.

과 생명의 깊이에서 우러나오는 영민과 탄력으로 충만한 생기와 한생원식의 대 바른 가치판단이야말로 가장 보귀한 것이 아닐 수 없다. 홍명희는 자기 자녀에게 올바른 지식인으로 성장함에 있어서의 어려움을 다음과 같이 말하였었다.

> 문재라는것이 어찌 쉬운 일이겠는가, 문인으로서 허명을 얻는데 멈추지 말라. 모든 일에 임하여 성(誠)을 귀하게 여기라. 재주가 있는 자는 반드시 성실해야 한다.[51]

여기서 홍명희는 비록 간단히 '성(誠)'을 귀하게 여기라 하고 있지만 여기서 말하고 있는 '성' 가운데는 상술한 의미의 내용이 모두 들어가 있음을 우리는 충분히 단언할 수 있는 바이다.

홍명희는 본 장절에서 임꺽정의 안광을 빌어 조선지식인과 양반에 대해 한차례 심판을 진행하면서 현세정치에 대한 혐오와 실망의 태도를 나타냈다. 교육 받은 상등인이라고 얼핏 보기에는 비슷한 것 같은 지식인의 무리이지만 홍명희는 대다수의 우수한 머리가 눈앞의 이익에 의해 흐려져 있거나 지식인으로서의 책임과 사명을 잃어버린 현상을 날카롭게 보아낸 것이다. 동시에 양반에 고유한 허례허식과 약한 자를 누르는 비겁함과 약탈성에 대해 신랄한 조소와 멸시의 태도를 나타내었다. 이런 지식인에게 민족의 운명을 기탁하기에는 어려운 것이다. 홍명희의 시대의 특징을 고려해볼 때 이 장절은 한일합방을 맞으며 지식인세계가 보여준 다양한 반응과 태도를 집약시킨 축도이기도 하다. 작가는 소설에서 임꺽정으로 하여금 두 명의 지식인을 살려주게끔 예술

---

51) 홍기문, 「아들로서 본 아버지」, ≪조광≫(1936년 5월), 강영주·임형택 편, 『벽초 홍명희와 임꺽정의 연구자료』, 사계절, 1996년, 239면.

적 배치를 진행함으로써 작가 홍명희의 그래도 잃지 않은 기대와 희망을 나타내었다.

3. 여인에 대한 '광'적인 예속의지와 동경

앞에서 홍명희의 도도한 양반의 기세가 임꺽정이라는 천민의 몸에 전이되었다고 하였는데 이런 전이가 가장 잘 드러난 것이 임꺽정의 여인을 대하는 태도에서이다. 소설에서 임꺽정은 아내 외 세 명의 '처', 그리고 기생과 유부녀 사이를 왕래하면서 역시 '광'적인 기세를 남김없이 전시하였다. 물론 소설은 사실성을 중시하는 역사소설의 각도를 취하였으므로 「명종실록」 권26에 "옥문을 부수고 두목 임꺽정의 처를 구출해내어 - 전날 장통방에서 엄습하여 잡으려 할 때, 임꺽정은 달아나고 그의 처 3인만 잡았다."는 기록에 근거한 것이다. 그러나 이렇게 역사 기록에 충실하여 창작하였다 하더라도 그 가운데 완고하게 자리한 작가의 남성중심의 문화의식을 엄폐할 수는 없는 바이다.

임꺽정과 6명의 여인 사이의 관계는 우선 전통사회 속에 예속 받는 여성의 운명을 우리들에게 전시하여 주었다. 주지하는 바와 같이 조선의 전통의식 가운데 여성에 관한 교화(敎化)는 남성에 대한 교화보다 중요한 위치에 있었다. 역대의 윤리대가들은 보다 심각한 이론체계를 끝없이 구축해냄으로써 여성이라면 반드시 준수하여야 할 행위준칙을 내세우는 데 종래로 게으르지 않았다. 하여 소위 이상적인 여성이란 효녀(孝女), 순식(順媳), 현처(賢妻), 양모(良母), 자고(慈姑)의 모습인 것이고 이런 표준에 도달하기 위하여 여성들은 반드시 "삼강오상(三綱五常)", "삼종사덕(三從四德)"에 복종하여야 하였다. 소설 "임꺽정"에서는 이런 여자들의 운명이 잘 드러나 있으며 임꺽정과 인연을 맺은 여인들도 당연히 이런 규범 하에 예속된 여인들이었다.

임꺽정의 여인편력은 소설의 「화적편」에서 전개되는데 "박씨는 육례를 갖추고 원씨는 정실로 자처하고 또 김씨도 부실이라고 아니 하는 까닭에 꺽정이의 처가 광복산에 있는 본처는 치지 말고 서울 안에만 세 사람이나 되는 셈이었다."[52] 임꺽정이 사귄 여성 가운데 가장 고귀한 신분을 타고 난 여성은 원씨였다. 원씨는 본래 판서 원계검 댁의 딸이었는데 알고 보면 그를 임꺽정 품속으로 밀어 넣은 것은 다름 아닌 그의 고귀한 신분이었다고 할 수 있다. 그때는 부자나 신분 있는 집안에 보쌈이란 미신적 풍습이 성하였었는데 여자의 사주팔자에 두 남자를 섬겨야 한다는 명이 나오게 되면 그 사나운 팔자를 막는 조치로 남자를 납치하여 여인과 밤을 지낸 후 남자를 죽여 버려야 한다고 하였다. 헌데 원계검의 딸이 바로 이런 험한 팔자로 점 찍혔다. 본래 이 일은 임꺽정과 아무 관계가 없는 일이나 그 보쌈의 상대로 희생된 남자애가 마침 임꺽정 도적무리와 한 통속인 한온이 집의 상노아이였다. 하여 임꺽정도 종국에는 이 일에 말려들어 그 보복으로 밤에 원판서네 집에 잠복하여 들어가 그 딸을 쥐도 새도 모르게 업어 오는 주모자의 역을 하게 되었고 원씨는 결국 임꺽정의 첩으로 되고 만 것이다. 후에 원씨는 관가에 잡힌 후 그 진실한 신분이 드러나고 마는데 이 일을 비밀적으로 알게 된 원판서는 잃어버렸던 딸을 찾아 응당 기뻐해야 할 것이지만 양반의 체모를 보다 중요시하여 어떻게 하면 딸의 입을 영원

---

52) 홍명희, 「화적편」, 『임꺽정』 7권, 사계절, 1991년, 222면.

히 봉해 버릴까 치열하게 속궁리한다.

> 「내 딸이 도둑놈의 계집이 된다니, 그년이 아비 어미의 혈육을 더럽혀
> 도 분수가 있지, 제게 수치요, 부모형제에 수치요, 온 문내에 수치인걸
> 그대로 무릅쓰고 살았으면 그년이 오장육부가 썩은게지. 오장육부 성하
> 고야 그럴수 있나. 그년 성깔에 강포의 욕을 당하고 살리가 없는데 천하
> 흉악한 도둑놈의 계집 노릇을 하고 살다니 그 천참만육할 도둑놈이 무슨
> 약을 먹여서 사람을 등신을 만들어 놓았나. 등신이 아니라도 죽어야 하
> 지만 더구나 등신이면 살아서 무엇하나. 하루바삐 죽어야지. …(중략)…
> 소리 소문 없이 약사발을 안겼으면 좋겠다. …(중략)… 마누라에게도 알
> 리는게 부질없지. …(중략)… 위에 입문이 되고 조관들이 다 알게 될테니
> 내가 인두겁을 쓰고서야 다시 조정에 나설 수가 있나(약)」[53]

보다시피 원판서로 말하면 자기의 혈육인 딸의 생사보다 중요한 것
은 당연히 자기의 양반가문의 체통을 수호하는 일이었다. 후에 원씨는
식음을 전폐하여 굶어 죽는데 원판서는 비로소 안도의 숨을 쉴 수 있
었다. 설령 원씨가 스스로 죽음을 선택하지 않았다 하더라도 원판서는
딸을 죽일 계획을 이미 정하였으므로 원씨의 자살은 참으로 명석한 선
택이라 아니 할 수 없다. 원씨의 이 비참한 운명은 미신을 포함한 무지
가 낳은 것이며 당시의 여성 위에 내려진 행위규범이 얼마나 잔혹한가
를 말해주는 것이 된다. "굶어 죽는 것은 작은 일이나 여자의 정조를
잃는 것은 극히 큰 일"이라는 등의 일련의 행위규범은 여성의 일상생
활을 좌우지하는 정신적 법칙으로써 여성을 억압해 왔던 것이다. 이런
억압 하에 여성은 남성의 소유물이며 부속물로서 독립적인 생존권리와
인격이 있을 수가 없었다.

---

53) 홍명희, 「화적편」,『임꺽정』8권, 사계절, 1991년, 264면.

한마디로 원씨는 주체적인 의지를 발할 어떠한 기회도 없이 이슬처럼 스러져간 인물이었다. 그에게 반항이 있었다면 생의 막다른 길에 이르러 스스로 죽음을 선택하였다는 것뿐인데 그의 이런 억울한 일생은 독자들에게 강렬한 충격과 함께 깊은 사고를 불러일으킨다.

이렇듯 원씨가 불행하고 억울한 여인의 전형이라면 임꺽정의 다른 한 첩인 김씨의 형상은 희극적, 유머적인 모습이다. 김씨는 17살에 어린 신랑에게 시집 왔으나 신랑이 호랑이에게 물려가는 봉변을 당한다. 하여 그는 호랑이 꼬리를 붙들고 끝까지 산속에까지 따라가 신랑을 구해내기는 하였으나 그로부터 일 년 만에 어린 신랑은 너무 놀란 탓으로 병들어 죽고 그는 과부가 되고 만다. 조정에서는 그의 신랑 구해낸 공을 치하하여 열녀 정문을 내려주는데 그로부터 여인은 "홍문집여편네"로 저명하여지게 되었다. 헌데 임꺽정이 이 여자를 사귈 때에 여자는 오랜 시기 과부로 살아오면서 성격만 과격해져 시부모님과 이웃에게 언어폭행을 일삼는 여자로 변해 있었다. 그때 임꺽정은 원씨와 함께 살림을 차리었던 것인데 공교롭게도 바로 이 "홍문집여편네"와 이웃이 되었다. 하여 김씨의 강짜는 임꺽정에게까지 참기 어려운 일종의 폭력으로 전달되었는데 임꺽정은 견디다 못해 여자를 죽여 시끄러움을 덜려고 밤에 쳐들어간다. 그러나 여자의 강인함에 기이하게 끌려 여자와 관계를 맺고 그 후로 여자는 한없이 부드러운 여성으로 변하였다고 쓰고 있다.

"그 많던 울화가 신통하게 다 없어져서 골낼 때보다 웃을 때가 더 많고" "전에 비하면 참으로 딴 사람과 같았고" "전의 사람은 개차반이라고 하면 뒤의 사람은 거의 명주고름이라고 할만하였다."[54]

이런 희극성적인 이야기결구와 김씨의 성격변화에 대한 묘사는 현대 프로이드의 심리학이론을 우리에게 상기시킨다. 왜냐하면 김씨의 과격한 성격은 여자가 장시기 과부로 생활하면서 그의 건강한 성욕이 정상적으로 발산되지 못한 데서 초래한 정신분열증의 표현이라는 분석이 가능하기 때문이다. 바로 임꺽정이 여자의 성적 욕망을 만족시켜 주었기에 여자는 비로소 왜곡된 심령을 올바로 하고 정상적인 여성성을 되찾았던 것이며 이 면에서 볼 때 임꺽정은 본의는 아니었으나 여자에 대한 해방자로 나서게 된 것이다. 이렇듯 소설은 김씨 형상에 대한 묘사를 통하여 명분론만을 추구하는 당대 양반들의 허위의식이 얼마나 여자를 병적으로 이화시키고 그 삶을 파괴하는가를 생생하게 보여줌과 동시에 양반들의 허례허식을 예술적으로 비난하였다.

그러나 임꺽정의 이런 호의는 우연한 행동의 결과 우연하게 이룩한 정면적인 결과이고 많은 경우 임꺽정의 여성에 대한 해방은 결코 여성에게 독립 인격을 주는, 흔히 말하는 여권주의의 각도에서의 해방일 수 없었다. 임꺽정과 일군의 여인들 사이의 인연은 순수한 이성지간의 관계라기보다 임꺽정이 세상과 대결하는 과정에, 보다 정확히는 양반에 항거해 나선 결과 이루어졌다. 그러므로 이때 여인이라는 실체는 임꺽정으로 말하면 어떤 물품, 전쟁에서 얻은 전리품에 가까운 존재로 된다.

그의 다른 한 첩인 박씨는 본래는 양반집 규수였다. 그러나 그의 집이 몰락하고 그의 아버지가 노름에 미쳐 빚을 지고 그 빚을 갚지 못한 채 죽게 되자 박씨는 노름빚을 갚으라고 강요하는 남자의 첩으로 되어야 하는 운명에 떨어졌다. 그러나 박씨는 이런 운명에 항거하여 매파를

---

54) 홍명희, 「화적편」, 『임꺽정』 7권, 사계절, 1991년, 222면.

놓아 노름빚을 갚을 수 있는 경제력을 가진 미혼의 남자를 찾고자 하였는데 임꺽정이 이에 응하여 박씨와 결합하게 된 것이다. 그러므로 박씨로 말하면 임꺽정과의 결합은 여자의 주관의지의 능동성을 발휘한 결과라는 모습을 띈다. 물론 그것이 매파를 통한 선택이고, 그의 주관의지가 다만 첩의 신분에 떨어지지 않겠다는 노력에 한정되어 있기는 하나 박씨는 필경 그 나름의 인생목표를 실현하기 위해 필사의 노력을 다한 것이다.

물론 그의 이런 노력이 여자로서의 권익이라든가 개체의 독립성을 찾는 성질의 것은 결코 아니었다. 게다가 임꺽정은 자기가 미혼남자라 하면서 박씨를 기편한 상태에서 박씨의 마음을 산 것이기에 박씨는 최종적으로는 남자의 첩으로 되지 않겠다는 그 자신의 본래의 염원을 실현한 것은 아니었다. 오히려 그로 말하면 임꺽정이라는 일개 도적의 첩이 되기보다는 정상인의 첩으로 그냥 고스란히 수긍하는 것이 더 나은 선택이었을지도 몰랐다. 임꺽정 역시 박씨를 구원하기는 하였으나 여자를 첩으로 강요하고자 하였던 상대자가 당시의 세도가인 윤형원의 집차지라는, 역시 양반의 세력의 강대함을 보여주는 상징물이라고 할 때 그의 '구원'은 양반으로부터 여자에 대한 통치권을 박탈한 그런 성질의 구원이라는 것 외에는 아무것도 아닌 모습이다.

천여 년의 봉건사회는 다만 남성의 세계였고 여성은 남성의 소유이고 부속물이었으며 여성으로 하여금 자기 가치와 독립인격을 이해하거나 실현하도록 허락하지 아니 하였다. 임꺽정이 사귄 여성들의 상황은 그 시기 부녀들의 스스로의 자기 보호가 불가능한 현실을 반영하는 축도로 된다. 종종의 규범과 훈계는 여성이 타고 났어야 하는 자유의 천성과 인간으로서의 권리를 박탈해 버렸고 여성을 생육의 도구로 삼을 뿐이며 참고 견디는 미덕만을 구비한 일종의 노예로 전락시킨 것이다. 이런 문화적 분위기 하에서 임꺽정마저 여성에 대한 보호권과 소유권을 양반으로부터 뺏어 오는 과정에 어느덧 양반의 모든 것, 여성에 대한 예속의 의지와 부패타락상까지도 모방하는 모습을 보이게 된다.

> 「삼천궁녀두 거느리구 살려든 기집 몇개를 못 데리고 살까. 공평하게 해줄테니 염려 마라.」[55]

이는 임꺽정이 그때 이미 자기의 첩이 된 원씨를 위로하느라 한 말인데 그때 원씨는 임꺽정이 밤마다 김씨네 울안을 넘어 다니며 관계 맺는 것을 보고 우울에 잠겼던 터였다. 그러나 임꺽정의 이 말은 그가 사회의 부조리에 항거하여 청석골이라는 도적굴을 창조한 영웅이기는 하나 여성을 속박하는 봉건 예교에만은 결코 항거하지 않았음을 말해 준다. 그리고 더 나아가 임꺽정은 여성을 속박하는 모든 봉건 관념을 자기가 창조한 청석골이라는 새로운 세계에 그대로 옮겨오기를 마다하지 않는다. 임꺽정이 첩들과 질탕하게 사귄 소식을 알고 아내인 운총이가 찾아 왔을 때 임꺽정은 창피를 전혀 모르는 바는 아니나 여전히 모든 책임을 운총이에게 밀어붙인다.

> 「나 몰래 기집질 하는걸 알고 가만히 있으까? 죽든 살든 해보고 말지. 내가 딴 서방을 몰래 얻으면 가만히 있겠나 생각 좀 해보지.」
> 「기집년하구 사내대장부하구 같으냐?」
> 「사내나 여편네나 사람은 매한가지지.」
> 「저게 소견없는 기집년의 생각이야. 그래 같은 사람이면 아이나 어른

---

55) 홍명희, 「화적편」, 『임꺽정』 7권, 사계절, 1991년, 220면.

이나 마찬가지구 종이나 상전이나 마찬가지냐?」

「아이에 머슴애도 있고 종에 사내종도 있지. 기집애만 아이고 기집종만 종인가?」

「말귀가 터졌어야 남의 말을 알아듣지. 누가 머슴애나 사내종이 없다드냐? 기집을 아이루 치면 사내는 어른이구 기집을 종으루 치면 사내는 상전이란 말이지.」[56]

상술한 임꺽정의 말에서 우리는 "기집을 아이루 치면 사내는 어른이구 기집을 종으루 치면 사내는 상전"이란 남권의식이 상당히 압도적인 것을 감지하게 된다. 여기에 이르러 우리는 임꺽정이 사귄 또 한 여자의 운명을 들게 된다. 그때는 임꺽정이 포도군사에게 쫓길 때인데 목숨을 구하기 위하여 임꺽정네는 이방의 집에 보름을 주숙하면서 관가의 이목을 피하게 되었다. 헌데 이들에게 음식을 나르던 이방의 첩이 임꺽정에게 추파를 보내게 되어 임꺽정은 그 여자와 정을 통하고 그러나 상황이 안전하여진 후 임꺽정네가 그 집을 떠나야 할 때에 임꺽정은 이방에게 "내가 상주의 첩을 상관했소. 그러나 나를 배은망덕하는 놈으룬 알지 마시우." 하고 사실을 말해버린다. 이방은 자기의 구원을 받은 사람이 자기 여자와 간통하였다는 이런 정상적인 논리를 벗어난 일에 접하여 그 자극을 이길 수 없어 번민한 끝에 이지를 잃고 여인을 죽인다. 그 후 이방은 아무도 알 수 없는 어딘 가에로 사라져버렸고 "가산은 적몰하고 본계집과 본계집 몸에서 난 딸형제는 관비로 박"히고 집은 '파가저택(破家瀦澤)'이 되었다고 하였다.[57]

이 정절배치에서 우리가 분명히 느끼게 되는 것은 임꺽정의 여자에

---

56) 홍명희, 「화적편」, 『임꺽정』 7권, 사계절, 1991년, 282면.
57) 홍명희, 「의형제편」, 『임꺽정』 6권, 사계절, 1991년, 326면.

대한 멸시의 태도이다. 물론 그는 "은혜진 사람의 첩을 상관한 것이 마음에 궂은 고기 먹은것 같아서 궂은 고기를 토하는 셈으로 토설하"였다고 하지만 그는 어디까지나 임꺽정 개인의 주관적 감수에서 출발한 것이며 그가 보다 중요시한 것은 그 무슨 여자의 운명인 것이 아니라 자기의 도덕성과 인품이 이로써 파괴되어 배은망덕하지 않은 것으로 세상에 알려질까 하는 두려움이었고 남자의 이기주의였다. 임꺽정이 이별 시 이방에게 한 '진실의 고백'은 알고 보면 자기가 저지른 남녀상간의 죄를 모두 여자에게 전가한 비열한 행위에 다름 아닌 것이다. 그리고 임꺽정이 보기에 이방의 처 같은 여자는 당당한 남아로서의 자기가 나서서 법을 좀 가르쳐야 한다고 생각하였는지도 모른다. 어찌하였든 결과적으로 임꺽정의 행위는 남성본위와 남권의식의 입장에서 이방의 첩에게 도덕적인 견책을 한 것으로 된다.

남성 중심의 사회에서 여성에 내려지는 품행 평가는 종래로 사회풍상(風尚)의 가장 민감한 신경으로 되며 사회 도덕수준을 가름하는 시금석(試金石)의 역할이 되기도 한다. 임꺽정의 시대가 16세기의 조선사회라 할 때에 임꺽정에게 시대적 원인으로부터 출발하여 관대한 태도를 가질 수도 있겠으나 독자들은 일대 역사적 반항아인 임꺽정이 자기에게 호감을 나타내는 일개 무명의 여성을 해치지 않을 수도 있었을 텐데 하는 유감을 가지게 됨을 어찌 할 수 없다. 황차 자기도 그 죄의 절반은 지어야 할 것인즉 무슨 자격으로 여자를 도덕의 칠성판에 올려놓고 잔인한 고문을 하여야 하는가 하고 질책하게 될 때 임꺽정의 영웅적 이미지는 우리들의 머릿속에서 일개 도적의 형상으로 자연히 떨어지고 말게 된다.

고대의 조선문학 전통에서 여성의 정욕과 성애에 관한 표현은 흔히 순결하고 절개가 굳은 춘향이식의 정녀(貞女)가 아니면 방탕녀(放蕩女)의 모습이라는 두 극단으로 왜곡되어 나타나는데 「임꺽정」에서의 여인관도 이 궤도를 벗어난 것은 아니었다. 앞에서 말한 정녀인 김씨에 대해서 임꺽정은 너그러운 동정의 태도로 받아들일 수 있었으나 이방의 첩과 같은 방탕녀에 대해서는 멸시와 증오의 태도를 선명히 보여주고 있는 것이다. 도덕감에서 오는 억압적 역량과 정욕 발산이라는 인간 개체의 박절한 요구 사이에 진행된 격전 끝에 저지르게 되는 남자의 죄과에 대하여 임꺽정은 그 책임을 다만 여자에게로 전가시키고 있는 것이다.

홍명희가 창작활동을 하였던 근대조선의 시대는 서구 여권주의의 사조가 수입된 시대로서 홍명희가 이런 사조를 접하였다는 사실은 많은 자료가 말하여 준다. "지금 우리 조선에는 크룹스카야가 구우즈나 울스톤크라프트와 같이 활동하게 된 판입니다"58)라고 하고 있는 홍명희의 언론에서 우리는 작가가 서구 여성운동에 대해 깊이 요해하고 있다는 사실을 알 수 있다. 그러나 소설에서 분명한 것은 여성의 정욕을 포괄한 독립적이고 개성적인 여성의식은 여성의 생명상태에서 들어설 자리를 잃고 핍박에 의하여 침묵하고만 있다는 사실이다. 홍명희 시대에 서구문화의 현대의식을 빌어서 여성을 평판할 수 있었을지라도 그 영향은 다만 여성을 속박하는 규범들을 얼마간 흔드는 정도에 불과한 것이며 여성에 대한 예속의 의지는 일종의 문화전통으로서 결코 소거되지 않고 있으며 그대로 작가 홍명희의 몸에 잔재하여 있었다고 할 수 있다. 황차 여성해방이 대면한 문제가 바로 남성들 자체라고 할 때 홍명희를 비롯한 모든 남성들의 각도에서 볼 때 심각한 자기반성과 비판이

---

58) 홍명희, 「근우회에 희망」, ≪동아일보≫(1927년 5월 29일자), 강영주·임형택 편, 『벽초 홍명희와 임꺽정의 연구자료』, 사계절, 1996년, 146~147면.

천연적으로는 어느 정도 불가능했던 것이다.

물론 작가 홍명희는 "완전한 합리적 인류사회에는 여자가 남자와 같이 정치적 문화적으로 활동할 균일한 기회를 가질 것입니다"[59]라고 함으로써 남녀 평등론을 피력하였다. 그러나 홍명희의 작품과 결부하여 볼 때 우리는 홍명희의 상술한 주장이 어디까지나 정치나 문화방면의 여성 권리에 국한된 내용을 가리킬 뿐이고 여권주의의 성해방과 같은 주장에 한해서는 깊은 반감을 가지고 있지 아니 한가고 의심을 품게 된다. 정욕의 노예가 된 여성에게 가혹한 징벌을 안겨주고 있는 홍명희 소설은 이로써 도덕 면에서의 징계적(懲戒的) 색채를 짙게 하였기 때문이다. 홍명희 소설이 보여주고 있는 이런 태도는 창작주체의 각도이거나 접수주체의 각도에서나를 막론하고 도덕정감 면에서 일종의 만족스런 마음의 평형을 찾고자 하는 모습이다. 그러므로 사실상 작가의 이 태도는 일종의 문화의 중용(中庸)의식의 체현으로 볼 수도 있는 바이다.

홍명희는 잠재성적인 남성중심의 문화의식으로 여성 앞에 광폭한 예속자의 자세로 나서고 있는데 이런 성별우월감은 작가로 하여금 여성을 높은 데서 아래로 내려다보는 창작자세를 가지게 하였고 부녀의 고난을 반영하고 부녀를 구원하는 자세를 취하게도 하였다. 그러나 그런 구원은 여성의 사회성에 대한 수호와 존중의 의미는 띄지 않는다. 반대로 임꺽정과 6명의 여성의 관계는 일부다처제의 남자의 백일몽을 나타낸 것으로 된다. 여자를 보는 눈은 항상 남성중심의 '문화의식형태'의 심미관을 나타내고 있으며 남성은 그런 심미관에 부합되는 완벽한 여성을 찾을 수 없어 여한의 탄식을 나타내고 있는 듯도 하다. 운총이는

---

59) 홍명희, 「근우회에 희망」, ≪동아일보≫(1927년 5월 29일자), 강영주·임형택 편, 『벽초 홍명희와 임꺽정의 연구자료』, 사계절, 1996년, 146면.

인류 문명의 흔적을 받음이 없이 산 속에서 성장하였으므로 천진난만하고 순결한 것이 좋긴 하지만 임꺽정의 비판대로 "소견 없"고 무식한 것이 흠이 되었다. 그런가 하면 몰락란 양반집 딸로서 지조 높은 박씨는 애잔한 모습으로 그 여자와의 결합은 재자가인식(才子佳人式)의 낭만적인 결합의 모식(模式)을 보여 주었고 신분이 고귀한 원씨는 음식솜씨가 정갈하고 뛰어나 남성들이 바라마지 않는 어머니다운 포근함이 있어 만족스러웠다. 그리고 김씨는 마른풀과 같이 성에 굶주린 여성으로 남성의 정욕발산의 대상으로 적합한 존재였다. 그리고 임꺽정과 기생인 소홍이와의 관계는 "명사풍류(名士風流)"에 속한 사랑인 것으로 훗날 소홍은 스스로 서울에서의 우월한 생활을 버리고 임꺽정을 따라 산속의 도적굴이라는 간고한 환경으로 옮겨간다. 이런 소홍의 형상은 "여성은 본질적으로 남자의 시이다."라는 말을 실천한 것으로 된다. 그러나 각도를 달리하여 볼 때 이런 일군의 여성형상은 남성의 상상력 하에 만들어진 것으로 그는 본질상 남성의 심미적사역(使役)과 노역(奴役)의 대상으로 여성을 전락시킨 것이라고도 할 수 있다.

이렇듯 여성의 세계를 종횡무진하고 있는 임꺽정은 여성의 각도에서 볼 때 성별통치의 정신적 상징의 모습이 완연하다. 따라서 임꺽정과 6명의 여성 사이에 건립된 사랑형태는 부권제의 권력구조라는 범주에 속한 문화적 내함을 반영한 것이며 보다 구체적으로는 가정관계 내의 일부다처제의 모식의 반영인 것이다. 오랜 시기 지속되어 온 남권(男權)역사의 문화의식과 제도는 도도한 양반 명문의 혈통을 타고난 홍명희에게 권위적인 영향력을 끼치었는바 설령 그가 현 의식 층에서 여성을 가송하고자 하였더라도 일남중녀를 특징으로 한 가정사회의 양성관계 모식은 그의 몸에 완고하게 잠재하여 있으면서 그의 창작에 영향을 주게 되는 것이다. 이 가운데 논리가 있다면 그것은 부권제의 의식형태이자 천리(天理)인 것이다. 하기에 소설에서 임꺽정은 자기의 외도를 질책하는 아내 운총이를 보다 사나운 기세로 책망할 수 있었다. 임꺽정뿐만이 아니라 임꺽정의 누이인 섭섭이조차 임꺽정의 외도행위는 외면하고 오히려 운총이를 안해로서의 도덕을 모른다고 질책하였다. 섭섭이의 이런 태도는 적어도 객관적 자세에서 보기에 여성에 대한 남성의 조폭한 태도를 여성 자신이 이미 정상적인 것으로 수용하였다는 결론을 도출하게 한다. 따라서 섭섭이의 이 태도는 남성 중심의 부호세계에서 남성의 역사가 규정해낸 품격을 여성도 이미 고스란히 부여받았음을 말해주며 섭섭이는 이화된 여성의 전형으로서 가치가 있다. 한편 부권제의 중심에서 축출당한 반항아로서의 임꺽정일지라도 그는 결코 남권의식형태로부터 축출당한 모습은 아닌 것이며 오히려 그런 의식의 영향권 내의 인물이며 그의 수호자인 것이다. 이렇게 볼 때 그에 의해 선택된 여성들은 여전히 피노역자(被奴役者)가 아니면 안 되었고 주체의식을 상실하고 부권제와 부덕을 전시하는 기계로 전락하고 만 것이다. 이러는 과정에 소설속의 여인들은 그 시기 조선의 여성 군체(群體)와 함께 침묵하고 있었고 부권제문화의 압제 하에 그들의 영혼은 정신적노예의 위치에로 전락하지 않으면 안 되었다. 임꺽정과 인연이 맺어진 여섯 명의 여성은 남성의 상상력의 통치와 지배 하의 여성인 것이며 남성이 자기의 염원에 따라 부권제의 가치체계와 미학원칙에 부합되게 여자를 이화(異化), 개조시킨 결과의 산물인 것이다.

그러나 그렇다 하여 작가 홍명희에게서 그 시기 진보 사조의 영향이 전혀 없었다고는 할 수 없다. 그 시대 적지 않은 정의적인 지식인들은 여러 가지 진보 사조의 영향 하에 사회와 인생과 개성해방 등 인류 생

존의 기본 요소들을 의식적으로 사고함으로써 강대한 문예 계몽의 사
조를 이루었다고 할 수 있는데 작가 홍명희는 이런 계몽사조 속의 유
력한 일원임은 의심할 바 없다. 비록 해방 후의 일이기는 하나 소설 창
작시의 홍명희의 여인관을 설명할 수 있는 예문으로 우리는 홍명희가
일찍 자기가 주도한 민주통일당과 민주독립당의 정책으로 "여자의 시
간과 정력을 가정생활에 전부 소모치 않도록 공동식당 공동탁아소 공
동세탁소 등의 시설을 속히 보급시킬 것"[60]을 주장하고 있는 것을 들
수 있다. 그리고 그는 일찍 신간회 자매단체인 근우회에 주는 글에서
다음과 같은 서두로 성 차별 현상의 엄중성을 심각하게 지적한 바 있다.

> 오스트랄리아 북방에 사는 어느 식인종은 주린 창자를 채울 것이 없으
> 면 저의 아내를 통으로 구워서 뜯어먹는 일이 있다고 합디다. 소위 문명
> 한 민족들의 사회에서도 여자가 간접으로 남자의 식료품이 되는 일이 종
> 종 있습니다. 일종 자리제구로 알거나 그렇지 아니하면 일종 장난감으로
> 여기는 것은 식료품으로 치는 것보다 무엇 나을 것 있습니까.[61]

이에서 볼 수 있다시피 홍명희는 사회의 민감한 신경의 하나인 여성
문제에 적극적인 사고를 그치지 않은 작가로서 "여자가 간접으로 남자
의 식료품이 되"어서는 안 된다고 그의 민주주의적인 태도를 분명히
하였다. 임꺽정과 인연을 맺은 여성형상에서 독립자주의 인격매력을
보이고 있는 형상을 굳이 찾는다면 우리는 운총이와 소홍이에게서 살
펴볼 수 있다. 이 두 인물성격의 부각이 있음으로 인하여 전반 소설은

---

60) 홍명희, 「나의 정치로선」, ≪서울신문≫(1947년 5월 7일자) ; ≪한성일보≫(1947년 9월
   24일자) , 강영주, 「벽초 홍명희 ─ 그의 인간과 사상」에서 재인용, 『인문고학연구』 제7집.
61) 홍명희, 「근우회에 희망」, ≪동아일보≫, 1927년 5월 29일자, 강영주·임형택 편,『벽초
   홍명희와 임꺽정의 연구자료』, 사계절, 1996년, 146면.

다행히도 여성에 대한 남성의 일방적인 흠상만으로 기울어지지 않을 수 있은 것이다.

운총이는 본래 백두산이라는 원시공간에서 사냥 하며 살아온 여자애인데 그러므로 그는 문명세계에 때 묻지 않은 모습이다. 그 외양은 "얼굴빛은 볕에 그을어서 희지 못할 뿐이지 검지 아니하고, 손은 마디가 굵어서 험하기는 하나 보기에 밉지 아니"한 모습이고 "속이 맑은 눈에는 생기가 똑똑 떴고 납족한 입은 닫힌 것이 야무져 보이"는 생명력이 넘치는 여자였다.[62] 그는 결혼이나 성에 관한 거추장스러운 갖가지 규범 등을 전혀 개의치 않았고 어떤 이념의 속박도 없이 자신의 감정과 시비관을 거리낌 없이 표출한다. 임꺽정과의 혼인도 그의 이런 주체의식으로 인해 성공하였거니와 그야말로 여성의 독립적 인격체의 전형이라 할 수 있다. 운총이외 소홍이는 임꺽정의 화적패대장이라는 정체를 알고서도 스스로 남자를 따라 청석골의 생활을 선택하였다는 면에서 주체성을 보였다.

그러나 이 두 여성형상을 보다 자세히 살펴볼 때 우리는 그들의 독립적 인격을 안일하게 찬양만 할 수 없는 문제점들을 발견하게 된다. 말하자면 그들은 모두가 봉건 예교의 윤리강상이 미치지 못하는 곳에로 버려진 신분이라는 점을 유의하게 된 것이다. 운총이는 백두산에서 야생마처럼 성장한 경력 때문이고 소홍이는 기녀라는 일종의 상품과 비슷한 특수 신분 때문이었다. 봉건 예교는 여성을 속박하기 위한 청규계율(淸規戒律)을 정하였으나 백두산에서 성장한 운총에게는 전혀 미치지 못하였으므로 본질상 무효였다고 할 수 있다. 그러므로 독자들은 운총

---

62) 홍명희, 「봉단편」, 『임꺽정』 2권, 사계절, 1991년, 295면.

이의 일거수일투족에서 인위적인 속박이나 죄의식 같은 정신부담을 벗어버렸으므로 갖게 되는 천진난만한 모습을 접하여 부럽기도 하고 우습기도 한 감정으로 흠상할 수 있게 된다. 그는 그대로 탈속을 의미하며 천지자연의 '기'를 부여받은 진선미의 완미한 결합체인 것이다. 욕망으로 팽배되어 있는 남성세계와 비길 때 운총이의 모습은 정결하면서도 숭고한 동심의 세계였다. 동시에 그는 정지(停止)상태에 처한 비현실적인 여성세계로서 이런 운총이를 사랑하는 임꺽정의 형상은 여성뿐만이 아닌 인류의 이상적인 인격에 대한 유토피아적인 동경을 상징한다고 할 수 있다.

운총이가 세속의 오염이 미치지 않은 환경에 처한 순결하고 신성한 모습이라면 그 다른 한 극단에는 "진흙을 뚫고 나온 연꽃"의 모습에 닮아 있는 세파를 거쳐 나온 소홍이가 있다. 소홍이 역시 기녀라는 신분으로 인하여 정상적인 가정질서 외에 버려진 모습이다. 말하자면 그들의 몸에서는 사실상 봉건적 '이(理)'와의 어떠한 충돌도 이루어지지 않고 있으며 그러므로 보다 각박하게 말한다면 이 두 여성의 몸에서 보이는 소중한 독립인격의 모습은 현대의 여권주의의 각도에서 보면 한 발자국도 내디디지 못하였다고 할 수 있다. 임꺽정에게 있어 운총이와 소홍이는 어디까지나 임꺽정의 마음의 휴식지로 받아들여지고 있으며 그들 둘은 소년과 장년시기의 임꺽정에게 있어 모든 계율과 속박을 떨쳐버리고 마음의 자유를 향유할 수 있는 이상적인 안식처에 다름없었다. 소홍이와 대면할 때면 임꺽정은 세상을 종횡무진 하는 영웅의 기상을 벗어버리고 정신적 이완(弛緩)의 상태를 즐길 수 있었다. 그는 소홍이에게 다음과 같이 자신의 힘과 꿈과 신념과 진실을 토로하였다. "세상사람이 모두 내 눈에 깔보이는데 깔보이는 사람들에게 멸시 천대를 받으니 어째 분하지 않겠나 내가 도둑놈이 되구 싶어 된 것은 아니지만 도둑놈 된 것을 뉘우치진 않네” “세상사람이 범접 못할 내 세상이 따루 있네.”63) 임꺽정뿐 아니라 두 여자도 임꺽정과 결합될 때만은 도덕, 윤리와 가족의 책임과 문벌, 종법이나 정절관념의 속박 하에 놓여 있지 않은 진실된 자기를 되찾을 수 있었다.

　그러나 거듭 논한다면 임꺽정은 결코 그들의 독립인격을 흠상한 결과 그들과 인연을 맺은 것은 아니라는 점이다. 그리고 임꺽정의 여인관은 그 시기 봉건사회라는 배경에서 원인을 찾아야 하며 작가 홍명희도 그런 시대를 감안하다보니 임꺽정에게 상술한 여인관을 주입시켰을 것이라는 해석을 우리는 당연히 하게 된다. 봉건사회에서 남녀사이는 상호간의 지기(知己)의 관계로 발전하기는 극히 어려웠다. 유가문화의 주도적인 영향권 아래 이성지간의 사랑이 일단 봉건도덕이 허용하는 범위를 벗어난다면 기필코 “음란”이라는 도덕비판의 모자가 씌워졌다. 그러나 반항아로서의 임꺽정은 이런 압력 하에서도 세 명의 첩, 한명의 기녀, 한명의 아내 또 한명의 유부녀와 인연을 맺음으로써 태연하게 이성과의 사랑을 속삭였다. 도적일지라도 임꺽정에게 여성을 동경하는 부드러운 정감이 없는 것은 아니며 또한 바로 도적임으로 인하여 마음속의 지기가 더 갈망되었을 지도 모르는 것이다. 연애가 생명의 가치의 실현의 한 개 표징이라 할 때 임꺽정은 이성지간의 정감을 최고로 향유한 남성인 것이다. 따라서 그는 여성의 각도를 벗어나서 볼 때에는 그야말로 자기만의 ‘광’적인 ‘정’의 혁명자인 것이다.

---

63) 홍명희, 「화적편」, 『임꺽정』 8권, 사계절, 1991년, 145편.

4. '광'으로 인한 희비극성 초월

　조선을 포괄한 동양사회의 사상사에서 사대부(士大夫)들의 사회이상이 정치윤리에 기울어져 있다고 할 때 농민의 사회이상은 흔히 경제윤리에로 기울어졌다. 이때 사회의 불합리에 반기를 든 임꺽정으로 말하면 그의 이상적인 목표는 논리적으로는 마땅히 이런 두 가지 사회이상의 융합에서 찾아져야 한다. 사대부문화가 추구한 이상적인 사회는 간단히 공자가 추구한 수신(修身), 제가(齊家), 치국(治國), 평천하(平天下)의 경지를 최고의 것이라고 묘술(描述)할 수 있다. 그런 이상적인 사회에서 인간성은 완미한 발전을 볼 수 있고 인격도 전면적으로 발전되고 인간은 사회실천의 주체로서 객관세계의 법칙성을 탐색하고 파악하고 좌우지할 수 있는 바이다. 이에 비해 대중문화 주체로서의 농민의식이 추구한 이상사회는 경제윤리에 보다 치우쳐 주로는 등급폐지, 재산공유(公有)에 대한 추구로 표현된다. 역사상 상술한 사대부문화가 기획한 이상이 실제상 종래로 실현된 적이 없었다면 농민의식이 추구한 이상사회 역시 실현 불가능하였다고 총결지을 수 있다.

　농민계급은 흔히 현실생활에서 저들이 체험했던 자아 감성에서 출발하여 평균주의사상을 이론무기로 내세워 부자들의 재산을 박탈하여 평균 분배하는, 말하자면 사회재부의 분배와 소비(消費)라는 환절만을 중요시할 뿐이었다. 그러므로 그는 바로 엥겔스가 말한바 "극단적인 사회불평등에 대하여, 부자와 가난한 자 지간, 주인과 노예지간, 교만하고 사치한 자와 기아에 허덕이는 자 지간의 대립을 자각적으로 반발해 나선 자각적인 반응인 것이다." 농민봉기군의 주의력이 사회생산에로 돌려지지 아니하였기에 그들은 봉건사회에 존재하는 빈부불균(貧富不均) 현상의 근본 원인이 토지 분배에서의 불균등, 즉 봉건지주의 토지소유제에 있다는 것을 알 수 없었다. 이가 바로 역사상의 농민봉기가 하늘을 가르는 번개처럼 거대한 에너지를 발산한 후에 재빨리 밤하늘 가운데 소실되고 마는 비극으로 결속 짓고 말게 되는 근본 원인인 것이다.

16세기 조선의 '임꺽정 난' 역시 이 범주에 속하는 봉기였다. 그러나 임꺽정이 떨쳐 일어난 원인이 사회불평등 현상과 특히는 신분제도의 불합리에서 찾아진다고 할 때 우리가 보기에 그는 적어도 자기가 건립한 도적굴에서나마 신분제도의 불합리현상을 증오하고 소멸하였어야 할 것이나 사실은 그렇지 못한 모습을 보여주고 있다.

> 졸개들은 머리를 수건으로 질끈질끈 동이고 두목들은 머리에 벙거지를 썼을 뿐이고 여러 두령과 두 시위는 산수털벙거지를 쓰고 군복을 입었고 꺽정이는 머리에 쓴것은 금관이요 몸에 입은것은 홍포이었다. 마루 위의 두령들과 축대 아래 두목들이 두 시위의 창을 따라 국궁진퇴하여 조사를 마친 뒤에 꺽정이 입에서
> 「점구를 시작해보지.」
> 말 한마디가 떨어지면 곧
> 「점구를 시작하랍신다!」
> 두 시위가 쌍으로 받아내리고
> 「네이.」
> 여러 두목이 일시에 긴 대답을 올렸다. 서림이가 꺽정이에게 품하고 마루 끝에 나와서 점고할 방법을 자세히 지휘하였다.[64]

이는 도적굴에서 두령인 임꺽정이 점고하는 장면에 대한 묘사인데 보다시피 그들 봉기군 내의 등급제도는 너무나 엄한 것이었다. 그리고

---

64) 홍명희, 「화적편」, 『임꺽정』 7권, 사계절, 1991년, 308면.

물질분배에서도 등급이 선명이 갈라졌다. 게다가 그들은 생산이 없이 싸움과 약탈행위에만 몰두하고 있는 모습이란 것은 아래의 예문이 말해주고 있다.

> 청석골서는 매삭(每朔) 도중 공용으로 쓰는 석수(石數)가 엄청나게 많았다. 대장과 두령들은 녹(祿)을 머고 두목과 졸개들은 요(料)를 태우는데 대장은 백미(白米)가 일석(一石)이요, 황두(黃豆)가 십두(十斗)요, 두령 십인은 매인 백미가 십두요, 황두가 오두요, 두목 이십여명은 매명 요가 쌀 닷말, 서속 닷 말이요, 졸개 백여명은 매명 요가 쌀 서말, 서속 서말이요, 이외에 마소먹이 콩이 두어 섬씩 나가서 육십석 곡식을 가져야 한 달을 부지할수 있었다. 청석골서 평양봉물을 뺏은 뒤로 관서 해서 감영과 각 읍에서 서울로 올라가는 진상과 인정을 대개 중간에서 가로채고 고 근기(近畿)와 해서의 여러 골로 돌아다니며 크면 읍을 치고 작으면 촌을 떨어서 모은 재산이 적지 아니 기쳤었지만,…
>
> …(중략)…
>
> 「…방곡한 골에는 가서 뺏어 오구 방곡 안한 골에는 방을 붙입시다. 방을 붙여서 안 가져오거든 방 붙인 놈의 집은 말할것두 없구 그놈 사는 데가 읍이면 읍, 촌임녀 촌을 아주 뿌리를 빼옵시다.」[65]

제도적으로 이러하였을 뿐 아니라 그들은 사상 관념적으로도 그들이 그토록 증오하여마지 않던 양반들을 본받고 있으며 양반의 전통의 강상윤리체계를 관념인지(觀念認知)의 기초로 접수하고 그에 예속되기를 원하였다. 이는 '인내천(人乃天)' 사상을 제기하였던 동학의 사상수준에 비기지 못할 뿐 아니라 중국의 「수호전」에서의 양산박에서 실현하였던 '군사공산(軍事共産)'의 원칙에마저도 미치지 못하는 한계성을 안고 있다. 물론 이 가운데는 신도덕의 요소가 전혀 없는 것은 아닌바 예하면 그

---

65) 홍명희, 「화적편」, 『임꺽정』 9권, 사계절, 1991년, 6~7면.

들이 내세우고 있는 '의'에는 양반과 그들이 차지한 재부를 불의의 것이라 인정하고 그런 재부를 박탈하는 것을 정의로운 것으로 보는 등 가치판단이 들어가 있는 것이 그러하다. 그는 피압박자와 피능욕자(被凌辱者) 사이에 있게 되는 상호지간의 방조와 지지의 의지를 체현하였고 바로 그런 의지가 반항성의 사상과 행위와 밀접히 관련되어 있었다. 그리고 또한 이런 '의'는 봉기군장령들 지간의 관계를 조절하는 도덕행위 표준으로서 봉기군의 내부 조직결구와 사상인지(認知)로서의 의의를 갖고 있다. 그러나 이런 '의'를 자세히 살펴본다면 그것 역시 봉건적인 종법과 등급질서와 관련된 효제(孝悌)도덕윤리에서 기인한 것임을 부인할 수 없다. 사실상 이런 '의'에 내포되어 있는 협애성이야말로 농민으로서의 계급특질을 무마시키고 종국에는 농민에게서 가장 근본적인 것이 되어야 하는 계급 대항성(對抗性)을 핵심으로 하는 행위규범을 허물어버리는 악 효과를 산생시키고 말게 된다. 그리고 또 한 가지 지적해야 할 것은 농민계급의 사회노동생산에서 갖게 되는 전통적인 권리가 사대부의 이상국에서조차 영광스런 사업으로 추대되고 있건만 봉기군에게서는 오히려 무시되고 있다는 점이다. 총적으로 임꺽정 무리는 신진사가 비판하고 있는바와 같이 "빼앗고 싸울" 뿐이었으며 그 외의 것은 생각할 여가가 없는 듯하였다.

임꺽정 일당은 또 봉기군내부의 관계처리 면에서와 봉기군과 외부세계와의 관계 확인(確認)과 조절 면에서 모두 봉건지주계급의 강상윤리 관념을 옮겨와 씀으로써 도덕윤리 관념과 의식형태 영역에서의 새로운 혁명성의 관념형태를 거의 보이지 않고 있다. 홍명희가 아무리 우수한 작가라 할지라도 역사상 봉기군의 이런 특점은 초월할 수 없는 것이다. 더욱이 사실성을 우선하는 역사소설가인 홍명희로서 작가는 자기가 정열을 쏟아 부각한 주인공의 죽음의 운명을 직시하지 않을 수 없는 것이다. 하기에 작가로 말하면 역사 환멸감과 비애와 곤혹에 빠져들기는 너무 쉽고 자연스러웠다. 그러나 독자들이 작품감상을 통해 느끼고 있는바 소설은 총체적으로는 비극성과 비장감을 초월한 모습인데 이것이 바로 작가 홍명희가 작품에서 구현한 "광"의 미학적 특징이 가져온 예술적 효과인 것이다.

희비극을 초월한 소설의 미학적 특징은 우선 임꺽정의 '광'적인 초능력에서 두드러진다. 일반 접수심리의 각도에서 볼 때 무릇 심미대상이 기이한 초능력을 구비하였다면 결과가 비극적이라 할지라도 그 행위동작은 희극의 효과를 가져올 수 있는 것이다. 종래의 역사전기 작가들이 천자 제후를 묘사함에 있어 흔히 종종의 괴이함을 돌출화시켜 귀인이라면 반드시 천상(天相)이 동반되어 있음을 선양하여왔었다. 작가 홍명희가 그런 관예적(慣例的)인 수법에서 영향 받았을 수도 있겠으나 실제로 소설에서 그려진 영웅호걸들은 그야말로 정상인에게는 없는 "광"적인 특질을 구비하고 있었다. 만담에서 가져온 화소들이기는 하나 임꺽정에게는 기둥을 쉽게 들 수 있는 완력 외 뛰어난 검술이 있었고 임꺽정과 의형제를 맺은 기타 6명의 장사들도 뛰어난 용력과 무술과 저마다에 특이한 장기를 구비함으로써 독자에게 편안한 안도감과 밝은 기대감을 주고 있는 것이다. 소설에서 임꺽정 몇 사람이 관가에 쳐들어가 옥에 갇혔던 식구들을 구해오는 장면은 다음과 같이 묘사되고 있다.

> 꺽정이는 칼을 들고 앞에 서고 황천왕동이는 창을 메고 꺽정이의 식구와 같이 중간에 서고 박유복이는 쇠표창 대여섯 개를 손에 쥐고 뒤에 서서 술렁거리는 양주읍내를 무인지경같이 지나나오는 중에 꺽정이의 발길이 자기 집 있는 곳으로 향하였다.66)

여기서 수많은 군대를 물리치고 빠져나오는 모습을 '무인지경'을 달리는 듯하다고 쓰고 있는데 기이한 초능력을 기초로 만들어진 소설속의 상술한 화면과 정절의 진전은 독자들의 예기한 바를 크게 벗어나기조차 함으로써 독자들을 흥분시킨다. 그리고 더 나아가 신괴적(神怪的) 색채를 띠기조차 하여 임꺽정 형상에 있어야 할 비극성을 크게 희석시키거나 엄폐하거나 망각하게 하고 있다.

어디에도 매이지 않는 임꺽정 등 '광인'들로 보면 호방하고 방종하여 진정으로 두려운 것이 없었다. 세속을 벗어난 듯한 모습이면서 아무런 거리낌 없이 세속을 누비며 세태속의 각양각색의 불합리에 관여하여 나서는가 하면 비겁한 사람들이 감히 발을 들려놓을 수 없는 영역에서 그들은 과연 큰일을 해내었던 것이다. 소설에서 '광인'으로서의 특징은 흔히 술 먹는 행위와 이어져 있는데 술이란 그네들의 격정으로 충만한 소탈한 상태와 '호방함'이라든가 '대범함'이라든가 '야성'의 모습으로 구체화되는 '광'의 특징을 말해줄 수 있는 매개(媒介)가 되기 때문이었다. 그리고 영웅들의 '광'적인 특징을 낭만적인 정조와 연관시켜 볼 수 있는데 그것은 작가 홍명희가 물려받은 동양사회 지식인의 자유분방의 인생태도와 예술화한 생활경계에 대한 추구에서 원인이 찾아진다. 순경에 처할 때라도 세속을 초월하고자 하거늘 암흑한 식민지 시대에 작가 홍명희는 임꺽정이라는 '광'적인 형상과 함께 예술의 천지에서 자유와 방달(放達)의 경계를 추구하였음을 충분히 추정할 수 있는 바이다. 「화적편·소굴」장에서 임꺽정은 유도사로 가장하여 양반들을 골려준 후 흐뭇하게 웃는데 그 웃음은 범상에 대한 초월에서 오는 '광'기

---

66) 홍명희, 「의형제편」, 『임꺽정』 6권, 사계절, 1991년, 131면.

왕성한 웃음인 것으로 권세에 대한 그의 '광'적인 멸시와 희롱을 나타 냄과 동시에 자아의 정신상의 우월함과 오만함을 나타내는 웃음이었다. 심지어 홍명희는 더 나아가 자기의 인물에게 비이성적 심리와 비논리 적인 사유를 주입시켜 황당적 색채를 띠게 함으로써 사회질서를 통쾌 하게 부정하고 그로 인해 조작된 희극성으로써 독자들에게 밝은 이미 지와 희망을 부여해 주고 있다.

그러나 이렇다 하여 홍명희의 소설이 박진감을 잃은 것은 결코 아니 다. 반대로 작가의 긴장감은 작품의 시종(始終)에 관통되어 일종의 정신 적 기제(機制)로 작용함으로써 작품의 밀도 높은 예술성을 보장하여 주 었다. 홍명희의 긴장감은 사악한 세력의 강대함에 대한 인식과 그와의 대결의식에서 기인한 것으로 작가는 반드시 악세력에 타격과 징벌을 안겨줌과 동시에 이상과 현실사이의 모순을 극복하면서 이야기의 기인 (起因), 진전(進展), 결과(結果) 등을 구상하여야 하였다. 홍명희는 이 면에 서 창조적인 재능을 보여주었는데 그것에는 심후한 민족 문화적 수양 이 바탕이 되었다. 작품에서 시종일관 보유되고 있는 정감과 정신면에 서의 높은 경계는 홍명희의 작품에 무한한 생명력을 주입시켰고, 태연 하고 여유작작한 예술분위기 속에 사악한 세력은 비겁함과 무력함을 드러내고 정의의 역량은 가벼우면서도 그러나 신성하게 전시될 수 있 었다. 작품 속 '광인'들의 진취적인 호방한 정감이 그대로 '영웅'의 적 극적으로 분발하는 인생태도와 통하고 나아가 독자들에게 정신적으로 분발하도록 고무의 힘을 주는 효과를 발하는 것은 바로 이 때문인 것 이다.

요컨데 작가 홍명희의 수재적(秀才的) 기질은 '광'으로 솟구치는 정의 의 기세와 더불어 작가로 하여금 사악한 세력을 굽어볼 수 있는 정신적 높이를 구비하게 하였으며 '광'의 미학으로 희비극의 창작모식을 모두 초월하도록 하였다. 그러나 작품은 동시에 역사적 비극을 정시하기보다는 모든 것을 하늘의 배치로 보는 천명관(天命觀)을 짙게 드러내고 있는 제한성도 보여주고 있다. 홍명희는 일찍 조선민족의 토속적인 생활가운데는 미신이 많다고 하였다. "가만히 농민대중의 생활을 살펴보니 그의 생활내용은 미신과 인습 두 가지뿐인 것 같습니다." 그러면서 "그 미신과 인습을 타파하자면 과학사상을 보급시키는 것이 제일이고 과학사상을 보급시키는 데는 문학작품을 매개로 하는 것이 제일일게요."67)라고 함으로써 미신을 타파하고 민중을 계몽시켜야 한다는 문학의 사회적 가치를 내세우는 문학관을 주장하고 있다. 그러나 작가는 실제 창작에서는 그의 이런 주장과는 거리가 있는 천명론을 나타내고 있는데 이런 사상은 특히 양주팔을 중심으로 한 몇 명의 이인(異人)형상부각에서 두드러진다. 그리고 임꺽정의 영웅성을 그리는 와중에도 천의(天意)의 요소를 짙게 부여하고 있다.

결과 소설은 인간세상의 모든 활동은 무의미하며 그러므로 물고 늘어질 필요가 없다는 일종의 막무가내적인 무시비론에 빠져들게 하는 효과를 어느 정도 산생시키기도 하였다. 이는 역사소설가에게서 흔히 보이는 비극의식의 이중성의 표현인 것이다. 임꺽정의 정당성과 역사의 흥패(興敗)의 불가예측성을 함께 쓰고 있는 홍명희는 그 시기 부패한 정치에 대한 실망과 애탄, 이상사회 질서에 대한 동경과 열망, 감개와 우수의 정감 가운데 괴로워하며 고민하였다. 게다가 식민지시대에 반항의 길 외에는 아무것도 주어지지 않았던 홍명희는 전통문화 속의 천

---

67) 「벽초 홍명의선생을 둘러싼 문학담의」, 강영주·임형택 편, 『벽초 홍명희와 임꺽정의 연구자료』, 사계절, 1996년, 198~199면.

명론을 빌어 작품에 죽지 않는 희망과 밝은 이미지를 주입함으로써만 이 예술화한 자유의 경지에서 일상현실에 대한 초월을 이룩할 수 있었던 바이다. 확실히 독자들은 작품을 읽는 가운데 사주나 관상 등 운명론적 표현 속에서 민족의 조상과 담론하고 그런 힘을 믿으면서 멀고 막연하기는 하나 굳건한 희망을 가지게 된다.

임꺽정 형상은 '광'의 미학이자 희와 비에 대한 초월의 미학이며 비극에 대해 희극화한 예술적 처리를 진행한 결과의 산물이다. 소설이 미완성작인 원인, 그리고 홍명희가 "사회주의자들로부터는 민족주의자로, 민족주의자들로부터는 사회주의자로 인식되었"[68]던 원인도 모두 이런 '광'의 미학의 범주에서 해석 가능하다. 좌익이든 우익이든 작가는 "우리들의 정치적 의식은 곧 민족적 운동"[69]이어야 하고, 득실을 따지지 않아야 한다고 하고 있거니와 이런 태도야말로 소설속의 임꺽정의 호연한 '광'적인 기개에 통하는 것으로 우리는 이에서 홍명희가 진정으로 동경하고 있는 것이 무엇인가를 짚어볼 수도 있다.

위대한 작가는 자기 시대의 사상자일 뿐만 아니라 시대의 진보적 사조의 표현자이다. 이에 비추어 우리가 홍명희의 가치를 규명한다고 할 때 우리는 홍명희의 "남에게서 옷한벌 빌어 입지안코 純朝鮮거로 만들려고 하엿"[70]다고 한 창작동기를 외면할 수 없는 것이며 또한 바로 이 말 속에 홍명희문학의 모든 특점이 자리하고 있음을 우리는 발견하게 된다. 바로 이런 동기에서 출발하였기에 소설 「임꺽정」은 조선정조를

---

68) 김승환, 「벽초 홍명희의 문학사상」, 『민족문학사연구』 제13호, 민족문학사연구소, 1998년, 310면.
69) 홍명희, 「신간회의 사명」, 『현대평론』 창간호, 1927년 1월, 62면.
70) 홍명희, 「임꺽정전」을 쓰면서, ≪삼천리≫ (1933년 9월), 강영주·임형택 편, 『벽초 홍명희와 임꺽정의 연구자료』, 사계절, 1996년, 665면.

반영하는 면에서 특수한 성과를 거두었고 이런 특점만으로도 그의 문학은 근대문학의 한개 봉우리로 우뚝 솟은 것이다. 그러나 또한 바로 이 점으로 인하여 그의 소설은 많은 여한을 보여주고 있다. 말하자면 위에서 논하고 있는 바와 같이 그의 소설은 사회본질, 종법문화와 부녀의 문제 등 여러 방면에서 심각한 인식이 결핍한 특점을 띄게 한 것이다. 그러나 또한 이 특점이야말로 근대에서 현대에로의 이행기라는 시대가 부여한 과도기적 특징인 것이며 이조시대 지배계급의 핵심적 위치에 처하였던 양반출신으로서의 홍명희다운 모습이기도 한 것이다.

비록 홍명희 본인은 "나는 임꺽정을 쓴 작가도 아니고 학자도 아니다. 홍범식의 아들, 애국자다. 일생동안 애국자라는 그 명예를 잃을까봐 그 명예에 티끌조차 묻을세라 마음을 쓰며 살아왔다"71)고 하고 있는바와 같이 인생의 목표를 그 시대 조선민족에게 주어진 가장 준엄한 의무이자 시련인 민족독립의 문제를 최선의 위치에 놓고 활약한 민족운동가이다. 그러나 우리는 작가가 애국자가 되고자 하였던 인생의 목표를 강의하게 실현한 것에 경의를 표함과 동시에 위대한 작가로서도 거대한 성공을 이룩한 것을 함께 축하드리지 않을 수 없다. 그의 작품은 그의 개성과 계급신분과 시대에서 오는 모든 제한성의 속박을 받으면서도 정의에 대한 추구와 악세력에 굴하지 않는 모습과 비극을 희극으로 사는 낙관적이고 초월적인 인생태도로 인하여 후세의 문학에 무궁한 영향을 주고 있는 바이다.

---

71) 현승걸, 「통일 념원에 대한 일화」, ≪통일예술≫ 창간호, 광주, 1990년, 318~319면.

제 4 장

정지용 문학의 타자화에 대한 거부

주체의 자아탐색과 동심의 미학

정지용(鄭芝溶, 1902~1950)은 충청북도 옥천(沃川)에서 태어났으며 휘문고보를 졸업한 후 1923년에는 일본 도시샤대학에서 영문과공부를 하였다. 1919년에 소설 「삼인(三人)」을 발표한 것이 첫 작품이며 1925년 교도 유학생 회지인 ≪학조(學潮)≫에 첫 시작품인 「카페 프란스」를 발표[1]하고부터 왕성한 창작활동을 함으로써 문단의 주목을 받았다. 후에 ≪조선지광(朝鮮之光)≫을 거쳐 ≪시문학(詩文學)≫과 구인회에 관여하였고 ≪카톨릭청년(靑年)≫에 신앙시도 발표하였으며 ≪문장(文章)≫지에 이르러서는 선고위원으로 활약함으로써 후진들에게 커다란 영향을 끼쳤다. 그의 창작활동을 본다면 몇 차례의 침묵기를 거친 것[2]까지를 포괄하면

---

1) 「향수」, 「풍랑몽」, 「카페 프란스」, 「신라의 石榴」를 처녀작으로 하는 관점이 있는데 창작 시간과 발표시간 어느 것을 기준으로 하는가에 차이가 나기도 한다.

2) 1926년 말에서 1927년 9월까지 많은 작품을 발표하였으나 그 후부터 1930년 3월 ≪시문학≫이 나오기까지 적은 양의 작품을 발표, 1936년 7월부터 1938년 3월까지도 공백기였

약 15년간인데 시집으로는 「정지용시집」(1935년)과 「백록담」(1941년)이 있으며3) 두 작품집에 누락된 것까지를 합하여 정리한 것으로는 「정지용전집1 시」4)가 있다. 일어시와 번역시와 시조를 제외한 자유시의 수효는 132편에 달하며 그 후에도 육속 약 8편의 시가 정지용 작으로 발굴되었다. 정지용은 1950년에 납북당하는 운명을 맞게 되는데 훗날 이북 측의 발설에 의하면 "자진 월북하던 중 소요산에서 민국기의 폭격으로 사망한"것으로 전해지고 있다.5)

시인 정지용과 그의 시에 대하여 문단에서는 실로 많은 말을 하여 왔다. 정지용이 창작활동을 진행한 그 시기에서 지금에 이르기까지 정지용 시문학에 대한 높은 찬사는 변함이 없다. 동시대인으로서 김기림은 그를 두고 "우리의 詩속에 現代의 호흡과 맥박을 불어넣은 최초의 시인이며", 또한 "시가 언어로 씌어진다는 사실을 인식하고 언어에 주의를 기울인 최초의 시인"6)이라고 높이 평가하였다. 그런가 하면 정지용이 탄생한지 백주년이 지난 2006년에 출간된 「정지용평전」에서는 정지용 시문학의 한국현대 시문학사에서의 커다란 영향력을 감안하여 그를 "현대시의 아버지"7)라고 하였다. 정지용은 한국 현대시문학이 초창기 낭만주의와 생경한 상징주의, 그리고 내용 편향의 시적 경향을 극복하고 현대주의 시관을 형성하는 과정에서 보귀한 탐색과 중대한 공헌

고 39년초 ≪문장≫이 나오기까지 역시 공백기이며 그 후 발표를 중단한 것이나 다름이 없었다.
3) 『정지용시집』(1935년 시문학사)에 89편의 시, 『백록담』(1941년 문장사)에 33편의 작품을 게제.
4) 김학동 편, 『정지용전집1 시』, 민음사, 1988년.
5) 『정지용평전』, 충북학연구소, 2006년, 115면.
6) 김기림, 「1933년 시단의 회고」, 『김기림전집2 시론』, 심설당, 1988년.
7) 『정지용평전』의 표지명이 "현대시의 아버지 정지용평전"으로 되어있다. 충북학연구소, 2006년.

을 하였다.

월북시인이라 하여 한국에서는 한동안 그에 관한 연구가 금지되기도 하였었으나 1988년 해금 후의 한국에서와 1995년의 조선에서 모두 정지용 연구에 깊은 관심을 주기 시작하였다. 그로부터 지금까지 우후죽순마냥 쏟아져 나온 정지용 시문학에 대한 연구를 본다면 주로는 시인의 모더니즘기교에 관한 연구에 집중되어 있다. 그것인즉 객관화, 감각화, 회화화의 표현법과 '조선어의 비밀'을 알고 그를 걸출하게 다룰 줄 아는 기교에 대하여서이다. 그리고 정지용 시의 민족전통문제를 다룬 외부연구도 적지 않다.

정지용 시문학에서 가장 큰 문제로 지적되고 있는 것은 역시 동시대 평론가들로부터 지적받은 것에서 우선 보여진다. 예하면 정지용의 바다 시편들에 대해 언어의 표현이나 기교만 존재할 뿐 현실에 대해서는 비관심으로 일관한다고 비판8)한 임화의 언론이 그러하다. 1940년 2월호 ≪문장≫지 2권 1호 「시평과 모방」에 정지용에 관련하여 양주동, 김기림, 임화의 대담기록이 실렸는데 "그후 가령 지용시대라는것이 있었다면 그것에 반감을 가져와야 합니다. 언제든지 문화현상은 발전의 형식에서 봐야 하니까요. …(중략)… 지용의 '에피고넨'들은 언어만 가지고 시가 되는줄 알고 있읍니다. 그러나 그러면서도 선이 굵고 '이메이지'를 취급했고 '리듬'기타의 생각이 뚜렷한 줄을 모릅니다."라고 언어표현에만 집착하고 있다고 정지용 시를 평판하고 있다. 그리고 이와 동시에 '정지용시대'라는 표현에서 그 시기 문단에서의 정지용의 대단한 인기를 충분히 감지하게도 되는 바이다. 그 후 평론가 조연현 역시

---

8) 임화, 『雲天下의 詩壇一年』, 신동아, 1935년 12월 참조.

정지용에 대하여 "조선일등의 예리한 감각과 기막힌 언어를 가진" 시인이면서 "인간문제의 해결과 구원"에 관해서는 "아무것도 말하지 못하고 있"다면서 그 원인은 "씨의 감각도 언어도 씨의 어떤 정신적 필연성이나 심장의 요구에서 나온 것이 아니라 씨의 수공의 노력과 련마에서 나온것이었던" 때문9)이라고 예리한 지적을 하였다.

확실히 조연현 등의 지적대로 정지용 시는 언어표현에 지나치게 집착하는 한편 주체의 함의는 애매모호한 모습이다. 그러나 다시 생각해 볼 때 시적 자아가 불분명하고서 시인이 그처럼 걸출한 상상체계를 이룩할 수 있었느냐 하는 의문이 또한 제기된다. 그러므로 이 의문점에 입각하여 정지용의 창작을 시종일관 관통하고 있는 그 어떤 특질을 찾는 것은 의미 있는 작업이 아닐 수 없다. 정지용에게서 시적 자아는 전통적 의의의 문화적 신분을 탈피하여 나와 새로운 의의를 획득하고자 하는 몸부림을 보여주고 있다. 그리고 많은 경우에 그는 동태적인 모색과정에 처해 있었다. 문화적 신분은 '무엇인가'와 '무엇이 되는가'를 찾고 확인하는 함의를 내포하고 있는데 바로 이런 동적이고 다변적이고 불확정적이고 복합적인 상태야말로 현대주의인격과 현대인의 정감수요에 부합되는 것인바 정지용은 그에 맞는 현대주의의 정감과 이미지를 융합시킴으로써 커다란 성공을 이룩한 것이다.

한마디로 정지용 시문학의 주체의 자아모색의 과정에 대한 탐색, 그리고 정지용 시문학에 특유한 동심의 미학에 대한 탐구는 정지용연구에서 장기간 연구자들을 곤혹에 빠뜨렸던 문제점들을 정리할 수 있는 한 개 유력한 키워드라고 할 수 있다.

---

9) 조연현, 「手工藝術의 末路」, 『문학과 사상』, 세계문화사, 1949년, 242~243면.

1. 식민지인으로서의 반타자화의 노력과 동심으로 인한 도피

서구인류학의 중요한 개념으로서 "타자"란 타군체를 말함이며 "나" 가 소속되어 있지 않은 군체를 가리킨다. 그는 "우리"와 대응되는데 그 러므로 그 가운데는 이원대립의 사고방식이 포함되어 있다. 따라서 그 속에는 "우리"가 아닌 것은 필연코 "우리"에 의해 "타자화"된다는 논 리가 들어있다. 그리고 "모든 타자형상이 형성될 때 반드시 자아형상의 형성을 동반하게 된다."10) 그 시기 식민지종주국인 일본에서 유학생활 을 하는 조선지식인들은 일본이라는 강대한 문화 앞에 "타자"로 인식 되어야 하는 압력을 감내하여야 하였다.

정지용은 독립적인 사고력이 없던 10세의 어린 나이에 한일합방을 맞고 22세 나이에 일본 도시샤대학에 유학한다. 그리고 유학한지 2년 만인 1925년에 「카페 프란스」를 발표한 것11)을 계기로 왕성한 창작활 동을 시작한다. 물론 그는 일찍 휘문고등보통학교 시절 「요람」 동인으 로 활동하면서 동인지에 작품을 실었다고 하나 현재 전하지 않고 있으 며, 그러므로 그가 발표한 최초의 시작품으로 「카페 프란스」를 들게 된 다. 정지용은 자기의 시를 일본어로 발표하였을 뿐더러 그의 시창작은 일본에서도 인정받았다. 일본 근대시의 새로운 지평을 열며 오랫동안 시단의 최고봉으로 군림한 시인 기다하라하구슈(北原白秋)는 자기가 창간 한 쇼와시단의 봉화를 올린 유명한 잡지인 ≪근대풍경(近代風景)≫에 정 지용의 시를 게재하였다. 정지용의 그때의 흥분된 마음은 "모험이나 할

---

10) 뒤저린크, 「비교문학형상학의 발전을 론함」, 『중국비교문학』 제1호, 1993년, 179면.
11) 김학동, 『정지용연구』(민음사 1997년)에서는 도시샤대학의 학생동인지 「街」에 「신라의 石榴」라는 시를 일문으로 발표한 것을 첫 시작품이라고 하고 있음.

작정으로 내 보았습니다만, 그것이 하쿠슈선생의 눈에 들었던것 같습니다. 자신이 쓴 것이 정연하게 조판된 활자의 향기는 사랑과 살결과 같은것이었습니다. 정말 기뻤습니다. 하쿠슈 선생에게 편지를 드리지 않으면 안되지만,(이하 약)"12)라고 한 말에서 잘 나타나 있다. 후에 정지용은 총 25편의 일본시를 연이어 ≪근대풍경(近代風景)≫에 발표하였고13) 기다하라하쿠슈는 정지용의 시를 높이 평가하였을 뿐 아니라 훗날 정지용이 귀국한 후에도 계속 정지용의 상황을 수소문하였다고 한다.

정지용이 일본에서 유학한 생활은 1923년에서 1929년까지 6년밖에 되지 않지만 정지용의 전반 창작과 연관시켜 볼 때 정지용의 중요한 작품은 모두 이때 발표되었고 그러므로 정지용의 일본유학 시기는 정지용의 창작의 고봉기에 가까운 왕성한 작품창작시기와 맞먹는다.14) 이렇듯 일본에서 이미 일정한 성공의 맛을 들인 정지용은 "타자화"당하고 "타성"시되고만 있지 않은 듯한 모습이다. 그리고 이 시기 정지용의 시가들은 대체로 명랑하고 발랄하다.

> 고양이가 이런데 살리야 있나,
> 늬는 어데서 났니?
> 목이야 희기도 히다, 나래도 히다,
> 발톱이 깨끗하다, 뛰는 고기를 문다.
> 힌물결이 치여들때 푸른 물구비가 나려 앉을때,
> 갈메기야, 갈메기야, 아는듯 모르는듯 늬는 생겨났지,
> 내사 검은 밤비가 섬돌우에 울때

---

12) 정지용, 「편지 하나」, 『근대풍경』 2권 3호, 1927년 3월, 『정지용평전』, 충북학연구소, 2006년, 61면.
13) 『정지용평전』, 충북학연구소, 2006년, 60면.
14) 1935년 10월 시문학사에서 간행된 『정지용시집』에 실린 시들은 거의 모두가 정지용이 일본에 유학하던 시기 중이거나 그 직후에 발표한 작품들임.

호롱불앞에 났다더라.
내사 어머니도 있다, 아버지도 있다,
그이들은 머리가 히시다.
나는 허리가 가는 청년이라, 내홀로 사모한이도 있다,
대추나무 꽃 피는 동네다 두고 왔단다.

―「갈메기」 부분15)

시에서 시인은 목이 희고 발톱이 깨끗한 갈매기의 발랄한 모습을 그리고 있는데 그 정서의 밑바탕에는 식민지인으로서의 침울한 빛은 없다. 그러나 "아는듯 모르는듯 늬는 생겨났"다고 한 것은 인간존재에 관한 철학적인 물음이기도 하지만 "아는듯 모르는듯"한 철부지나이에 일제의 식민지인이 되고 지금은 엉뚱하게 일본에 유학 온 자신의 모습에 대한 새삼스런 확인인 것이다. 갈매기이면서 "고양이 소리"를 하는 건 조선인이면서 일본말을 하는 모습이고 "이런데 살리가" 없건만 흰 모습으로 "뛰는 고기를 물"며 살고 있는 자아에 대한 신기함이 섞인 인식이라고도 할 수 있다. 엷은 애수는 있으나 침울하고 무거운 감수가 없는 것은 일본에서 이미 성공을 이룩한 정지용의 행운이 뒷받침하고 있기 때문인 것이다.

일본문화는 강대한 정치경제실력을 뒷심으로 강세문화를 이루고 있고 따라서 이질문화이면서 약소한 식민지 땅의 조선인들에 대하여는 "타자화"의 경향을 강하게 요구하게 되는 것이다. 그들은 가는 곳마다 조선인 앞에 저들의 우월감과 정복욕을 전시하면서 일본문화에 동화된 "우리"만을 접수하고자 하고 있다. 정지용은 유학생으로서 이런 타자

---

15) 이 시는 유학이 거의 끝날 무렵에 구상된 시이기는 하나 정지용의 유학생으로서의 정서를 전달하기에는 충분하다고 본다.

화의 긴장감을 심각한 고뇌 없이 가볍게 넘어서고 있다.

그러나 자기의 근본을 잊은 것은 결코 아니었다. 정지용의 시가에서 "흰색"의 이미지는 끊임없이 등장한다. 이 시에서만 하여도 그는 "목이야 히기도 히다, 나래도 히다."라고 갈매기모습을 쓰고 나서 "내사 어머니도 있다, 아버지도 있다, 그이들은 머리가 히시다." 하고 그 완고한 흰빛을 내세우고 있는데 정지용에게 있어 "흰"색은 그대로 일본문화가운데 결코 용해될 수 없는 "타성"으로서의 조선성을 상징하는 바이다. 하여 시인은 "대추나무 꽃 피는 동네"와 역시 자기처럼 흰 모습의 어머니 아버지의 형상을 정복욕을 내세우고 있는 일본문화 앞에 태연하게 전시하고 있는 것이다.

색채에 대한 중시는 그의 시가의 중요한 특색의 하나이다. 외재적인 색채와 시인의 내재적인 심리감수지간에는 미묘하게 대응되고 있는데 색채와 정서와의 연관관계를 체현하고 있는 회화예술의 묘한 점은 바로 여기에 있다. 진실로 정지용은 "회화, 조각, 음악, 무용은 시의 다정한 자매가 아닐 수 없다."고 하면서 시와 기타 예술지간의 연관성에 대해 말하고 있으며 그러나 시인이라면 "언어와 문자와 더욱이 美의 원리와 享受에서 실컷 적성을 푸는 슬픈 청빈의 기구를 가"졌다16)고 그 특점을 집어내었다.

정복과 피정복, 식민지화와 반식민지화의 충돌이 실제로는 너무도 심각한 모순인 것이나 정지용이 자기의 시에서 현실의 엄연한 대립을 가벼이 다룰 수 있는 것은 시인의 타고는 고귀함과 순진무구한 동심 때문이기도 한 것이다. 심리학에서 흔히 한 인간의 스타일을 다혈질(多

---

16) 정지용, 「시의 擁護」, 『지용문학독본』, 博文출판사, 1949년, 207면.

血質), 담즙질(膽汁質), 점액질(粘液質), 억욱질(抑郁質) 등 네 가지 유형으로
나누듯이 시 역시 가장 기본적인 정서경향이 있으며 그는 그대로 시인
고유의 주체본질 역량의 특수성과 관련된다. 정지용의 시를 읽을 때 우
리는 실로 정지용 특유의 순진무구한 발랄함을 느끼게 된다. 아래의 시
에서 우리는 정지용의 어린이다운 결코 치죄할 수 없는 어리석은 두
눈을 발견할 수 있는 것이다.

> 金단초 다섯개 달은 자랑스러움, 내처 시달품.
> 아리랑 쪼라도 찾어볼가,
> 그전날 불으던,
> 아리랑 쪼 그도 저도 다 닞었읍네,
> 인제는 버얼서,
> 금단초 다섯개를 삐우고 가쟈,
> 파아란 바다우에.

—「醉船」

이 시 역시 심각한 주제를 가볍게 다루고 있다. 금단초를 번쩍거리는
검은색의 일본학생복과 "그도 저도 다 닞"었던 "아리랑쪼"는 그대로
엄숙한 문화충돌의 모습이건만 시인은 "금단초 다섯 개 달은 자랑스러
움"이라고 시적 정서를 유치한 듯한 모습으로 다듬는다. 일본옷을 입은
모습으로 "아리랑쪼라도 찾어볼까"고 농지거리를 하는데 두 문화의 조
화할 수 없는 것들을 한데 엎어놓고 우스꽝스런 기운을 즐기는 사이
젊은이들은 어느덧 현실의 아픔은 초월해버린 것이다. 그리고 그 초월
의 끝에는 사람을 취하게 하는 "파아란 바다", 자기가 진정 속하여야
할 마음의 고향이 주어지고 있다.

실제로 정지용은 일본옷차림으로 청춘남녀가 산책을 나갔다가 일본

에서 일하는 조선인노동자들을 만나 그들의 반감을 산 일을 적고 있다. "세루양복에 머리를 갈랐거나 치마대신에 하까마, 저고리 대신에 기노모를 입었다는 理由로만 욕을 막 퍼붓고 희학질이 여간 심한 것이 아니었다." 그러나 그들은 노동자들의 그런 욕지거리를 잘 참아 내었거니와 "뻔히 알아들을 소리를 모르는 척 하는 그러한것이 이를 테면 教養의 힘일것이리라."고 자아합리화의 해석을 할 수 있은 것은 그가 시에서 형용하였던 바 "금단초 다섯개 달은 자랑스러움"과 비슷한 우월감에 취할 줄 알았기 때문이었다. 그리고 같은 글에서 "그러나 우리들의 好奇心과 鄕愁는 挫折되지 아니하였었다."[17]고 표현하고 있는데 여기서 '好奇心'과 '鄕愁'은 사실상 상호 대립되는 개념인데 일본의 근대문명과 이국정취에 대한 호기심과 정열, 그리고 시인의 조국과 고향에 대한 변함없는 사랑을 제각기 가리킨다. 보다시피 시인의 정신상태는 민족대립의식이 뚜렷한 노동자들만큼 긴장되어 있지 않고 애국심도 그들에 미치지 않은 듯하였다. 이런 유의 어리석은 듯한 농조는 다음 시에서도 뚜렷하다.

아아, 사방이 우리 나라라구나.
아아, 우통 벗기 좋다, 회파람 불기 좋다,
채칙이 돈다, 돈다, 돈다, 돈다.
말아,
누가 났나? 늬를. 늬는 몰라.
말아,
누가 났나? 나를. 내도 몰라.
늬는 시골 듬에서
사람스런 숨소리를 숨기고 살고

---

17) 정지용, 「鴨川 上流(下)」, 『지용문학독본』, 博文출판사, 1949년, 53~54면.

내사 대처 한복판에서 말스런 숨소리를 숨기고 다 잘았다.
시골로나 대처로나 가나 오나
량친 몬보아 스럽더라.
(……)
말아,
가자, 가자니, 古代와같은 나그내ㅅ길 떠나가자
―「말2」 부분

이 시에서 시적 주인공은 어릿광대처럼 "사방이 우리나라라구나" 하고 역시 심각한 국권문제를 농조로 지껄인다. 그러나 역시 번열이 나는지 혹은 농조를 더 잘 하기 위해서인지 "우통 벗"고 "회파람 불"면서 채찍을 들고 실신한 사람처럼 말과의 대화에 도취된다. 또한 짐짓 철학적으로 인생을 탐구하듯 지절대면서 신들린 사람처럼 돌고 돈다. 그러나 각도를 달리 하여 볼 때 바로 이런 심각한 아픔을 넘어선 모습이기에 그의 시는 이상화, 윤동주와 다르기는 하나 그만의 또 다른 심각성을 보여주고 있다고 할 수도 있는 것이다. "가자, 가자니, 古代와 같은 나그내ㅅ길 떠나가자'라는 표현은 앞에서 논하였던 시 「醉船」에서 "파아란 바다"가 상징하는 마음의 고향과 동질의 내용을 가리킨다. 말을 타고 태고적 조상의 모습을 찾고 싶은 눈물겨운 강인함을 나타내었다고 할 때 그는 독자들이 결코 거저 지나칠 수 없는 특이하면서 진실된 모습인 것이다. 확실히 「醉船」이라는 시의 제목이 말해주고 있는바 시인 정지용은 어리석고 순진무구한 듯한 모습으로 무작정 술에 취하여 식민지인으로서의 아픔을 무마하고자 하였을 수도 있는 것이다.

이렇듯 정복과 피정복의 조화할 수 없는 아픔과 고통을 희석화시킴에 천재성을 보여주고 있는 익살꾼인 정지용이기는 하나 결코 번마다 성공적인 초월을 이룩할 수 없었다는 것은 아래의 시가 말해준다.

나는 子爵의 아들도 아모것도 아니란다.
남달리 손이 히여서 슬프구나!
나는 나라도 집도 없단다
大理石 테이블에 닷는 내 뺌이 슬프구나!
오오, 異國種강아지야
내발을 빨어다오.
내발을 빨어다오.

―「카페 프란스」 일부

시적 자아는 역시 술에 취하여 강아지와 지껄이고 혼자 넋두리하는 모습 같기도 하고 엉석둥이 어린이처럼 "대리석 테이블"에 엎어져 울고 있는 듯한 모습 같기도 하다. 유학생으로서 정지용은 이번에는 일본의 주류 의식형태 중의 지배와 종속의 권력관계를 비로소 깨달은 듯 "자작의 아들도 아모것도 아"닌, "나라도 집도" 없는 초라한 자기 신분에 극도로 민감하다. "이국종강아지"와 "나"는 똑같이 일본사회 속의 "타자"이며 강아지를 부르는 시인의 허탈한 자세는 두 가지 문화가운데 진정한 자기 신분을 찾기 위한 몸부림을 말해준다. 이런 나의 슬픔은 한국과 일본이라는 두 가지 부동한 사회군체지간 권력관계의 외화(外化)에서 기인한 것으로 결코 어디에서 위안 받을 수 있는 성질의 것은 아니나 시인은 간신히 강아지와의 대화로 덮어버리고자 한다. 여기서 인간과 인간지간의 교류와 의뢰는 인간과 동물, 인간과 물질지간의 교류와 의뢰로 변하였다. 복잡하고 은밀하고 표달하기 어려운 정감을 흔히 동물이나 사물에 기탁하여 나타내는 면에서 정지용은 실로 높은 기교를 보여주었다. 말이나 강아지나 갈매기와 별로 심각하지 않은 듯한 내용들을 지껄이는 방법으로 정지용은 자기 정신의 피난처를 찾았고 모든 심각한 현실 문제를 쉽사리 초월해버릴 수 있었다. 그러나 다음 시에서 주인공은 울지도 지껄이지도 않고 심각하고 직설적인 것이 정지용답지 않기조차 하다.

> 어머니는 무슨 필요가 있기에 나를 맨든것이냐! 나는 異港에 살고 어매는 고향에 있어 얄은 키를 더욱 더 꼬부려가며 무수한 세월들을 힌 머리칼처럼 날려보내며, 오−어매는 무슨, 죽을때까지 윤락된 자식의 공명을 기두르는것이냐, 충충한 세관의 창고를 기어달으며, 오늘도 나는 역두를 찾어나와 「쑤왈쑤왈」 지껄이는 이국소년의 회화를 들으며, 한나절 나는 향수에 부다끼었다.
>
> −「향수」 부분 조선일보 1936, 10.

무대우의 배우처럼 즐거운 듯 지껄이기만 하던 정지용은 이번에는 억지와 원망을 쏟는 모습이다. "얄은 키를 더욱 더 꼬부려가며" "힌 머리칼"을 날리며 오로지 자식에 대한 사랑 하나만으로 극성스레 살고 있는 무식하고 완강한 조선의 어머니를 그는 안타깝게 부르고 있는 것이다. "충충한 세관의 창고"는 시인을 속박하고 있는 거대한 외재적 힘을 상징하며 "쑤왈쑤왈"이라는 생동하고 뛰어난 표현은 시인이 이질문화 속에서 뼈저리게 느껴야 했던 의식소통이 어려움과 소외감과 격리감의 반영인 것이다. 이런 속박 하에 마음의 꿈도 펴지 못하고 어머니에게 효도할 수도 없이 그냥 낯선 이역에 떠돌아 다녀야 하는 왜소하고 무력한 자기의 모습을 발견한 것이다. 마침내 시인은 "무슨 필요가 있기에 나를 맨든것이냐!" 하고 마음속 깊이 자리하고 있던, 평일에는 애써 은폐하였던 어머니와 고향과 조국에 대한 사랑과 울분과 분노를 왜곡된 정서 가운데 한꺼번에 폭발시킨다. 이런 고향에 대한 모멸과 애착의 자기분열상은 그 시기 식민지 지식인에 보편화한 정감인 것으로 소설가 염상섭은 그 시기 조선을 "무덤이다. 구데기가 끓는 무덤이다.

뒈져버러랴” 하고 분노하였던 것이다.

> 내어다 보니
> 아조 캄캄한 밤,
> 어험스런 뜰앞 잣나무가 자꼬 커올라간다.
> 돌아서서 자리로 갔다.
> 나는 목이 마르다.
> 또, 가까이 가
> 유리를 입으로 쫏다.
> 아아, 항안에 든 금붕어처럼 갑갑하다.
> 별도 없다, 물도 없다, 쉬파람 부는 밤.
> 小蒸氣船처럼 흔들리는 窓
> 透明한 보라ㅅ빛 누뤼알 아,
> 이 알몸을 끄집어내라, 때려라, 부릇내라.
> 나는 熱이 오른다.
> 뺌은 차리라 戀情스레히
> 유리에 부빈다, 차디찬 입마춤을 마신다.
> 쓰라리, 알연히, 그싯는 音響—
> 머언 꽃
> 都會에는 고흔 火災가 오른다.

—「琉璃窓 2」 전문

　　여기서 시적 자아는 카페에서 대리석(大理石)테이블에 얼굴을 대고 그 차가움을 느끼며 이국종강아지에게서 위안을 치유 받고자 하는 정도에 그치는 것이 아니라 상황은 보다 험악하다. 어두운 밖에서는 자작나무가 음흉스럽게도 나를 해치려는 음모를 꾸미듯 포위망을 벌리고 있고 바람도 거저 바람이 아니라 불안한 “쉬파람”이 불고 하늘에는 마음의 희망을 상징하는 별도 없고 시적 자아는 “항안에 든 금붕어”처럼 “목이 마르나” “물도 없이” “열이 오른”다. 이런 갑갑한 마음의 고문을 받을 바에 시적 자아는 차라리 이 “이 알몸을 끄집어내라, 때려라, 부릇내라.”고 소리소리 지른다. 여기서 시적 주인공으로 하여금 탈출을 갈망하게 하는 외적 환경이 도대체 무엇인가가 중요하다. 물론 성장의 고뇌라든가 근대문명을 대하는 불안함이라든가 등 여러 요소가 있겠지만 우리는 당시 시인이 처한 식민지조선이라는 시대와 식민지인이라 인정하지 않으면 안 되는 외면할 수 없는 민족적 아픔을 떠나서는 논할 수 없는 바이다.

정지용 시문학은 모더니즘문학이기에 앞서 유학생문학인 것이며 식민지 지식인의 문학인 것이며 그러므로 두 가지 문화의 충돌 가운데 강세문화로부터 “타자”시되는 압력을 감내하여야 하였다. 그러나 문제는 이런 감내로써만 끝나는 것이 아닌바 시인은 동시에 민족의 주체성과 조선문화의 입장을 용감하고 객관적이고 냉정하게 심시하여야만 하는 위치에 놓여진 것이다. 식민지종주국으로서의 일본문화는 “자아중심”의 의식을 포함하고 있는 것이며 그러므로 그 앞에서 조선문화는 당연히 “타성”인 것이며 따라서 그 가운데는 두 민족의 거리와 차이와 대립의 의미가 포함되어 있다. 그들은 “타자”를 이해하고자 하는 것을 사명으로 생각하지 않고 이질문화에 대하여 죽이고 정복하는 가능성을 예시하고 있는 것이다. 이때 유학생문학은 타자화와 반타자화의 긴장관계 속에서 문화에 대해 상호간 인증하여야 한다는 희망을 표현하게 된다. 정지용 역시 자기의 시 창작에서 두 가지 문화가 상호 인증하고 그 정화를 흡수하여 배움과 동시에 각자가 본토문화의 우점을 풍부화하고 발양하는 것을 희망하게 되는데 정지용의 이런 희망은 우선 앞에서 논한바 모순을 회피하고 아무렇지도 않게 초월하고자 하는 노력 가운데 은폐되어 있다.

정지용의 시에는 일본문화와 조선문화를 대비시키고 그 우열(優劣)을 선명히 하고자 하는 의도가 전혀 없고 어린애다운 무시비감과 동등시 하고저 하는 노력만이 보일 뿐이다. 그의 시에 "옥천"이나 "마포 하류 현석리" 등 조선의 지명보다는 "교도(京都)", "압천(鴨川)", 일본도카이도 (日本東海道線車中), 현해탄(玄海灘), 세도나이카이(瀨戶內海) 등 일본의 지명이 많이 나타나 있고 심지어는 일본어지명 아래 그려진 향토의 모습도 조선의 것과 다름이 없다. 세도내해도 조선의 강과 다름이 없으며 일본의 시골풍경도 조선의 것과 다름이 없었다. 물론 그는 진실로 두 문화가 같다고 생각하는 것이 아니다. 반대로 "朝鮮 초갓집 지붕이 역시 정다운것 …(중략)… 산도 조선산이 곱다…… 다시 정이 드는 조선추위와 顔面血管이 바작바작 바스러질듯한데도 하늘빛이 아주 고와 흰옷 고름 길게 날리며 펄펄 걷고 싶다."[18)에서 말해주고 있는바 그는 변함없이 고향과 조국을 그리고 있는 것이다. 그러나 식민지화와 타자화의 압력 하에 정지용은 자기도 모르는 사이에 객관적으로 두 문화의 비슷한 점을 찾고 있는 것이며 평등한 대우를 받을 수 있기를 갈망하는 것과 광명에 대한 기대를 함께 나타낸 것이다.

정지용의 이런 태도는 적어도 이광수식의 조선문화에 대한 모멸의 감정과는 구분되는 것인데 시인이 평등한 대화와 정상적인 문화교류의 마음가짐으로 유토피아를 노래한 것으로 그의 유명한 시 「향수」를 들 수 있다.

---

18) 「畵文行脚 (四) 義州·1」, 『지용문학독본』, 博文출판사, 1949년, 139~140면.

넓은 벌 동쪽 끝으로
옛이야기 지줄대는 실개천이 회돌아 나가고
얼룩백이 황소가 헤설피 금빛 게으른 울음을 우는 곳
그곳이 참하 꿈엔들 잊힐리야.
질화로에 재가 식어지면 뷔인 밭에 밤바람 소리 말을 달리고
엷은 조름에 겨운 늙으신 아버지가
짚벼개를 돋아 고이시는 곳
그곳이 참하 꿈엔들 잊힐리야

흙에서 자란 내 마음
파아란 하늘빛이 그립어
함부로 쏜 활살을 찾으려
풀섶 이슬에 함추름 휘적시든 곳
그곳이 참하 꿈엔들 잊힐리야

전설바다에 춤추는 밤물결같은 검은 머리 날리는 어린 누이와
아무러치도 않고 여쁠것도 없는
사철 발벗은 안해가
따가운 해살을 등에지고 이삭 줏던 곳
그곳이 참하 꿈엔들 잊힐리야

하늘에는 석근 별
알수도 없는 모래성으로 발을 옮기고
서리 까마귀 우지짖고 지나가는 초라한 지붕
흐릿한 불빛에 돌아 앉어 도란도란거리는 곳
그곳이 참하 꿈엔들 잊힐리야

—「향수」 1923년

이 시는 창작시기가 1923년 3월로 기록되어 있으나 발표시간이 역
시 일본유학시기인 1927년인 것으로 발표 당시 시인의 정서경향이 보

다 중요시 되어야 한다. 시에서 시인은 "서리 까마귀 우지짖고 지나가는 초라한 지붕"의 고향을 노래하고 있기는 하나 그 가운데는 식민지 청년으로서의 조바심이나 열등의식은 없고 "아무러치도 않고 여쁠것도 없"이 즐거움이나 흥분조차도 자부심조차도 없는 담백하고 안온한 기분이다. 그리고 더 나아가 일본과 한국 모두를 시비관념이 없이 바라보고 있는 조용한 눈빛이기도 하다. 정지용은 한 산문에서 "한번은 魚乙彬부인한테 들은 말인데 미세스·시오미19)는 조선 유학생을 싫어한다는 것입니다. 나는 적의를 갖게 되었읍니다"20) 하고 쓰고 있는데 이에서 알 수 있는바 정지용이 결코 자기의 문화가 보다 강한 문화집합체로부터 협박받고 있음을 모르는 바는 아닌 것이다. 나아가 일본이 조선문화를 정복하여 일본사회를 중심으로 하는 질서 있는 시공(時空)우주관을 세우고저 한다는 속셈을 모르는 것도 아니나 정지용은 매양 동심의 얼굴로 "아무럿지도 않"게 자유, 평등, 박애의 생존이상을 노래함으로써 타자화의 압력을 견디었다. 그의 이런 태도는 자기 주위에 충만한 "타자"속에서 자아의 모습과 문화주체성을 보다 명확히 인식하고서야 가능한 선택이었다.

강대한 국가의 보호가 없을 뿐 아니라 오히려 모멸감만을 주는 조선인으로서 식민지종주국에서의 유학생활을 한 정지용이 문화신분의 위기감을 느끼지 않았다는 것은 현실적이 되지 못한다. 내가 도대체 누구인가라는 문제에 대한 곤혹과 신분위기감은 시인에게 우울과 번뇌와 망연함을 줄 뿐인데 이때 선조의 문화와 저로서의 조선혈통을 접수할 때만이 한개 완정하고 통일적인 문화신분은 구축될 수 있는 것이며 시

---

19) 시오미 성을 가진 외국인 會話先生임.
20) 정지용, 「愁誰語(四)」, 『지용문학독본』, 博文출판사, 1949년, 83면.

인은 비로소 적극적인 인생태도를 가질 수가 있는 것이다. 그러므로 시인의 고향에 대한 심절한 그리움은 그대로 조국과 이어진 정감이 된다. 고향과 조국은 영원히 문화적인 자아를 연결시켜주는 뿌리이기 때문에 이때의 고향은 이상화되지 않을 수 없었다.

문제는 이 이상화의 실현에 있었다. 그가 시에서 쓰고 있는 "옛이야기 지줄대는 실개천, 늙으신 아버지, 전설바다에 춤추는 밤물결같은 검은 머리 날리는 어린 누이와 아무러치도 않고 여쁠것도 없는 사철 발벗은 안해"의 모습은 민족의 특수한 경험에 의한 것이 아니라 고향에 대한 인간의 상상적 관념의 통합체인 것이다. 시에서 우리는 조선 민족의 자부심이라든가 죽지 않는 조선성만을 찾을 수 있는 것이 아니라 국가나 민족의 구별이 없이 인간이라면 고향을 떠나서 누구나가 느끼게 되는 보편화한 정감을 느끼게 된다. 그의 이 시가 성공작이기는 하나 조선인의 집체무의식의 바다에서 선명하고 생동한 민족의 기억을 건져낸 김소월의 「진달래꽃」에 비기지 못하는 것은 이때문인 것이다. 그러나 식민지지식인으로서 정지용이 애써 「향수」에서 구축하고 있는 평화로운 유토피아의 세계는 모든 민족이 접수할 수 있는 마음속의 '에덴동산'인 것으로 조선민족의 정감을 세계인민의 정감표현에 평등하게 전시한 것이 되며 이로써 시인 정지용은 식민지인으로서 부서진 문화인격을 어엿하게 재구축한 것이다.

> 砲彈으로 뚫은듯 동그란 船窓으로
> 눈섶까지 부풀어 오른 水平이 엿보고,
> 하늘이 함폭 나려 앉어
> 큰악한 암탉처럼 품고 있다.
> 透明한 魚族이 行列하는 位置에

> 홋하게 차지한 나의 자리여!
> 망토깃에 솟은 귀는 소라ㅅ속같이
> 소란한 無人島의 角笛을 불고―
> 海峽午前二時의 孤獨은 오롯한 圓光을 쓰다.
> 설어울리 없는 눈물을 소녀처럼 짓쟈.
> 나의 靑春은 나의 祖國!
> 다음날 港口의 개인 날세여!
> 航海는 정히 戀愛처럼 沸騰하고
> 이제 어드메쯤 한밤의 太陽이 피여오른다.
>
> ―「海峽」 전문

전반 시는 식민지지식인이라는 조건을 포함한 모든 인생의 고민을 벗어버린 그야말로 안온한 이상향의 모습인 것이다. 시적주체는 암탉의 이미지가 말해주는 어머니의 보호 아래처럼 안전하고 "설어울리 없는 눈물을 소녀처럼 지"을 수 있는 넉넉함과 낭만도 있으며 고독자체도 "오롯한 원광"처럼 사람을 편하게만 하여준다. 조선과 일본 사이를 다니는 항해는 평등하고 이상적이어서 "연애"처럼 아름답기만 할 뿐 식민지인으로서의 열등의식은 자리할 곳이 없다. 이렇듯 정지용 시에는 언제나 희망이 제시되어 있는데 여기서 말하는 "한밤의 태양"이란 앞에서 말한 "파아란 바다", "고대와 같은 나그네 길", "머언 꽃", "고흔 화재"가 가리키는 것과 대등한 내용의 것으로 정지용 마음속의 목소리이며 유토피아의 표현인 것이다. 그는 이질문화 속에서 자아를 찾기 위한 노력의 표현이기도 하며 그러므로 학술적으로 보면 "문화반성"의 의미를 띠기도 한다.

조선민족을 열등민족이라고 한사코 증명코자 하는 그 시기 일본일지라도 조선과 일본은 확실히 이데올로기만을 제외한다면 인간으로서 공통된 생리결구와 칠정육욕, 그리고 생로병사 등 문제에 직면하게 된다. 뿐더러 자연과 인문세태(人文世態)에 대한 감지(感知) 면에서도 공성을 찾을 수 있었다. 이런 내용들이야말로 상호간 읽을 수 있고 이해할 수 있고 인식할 수 있는 것들이었다. 정지용은 바로 이런 공성을 내세움으로써 이질성과 심각한 정치성 등의 내용을 외면하고 대항의식마저도 은폐해 버린 것이다. 정지용이 보기에 침략자인 일본인은 무서워 피할 수밖에 없는 존재였던 것은 아래의 말들에서 알아볼 수 있다.

> 위축된 정신이나마 정신이 조선의 자연풍토와 조선인적 정서 감정과 최후로 언어문자를 고수하였던것이요, 정치감각과 투쟁의욕을 시에 집중시키기에는 일경의 총검을 대항하여야 하였고 또 예술인 그 자신도 무력한 인테리 소시민층이었던 까닭이다.[21]
>
> 思春期에 戀愛대신 詩를 썼다. 그것이 詩集이 되어 잘 팔리었을 뿐이다. 이 나이를 해가지고 戀愛대신 詩를 쓸수야 없다. 思春期를 훨씬 지나서부텀은 日本놈이 무서워서 山으로 바다로 廻避하여 詩를 썼다.[22]

정지용을 회억하는 자리에서 김환태는 정지용을 "그는 그의 속에 어른과 어린애가 함께 살고 있는 어른 아닌 어른, 어린애아닌 어린애다. 콧수염이 아모리 위엄을 갖추랴도, 마음이 달랑거린다. 때로 어린애처럼 감정의 아들이 되나, 어른처럼 제마음을 달넬줄을 안다"[23]고 말하고 있거니와 정지용에게서 동심은 타고난 것으로 그의 기질의 중요한 내용을 이루고 있다. "性情이란 본시 타고난것"[24]이라고 말하고 있는 시인 본인도 "홍역 압세기 양두발반, 그리고 감기, 백일해 그러한 것들

21) 정지용, 「조선시의 반성」, 『산문』, 동지사, 1949년, 86면.
22) 정지용, 「산문」, 『산문』, 동지사, 1949년, 30~31면.
23) 김환태, 「정지용론」, 『삼천리문학』, 경문사, 1976년 5월, 186면.
24) 정지용, 「詩와 言語·二」, 『산문』, 동지사, 1949년, 109~110면.

을 앓지 않고도 다시 소년이 될수 있소? 그럴수 있다면 다시 되어봄직도 하지요"25) 하고 자기의 동심에 대한 깊은 미련을 숨기지 않고 있다.

19세기 영국의 낭만주의시인 윌리암 존슨(華玆華斯 Wilian Wordsworth, 1770~1850)은 "아동은 성인의 아버지다"26)라는 저명한 시구를 발하여 순결한 동심에 대한 숭상으로써 날로 발달하여가는, 그리고 모든 것을 좌우지하는 자본주의공업문명에 인류가 이화되지 않을 수 있기를 희망하였으나 정지용으로 말하면 그것이 의식적이든 무의식적이든 간에 동심을 인간세상의 혼탁함을 피하는 도피처로 삼은 것이다.

그러나 그의 이런 동심의 미학은 예술상 자아와 비자아지간의 구분을 무마하고 일종의 초월의 미와 유토피아를 노래하면서 정지용 특유의 시적 정서를 표현할 수 있었으나 현실과 정치의 강대한 논리 앞에서는 창백무력하지 않을 수 없었다.

주지하는 바와 같이 그가 여러 차례 전향함으로써 동심과 예술과 인생의 파멸을 한꺼번에 초래하게 된 것도 이 면에서 분석이 가능하다. 신앙 면에서 그는 대학시절에 기독교에서 천주교에로 개종하였는데 그에게 있어 신앙은 "카톨릭을 자기 고뇌의 문제로 파악한것이 아니라 한갓 시적인 멋으로 바라본" 특징이 있으며 "카톨릭을 하나의 스타일로 받아들인 오류, 그것이 결국 그의 시학을 변질시키지 못한 원인"27)으로 되었다.

당시의 혼란한 시국은 동심으로 살고 있는 순진무구한 정지용을 용납할 수 없었다. 몸에는 일본 옷을 입고 그러나 마음속으로는 고향과

---

25) 정지용, 「더 좋은데 가서」,『지용문학독본』, 博文출판사, 1949년, 22면.
26) 윌리암 존슨(華玆華斯), 「每当看見天上的彩虹」,『華玆華斯抒情詩選』, 南京 譯林出版社, 1991년.
27) 김윤식,『한국근대작가론고』, 일지사, 1990년, 118~119면.

조국을 사랑하는 것은 시 창작에서는 가능한 것이나 "말보다 행동, 생각보다 실천이 중시되는 시기에"28) 현실은 그에게 명확한 선택을 강요하였다. 서로 상반되는 조화할 수 없는 모순은 그의 시에서 기이한 예술의 꽃을 피웠으나 무시비감으로 충만한 동심은 현실 속의 정지용을 정치적 백치로 전락시켜버렸다. 그는 선후로 좌와 우를 모두 택하였다가 그에 따른 화를 입게 되는데 아래의 언론들에서 우리는 시인의 고뇌를 충분히 감지할 수 있다.

> 「백록담」을 내놓은 시절이 내가 가장 정신이나 육체로 피폐한 때다. 여러 가지로 남이나 내가 내 자신이 피폐한 원인을 지적할수 있었겠으나 결국은 환경과 생활때문에 그렇게 된것이다.
>
> 그러나 모든것을 환경과 생활에 책임을 돌리고 돌아앉는것을 나는 고사하고 누가 동정하랴? 생활과 환경도 어느 정도로 극복할수 있는것이겠는데 친일도 배일도 못한 나는 산수에 숨지 못하고 들에서 호미도 잡지 못하였다. 그래도 버릴수 없어 시를 이어온것인데 이 이상은 소위 「국민문학」에 협력을 하던지 그렇지 않고서는 조선시를 쓴다는 것만으로도 신변의 위협을 당하게 된것이다.
>
> 일제 경찰은 고사하고 문인협회 모였던 조선인문사배에게 협박과 곤욕을 받았던것이니 끝까지 버티어보려고 한것은 그래도 소수 비정치성의 예술파뿐이요 "프로레타리아"예술파는 그 이전에 탄압으로 잠적하여버린것이니 당시의 비정치성 예술파를 자본주의 무슨 보호나 받아온것처럼 비난한것은 심히 부당한 일이었다.29)
>
> 해방덕에 이제는 최대한도로 조선인 노릇을 해야만 하는것이겠는데 어떻게 8·15 이전 같이 矮小龜縮한 문학을 고집할수 있는것이랴? 자연과 인사에 흥미가 없는 사람이 문학에 干興하여 본 적이 없다. 오늘날 조

---

28) 윤여탁, 「정지용 시의 변모 양상과 그 교육적 의미」, 『현대문학이론연구』, 현대문학이론학회, 1995년, 21면.
29) 정지용, 『산문』, 동지사, 1949년, 85면.

> 선문학에 있어서 자연은 국토로 인사는 인민으로 규정된것이다. 국토와 인민에 흥미가 없는 문학을 순수하다고 하는것이냐? 남들이 나를 부르기를 순수시인이라고 하는 모양인데 나는 스스로 순수시인이라고 의식하고 표명한 적이 없다.[30]

상술한 인용문이 말해 주고 있는바 시에서 정지용은 인생의 감회를 잡힐듯 말듯 포착해냄으로써 그대로 몽롱함과 상징적인 주체로 변신하여 매력적인 이미지화의 모습을 만들 수 있으나 현실에서는 자아모순적으로 보일 수밖에 없었고 타인과의 소통조차 어려웠었다. 그의 자기변명은 무력하였고 시에서처럼 달변일수 없었고 명랑할 수 없었고 미적일 수 없었다. 하여 "才操도 蕩盡하고 勇氣도 傷失하고 8·15 이후에 나는 부당하게도 늙어간다."[31]고 낙심할 뿐이었다. 시인의 이런 갈팡질팡하는 정신적 고뇌는 그의 산문시에서도 나타난다.

> 한 더위에 집을 더나온 것이 산우에는 이미 가을기운이 몸에 스미는듯 하더라. 순일을 두고 산으로 골로 돌아다닐제 어든것이 심히 만헛스니 나는 나의 해골을 조찰히 골라 다시 진히게 되엇던것이다. 서령 흰돌우 흐르는 물기에서 꼿가티 스러진다하기로서니 슬프기는 새레 자칫 아프지도 안흘만하게 나는 산과 화합하엿던것이매 무슨 괴조조하게 시니 시조니 신음에 가까운 소리를 햇슬리 잇서랴[32]

보다시피 시비감이 없이 유미적인 것을 추구하고 있는 시인은 "시니 시조니"하는 것이 "신음에 가까운 소리"이고 "괴조조하"다고 자기의 시적 추구를 자조(自嘲)하고 있는데 이는 "시는 정정한 巨松이어도 좋다.

---

30) 정지용, 『산문』, 동지사, 1949년, 30~31면.
31) 정지용, 『산문』, 동지사, 1949년, 248면.
32) 정지용, 『지용문학독본』, 博文출판사, 1948년, 41면.

그위의 한마리 猛禽이어도 좋다. 굽어보고 高慢하라."33)고 시를 지고(至高)의 것으로 생각하던 그의 조기의 관점과 선명히 구분된다. 물론 깊고 넓은 대자연 앞에서 일개 인간으로서의 시인은 반드시 "산과 화합"하여야 만이 자기의 보잘것없음을 극복할 수 있는 것이라는 함의로 해석할 수도 있으나 다른 각도에서 보면 시인의 발랄함과 호기심과 진취성이 없이 피폐하기만 한 정신상태의 표현이라고도 할 수 있는 것이다. 그러나 시인 정지용은 말 없는 산과는 말 없이도 통할 수 있었으나 사회 앞에선 언어로써 아무리 말하여도 도리가 통하지 않는 듯 하였고 그러므로 시인은 자기의 "해골을 조찰히 골라", "흰돌우 흐르는 물기에서 꼿가티 스러"지는 아름다운 죽음을 희망이라도 하는 듯싶다. 마침내 시인은 아래의 시에서 역시 상술한 시가 내비치고 있는 평온하고 아름다운 분위기 속에 그러나 인간사회와 보다 멀리 떨어진 "눈도 희기가 겹겹"한 신비하리만치 깨끗한 깊은 곳에서의 아무도 모르는 자살을 그리기조차 하였다.

> 모오닝코오트에 禮裝을 가추고 大萬物相에 들어간 한 壯年紳士가 있었다. 舊萬物 우에서 알로 나려뛰었다. 웃저고리는 나려 가다가 중간 솔가지에 걸리여 벗겨진채 와이샤쓰 바람에 넥타이가 다칠세라 납족이 업드렸다 한겨울 내-흰 손바닥 같은 눈이 나려와 덮어주곤 주곤 하였다. 壯年이 생각하기를 「숨도아이에 쉬지 않어야 춥지 않으리라」고 주검다운 儀式을 가추어 三冬내- 俯伏하였다. 눈도 희기가 겹겹히 禮裝같이 봄이 짙어서 사라지다.
>
> —「禮裝」

---

33) 정지용, 「시의 옹호」, 『산문』, 민음사, 1995년, 246면.

시에서 주인공은 자살하여 뛰어내리면서도 현대문명의 예장을 갖추고 자기 몸의 미의식은 망가뜨리지 않으려고 한다. 그러나 이런 엄숙한 죽음이면서 시적주체로 하여금 죽은 후 "숨도 아이에 쉬지 않어야 춥지 않으리라" 하고 생각하게 함으로써 역시 정지용 특유의 동심의 유머를 발하고 있다. 말하자면 시인은 죽으면서도 어린이다운 놀이를 생각하고 있었고 비극을 희극으로 받아들이는 그 속에서 아름다움을 찾고 있었다. 시인은 옳고 그름의 시비가 없이 유미적인 것을 추구하고 있으며 현실과 타인 앞에 자살의 원인 같은 것도 밝히지 않으며 자기 변명의 노력조차 포기하고 있는 것이다.

이 시는 정지용의 영원한 동심과 세파를 겪어 나온 인생의 감수가 걸출하게 결합된 모습을 보여주고 있는데 어쩌면 훗날 시인이 맞이하게 된 비명의 죽음을 예고하는 시 같기도 하다. 실로 정지용의 비극적인 운명은 우리의 깊은 감회를 불러일으킨다.

2. 근대문명에 대한 동심적인 반응과 모더니즘의 표현기교

앞에서 말하고 있는바 정지용과 같은 조선 유학생들은 식민지종주국인 일본에서 일본문화의 "타자화"의 압력을 이겨내야 하였다. 정지용으로 말하면 동심적인 에너지는 그에게 민족의 다재다난의 역사시대를 살아감에 있어 일종의 철학이었고 그를 이끌어준 마음의 고향이었다. 그러나 정지용과 그 시대 지식인들이 맞닥뜨린 "타자화"의 압력 가운데는 식민지라는 정치관계 외의 내용도 포괄되는바 그것인즉 근대화로 인한 압력이었다. 그들은 일본문화 가운데 존재하는 보수성, 배타성,

불평등성과 협애한 국가주의는 배격할지라도 과학적인 이성과 생기로 충만한 근대화의 내용들에 한해서는 종래로 충분한 긍정을 주었던 것이다. 바로 이런 근대문명에 대한 동경으로 인하여 그들은 "금단초 다섯개 달은 자랑스러움"을 느낄 수 있었던바 특히 시인 정지용으로 말하면 시인의 동심적인 기질은 근대문명을 접하는 면에서 전예 없는 발랄함과 강한 수용력을 보여주었으며 그리고 그것은 시인으로 하여금 모더니즘의 시적기교 면에서 탁월한 성공을 이룩하게 한 미의 원천이었다.

1) 동년의 시각과 감각의 해방과 언어의 각성

시적화자의 시각은 흔히 시인의 창작 입장, 나아가서 작품의 가치취향을 결정하게 되는데 정지용 시가 취한 동년의 시각은 그의 시에 특별한 미학적 의미를 가져다주었다. 동년의 시각에는 제재, 정조, 결구, 언어 등 다방면의 내용이 포함되는데 그 중 동심의 정서가 가장 중요하다. 그의 시는 흔히 경쾌한 율격과 사랑스런 모습으로 동심의 순진성과 선량함을 표현하였다. 시인과 시작품지간의 심령상의 접합점을 동심에서 찾고 있는 정지용에게 있어 동심의 미학은 시인이 자기가 체험한 현실세계를 언어의 서사체계로 전환시키는 기본 시각인 것이다. 시에서 나타낸 범상치 않은 신기한 비유, 낭만과 담담한 애수 등은 모두 그의 이 동심의 미와 관련된다. 그는 시인 정지용으로 하여금 민족 앞에 계몽의 사명을 내세우거나 민족의 정신수령의 자세를 보임이 없이 순진무구한 소년다운 유미적 경향으로 기울게 하였다.

말아, 다락 같은 말아,
너는 즘잔도 하다 마는
너는 웨그리 슬퍼뵈니?
말아, 사람편인 말아,
검정 콩 푸렁 콩을 주마.

이 말은 누가 난줄도 모르고
밤이면 먼데 달을 보며 잔다.

―「말1」 전문

이 시는 말이라는 동물에서 느끼는 어떤 정서를 노래하고 있는데 전반 시의 참신함은 "말아, 다락같은 말아"하는 첫 구절에서 이미 나타나 독자들의 마음을 사로잡고 있다. 헌데 "다락같다"는 비유 자체가 시적 화자가 키가 작은 어린이임을 말해주고 있는 것이며 말과 대화를 나누고 있는 순진한 어린 아이임으로 인하여 전반 시의 참신함이 살려진 것을 우리는 감지하게 된다. 동심의 화자가 "달을 보는" 동물의 모습에서 하염없이 어머니를 그리워하는 자기의 외로움을 안받침시킨 것은 참으로 절묘하며 낭만적이기까지 하다. 아동심리학의 관점에서 보면 동년시절에 머릿속에 찍혀진 진한 인상은 한 개인의 기본적인 사유모식을 이룬다고 하고 있는데 7살 동년의 뇌의 중량은 이미 어른에 가까운 것이기 때문이다. 이때 어린이의 뇌의 결구와 기능은 급격히 변화하는 단계에 처해 있어 외부언어는 점차 내부언어에로 과도하며 이때 어린이의 생명은 아침이슬만큼 선명하다고 하고 있다. 정지용 시의 참신함은 바로 이런 시기의 어린이다운 참신함과 선명함이 보유되고 있는 데서 산생한 것이다. 실제로 시인 정지용은 어려서 그의 아버지가 의붓어머니와 같이 있는 등 여러 원인으로 하여 "소년적 고독하고 슬프고 원통한 기억이 진전리가 나도록 싫"었다[34]고 전하고 있다. 그러나 이런 느낌을 가졌던 소년은 정지용 하나뿐이 아닌바 시인으로서의 정지용에게 관건은 이런 참신함을 잃지 않고 있다는 점이다. 이 시의 또 하나의 성공점은 "검정콩 푸렁콩"이라는 언어를 시인의 선명한 사유결구와 방식 위에 부착시켰다는 데서 찾아진다. "검정콩 푸렁콩"으로 말의 슬픔을 위안하고자 하는 어린 화자의 심정은 선량하고 순진하고 기특하다. 뿐더러 "검정콩 푸렁콩"의 이미지로 인하여 시적화자는 마치도 어린이사회에서 숭상 받는 어떤 마술사처럼 재롱으로써 슬픔에 매몰되지 않고 어느덧 슬픔을 넘어서고 있는데 그러므로 시는 재차로 독자들을 감화시킨다. 시인 이상이 1936년 9월호 「중앙」지의 "아름답게 생각하는 말" 설문에 답할 때 ""검정콩 푸렁콩 주마"라는 "푸렁"소리가 언제고 말했지만 잊을 수 없는 아름다운 말솜씨입니다."[35]라고 감탄한 적이 있다.

정지용은 자기의 시에서 동년의 기억을 동년의 각도에서뿐 아니라 성인의 각도로 바꾸어서 높은데서 내려다보는 식으로 쓰는가 하면 성인의 세계와 성인의 느낌조차도 동년의 감각을 빌려서 쓰고 있다.

  이 아이는 고무뽈을 따러
  흰山羊이 서로 부르는 푸른 잔지 우로 달리는지도 모른다.

  이 아이는 범나비 뒤를 그리여
  소스라치게 위태한 절벽 갓은 내닷는지도 모른다.

  이 아이는 내처 날개가 돋혀

---

34) 정지용, 『아동문화』 창간호(1948년 11월), 『정지용평전』, 충북학연구소, 2006년, 40면.
35) 『이상전집』 제3권, 태성사, 1956년, 257면.

꽃 잠자리 제자를 슨 하늘로 도는지도 모른다.
(이 아이가 내 무릎 우에 누은것이 아니라)

새와 꽃, 인형 납병정 기관차들을 거나리고
모래밭과 바다, 달과 별사이로
다리 긴 王子처럼 다니는것이려니,

(나도 일즉이, 점두록 흐르는 강가에
이 아리를 뜻도 아니한 시름에 겨워
풀피리만 찢은일이 있다)

이 아이의 비단결숨소리를 보라
이 아이의 씩씩하고도 보드라운 모습을 보라
이 아이 입술에 깃드린 박꽃 웃음을 보라

(나는, 쌀, 돈셈, 집웅 샐것이 문득 마음키인다)

반디불 하릿하게 날고
지렁이 기름 불만치 우는 밤,
모와 드는 훗훗한 바람에
슬프지도 않은 태극선 자루가 나붓기다

―「太極扇」

　　시에서는 어린이의 순진무구한 모습에 대비하여 성인들이 맞닥뜨리
지 않으면 안 되는 세속적인 삶이 제시되고 있다. 새근새근 달콤한 잠
이 든 어린이의 모습을 보며 시인은 "고무뿔", "범나비", "꽃 잠자리",
"새와 꽃, 인형 납병정 기관차"와 함께 정말 어린이의 꿈속에라도 들어
간듯 자기의 지나간 동년을 눈앞에 그려본다. 그 속에는 "모래밭과 바
다, 달과 별"이 있으며 자기는 완연 "다리 긴 王子처럼" 부족함이 없었

었다. 그러나 오늘날 시인이 대면하여야 할 현실은 "쌀, 돈셈, 집웅 샐 것이 문득 마음키"이는 시름이 그칠 새 없는 것이었고 그 "시름"은 동년시기의 "풀피리만 찢은일"을 동반하였던 것처럼 아름다울 수가 없었다. 현실이 여의치 못하기에 멀어진 동년은 시인 앞에 더더욱 황금의 빛으로 아름다운 동경을 불러일으킨다. 그리고 시인은 심지어 어린이들의 순결한 모습에서 생의 힘을 얻는 모습이기조차 하다. 시에서 "태극선"은 "태극기"의 의미를 은폐하고 있는 것으로 성인의 세계에서는 침울하게 보이나 동심의 각도에서 볼 때는 "슬프지도 않은" 것으로 그 속의 이데올로기나 정신적 부담은 대번에 씻겨져 버린다. 식민지시대에 슬픔을 느끼지 않는 것이 찬양할 바는 아니라고 할 수도 있으나 다른 한편 "슬프지도 않"다고 특별히 말하는 뒷면에는 반드시 진정한 슬픔이 자리하고 있는 것이며 혹은 슬픔이 너무 진하기에 초극할 수밖에 없다는 의미로도 해석이 가능하다. 설령 진실로 "슬프지도 않"게 동심에 취해 있다 하더라도 동심의 순진함은 모든 기성관념을 털어버린 인류 태초의 관념상태와 겹쳐지면서 성인들에게 피폐한 식민지시대를 살아가도록 재기의 힘을 주는 것 또한 사실인 것이다. 시에서 동심의 미는 성인의 모습과 대비되는 상태에서 두드러지며 성인과 동년의 시각과 감각의 상호 교체 가운데 제시되고 있는 것이다.

이렇듯 소년의 참신한 느낌과 선명한 동심으로 세상을 보는 시인에게 있어 일본을 거쳐 들어온 근대문명은 커다란 자극으로 안겨오지 않을 수 없었다. 우선 근대문명의 이기로서의 기차나 배와 같은 교통도구는 시인의 감각신경을 각별하게 자극하였다.

우리들의 汽車는 아지랑이 남실거리는 섬나라 봄날 원하로를
익살스런 마드로스 파이프로 피우며 간 단 다.
우리들의 汽車는 느으릿 느으릿 유월소 걸어가듯 걸어 간 단 다.

우리들의 汽車는 노오란 배추꽃 비탈밭 새로
헐레벌덕어리며 지나 간 단 다.

나는 언제든지 슬프기는 슬프나마 마음만은 가벼워
나는 차창에 기댄 채로 회파람이나 날리쟈

먼데 산이 軍馬처럼 뛰여오고 가까운데 수풀이 바람처럼 불려 가고
유리판을 펼친 듯, 漱戶內海 퍼언한 물. 물. 물. 물.
손까락을 담그면 葡萄빛이 들으렷다.

입술에 적시면 炭酸水처럼 끓으렷다.
복스런 돛폭에 바람을 안고 뭇배가 팽이처럼 밀려가 다 간,
나비가 되여 날러간다.

―「슬픈 汽車」 부분

보다시피 전반 시는 마치 어린이가 세상을 처음 접촉하듯이 신기한
느낌과 환상으로 충만하였다. "먼데 산이 군마처럼 뛰어오고 가까운데
수풀이 바람처럼 불려 가고" 하는 것은 마치 어린이가 놀이공원에서
기괴한 탈것에 몸을 싣고 감각적인 자극에 취해 있는 모습인가 하면
"뭇배가 팽이처럼 밀려가"는 즐거움과 "손가락을 담그면 포도빛이 들"
듯 소녀다운 낭만성을 띄기도 하였다. "나는 언제든지 슬프기는 슬프나
마" 하는 것은 앞날에 대한 기대와 불안 때문이며 그러나 희망과 동경
의 비중이 더 크기에 "마음만은 가벼워 나는 차창에 기댄 채로 회파람이
나 날리"게 되는 것이다. 이런 분위기로 똑같은 것이 시 「갑판우」이다.

나지익한 하늘은 白金빛으로 빛나고
물결은 유리판처럼 부서지며 끓어오른다.
동글동글 굴러오는 짠바람에 뺨마다 고흔 피가 고이고
배는 華麗한 짐승처럼 짓으며 달려나간다.
문득 앞을 가리는 검은 海賊같은 외딴섬이
흩어져 날으는 갈메기떼 날개 뒤로 문짓문짓 물러나가고,
어디로 돌아다보든지 하이한 큰 팔구비에 안기여
地球덩이가 동그랐다는것이 길겁구나.
넥타이는 시언스럽게 날리고 서로 기대슨 어깨에 六月볕이 시며들고
한없이 나가는 눈ㅅ길은 水平線 저쪽까지 旗폭처럼 퍼덕인다.

—「甲板우」 부분

이 시 역시 놀이공원에서 "화려한 짐승처럼 짓으며 달려나가"는 그 무엇에 올라 탄 기분이며 외딴 섬은 "검은 해적" 같이 "문득 앞을 가리는" 것은 소년으로 보면 너무나 신기하고 재미있는 게임이었다. "넥타이는 시언스럽게 날리"는 것은 근대문명을 남 먼저 접할 수 있었던 시적주체의 즐거움과 자부심의 반영이라 "지구덩이가 동그랐다는것"을 알게 된 것을 비롯한 근대과학지식을 뽐내지 않고서는 근질거려 못 견뎌하였다. 이런 주인공에게는 당연히 "수평선 저쪽까지 기폭처럼 퍼덕"이는 앞날이 열려져 있었다.

정지용의 시는 창작방법의 새로움이기에 앞서 제재의 새로움이 있었고 그리고 양자는 긴밀히 연관되었다. 엄격히 말하여 신감각파의 문학의 뿌리는 복잡하며 이때 다원화(多元化)한 품격과 개방적이고 수용적인 태도는 시인들이 풍부한 창작실적을 취득할 수 있도록 도우는 근거로 된다. 정지용은 동심다운 신기함으로 가득 찬 시인이기에 표현기법 상 신감각의 특별한 추구도 필요 없을 지경이었다. 물론 그 시기 영문과를

공부한 정지용이 서구 문학과 일본문단의 신감각파의 영향을 받았을
것이라는 추론은 정확하다. 그러나 그의 시작품이 말해주는바 정지용
본인의 타고난 동심의 기질과 근대인으로서의 각성한 안광이 보다 중
요한 내적원인인 것을 반드시 인정하여야 하는 바이다. 시인 본인도 그
의 창작을 가리켜 신감각파라고 하는 타인의 말에 「글 짓는데 신감각,
구감각이 어디 있습니까? 감각은 사람이면 다 있는것이지요?」36) 하고
심드렁하게 대한 것도 이때문인 것이다. 그러나 이런 심드렁한 태도에
대비되는 것은 언어에 대한 특이한 각성이며 그저 스쳐 지날 수 없는
범상치 않은 인식이었다.

> "睿智에서 참신한 嬰孩의 눌어(訥語) 그것이 차라리 시에 가깝다. 어린
> 아이는 새 말밖에 배우지 않는다. 어린아이의 말은 즐겁고 참신하다. 으
> 례 쓰는 말일지라도 그것이 詩에 오르면 번번히 새로 誕生한 血色에 붉
> 고 따뜻한 體重을 얻는다."37)
>
> 꾀꼬리는 꾀꼬리소리바께 發하지 못하나 항시 새롭다. 꾀꼬리가 熟練
> 에서 운다는것은 不名譽이리라, 오직 生命에서 튀어나오는 恒時 最初의
> 發聲이야만 陳腐하지 않는다.38)

보다시피 시인본신은 근대문명을 접하였으면서 의식적으로 어린이의
언어에서 즐거움과 참신함을 찾고 있는 것이다. 시인은 또 자기의 글에
서 "언어는 시의 소재 이상 거진 유일의 방법이랄수밖에 없다. …(중
략)… 詩의 神秘는 言語의 神秘다. …(중략)… 시의 精神的 深度는 言語의
精靈을 잡지 않고서는 表現製作에 오를 수 없다."39)고 하고 있지만 여

36) 1933년 문인좌담회에서 정인섭의 의견에 대한 공박.
37) 정지용, 「시의 擁護」, 『지용문학독본』, 博文출판사, 1949년, 208면.
38) 정지용, 「시의 擁護」, 『지용문학독본』, 博文출판사, 1949년, 213면.
39) 정지용, 「시의 擁護」, 『지용문학독본』, 博文출판사, 1949년, 208면.

기서 말하고 있는 "언어의 정령"은 바로 우에서 인용한 "으례 쓰는 말" 속에서 새롭게 찾아낸 참신함이며 그 새로움은 또한 "생명에서 튀어나오는 항시 최초의 발성"에 주의를 기울 릴 때에만 얻기 가능하다는 것이다. 이렇듯 시인의 개성적인 언어의 각성을 통하여 새롭게 쇄신을 가져온 시적언어를 정지용은 "예지에서 참신한 영해의 눌어"라고 이름 지었던 바이다.

다시 말하여 정지용은 동심의 미에 입각함으로써 인습적인 것을 타개하고 언어 면에서 그 자체가 지닌 완고한 논리성을 타개해버린 엄청난 효과와 성공과 혁명을 가져올 수 있었다. 시가는 언어의 예술이며 시의의 추구는 당연이 언어의 혁신과 창조를 떠날 수 없다. 정지용의 마음속에 언어는 항상 초월하여야 하는 상대였고 정지용의 감각의 혁명은 언어의 혁명을 동반하는 것이었다. 하기에 정지용은 "우리말의 각개의 단어가 가지고 있는 무게와 감촉과 光과 音과 形과 흙에 대하여 그처럼 정확한 식별을 가지고 구사하는 시인을 우리는 아직 알지 못한다. 그뿐 아니라 단어와 단어의 특이한 결합에 의하여 언어와 향기를 빚어내는 우수한 수완을 씨는 가지고 있었다."[40]고 비평가의 찬탄을 자아내게 한 것이다. 여기서 "우리말의 각개의 단어가 가지고 있는 무게와 감촉과 광과 음과 형과 흙"이란 곧 정지용이 말한 "언어의 정령"이 가리키는 내용과 동질의 것이다.

정지용의 이런 언어의 각성은 그의 감각의 해방을 동반하는 것임과 동시에 근대문명에 대한 적극적인 수용의 태도를 동반하고 있는 것이다.

---

40) 김기림, 『시론』, 백양당, 1947년, 83~85면.

이따금 지나가는 늦은 電車가 끼이익 돌아나가는 소리에 내 조그만 魂
이 놀란듯이 파다거리나이다. 가고 싶어 따듯한 화로가를 찾아가고싶어
좋아하는 코-란經을 읽으면서 南京콩이나 까먹고 싶어. 그러나 나는 찾
어 돌아갈데가 있을나구요?

─「幌馬車」 일부

　비록 짧은 구절이지만 시각, 청각, 감각이 모두 동원되고 있다. 근대
문명을 상징하는 전차는 "끼이익" 소리를 냄으로써 청각을 자극 주고
있고 "내 조그만 혼이 놀란듯이 파다거리나이다."는 감각과 시각을 겹
쳐 표현한 것이며 "따듯한 화로 역시 감각적으로 안겨오고 "코-란경
을 읽"는다는 것도 절주 좋은 코란경의 목소리가 귀에 들리는 듯한 감
각으로 청각의 미을 살려주고 있으며 "남경콩이나 까먹"는 것은 후각
을 자극하고 있는 것이다. 이렇듯 시는 근대문명에 대한 호기심과 낯
설은 느낌이 이국적인 분위기에 대한 소년의 호기심과 동경과 함께 묘
하게 겹쳐짐으로써 성공을 가져온 것이다. 그의 유명한 시 「유리창」에
서도 우리는 어린이의 시각과 감각과 동심의 요소를 감지할 수 있다.

琉璃에 차고 슬픈것이 어린거린다.
열없이 붙어서서 입김을 흐리우니
길들은양 언날개를 파다거린다.
지우고 보고 지우고 보아도
새까만 밤이 밀려나가고 밀려와 부디치고,
물먹은 별이, 반짝, 寶石처럼 백힌다.
밤에 홀로 琉璃를 닦는것은
외로운 황홀한 심사 이어니,
고흔 肺血管이 찢어진 채로
아아, 늬는 山ㅅ처럼 날러 갔구나!

─「琉璃窓」 전문

자식을 잃은 어버이의 아픔을 쓴 것이라 하지만 우리는 각도를 달리하여 동년의 화자를 완전히 상상할 수 있다. 겨울 유리 앞에서 "입김을 불"며 장난에 빠진 어린이의 외로움은 황홀한 환상과 동경의 내면세계로 나아가는 모습이다. 시에서 자식을 잃은 어버이의 절망은 아이의 환상과 감각을 빌어 견고하고 절묘하게 엉켜지는데 어버이는 잃은 아이를 "길들은 양 언날개를 파다거"리는 환상에서 황홀하게 만남으로써 마음의 영원한 상처를 잠시적이나마 위로받고 있는 것이다. 쌀쌀하리만치 맑은 분위기 가운데 무어라고 형용키 어려운 복잡한 정감을 감각화하여 표현하는 것은 정지용 시가 일관되게 보여준 추구인 것이다.

이런 정지용의 동심과 언어의 각성과 감각의 해방에 기초한 시의 세계는 성인의 세계를 중심으로 한 세속의 고루한 습관규칙을 타개하고 뒤바꾸어버리는 '갱생(更生)'의 의의를 갖게 되었다. 시인에게 있어 동심은 정토이고 낙원이며 아름다운 꿈이 자리하는 곳이었다. 동심의 진선미로써 아름다운 인간성을 선양한 것은 그대로 현실세계의 추악함에 대한 거부의 의미를 안받침한 것으로 그에서 기인한 창조의 힘과 용기가 한층 돋보인다.

"동심"에 대한 찬미는 옛적부터 있었다. 노장(老莊)과 공맹(孔孟)은 모두 그의 "적자지심(赤子之心)"을 노래하였고 중국 명대의 이지(李贄)가 지은 「동심설(童心說)」은 동심에 관한 전문적인 저서로서 그의 가치를 극치에로 끌어올렸다. 그 저서에서 작가는 "동심"이란 "진인(眞人)"이라면 반드시 구비하게 되는 "진심(眞心)"이라고 함으로써 그를 통해 인간의 천성을 말살하는 봉건예교를 비판하였고 그러므로 그것은 당시 맹아상태에 처한 자산계급 인성론의 문예사상상의 반영이라는 의미를 부여받게 되었다. 그리고 서구사회에서 동심숭배는 역시 인간성의 이화를 반대하는 면에서 예찬 받았다.

정지용이 성장한 시대는 비록 일제 식민지 치하라 할지라도 서구의 개성주의의 영향 하에 비이성주의의 자아관념이 이미 형성되기 시작한 때였다. 정지용에게 있어 자아는 사회와 역사관계를 초월한 고독한 정신적 재체(載體), 혹은 인간의 잠재적인 생명의지를 존중한 순수 주관적이고 독립적인 자아일 수 있었다. 정지용은 이런 독립적인 감각의 해방을 동심 위에 구축한 것이다. 말하자면 정지용에게 있어 근대의 비이성주의 자아관념은 지용의 타고난 동심의 미학을 보다 확고하게 하였다. 정지용의 근대인으로서의 회의정신과 반항의 성격은 정지용의 감각세계에 대한 전면적인 해방을 추진한 것이며 시인으로 하여금 모든 인습적인 사고방식을 떠나서 성실한 표현을 하도록 한 것이다.

> 손바닥을 울리는 소리
> 곱드랗게 건너간다
> 그뒤로 흰게우가 미끄러진다
>
> —「호면」,『조선지광』64호, 1927. 2. 전문

이 시에서 창조적인 표현은 호수를 손바닥에 비겨 촉각과 청각을 자극한 데서 보여진다. 호수는 마치도 시인의 손바닥에서처럼 물살의 흐름이 만져지며 물에서 노는 "흰게우"는 마치 시인이 가지고 있는 장난감처럼 친절하고 피부에 느껴지는가 하면 그 생명의 소리도 가깝게 들려온다. 이 시에서 모든 감각은 외부의 현실을 수용하는 데 동원되고 시인 자신의 감정은 그 감각 속에 감추어져 독자들의 발굴을 기다린다.

여러 감각이 복합적으로 사용된 이런 유의 시는 정지용 시에서 실로 보편적인 것이다. 시인은 자기의 시에서 시적 자아를 두개 혹은 여러

개로 나누어 혹은 신체의 일부분을 대상과 중첩하면서 대상이 지니는 특별함을 신체의 감각을 통해 효과적으로 전달한다. 게다가 어린이스런 장난기를 그 위에 부착시켜 활발하고 장난스럽고 남에게 정복당하지 않는 심성을 나타내었다. 유머는 긴장하고 엄숙하기만 한 역사와의 결렬의 추구하는 일종의 미학이고 형식이라 할 때 정지용 시에 담겨진 동심을 바탕으로 하는 해학정신은 사람들의 흠상습관을 새롭게 하여주는 엄청난 효과를 산생하였다. 남의 눈치를 보지 않고 자기에게 주어지는 속박의 역량을 꺼려하지 않고 개의치 않는 행동과 격정과 역반심리는 바로 신문화시기 조선의 인텔리들이 도달하고자 하는 정신적 경계에 다름 아닌 것이다.

> 당신은 내맘에 꼭 맞는 이
> 잘난 남보다 조그만치만
> 어리둥절 어리석은척
> 옛사람처럼 사람좋게 웃어줌 보시요
> 이리좀 돌고 저리좀 돌아보ㅅ요
> 코쥐고 뺑뺑이 치다 절한번만 합쇼
> 호 호 호 호 내맘에 꼭 맞는 이
>
> ─「내 맘에 맞는 이」 부분

시에서 넘치는 밝은 이미지와 발랄함은 무디어지고 피폐한 현대인의 감각과 정신세계를 자극하기에는 충분하여 그 속에 담겨진 시인의 지혜의 함량은 실로 작지 않다. 그는 그대로 일종의 생명활력에 대한 숭배인 것이다.

총괄적으로 정지용에게 있어 동심의 미학은 일종의 반항이며 언어와 감각 면에서 해방을 가져올 수 있는 돌파구이고 또한 피난처였다. 그는 시인의 내심세계에 잠입하여 들어가 시인으로 하여금 시인 개인의 극히 예민하고 독특한 생명의 감오(感悟)와 체험을 집요하게 표달하도록 자극하였으며 산문의 언어가 전달하지 못하는 내용을 전달함에 고심하도록 일생을 불태우게 하였다.

2) 현대주의인격의 형성과 객관화의 기법과 이미지즘의 추구

신생사물에 민감한 동심의 정지용일지라도 시인은 매양 기차 타고 배 타면서 호기심과 어린이다운 자극과 즐거움에 도취될 수는 없었다. 현실은 아직도 현대화와는 거리가 먼 조선의 시골인 충청북도를 나온 시골뜨기에게 그냥 순진하게만 안겨 올 수 없었다. 현실은 결코 그가 생각했던 대로 젊은 마음을 설레게 하는 밝은 앞날이 안일하게 기다리고 있었던 것은 아니었다. 앞에서 인용하였던 「카페 프란스」를 본다면 순진한 시골뜨기 앞에 전개된 근대 도시문명의 한 단면이 생동하게 그려진 것이다.

> 옮겨다 심은 棕櫚나무 밑에
> 빗두루 슨 장명등,
> 카페·프란스에 가자.
>
> 이 놈은 루바쉬카
> 또 한놈은 보헤미안 넥타이
> 뻣적 마른 놈이 압장을 섰다.
>
> 밤비는 뱀눈 처럼 가는데
> 페이브먼트에 흐늙이는 불빛

카페 · 프란스에 가쟈.

이놈의 머리는 빗두른 능금
또 한놈의 心臟은 벌레 먹은 薔薇
제비처럼 젖은 놈이 뛰여간다.

오오 「페롵(鸚鵡) 서방! 꾿 이브닝!」

「꾿 이브닝」 (이 친구 어쩌하시오?)

鬱金香아가씨는 이밤에도
更紗커 – 틴밑에서 조시는구료!

– 「카페 · 프란스」 일부

그가 안착하고 있는 곳은 낡고 가난한 조선도 아니고 주류사회로부터 주변화된 조선유학생의 정신세계도 아니고 "페롵(鸚鵡) 서방"에서 영어와 한자와 순수 조선어가 합쳐짐으로써 이루어진 이미지가 말해주고 있는바 두 가지 이상의 문화가 혼잡되어 있는 개방적이고 유동적인 공간이었다. 주인공의 커피숍에로의 의식적인 진입은 동서양문화의 귀착점에로의 진입을 상징하며 시인이 낙후하고 봉폐적이고 정적(靜的)인 농업 전통사회에서 절주가 빠른 현대사회에로 진입하였음을 상징한다. 그리고 이는 동양문화의 재체(載體)였던 그들이 근대문명과 이국문명을 인정하고자 하는 수용적인 태도를 함께 보여준다. 사실상 정지용이 서구화와 근대화를 성공적으로 이룩한 일본에 갔던 행위에서부터 이런 만남과 경이로운 충격은 이미 시작된 것이며 다중적(多重的)인 모순이 한 몸에 집결되기 시작한 것이다. 서구인의 몇 백 년에 거쳐 이룩한 현대화의 역정이 몇 달, 몇 년 사이의 시간대속에 농축(濃縮)되어 다가온 현실은 유학생 개체로 말하면 정신상의 거대한 충격이고 심지어는 잔혹한 것이 아닐 수 없었다. 시에서 "밤비는 뱀눈처럼 가는데"는 참으로 걸출한 감각적 표현인 것으로서 시인의 근대문명에 대한 호기심과 놀라움과 두려움과 도전성 등의 모든 착잡한 정서를 집약한 것이다. 그리고 시에서 보이는 "보헤미안 넥타이, 루바시카, 페이브먼트, 경사커튼, 카페, 종려나무, 자작의 아들, 울금향아가씨, 페롤, 꾿 이브닝" 등과 같은 혼잡한 시어들은 정지용이 충복 시골에서는 접할 수 없었던 것이며 하기에 그는 그대로 문화충돌의 모습이면서 부동한 가치표준과 행위규범과 생활방식이 그들의 몸에서 충돌되어 정신상의 불안과 고통을 가져올 것을 예언해주는 것이기도 하다.

이런 현실 앞에 시인의 어린이다운 즐거움과 소녀 같은 동경이 가뭇없이 사라진 것은 아닐지라도 회의와 실의와 자아묘소감에 자리를 내어주어야만 하였다. 게다가 인생의 무상함 등 동양적인 철학이 한데 뒤섞여 시인은 현대주의적인 깨달음을 묘하게 갖게 된 것이다.

> 네거리 모퉁이 붉은 담벼락이 흠씬 젖었오. 슬픈 都會의 뺨이 젖었소. 마음은 열없이 사랑의 落書를 하고있소. 홀로 글성글성 눈물짓고 있는것은 가엾은 소-니야의 신세를 비추는 뽯안 電燈의 눈알이외다. 우리들의 그 전날 밤은 이다지도 슬픈지요. 이다지도 외로운지요. 그러면 여기서 두손을 가슴에 넘이도 당신을 기다리고 있으릿가?
>
> —「幌馬車」 일부

이 시에서 시적화자가 기다리고 있는 당신은 도대체 누구를 의미하는지 참으로 명확하지 않다. 그러나 "흠씬 젓었소", "눈물짓고 있는것", "이다지도 슬픈지요", "외로운지요" 하는 시어들에 담겨져 있는 주체

의 정서가 소극적이라는 것만은 선명하다. 따라서 시인은 어디에도 안
착할 수 없는 불안하고 묘소한 자아를 위해 "사랑의 落書를 하"면서 마
음의 고향을 찾고 있는 것이다.

> 후주근한 물결소리 등에 지고 홀로 돌아가노니
> 어데선지 그 누구 씨러져 울음 우는듯한 기척
> 돌아서서 보니 먼 燈臺가 반짝반짝 깜박이고
> 갈매기떼 끼루룩 끼루룩 비를 부르며 날어간다.
> 울음 우는 이는 燈臺도 아니고 갈메기도 아니고
> 어덴지 홀로 떠러진 이름 모를 스러움이 하나.
>
> ─「바다4」

여기서 쓰고 있는 "어데선지 그 누구 시러져 울음 우는듯한 기척"과
"어덴지 홀로 떠러진 이름 모를 스러움이 하나"라는 표현은 사실상 작가
의 마음속에 언제나 떠난 적이 없는 "서러움"의 정서였다. 시인은 농업
문명이 잔류한 사회를 나와 부푸는 아름다운 동경을 품고 현대성의 도시
사회에 진입하여 현대화와 보조를 같이 하기는 하여도 도시인의 정신세
계에 완전히 동감할 수는 없었다. 그가 보기에 현대문명은 "타자"였고
자기네는 현대문명에 의해 타자화되는 운명에 처한 존재이었던 것이다.
그들이 맞닥뜨리게 되는 이런 타자화의 조우(遭遇)는 농업문명과 현대
문명의 차이에서뿐 아니라 동서 문화전통의 이질성에서 온 것이기도
하다. 하여 이런 정신적 이념의 차이성은 시인의 문화적인 사고를 자극
하여 주었고 따라서 관념세계의 깊이와 높이에 비해 상대적으로 보잘
것없는 자기의 사회존재와의 격차가 뚜렷해지게 된 것이다. 이러는 과
정에 그들의 내심의 열등의식을 포괄한 허약성, 공포와 우울은 극히 강
렬한 것일 수밖에 없었다. 그리고 이렇듯 정신적인 질변(質變)을 이미 가

져왔기에 그들의 눈에 예전의 고향도 그대로 안겨오지 않는다.

> 머언 港口로 떠도는 구름
> 오늘도 메끝에 홀로 오르니
> 한점 꽃이 인정스레 웃고
> 어린 시절에 불던 풀피리 소리 아니나고
> 메마른 입술에 쓰디쓰다
> 고향에 고향에 돌아와도
> 그리던 하늘만이 높푸르구나

―「故鄕」 1932년

"머언 항구로 떠도는" 사이 "인정스레 웃"던 고향의 "한점 꽃"이 그리웠었으나 근대를 체험하고 호흡한 시인이 보기에 현대인의 이기적 타산을 멀리 떠난 "인정"이 오히려 낯설게 느껴졌다. 현대화정도가 높은 근대 도시문명으로부터 타자화의 타격을 당하였으나 고향으로 돌아온 시인은 고향의 정지된 문명 앞에 다시금 충격을 받아 재차 소외받는 기분이었다. 시적화자는 마침내 마음의 문을 열어 자기가 그동안 보도 듣고 당하였던 근대문명의 견문을 전하고 그동안 마음에 쌓였던 놀라움과 신기함과 주변인으로서의 실망감과 막무가내의 느낌을 "집 떠나가 배운 노래"라 하면서 한꺼번에 쏟아놓는다.

> 나가서 어더온 이야기를 닭이 울도락
> 아버지께 닐으노니
> 름불을 깜박이며 듯고
> 어머니는 눈에 눈물을 고이신대로 듯고
> 대든 어린 누이 안긴데로 잠들며 듯고
> 웃방 문설쭈에는 그사람이 서서 듯고

독안에 실닌 슬픈 물가치
속살대는 이 시고을 밤은
저 온 동네 사람들처럼 도라서서 듯고
그러나 이것이 모도 다
그 녜전부터 엇던 시연찬은 사람들이
끝닛지 못하고 그대로 간 니야기어니
이 집 문고리나 지붕이나
늙으신 아버지의 착하듸 착한 수염이나
활처럼 휘여다 부친 밤한울이나
이것이 모도다 그 녜전부터 전하는 니야기 구절 일러라
　　　　　　　　　 －「녯니약이 구절」, 『신민』, 1927

　여기서 시인이 쓰고 있는 "독안에 실닌 슬픈 물"은 폐쇄된 환경에서
살고 있는 고향 사람들의 안온하면서 정지되고 낙후한 문화와 정신세
계를 상징한다. 시인은 "집 떠나가 배운 노래를" 고향의 산천과 고향사
람 앞에 털어놓으나 근대문물에 대한 경이, 거부와 수용의 복잡한 정감
을 정확히 전달할 수가 없었고 설령 정확히 말한다 하여도 "늙으신 아
버지의 착하듸 착한 수염"은 착함 하나만으로는 이해하기도 어려운 것
들이었다. 밤하늘은 "활처럼 휘여다 부친" 말없는 모습으로 무정하면
서 그윽하기만 하였고 그러므로 시인은 오로지 "나가서도 고달프고 돌
아와서도 고달펐노라"고 "닭이 울도락" 말할 뿐이었으며 최종적으로는
그런 이야기가 아무것도 아니라고 급회전하여 "모도다 그 녜전부터 전
하는 니야기 구절 일러라"고 얼버무려 총결 지을 뿐이었다. 이렇듯 현
대문명과 고향과의 묘한 공간에 서서 모두 슬픔만을 느껴야 하고 격차
만을 느껴야 하나 그 느낌을 딱히 무어라 말하기도 어려운 시적주체는
극도로 피폐할 수밖에 없었음은 다음 시가 말해준다.

먼 海岸 쪽
길옆나무에 느러 슨
電燈. 電燈.
헤엄쳐 나온 듯이 깜박어리고 빛나노나.

沈鬱하게 울려오는
築港의 奇蹟소리……奇蹟소리……
異國情調로 퍼덕이는
稅關의 旗ㅅ발. 旗ㅅ발.

세멘트 깐 人道側으로 사폿 사폿 옴기는
하이한 洋裝의 點景!

그는 흘러가는 先心한 風景애이여니……
(부즐없이 오랑쥬 껍질 씹는 시름……)

아아, 愛施利·黃!
그대는 上海로 가는구료……

—「슬픈 印像畵」 일부

한 폭의 인상화를 방불케 하는 이 시에서 시인은 더는 놀이공원에서 옅은 감각적 자극에 만족하는 어린이가 아니었다. 감각은 여전히 예민한 것이나 현실에 실망하고 미래를 예측할 수 없어 불안해한다. 「슬픈 기차」에서 쓰고 있듯이 가볍게 회파람을 불 여흥은 있을 수 없었고 기적소리는 침울하게만 들리며 "이국정조로 퍼덕이는 세관의 깃발. 깃발"도 더는 그의 앞길을 열고 있는 기발이 아니었고 다만 이해할 수 없는 그 무엇이라 신경만 예민하여 불안하기 그지 없다. "사폿 사폿 옴기는 하이한 양장의 점경"도 나하고는 아무런 관계가 없는 비생명체 같은

것으로 안겨오고 있다. "먼 해안쪽 길옆나무에 느러 슨 전등"만이 이
도시문명에서 소외된 나의 외로운 그림자를 비쳐주었고 상해로 떠나는
나그네에게서 역시 근대문명에 휘둘려 피폐한 자신의 모습을 확인하고
있는 것이다. 총적으로 모든 것이 몽롱한 가운데 앞길을 더듬고 있는
시적자아는 어느덧 현대주의인격으로 변신한 모습인 것이다. 이런 시인
앞에 일찍 시인을 선진문명의 세계에로 이끈 창구와도 같은 바다도 예
전처럼 흥분만을 주는 것이 아니라 알 수 없는 그 무엇으로 안겨왔다.

바다는 뿔뿔이
달어 날랴고 했다.

푸른 도마뱀떼 같이
재재 발렀다.

꼬리가 이루
잡히지 않었다.

흰 발톱에 찢긴
珊瑚보다 붉고 슬픈 생채기!
가까스루 몰아다 부치고
변죽을 둘러 손질하여 물기를 시쳤다.

이 앨쓴 海圖에
손을 싯고 떼었다.

찰찰 넘치도록
돌돌 굴르도록
회동그란히 바쳐 들었다!

　地球는 蓮닢인양 옴으라들고 ……펴고……

— 「바다2」 전문

　학계에서 비상히 주목받고 있는 이 시는 객관화의 표현기법을 설명하는 예로 혹은 해도(海圖)로부터 본 시인의 상상의 산물[41]이라고 해독되기도 하였다. 그러나 이 시가 근대문명을 접했을 때의 시인의 느낌을 쓴 것이라고도 해석이 가능하다. 애써 "변죽을 둘러 손질하"고, "회동 그란히 바쳐들"어도 바다는 저로서 변화무쌍한 종잡을 길 없는 "타자"였고 낯설기만 한 것이었으며 "뱀"과 같은 냉혈의 것이었다. 이때 "산호처럼 붉고 슬픈 생치기"는 파도가 부서질 때의 순간 감각에 대한 포착이며 조각화한 표현이기는 하나 보다 뚜렷한 것은 그런 감각을 통해 고착시킨 정서표달임과 동시에 그런 냉혹함에 비추어진 시적자아의 정서세계인 것이다. "산호"처럼 화려하고 기이한 근대문명은 파도에서 보여지는 강한 에너지처럼 시인에게 충격을 주기도 하고 "붉"은 슬픔을 느끼게도 한다는 것이다. 말하자면 정지용에게 있어 바다이미지는 근대문명을 상징하는 것이고 시인은 다만 그로부터 느껴지는 "타자화"의 냉혹함을 냉혹한 느낌 그대로 적었던 것이다. 한 면으로는 시가를 객관화시키고 다른 한 면으로는 "나"의 일부분을 시 가운데 집어넣어 마치도 어떤 화석이나 표본을 접하듯이 객관적으로 체현해낸 수법은 시인의 독특한 해부방법으로서 그 시기 다른 시가들이 보여준 감정의 직접적인 설명이나 표백을 유치하다고 멀리 할 만큼 설득력이 오히려 높고 시의의 함축성도 높아진 것이다.

　대상으로부터 받은 정감적 충동에 시인 특유의 개성적인 질서와 조

─────────────

41) 김승구, 「정지용 시에서 주체의 양상과 의미」, 『배달말』(37), 2005년, 219면.

화를 부여하는 일이 시창작이라 할 때 이 유명한 시는 주체의 복잡한 정감을 감각화하고 그에 따르는 이미지와 결합하여 산생된 조선 시문학사에 전예 없던 참신한, "산호"와 같은 기이한 작품으로서 문단에 주는 충격은 실로 작지 않다.

시인의 객관화의 기법을 논하는 자리에서 학계에서는 흔히 "안으로 열하고 겉으로 서늘옵기"를 논한 정지용의 언론[42]을 근거로 든다. 정지용의 이런 언론은 "시의 위의"라는 제목으로 씌어져 있거니와 그러나 그의 이 언론을 상대로, 그리고 시인의 시작품인 「바다 2」를 두고 "이런 구절에서 위의를 느낄수 잇는 사람이 누가 있으랴. 사실 그가 '언어 개개의 세포적 기능을 추구하는' 시인이었다는 것을 인정하더라도 그의 언어는 시각적 인상만에 어울리는 것이 많았다. 그러므로 그의 언어가 보여주는 묘기는 때로는 위신이 없는 '재롱'에 떨어지기도 했다"[43] 하는 비판의 목소리가 주어지기도 하였다. 그리고 정지용시대가 훨씬 지난 오늘에 이르러서도 이에 비슷한 지적은 여전히 거론되고 있는 바이다. 그러나 우리는 정지용의 다른 한 언론도 주의하여 살필 필요가 있다.

> 시인은 궁극에서 언어문자가 그다지 대수롭지 않다. 시는 언어의 구성이기보다 정신적인것의 열렬한 정황 혹은 왕성한 상태 혹은 황홀한 사기임으로 시인은 항상 정신적인것에서 정신적인것을 조준한다. 언어와 종장은 정신적인 것까지의 일보위에서 세심할뿐이다. 표현의 기술적인 것은 차라리 시인의 타고난 재간 혹은 평생 숙련한 완법의 불화중의 소득이다. 시인은 정신적인것에 신적 광인처럼 일생을 두고 가엾이도 열렬하였다.[44]

---

42) 정지용, 「詩의 威儀」, 『지용문학독본』, 博文출판사, 1948년, 196면.
43) 송욱, 『시학평전』, 일조각, 1980년, 197면.
44) 정지용, 『산문』, 동지사, 1949년, 204면.

물론 정지용이 자기의 시에 대한 타인의 몰이해를 염두에 두고 자기의 시가 언어사용에만 집착하지 않은 것을 변명하느라 한 것 같기는 하나 "정신적인것에 신적 광인처럼 일생을 두고 가엾이도 열렬"하였던 그 목표가 도대체 무엇인가가 중요한 것이다. 시인에게 있어 시적주체는 자아의 탐색과 확인 과정에 처해 있었다. 그것은 그대로 문화신분의 확인과정이었다. 문화신분은 "무엇인가"의 문제뿐 아니라 "무엇이 되는가"의 문제도 포함하고 있다.[45] 그리고 문화신분결구의 모호성, 변화성과 조절성은 그대로 정지용의 자아의 확인과정이며 자아의 불명확성을 말해주는 것이기도 하다. 실상 위에서 구구이 논한 모든 내용은 이 한 점에서 맺히게 되는데 바로 이런 주체의 문화신분의 불확정성으로 인하여 정지용의 시는 오랜 시기 그렇게 예리한 비판을 받아왔던 것이다. 주체가 변화과정에 처해 있어 본래 모호한데다가 그에 대한 반영 또한 직접적이 아닌 감각화한 표현에 의거하였으므로 정지용의 시는 "재롱"에 지나지 않는다고 비판받기 마련인 것이다. 실상 정지용으로 말하면 늘 무엇을 찾고 있는 듯한 자아확인의 노력과정이 무엇보다 중요한 것이다.

시인의 감각화한 표현 역시 문학자체의 발전의 각도에서 본다면 문학발달국가를 추종하고자 하는 요구와 조선본토의 역사적인 요구라는 쌍중(双重)의 압력 하에 표의(表意)방식 면에서의 선택을 어떻게 하여야 하는가 하는 문제에 직면하여 개척해낸 새로운 실험이었던 것이다.

---

45) 斯圖爾特・霍爾의 관점, 陳蕾蕾, 「譚恩梅和美國主流意思形態」, 『当代外國文學』, 2003년 3월, 61면에서 참고.

원숭이
담배에 성냥을 키고

방한모 밑 외투 안에서
나는 사십년전 처량한 아이가 되어

내 열살보담
어른인
열여섯살 난 딸 옆에 섰다
열길 솟대가 기집아이 발다받 우에 돈다
솟대 꼭두에 사내 어린 아이가 가꾸로 섰다
가꾸로 선 아이 발 우에 접시가 돈다
솟대가 주춤한다
접시가 뛴다 아슬아슬

클라리오넽이 울고
북이 울고

가죽 잠바 입은 단장이
이욧!이욧! 격려한다
방한모 밑 외투안에서
위태 천만 나의 마흔아홉 해가
접시 따러 돈다 나는 박수한다

―「곡마단」 일부

　시에서 우리는 여전히 정지용의 동심적인 시각과 흥분과 호기심을 강하게 느끼면서 곡마단의 장면장면을 보는듯하다. 정지용 시역(詩歷)에서 거의 마지막 시기에 창작된 시이기는 하나 묘하게 흥청거리는 밤의 분위기는 그젯날 소년 정지용이 시골을 떠나 근대문명의 대도시에 진입하였을 때의 젊은 마음을 설레게 하는 흥분과 동경(憧憬)이 그대로 살아 있는 것이 신기하다. 시인은 그로부터 "위태천만 나의 마흔아홉해가" 돌아왔음을 상기하는데 무대 위의 연출과 무대 하의 관중의 떠들썩함은 깊은 무료와 막무가내적인 인생의 번뇌를 감추고 있다. 모든 것은 무의미하며 인생은 곡마단의 연출처럼 진실하지 못하다는 시적자아의 감수는 곡마단에서 설치된 가설무대의 분위기와 함께 전반 시가 내비치고 있는 꿈속 같은 분위기 속에 감추어져 있다. "원숭이가 담배에 성냥을 키고 클라리오넽이 울고 북이 울고 가꾸로 선 아이 발 우에 접시가 돌고" 하는 장면은 그대로 화려하고 복잡한 인간사회의 축도이기도 하다. 시적자아는 "방한모 밑 외투 안에서 나는 사십년전 처량한 아이가 되어" 구경하면서 젊은 시절의 감각과 오늘날의 감각이 절묘하게 겹쳐지는데 시인은 여전히 적막과 비애와 소외의 느낌을 떨쳐 버릴 수 없었다. 인간은 그 타고난 본연의 모습대로 성장할 수밖에 없는 것이고 인간 사이는 "가죽 잠바 입은 단장이 이욧!이욧!격려하"듯 진심의 위안이 결핍하며 냉혹과 권위가 충만한다는 것이다. 이런 인생의 황당한 느낌에 대한 시인의 감수의 그 정신적 실질은 당시의 서구 모더니즘문학과 통하는 점이 있었다. 심지어는 후현대주의의 황당파의 관점과 통하기도 한다. 그러나 시에서 보다시피 시인은 여전히 "접시 따러 돈다. 나는 박수한다."가 말해주고 있는바 기계적이나마 세상에 영합해 나가고 있으며 인생의 목적과 의의에 대한 탐구를 완전히 포기한 것은 아닌 것이다. 시는 인사(人事)의 복잡한 얽음이 없고 장면과 장면사이 논리성이 거의 배재되어 있으면서도 기이하게 유기적으로 결합되고 있고 그리고 이 모든 것은 시적화자의 감촉과 정서로 완성되어 있다.

정지용 시에서 주체는 한개 완성품이 아니라 부단한 변화단계에 있으며 불확정성적인 문화적 신분으로 인하여 고정불변의 특성을 가질 수 없었다. 그는 과거에 속함과 동시에 미래에 속하는 것이었고 시시각각 시인을 사색에로 몰아넣는 추동력이 될 뿐이었다.

> 빠나나 한쪽 떼여 들고
> 가만히 생각하노니
>
> 「내가 가는길도
> 이 빠나나와 갓구나」
>
> 아아 山을 돌아
> 멧 만리 물을건너
> 南쪽 나라 빠나나가
>
> 이땅에 잇는사람들의 입에 씹히네
>
> 씹히네
> 멧千里 물을 건너
> 듸굴 굴너온몸이
> 밤으로면 자근 시름이 씹히네
>
> 빠나나 한쪽 떼어들고 오늘밤에도
> 멧萬里 남쪽땅
> 빠나나 열닌 나무를 생각하면서
> 흐릿한 불빗알에 내몸이 누엇네.
>
> ―「爬蟲類動物」 일부

시인은 바나나 하나를 먹으면서도 자아에 대한 탐구의 사색을 멈추지 않고 있었으며 바나나가 자기 주체의 생각이 없이 "山을 돌아 멧 만

리 물을 건너"듯 자기도 어딘가에 종속되어 있는 듯 느껴지며 인간 운
명에 대해 새삼스레 감탄하고 있는 것이다.

> 나르 눈 감기고 숨으십쇼
> 잣나무 알암나무 안고 돌으시면
> 나는 샅샅이 찾아보지요
> 숨ㅅ기내기 해종일 하며는
> 나는 슬어워 진답니다.
> 슬어워 지기 전에
> 파랑새 산양을 가지요
> 떠나온지 오랜 시골 다시 찾어
> 파랑새 산양을 가지요
>
> —「숨ㅅ기내기」

　시에서 주체는 누군가를 찾고 있는데 그는 자연이나 고전의 공간 같
기도 하고 미지의 세계에 대한 동경 같기도 하나 실질적으로 그는 자
아확인의 과정인 것이며 시인은 다만 동심의 미학으로 인하여 그런 엄
숙하면서 긴장된 인생탐구의 과정을 "숨기내기"라고 하고 있을 뿐이다.
이렇듯 시인의 일생은 자아에 대한 찾음으로 인하여 몸부림하고 황홀
함과 곤혹 속에 괴로워하였던 고통의 연속이었던 것이다.

　그러나 이런 자아에 대한 부단한 확인의 노력은 현대인의 풍부하고
다채롭고 굴곡적이고 다변적(多變的)인 정감 체험에 맞먹는 내용의 것이
며 현대인의 정서에 맞는 것이었고 현대주의인격에 보다 부합되는 내
용이었다. 그러므로 시인은 내재적인 생명체험에 충실하여 직관적인
형상을 그림과 동시에 그를 초월함으로써 예술상의 풍부성을 확보한
것이다.

시인이 이룩한 예술상의 특점은 흔히 우리로 하여금 이미지즘의 수법을 연계시켜 생각하게 한다. "요컨데 그는 비낭만적이다. 백일하에 모든 물체가 선명하게 윤곽을 드러내는 세계, 공기가 건조하고 대지가 딴딴한 세계 어디까지나 쾌활하고 세간적인 세계"46)라는 평가에서 말하고 있는 바와 같이 그의 시는 정관(靜觀)을 통한 직관의 언어로 되어 있다고 할 수 있거니와 그가 표현하고 있는 것은 한마디로 말하기 어려운 인간의 복합적인 정서나 감정인 것이다.

> 海峽이 일어서기로만 하니깐
> 배가 한사코 긔여오르다 미끄러지곤 한다.
>
> 괴롬이란 참지 않어도 겪어지는것이
> 주검이란 죽을수 있는것 같이.
>
> 腦髓가 튀어나올랴고 지긋지긋 견딘다.
> 꼬꼬댁 소리도 할수 없이
>
> 얼빠진 장닭처럼 건들거리며 나가니
> 甲板은 거북등처럼 뚫고나가는데 海峽이 업히랴고만 한다.
>
> 젊은 船員이 숫제 하-모니카를 불고 섰다.
> 바다의 森林에서 颱風이나 만나야 感傷할수 있다는 듯이
> ―「醉船 2」 부분(1941)

시는 객관적으로 파도에 번져 질것 같은 아슬아슬한 순간의 모습을 뚜렷이 나타내고 있다. 시적주체는 죽음 앞에 속수무책이며 죽음 때문

---

46) 최재서, 『최재서평론집』, 청운출판사, 1961년, 101면.

에 괴로워하는 것 같으나 "하모니카를 불고 섰다."에서 말해주고 있는 바 어느덧 죽음을 초월하고 있는 것이다. 말하자면 시는 동심의 미학에 근거하여 장면과 감각을 명징이 그려내면서 결코 그것으로 끝나는 것이 아니다. 말하자면 시인은 간단히 표현하기 어려운 복합적인 정서나 감정을 정관을 통하여, 그러나 아무렇지도 않은 듯한 능청스러운 언어 표현으로 살려내고 있으며 이런 높이에 도달하기는 시인의 생의 체험의 충실성이 바탕으로 되는 것이다. 모든 인습적인 사고방식을 떠나서 외부적 관념으로부터 사물을 분리시켜 지성과 예술적 성실성을 가지고 대상을 관찰하는 방식이 곧 정관이라고 할 때[47) 정지용 시창작의 기법은 이 조건에 부합되는 바이다.

언어는 표달자 내심의 수요와 갈구에 맞추어 정감의 내재적인 절주를 인도하는 데 복무된다. 정지용은 자기의 시 창작에서 단편적인 정교로움과 아름다움과 눈부심에 구속되지 않으면서 전반 시구 위에 시의를 부여하였다. 언어에 집착하면서 언어를 초월하고 시인자신의 내재적인 생명체험에 충실하면서 언어와 시의가 자연적으로 융합되고 침투되게 한 것은 정지용 시가언어의 미의 추구가 우리에게 주는 한 계시이다. 그리고 이는 정지용 현대 시 예술이 개척한 창조력과 상상력을 구비한 새로운 길인 것이다.

조선 현대시의 탐색은 신문학운동이 서구 현대시를 인입한 후 이루어졌다. 현대시는 반드시 각개 측면, 각개 단계의 현대성문제를 직시하여야 하였다. 현대시의 작자들은 부동한 현대성의 원칙을 문본 위에 투사시켜 각종 현대시 이념 사이 경쟁의 국면을 이룩해 내었다. 20세기

---

47) 최재서, 『최재서평론집』, 청운출판사, 1961년, 103면.

20, 30년대에 주로 활약한 정지용은 조선의 시가 전통의 속박을 탈피하고 현대주의창작방법을 탐구하는 길목에 위치한 충분히 평가받아야 할 시인이다.

조기의 신시는 낡은 시가의 율격상의 속박을 벗어나 보다 자유롭게 사상정감을 토로함으로써 조선시가의 현대화를 위한 길을 개척하고자 하였다. 황석우를 비롯한 초기의 상징주의시인들은 풍부한 상상과 기이한 비유로써 신시의 서정예술을 제고시켰으나 상징주의 이식의 흔적을 얼마간 보였다는 그 정도에 그쳐 있었다. 정지용의 시는 김소월이 극치에로 발전시킨 서정예술과 달리 형식상에서 황석우들의 탐구의 궤도에 보다 접근한다. 정지용은 황석우식의 신비성과 난해성과 모방의 정도를 훨씬 넘어서 국외 현대주의 시의 예술을 본 민족의 언어와 흠상습관에 맞게 융화시킴과 동시에 산문화의 추구와 이어지면서 시예술면에서 커다란 창신과 돌파를 가져왔다.

그는 대량의 회화와 조각의 예술수법을 문학에 인입하여 감각적 표현에 대한 추구와 상징성 이미지의 구축을 실험하였고 현대주의 시 예술의 강역(疆域)을 넓혀 예술탐색을 진행함으로써 신시 유변(類變)의 다종(多種)의 가능성을 나타낸 시인이다.

그의 이런 형식면의 창신(創新)은 내용면에서의 풍부성과 직접적인 연관관계를 갖고 있는데 주로는 시적주체의 자아확인의 노력을 전제로 하였다. 시가란 주정(主情)의 예술로서 시의 경계(境界)는 정취(情趣)와 이미지의 융합인 것이며 시 창작이라면 바로 특정한 정취를 위하여 모종의 적합한 이미지를 찾아 고착시킴으로써 실제적인 인생세상 외에 한 개 독립자족의 새로운 천지를 만들어내는 데 있다. 정지용의 시는 식민지화와 근대화의 환경 속에서 타자화의 압력을 견디어내는 창작자세를 취하였다. 그러나 그의 이런 대응은 의식적이라기보다 환경의 압력 하에 이루어진 것이다. 그만큼 정지용은 의식적이거나 능동적으로 역사의 발전법칙에 적극 맞추어 나간 시인은 아니며 그러나 정지용의 시는 창작기법 면에서 놀라운 능동성을 보여주고 있으며 거대한 성과를 이룩하였다. 예술상 자주적이고 자각적인 의식을 얻었고 외국시가와의 심미상의 추구의 일치점을 찾고자 노력한 면에서 돌출한 공헌을 한 시인이 바로 정지용인 것이다. 이런 성공의 인소 가운데는 물론 여러 가지가 있겠으나 시인의 정서의 밑바탕에 자리한, 자아와 비자아지간의 구별을 해체해버린 동심의 에너지를 중요한 원인의 하나로 들 수 있다.

제 5 장

조선과 한국 문학 비교

이기영과 김동리 문학을 중심으로

이기영과 김동리는 조선현대문학사에서 중요한 위치에 놓이는 대가이며 분단된 조선과 한국의 현대문학의 특징과 수준을 대표한다는 면에서 특히 주목되는 작가들이다. 이기영(1895~1986)은 호가 민촌(民村)이며 충청도 아산군 배방면 회룡리 사람으로 1924년에 단편소설 「오빠의 비밀편지」를 처녀작으로 문단에 등단하였다. 그 후 육속 「가난한 사람들」(1925년), 「민촌」(1925), 「쥐이야기」(1925년), 「농부 정도룡」(1926년), 「원보」(1928), 「제지공장촌」(1932년) 등 작품을 발표하다가 1933년에 장편소설 「고향」을 발표함으로써 식민지시대의 가장 우수한 작가의 한 사람이라는 평을 받았다. 6·25해방 이후 그는 북조선에서 작가동맹 중앙위원회 상무위원 등 직에 있으면서 「땅」, 「두만강」 등 많은 장편거작들을 발표함으로써 북조선문단의 원로이며 최고의 작가로 추대되었다. 그보다 8년 후에 태어난 김동리(1913~1995)는 경상북도 경주군 성건리

태생으로 1934년 동아일보 신춘문예에 시 「백로」가 당선되어 작품 활동을 시작하였다. 그리고 그 후 2년간 단편소설 「화랑의 후예」와 「산화」가 각각 조선 중앙일보와 동아일보 신춘문예에 당선되면서 문단의 주목을 받았다. 그로부터 1995년 타계하기까지 김동리는 한국에서 한국문인협회 부이사장, 대한민국 예술원 회장 등 직에 있으면서 50여 년간 많은 영향력 있는 소설, 시, 평론 등을 발표함으로써 한국문학사상 뚜렷한 위치를 수립하였다. 이기영이 조선문학사에서 기념비적 인물이라면 김동리는 6·25 이후 한국에서 우익의 기수로서 '구경적(究竟的) 생의 형식'으로 정리되는 그의 문학론을 확립하고 한국 문단을 이끌어 나가는 좌장의 자리에 앉는다.

이처럼 중요하면서 특수한 두 작가이기에 그들의 세계관, 문학관, 심미의식, 사회이상 등 면에서의 비교고찰은 좌우익을 대표하는 문화적 요소에 대한 발굴 혹은 그에 관한 과학적인 제시를 시도하는 면에서 의의가 있는 작업이다.

1. 인간성 각도에서 본 두 작가의 차이성

인간성이란 자전에서는 흔히 인간의 본성, 인간이 동물이 아니고 인간일수 있는 그런 근본적인 특성이라고 하였다. 그리고 인간성의 성분을 이루고 있는 것은 대체로 자연성과 사회성이라고 하고 있다.[1] 그 자연성에는 선천적인 본능인 성애(性愛), 보복, 질투, 연민, 향수 등까지

---

1) 『辭海』, 上海辭書出版社, 2000년, 368면.

를 포괄하여 인간이 태어나면서부터 보편적으로 고유한 매 개인에 특정한 속성이 그 내용을 이룬다. 그리고 그의 사회성이란 후천적인 추구라고도 할 수 있는데 인류가 장기적인 집단생활 가운데서 누적하여온 규범과 준칙을 말하며 인간과 인간지간의 가장 조화로운 관계에 대한 추구가 그 종국적인 목적으로 된다. 인간성의 속성을 그의 자연성과 사회성의 두 가지로 분해해 볼 수 있다는 것은 인문학계의 정론으로 되어있는데 고대 희랍의 스톡파(斯多葛派, stoikoi)가 이 방면에 대해 전문적인 논술을 하였을 뿐 아니라 엥겔스와 맑스도 이 면에 대해 명확한 논술을 하였다.

고대 희랍의 스톡파가 이 방면에 대해 내린 전문적인 논술을 보면 다음과 같다. "왜냐하면 우리 매개인의 본성은 모두 보편적 본성의 한 부분이며 그러므로 주요한 것은 자연에 순종하는 일종의 방식으로 생활하는 것인데 그 의미는 곧 한 개인이 자기의 본성에 순종하고 보편적인 본성에 순종함과 동시에 인류의 공동적인 법률에 금지된 일을 하지 않는 것을 말한다. 이때 그 보편 법률과 만물에 보급되는 정확한 이성은 동일한 것이다. 이때 정확한 이성이 곧 우주신인 것이며 만물의 주재며 주관인 것이다."[2] 이 단락의 말에서 신적인 것을 벗겨버리면 인간성을 자연성과 사회성으로 명확히 구분하였다는 것을 알 수 있다. 그리고 엥겔스는 「가정, 사유제와 국가의 기원」이란 글에서 "(인류는) 발전과정에서 동물상태를 탈리하여 자연계에서 가장 위대한 진보를 이룩하자면 한 가지 요소가 필요된다 : 군체의 연합적 힘과 집체적인 행동으로 개체의 자위능력의 부족함을 미봉하는 것이다"[3]라고 하고 있는

---

2) 第歐根尼·拉爾修, 「著名哲學家的生平和學說」, 『西方哲學家原著選讀』, 북경대학 철학계 외 국철학사, 교연실 編譯, 商務印書館, 1981년, 상권, 182면.

데 이는 틀림없이 인간성 가운데의 사회성의 원시적 내원에 대한 지적인 것이다. 근본적으로 볼 때 사회성이란 군체의 이익을 도모하기 위하여 인류의 천성에 대하여 실시한 일종의 필요한 이성적인 억제를 말한다. 이런 이성적인 억제가 사회발전의 수요에 따라 군체 생활에 필요한 행위규범으로 맺어지며 이런 행위규범이 의식형태영역에 점차 누적된 끝에는 인류사회의 공동의 준칙으로 발전된 모습으로 된다. 그리고 그는 인간성 가운데의 사회성으로 귀착되어진다. 맑스 역시 「자본론」에서 인간은 곧 "자연계의 한 부분"이며 또한 "천성적으로 사회동물"이라 함으로써 인간성의 두 분야에 대하여 명확히 지적하였다.4)

이런 이론들에 비추어 볼 때 이기영의 거의 모든 작품들은 사회의 암흑성에 대한 발굴에서 착수하여 암흑성이 돌출화되는 반면 인간성의 선량한 천성이 이런 사회현실에 부딪쳐 무참히 깨여지는 현상에 대한 폭로로 특징적이다. 그리고 이 양자 사이의 투쟁은 흔히 역량 상 비례가 이루어지지 않는 비극적인 항쟁의 모습인 것으로 사회의 암흑면은 최종적으로 강조되었다. 존중받아야 할 여러 가지 자연적 특성과 건강한 욕구가 인위적인 그릇된 규범에 의하여 무시당하고 그러므로 인간관계에서의 조화로운 이상적 경지에 이를 수 없다는 이런 논리 하에 이루어진 인물 심리의 사회성과 자연성 사이의 모순에 대한 폭로는 이기영뿐 아니라 전반 좌익문학의 인간성 반영에서 보여준 한 개 보편적 특징으로 된다. 이에 비해 김동리의 문학은 계급의 안광으로 인간사회의 부조리를 파헤치는 것이 아니며 대자연에 그 찬미의 눈길을 주고

---

3) 엥겔스, 「가정, 사유제와 국가의 기원」, 『맑스 엥겔스 선집』 제4권, 인민출판사, 1972년, 29면.
4) 맑스, 「자본론」 제1권, 『맑스 엥겔스 선집』 제23권, 인민출판사, 1972년, 363면.

인간을 관찰함에도 그 자연적 속성에 강렬히 집착하는 특징을 보여주었다는 점에서 이기영 작품과 선명히 구분된다.

이기영의 소설 「민촌」에서는 가난한 이들의 절실한 염원을 쓰면서 그 염원이 실현되지 않는 암흑한 현실을 그렸다. '농사군이 소를 갈아 대듯이' 첩을 갈아대는 박주사집의 아들의 모습에는 '벼 한바리와 돈 쉰냥'에 팔려가지 않으면 안 되는 순진하고 가난하고 섬약한 여성의 운명이 대조됨으로써 불합리한 현실이 독자들 앞에 강조되었다. 소설 「원치서」에서도 원치서의 가난하고 불행한 생활과 대조되는 것은 돈 있고 세력 있는 조동지 집이며 원치서의 숙성한 딸은 바로 이 조동지 집의 둘째 아들에게 비참하게 성폭행을 당한다. 그리고 소설 「돈」은 한 인텔리가 돈이 없어 갓 낳은 아들애의 병을 치료하지 못하고 죽은 애를 매장하는 애절하고 비참한 심정이 그려지고 있다. 우리는 이 소설 속의 가난한 인텔리 형상의 모델이 곧 작가 자신인 것을 상기할 때 소설의 분위기는 그 시기 현실에 대한 과장 없는 표현임을 알 수 있다. 작가 이기영도 확실히 낳은 지 55일밖에 안 되는 아들애가 단독이란 병에 걸린 것을 치료비용이 없어 살리지 못하고 버릴 수밖에 없었던 것이다.[5] 소설 속의 주인공은 인간으로서 마땅히 존중받아야 할, 가장 아름다운 자연적 욕구의 하나인 부모 자식 간의 천연적 정감이 왜서 이토록 비참해져야 하는가, 어버이로서 애를 구할 수조차 없는 울분을 불합리한 사회를 향해 토하고 있다. "어린 것은 50일밖에 못 산 것을 낳은 날부터 병이 들어서 갖은 고초를 겪다가 갔다. 아니, 그는 나기 전부터 어미 배속에서 고생을 했다. 그럼 그것은 누구의 죄인가?"[6]

5) 이기영, 「셋방 10년」, 『조선현대문학선집 9』, 조선작가동맹출판사, 1960년, 196면.
6) 이기영, 「돈」, 「오빠의 비밀편지」, 문학예술종합출판사, 1993년, 268면.

　이기영은 가장 적극적인 태도로써 자기를 포함한 하층인의 울분, 인간으로서 가장 기본적인 생존욕구와 권리가 존중받지 못하는 정신상태, 자연성과 사회성지간의 치열한 충돌을 반영하면서 그들의 인격 추구와 인생가치 등을 긍정하고자 하였으며 이와 동시에 그들의 존엄과 추구가 여지없이 짓밟히는 불합리한 사회현상에 대해 분노를 나타내었다. 이렇듯 인간의 건강한 자연성이 저주로운 사회제도에 의해 짓밟히고 마는 현실에 직면하여 작가는 자연스럽게 계급성의 이론을 도출하기에 이른다. '가난한 자', '약한 자'에 대한 사랑, 그들의 불행에 대한 안타까운 마음은 마침내 '권세자', '강자', '부자'들에 대한 분노의 힘으로 전환하게 된 것이다.

　소설 「가난한 사람들」에서 인텔리 주인공 성호는 직업을 구하고자 하는 마지막 한 가닥 희망이 끊어졌을 때 현실에 대하여 "있는 자와 없는 자의 편이 남극과 북극 같이 상거가 되어 있는— 자본주의시대의 절정"이라고 자각하게 된다. 하여 아무리 형제간이라도 '있고', '없는' 것에 의하여 딴 길을 걷게 되며 '살상이 있고 구수(仇讐)가 되는' 사회의 비극을 깊이 느낀다. "비록 친자형제 간이라도 있고 없는 그 편을 따라 갈리어 있다. 그러므로 윤기(倫氣)보다 계급의 적대다. 이 까닭에 친자형제 간에 살상(殺傷)이 있고 구수가 되지 않는가, 있는 자는 없는 자의 적이다. 없는 자는 있는 자의 적이다. 일가니 친척이니 그게 다 무엇이냐, 오직 유무가 서로 싸워서 지든지 이기든지 승부를 다툴 것이다. 그렇다, 계급투쟁이다."[7] 보다시피 인간에 가장 아름다운 혈육의 정과 윤기(倫氣)가 파괴되는 사회를 어찌 가만 둘 수 있느냐 하는 분노를 나타

---

7) 이기영, 「가난한 사람들」, 「오빠의 비밀편지」, 문학예술종합출판사, 1993년, 56면.

내었다. 결국 주인공은 그 해결책으로 유가적인 윤기(倫氣)보다 계급론의 중요성을 내세우고 있으며 이런 계급론에 의한 가치판단으로 낡은 유가적 가치관을 대체하여야 한다고까지 주장하고 있다. 이렇게 볼 때 이기영에게서 가정을 단위로 한 기존의 가부장적 가치관, '수신, 제가, 치국, 평천하'의 유가적 가치관, 가정을 보는 눈으로 다시 가정의 확대된 모습의 국가를 인식하는 유가적인 세계관은 철저히 파산되고 그 자리에 계급론의 안광이 수용되고 있음을 우리는 발견하게 되는 것이다. 이런 인식 하에 소설속의 성호는 자기 형제사이도 계급 차이를 느끼며 이런 계급의 모순을 투쟁으로 해결하며 '대혁명이 일어나서 신인생의 세례를 받을' 그날을 희구하게 되는 것이다.

이기영은 그 시기 문단에 대한 자기의 소망을 말하는 자리에서 "'프로'작가가 많이 나오기를 바란다."고 하였다. 그러면서 그는 "인간사회에는 엄연히 양 대 계급이 대진하고 있는 이상, 문학에는 과연 계급성이 없다 할가? 계급성을 부정해야 가할가?" 하고 반문구로써 자기의 긍정적인 확답을 강조하여 표현하였다. 그리고 이렇듯 계급론을 고취하게 된 것은 전적으로 "절실한 인간적 요구", 나아가 과학적인 진리의 요구에서 그 원인이 찾아진다고 쓰고 있다. 그리고 그것은 인간적 양심임과 동시에 사회적 양심이라고 하고 있다. 따라서 현 시대는 광명한 이상사회, 인간심리의 자연성과 사회성이 고도로 조화를 이룬 사회로 발전하기 전의 과도기에 속한다고 하고 있다. '부르'든 '프로'든 "진정한 문인이요 시인일 것 같으면" "반드시 시대적 양심— 즉 인간적 양심에서 우러나와야 할 것이다." "반드시 사회적 진(진실)— 즉 과학적 진을 발견해야만 현하 과도기에서 미래 사회로 움직이는 굳세인 표현이 될 것이다." 따라서 이기영은 자기가 도출해낸 이런 진리성이야말로 유용한 문학인가 아닌가를 구분하는 표준이라고 문학비평의 기준문제를 논하고 있다.

> "이러한 당면한 문제— 절실한 인간적 요구—총 인류의 해방 운동을 무시하고 소위 예술지상주의니, 상아탑이니, 예술은 계급성을 초월하느니 하는 자들은, '문인'은 인간이 아니라 어떤 인간의 노예로만 될—어용 학자로만 될— 선천적 약속이 있다 하는 숙명적 견해인 비인간적 태도이라 해도 과언이 아니다."

상술한 긴 병렬로 이루어진 언론에서 우리는 이기영의 격렬한 정서를 충분히 감지하게 된다. 그는 문인에 대한 평가기준마저도 "계급성"에 대한 각성여부에 두고 있는데 자기가 인식한 이런 진리성의 높이에 도달하지 못한 문인들을 어떠한 자극을 주어서라도 빨리 깨우쳐주고 싶어 하는 조바심을 보이고 있다. 하기에 그는 문인으로서는 치욕적인 평가의 하나로 되는 "어용 학자"요 "비인간적 태도" 등의 언사를 거리낌 없이 사용한 것이다. 그는 '새로운 힘 있는 작품'은 오직 순수한 '프로'작품에서만 얻을 수 있[8]는 것인데 그 과학성을 다음과 같이 곁들여 강조하였다. "프로문학은 당연히 프로의식으로서의 유물론적, 과학적 입장에 서지 않으면 안될 것이다."[9] 이기영이 여기서 말하고 있는 "유물론적 과학적 입장"은 그의 작품에서 노동자와 농민이 결합하여 자본가계급을 뒤엎고 계급이 없고 착취가 없는 평등한 새 사회를 건립하여야 한다는 사상에 대한 선양으로 두드러졌다.

---

8) 이기영, 「새 사람이 많이 나오기를」, 1927년 1월, 『현대조선문학선집9』, 조선작가동맹출판사, 1960년, 167면.
9) 이기영, 「집단의식을 강조하는 문학」, 『현대조선문학선집9』, 조선작가동맹출판사, 1960년, 168면.

그러나 김동리는 이기영의 이런 논리와 완전히 다른 모습이다. 김동리 역시 봉건적인 쇠사슬을 짓부수고 인간성의 해방을 부르짖는 신문학의 흐름 우에 놓인 작가로서 그에게서 부각된 인물 역시 남에게 억압받는 가난한 이, 약한 이, 사회발전에 적응하지 못하고 비참하게 밀려난 인물들이라는 특점을 보이고 있다. 그의 소설 「화랑의 후예」에서는 사회에서 밀려난 소외된 인물의 비참한 처지를 그렸고 「무녀도」에서는 남들에게 멸시 받는 무당을 그렸으며 소설 「바위」에서는 사회 밑바닥에 처해 있는 가난하고 불행한 여인을 그렸으며 「산화」에서는 억압 받아 죽어가는 불행한 농민들을 그렸다. 그러나 그들은 이기영 작품 속의 주인공들처럼 사회에 대해 울분을 가지고 그에 대한 반항 투쟁에 뛰어드는 것이 아니라 저마다 해소방법이 있었다. 황진사는 자기가 그 젯날 화랑의 후예였었다는 신분 하나만으로 사회가 자기에게 주는 편견까지를 포괄한 모든 것을 압도하고 무마해버리는 자부심을 가졌고 무당은 속된 인간들에게 자기가 오히려 냉소를 보낼 만큼 정신적으로 늘 우위에 처해 있었다. 그리고 「바위」의 하층 여인은 죽어가면서도 신령하다고 믿어온 바위를 껴안고 행복의 웃음을 웃는다. 말하자면 그들은 똑같이 자기 마음속에 지고무상의 '신'을 모시고 있는 것이다. 작가가 냉철하게 제시하고자 한 것이 바로 그들의 정신 상태이며 인간의 정신력에 불가사의하게 영향 주는 이런 '신'들이었다.

김동리의 작품 가운데 사회 하층인들의 고난과 압박 받는 인간성을 돌출이 한 작품으로는 소설 「산화」를 들 수 있다. 소설에서는 악질지주 윤참봉과 그의 박해로 인하여 죽어가는 마을 사람들이라는 양대 진영이 설정되어 압박계층과 피압박계층의 대립을 통해 억압 받는 민중의 생활상이 선명히 두드러졌다. 이런 배치는 이기영이 자기 작품에 설정한 계급적 대립의 진영에 닮아있으며 이야기구조는 조금도 다를 바 없다. 그러나 김동리는 하층인의 생존 권리와 자연 인간성이 엄중히 억압받는 이런 상황에 직면하여 이기영의 작품에서처럼 그들을 반항에로 궐기시키고자 한 것이 아니라 그런 불행이 운명적인 것으로 혹은 불가항력적인 어떤 힘에서 기인한 것으로 관념적 해석을 하였다. 하여 김동리는 자기 소설속의 가난한 농민들로 하여금 자기들이 죽어가게 되는 원인도 지주의 압박착취에 있는 것이 아니라 자기네가 몇 년간 산제를 지내지 않은 탓이라고 풀이하도록 하였다. 이런 처리를 한 김동리에 대하여 우리는 그가 사회의 악 세력에 굴복하는 자세를 취하였다고 책망하기도 어렵다. 왜냐하면 우리는 그의 소설들에서 나아가야 할 앞길을 몰라서 깊은 아픔과 방황에 모대기는 모습을 보다 진하게 접할 수 있기 때문이다. 아마도 작가 김동리는 인간의 사회성과 자연성의 모순투쟁을 발견하였으나 이기영처럼 진리성을 도출해낸 것이 아니라 방황 끝에 그 사회성에 대해서는 불문하고 자연성을 고수하는 것만을 선택하였던 것 같다. 이기영과 김동리문학은 바로 이 점에서 갈라선 것이다. 이기영이 계급론의 무기로 본래 유가적인 사회 인간계층을 다시 분해하여 처리하고자 함으로써 해결의 방법을 찾아내었다면 김동리는 비이성주의에 대한 선양으로 나아갔다. 김동리는 인간의 자연성의 욕망의 충분한 발산을 전제로 하면서 해결책을 내오고자 한 것이다.

하기에 김동리가 부각해낸 인물들은 대게가 본능이나 감성에 움직이는 인물이거나 종잡을 수 없는 의식의 세계 속에 매몰되는 인물들이다. 소설 「황토기」에서 억쇠와 득보 두 장사는 까닭 모를 피의 싸움을 계속하는데 소설에서는 희미하게 그 싸움이 사회적 금기에 대한 반항이라고, 그것도 명확히 말함이 없이 장사가 나면 역적이 되므로 힘을 써

서는 안 된다는 그런 금기에 대한 반항이라고 상징적으로 해석하기는
하나 그것도 한 개 의문성적인 희미한 제안에 속한 것일 뿐이다. 보다
직접적인 원인은 소설의 내용을 인용하여 본다면 거저 그 날카로운 칼
로 "이 미칠 듯이 저리고 근지러운 간과 허파를 송두리째 긁어내"10)어
주기를 상대방으로부터 갈망하는 이상한 싸움이라고 하고 있어 독자들
에게 그냥 의혹만을 준다. 이렇듯 모든 것이 몽롱한 가운데 그래도 얼
마간 또렷하게 독자에게 전달된 것이 있다면 그것인즉 모종의 신비한
힘 같은 것이라고 해야 할 것이다. 소설 「동구앞길」에서 여주인공 순녀
는 강렬한 본능과 모성에 움직이는 인물이며 「소년」의 주인공과 「팥죽」
의 주인공 역시 인간성의 자연적인 본능이 후천적인 것보다 강하여 그
에 지배 받는 인물들이다. 「무녀도」에서 욱이와 낭이는 근친상간을 저
지르는데 "그것은 사랑의 가장 본능적인 표현이며 인간과 인간과의 친
화력이 가장 순수한 표상"11)으로, 인간 생명의 자유 의지를 억압하는
윤리적 질서에 대한 공공연한 반항이며 강렬한 생명력의 열광적인 발
산 상태라 할 때야 만이 간신히 인정받을 자리를 찾을 수 있게 된다.
「늪」의 주인공인 소년 석이는 비현실적인 환각에 사로잡혀 「내부도 알
수 없는 혼탁한」 늪 속으로 간단히 빠져 죽는가 하면 「무녀도」에서 무
당어머니는 접신상태에서 식칼로 자기의 친아들을 찍어 죽인다.
　그러나 또 다른 각도에서 볼 때 김동리의 작품은 문명비판의 태도를
취함으로써 현대문명에 오염 받지 않은 인간의 자연적 속성에 대한 추
구를 합리화시켰고 현대문명에 대한 회의와 반성이라는 시대적 흐름에
부합시켰다고 할 수 있다. 김동리가 상술한 야만인, 혹은 자연성이 압

---

10) 김동리, 「황토기」, 『김동리문학앨범』, 웅진출판, 1995년, 235면.
11) 김병익, 「자연에서의 친화와 귀의」, 『동리문학연구』, 서라벌예대, 1973년, 133면.

도적으로 지배적인 인간형상을 주로 그린 것은 그 순수 생명인의 몸에 문명인과는 완연히 이질적인 심미적 이상을 기탁한 행위에 다름없었다. 하여 이로써 물욕 지배 하의 용속한 생활 방식을 조소, 비판하며 의식 형태의 지배 하에 위축되거나 왜곡된 인간 생명의 힘과 자유와 본능을 회복시키고자 하였다고 해석할 수도 있을 것이다. 따라서 과학이 현대적 우상으로 되어 과학주의의 세계관이 인간의 존엄과 자유를 훼손하고 속박하는 것에 반대한 세계적인 휴머니즘운동의 일환으로 그 가치를 평가할 수도 있다. 그 자신도 이 궤도에서 "문학 정신의 본령은 인간성 옹호에 있다." "인간성 옹호란 말의 역사적 위치와 성격이 어느 변에 있는가 하는 것은 제3휴머니즘의 지향을 이해함으로써만 가능한 것이다."[12]고 하면서 인본주의의 요소를 강조하여 말한 적이 있다. 그러나 그의 비이성주의는 이 방면의 가치를 강조하기에 앞서 그 제한성을 선명히 나타내고 있다.

주지하는 바와 같이 현대문명은 비록 인류사회 발전 과정에 인간성 타락의 추세를 보이기도 하였지만 결과적으로는 인류 사회의 발전에 거대한 추진 작용을 일으켰다는 점은 정확한 역사인식을 가진 사람이라면 누구나 인정하는 바이다. 그런데 김동리는 원시적인 야성을 인간성과 생명력의 본원으로 보면서 샤머니즘의 세계라든가 원시적인 세계, 자연인의 세계에 대해 무한한 열정을 가졌다. 그는 편파적이고 비정상적인 역사 인식에 근거하여 전통사회 속의 몽매적이고 낙후한 요소마저 전시하거나 혹은 찬양하는 자세를 취하였다. 그리하여 작품의 강렬한 감화력으로 독자들마저도 역사의 발전을 거슬러 올라가 고루한 인

---

12) 김동리, 「본격문학과 제3세계관의 전망」, 『문학과 인간』, 백민문화사, 1948년.

식 층에 머물게 하는 효과를 발함으로써 최종적으로는 사회의 진보를 저애하는 부작용을 일으키게 되는 것이다. 이 면에서 김동리의 인간성 사상과 생명주의는 치명적인 약점을 드러내었다고 하지 않을 수 없다.

이렇듯 인간의 관념적 세계에 대한 추구는 김동리의 작품으로 하여금 추상성과 운명론에 빠지게 하였다. 소설 「역마」에서 주인공 성기는 정처 없이 방랑을 떠나는데 그가 이 길을 선택한 것은 첫사랑 실연의 아픔 때문이기도 하지만 주요하게는 그가 어릴 때 본 사주에 서천역이 들어있다고 한 것이 보다 근원적인 원인이 된다고 함으로써 불가사의 한 숙명론을 선양하였다. 이와 달리 이기영의 글은 운명론 따위를 철저히 배격하고 있으며 자기가 하는 일이 어려운 줄 알면서도 인간은 스스로의 힘으로 운명을 개변할 수 있고 또 개변하여야 한다고 강력히 주장하고 있다. 그러므로 그의 작품의 주인공은 불요불굴의 이성적 힘을 가지고 있는데 그 이성적 힘은 김동리의 소설에서 그리고 있는 비이성주의의 불가사의한 역량에 질적으로 맞먹는다. 이기영의 「고향」에서 독자들을 감동시키고 있는 김희준의 강력한 이성적 힘은 그 에너지 면에서 김동리의 「바위」 속에 부각된 문둥이 어머니의 몸에서 구현된 불가사의한 힘, 그 바위를 영험하다고 믿고 죽으면서도 그 바위를 끌어안고 죽는 끈질긴 힘에 맞먹는다. 그들은 모두 저마다의 아름다운 염원에 충성하지만 하나는 사회적 안광과 이성적 판단력을 기반으로 명철함 자체를 힘의 원천으로 하였다면 다른 하나는 자기의 주관적 염원에 비이성적으로 무조건 매어 달리는 모습인 것이다.

자연묘사 면에서도 이기영과 김동리의 작품은 선명한 대조를 보이고 있다. 김동리의 작품은 자연의 아름다움과 그 막강한 힘에 대한 지나친 강조와 신성시(神聖視)로 인하여 여러 가지 의미의 모든 '사회성'이 깨끗이 배재되었다.

그는 일찍 "우리는 한사람 씩 한사람 씩 천지사이에 태어나 한사람 한사람 씩 천지사이에 살아지고 있다."[13]고 하면서 "나는 내가 남보다 훨씬 크고 깊은 행복을 가졌다고 말할 때가 있다면 그것은 곧 자연을 보고 느끼고 즐길 수 있는 생리적 기능이다."[14]라고 하면서 천지자연에 대한 자기의 지극한 사랑의 감정을 나타냄과 동시에 그에 대한 자기의 민감한 감수력에 만족하였다. 따라서 그의 작품에는 종교 신앙에 가까우리만큼 강렬한 자연숭배의 감정이 곳곳에 드러나 있으며 인간마저도 그 자연 속의 한 개 미소한 존재, 혹은 그 분신(分身)으로 그리고 있다.

그의 소설 「윤사월」에서 자연은 훼손되지 않은 원초적 낙원처럼 그려져 있다. "틱틱 비어질듯한 이삭"이 누르스름 물이 들기 시작한 때, 보리밭에 햇살이 퍼붓고 "종잡을 수 없이 간들간들한 바람"이 부는 가운데 수덕이와 옥순이라는 두 청춘남녀는 "종잡을 수 없"는 어떤 힘 때문인지는 몰라도 인간으로서의 자연적 속성이 자극을 받아 즐거운 성적 결합을 실행함으로써 자연 속에 동화된다. 소설 「역마」에서도 이와 비슷한 사람을 미혹시키는 신비하고 강력한 힘을 발하는 자연공간이 펼쳐진다. 소설의 남녀주인공 성기와 계연이가 칠불암으로 가는 산길에서 본 자연경치는 그대로 수풀이 무성한 원시림의 공간이면서 두 남녀가 첫사랑을 속삭이고 자연과의 합일을 이루는 공간이었다. 소설 「황토기」에서 주인공 억쇠는 팔 다리나 허리가 보통사람보다 훨씬 길 뿐 아니라 어깨나 몸집이 다 그렇게 두드러지게 장대하게 생긴 장사인

---

13) 김동리, 「문학하는것에 대한 사고」, 『문학과 인간』, 백민문화사, 1948년, 98면.
14) 김동리, 「눈 온 아침」, 「밥과 사랑과 그리고 영원」, 사사연, 1985년, 140면.

가 하면 득보 역시 한쪽 손에 멧돼지 한 마리를 거꾸로 테룽거리며 들고 산을 쉽게 오르내리는 장사로서 그들은 처음부터 신비한 자연 속에 내 던져진 신기한, 자연의 한 개 조각으로서의 모습이었다. 이렇듯 김동리의 작품에서 자연은 인간의 발길이 미치지 않은 깊고 넓은 원시적 공간으로 막강한 힘과 영기를 뿜어내는 곳이었다. 그리고 그 속에서 인간은 미소하고 보잘것없는 존재로서 필연코 반드시 자연에 합일되어야만 하는 것으로 그려지고 있다.

그리고 그의 이런 자연숭배 사상은 더 나아가 샤머니즘과 만나는데 샤머니즘의 사상이란 자연 속에, 인간 속에, 신이 깃들어있다고 믿은 데서 싹튼 것이며 샤머니즘의 신령님은 천지신명과 같은 개념이고 천지 만물의 정기란 뜻이었다. 이 샤머니즘 사상을 표현하는 매개적 인물로서 그의 작품에는 무당이 등장한다. 무당은 '신인합일의 엑스터시' 속에서 완전히 자유와 기쁨을 경험하고 신령(神靈)과 교제를 갖는 존재이며 그가 있음으로 인하여 신과 인간 사이는 격리나 거리감이 없어지고 조화를 이룰 수 있었다. 김동리가 자기 작품을 통해 무당이라는 인물형상을 특별히 애착한 것은 바로 김동리가 자연의 신비한 힘, 인간은 그 영향권 내에서 벗어날 수 없는 존재라는 인식을 전제로 자연력과 인간의 자연성사이의 신비한 내적 연관과 접합점을 찾고자 하였기 때문인 것이다. 그런 접합점의 자리에는 당연히 무당이라는 신분의 인물이 잡혀지기 마련이었다. 그리고 김동리는 확실히 무당형상, 혹은 무당의 정신력에 대한 탐구와 전시로부터 자연과 인간사이의 친화력을 탐구하였고 어느 정도 답안을 찾았다.

이기영도 자연의 아름다움을 안다. 그러나 그는 자연을 숭배하고 있을 여유가 없었으며 지어는 자연을 보는 시각에 마저도 그가 짊어진

무거운 사회적 사명감이 깃들어 있었다. 그러므로 그의 작품에서는 자연묘사까지도 그의 이데올로기적인 안광 하에 진행되었다. 예하면 소설 「고향」에는 이런 자연묘사가 있다.

> 넓은 들판에 깔아놓은 볏단은 마치 산병진을 친 군사처럼 논뚝에 벌려 있다. 이 광경을 참으로 무엇이라 할가? 생산의 위대한 힘! 그것은 과연 장엄하지 않는가? 엊그제까지 온 들안이 황금색으로 가극 찼던 벼를 일제히 비여서 단을 묶어놓았다.
>
> ···(중략)···
>
> 인동이는 새삼스레 이런 생각이 났다. 이것은 해마다 하는 일이요, 무시로 하는것인데 웨 그전에는 그런 생각이 안 났는가? 지금은 도리여 그것이 이상하다 할만치 절실히 느껴진다.
>
> (우리들은 지금까지 자고 있었다. 그리고 밤새도록 가위를 눌렸다. 별안간 악몽을 깨나 보니 세상은 딴 세상이 된것 같다.)
>
> 인동이는 자기의 변해진 마음을 이렇게 생각하였다. ···(중략)···
>
> 그러나 그는(회준이를 가리킴 - 저자 주) 확실히 자기보다 눈을 먼저 떴다. 그런데 우리들은 하찮은 일에 눈이 어두웠다. 한 쪼각 땅덩이에 목을 메고 죽여라 살리라고 하고 있다. 그러나 그것은 무슨 소용이 있든가? 땅은 암만 파도 그턱이다.
>
> 농사를 못 지어서 가난하드냐? 사람이 오직 땅만을 믿고 산다는것이 틀렸다. …… 그러면 누구를 믿고 살 것이냐? ···(중략)···
>
> 한데 그들은 그저 자고 있지 않은가! 모두 손톱만한 제 욕심에 눈이 어두워서…… 막동이 그 자식은 계집한테 눈이 어둡고…… 학삼이 그 자식은 막걸리에 눈이 어둡고, 쇠득이 못난이는 엿방뱅이(투전)에 눈이 어둡고…… 놈들을 어떻게 하면 정신이 펄쩍 나게 깨워놀수 있을가?[15]

이런 이기영의 표현은 김동리가 그려 놓은 지나치게 감성적이고 신

---

15) 이기영, 「고향」 하권, 조선작가동맹출판사, 1954년, 129쪽.

비한, 심지어는 주관적 감각의 각성과 확대 하에 이루어진 과장된 화면들과 선명한 대조를 이룬다. 상술한 묘사는 황금빛 가을을 흠상하는 청년 농민인 인동이의 심정을 쓴 것인데 여기에는 인간이 자연속의 한 개 신비한 존재라는 김동리식의 종속관계가 없다. 비록 "과연 장엄하지 않는가?"라는 자연을 향한 인간의 감탄은 있을지라도 그는 결코 그 속에 매몰되거나 그 신비한 힘에 빨려 들어가 자기의 주체성까지를 망각하여 버리는 태도는 아닌 것이다. 오히려 "엊그제까지 온 들안이 황금색으로 가극 찼던 벼를 일제히 비여서 단을 묶어놓"은 인간의 힘을 돌출화(突出化)시키고 있는 것이다. 뿐더러 이미 사상 면에서 "악몽을 깨"어 각성을 이룩한 인동이의 눈에 들판에 깔아놓은 볏단은 "마치 산병진을 친 군사처럼" 힘이 있어 보였고 그는 그대로 인동이의 몸에 솟는 힘과 야심의 외화이었다. 실로 인동이는 지금껏 가난의 원인을 모르고 몽매상태에서 살았으나 김희준의 영향 하에 각성하여 모두 뭉치어 일어나 투쟁하려는 욕망으로 불태우고 있었던 것이다. 그는 자기 몸에 솟구치는 이런 힘으로부터 '생산의 위대한 힘!'을 겹쳐서 생각할 수 있었으며 자기 의식이 가져온 이런 변화에 대해 자랑스럽게 '과연 장엄하지 않는가?'하고 웨치고 싶었던 것이다. 그리고 다른 친구들마저 자기처럼 이런 '장엄'한 각성을 하도록 바랐으며 또한 "눈을 먼저 뜬" 자기가 나서서 그들의 각성을 도와주어야 한다는 사명감까지 느끼고 있었던 것이다. 이렇듯 이기영에게서 자연묘사는 자연 그 자체로 그치는 것이 아니며 자연의 신비한 힘 속으로 빠져드는 모습은 더욱 아니며 자연의 힘으로부터 인간주체의 창조적 힘을 부여받는 모습인 것이다. 자연을 보는 주인공은 그 자연을 사회의 모습과 겹쳐서 보고 있는 것이며 더 나아가 사회의 표층을 뚫고 그 아래에까지 심입하여 사회 결구의 내재적 운동에 대한 탐구에까지 미치었던 것이다. 그리고 각 계급지간의 충돌에 대한 해부에로 들어갔고 현실세계에 대한 부정성적인 평판 가운데로 심입해 들어간 것이다. 그 가운데는 반항과 투쟁에 대한 충심으로 되는 찬양이 있으며 조금 머리를 내밀기 시작한 새 세계에 대한 동경과 갈망이 있었다.

총괄적으로 이기영과 김동리 문학은 노동인민의 현실적 고난을 강조함으로써 그 이전의 근대 계몽기문학의 전통과 접맥된다. 말하자면 방향적으로 그 이전 신문학의 전통을 이은 것이 된다는 의미이다. 김동인, 염상섭, 현진건, 나도향 등 많은 작가들도 그 색채와 경향이 정도 부동하긴 하지만 모두 자기 작품에서 하층인의 질고를 관심하였던 것이다. 다만 이기영 문학의 특징은 인민들의 고난에 눈을 돌려 빈부차이의 사회현상을 돌출이 하고 그 계급적 근원을 찾고자 함으로써 사회에 대해 강대한 비판력을 형성하였다는 면에서 보다 명확하였던 바이다. 그리고 이런 비판은 인간성 각도에서 보면 압박 받은 자연성이 낙후한 사회성에 대해 공소하고 시대적 수요에 적응하려는 인간성의 정당한 요구를 반영한 것이라 할 수 있다. 이리하여 이기영 문학이 비록 전예 없이 생활 저변에 그 문학적 거울의 초점이 맞추어지기도 하였지만 그것은 오히려 노동인민의 내심에 완강히 뿌리 내리고 있는, 아름다운 동경으로 약동하는 자연적 인간성을 안받침해 준 것이 된다. 그러나 이기영 문학은 동시에 계급성만을 강조하고 그것으로써 인간성을 대체해버리기까지 하는 일종의 극좌적인 추세를 함유하고 있다고 지적하지 않을 수 없다. 말하자면 그의 작품에서 인간의 사회성은 너무 절대적으로 자연성을 압도하고 있으며 사회의식은 자연적 욕구 위에 절대적으로 군림하는 모습이다.

앞에서 인용한 이기영의 소설 「가난한 사람들」에서 인텔리 주인공 성호는 형제 사이에서도 계급차이를 깨닫고 있다면 조명희의 소설 「땅 속으로」에서 선량하기 그지없던 인텔리 주인공은 암흑한 현실의 압박 하에 강도가 된 자기를 환상한다.

> "강도다! 강도!" 하고 속으로 부르짖었다.
> (칼을 들고 어데로 가나… 옳다. 이웃집 벽돌담안집…그 담을 넘어가서…사랑에 뛰여들어가…으르고 돈을 뺏어…그리고는 다시 그 담을 뛰여넘어와…산으로 도망질하여… 그러다가 집으로 들어와…)
> 이렇게 생각하고는 잠간 무의식[16]

이것이 물론 환상의 내용이긴 하나 우리는 이런 서사표현방식에서 당시 사회에 보편적인 혹은 좌익문학 논리에 보편적인 어떤 정서경향을 읽을 수 있다. 그렇지 않다면 작가 이기영이나 조명희 등이 함부로 이런 언론을 발표할 수는 없는 것이다. 그것은 바로 반항이 필연적이며 사회재부에 대한 재분배를 목적으로 하는 혁명은 반드시 폭발할 것이라는 신념의 표현인 것이다. 그리고 이런 신념은 그대로 인간의 사회성을 우선시할 때만이 상술한 인용문에서와 같은 강도가 되는 합리성이 간신히 인정받을 수 있다. 그러나 아무리 해도 상술한 표현은 한 개 문명한 인텔리로 보면 쉽게 이루어질 수 있는 성질의 것이 아니며 그러므로 사실성을 잃고 있다는 비판을 하게 된다. 이기영의 소설 「고향」에서 안갑숙이 항거해 나서는 투쟁의 상대에는 바로 자기 아버지인 안승학이 있었다. 이런 안갑숙의 형상에서 혈육지간의 정감을 바탕으로 한 논리 위에 절대적으로 군림하는 것은 그의 신념과 사회의식이었으며

---

16) 조명희, 「땅속으로」, 김병민 등 편, 『조선현대문학작품선집』, 연변대학, 1986년, 273면.

그러므로 지나치게 이상화되어 생동성이 결여된 모습이라고 할 수 있다. 김희준의 형상도 같은 유의 부족점이 발견되기는 하나 이기영의 작품은 총괄적으로 좌익에 보편적인 부족점들을 최대한 축소시킴으로써 대가의 풍채를 보여주었다.

2. 사회변혁의 문학과 개인주의문학

앞에서 이기영과 김동리 문학이 보여준 인간성 사상의 부동한 함의에 대해 검토해보았다. 그러나 더 나아가 하나는 사회 변혁의 문학이고 다른 하나는 개인주의 문학이라는 점을 논할 필요가 있다.

우선 이기영의 거의 모든 작품들은 현실에 대한 부정과 미래에 대한 동경 위에 세워져 있지만 김동리 문학은 현세도 내세이고 내세도 현세인 그 어떤 형이상학적 추구로 되어 있다. 이기영의 이상주의는 현세를 뒤엎고 세워지지만 김동리의 이상주의는 현실을 외면함으로써 구축되었다.

이기영의 작품은 한마디로 현 세계에 대한 부정과 미래에 대한 동경으로 차 넘친다고 할 수 있다. 이기영 문학에서 시간대는 '현존의 시대'와 '이제 다가올 시대'라는 구분이 선명하다. 그 차이는 시간상의 선후 차별이 아니라 선명한 윤리적 색채가 있는 것으로 말하자면 흑암과 광명, 사악한 자와 선량한 자, 부자와 가난한 자의 구별의 의미와 비슷한 것이다. 그러므로 이기영은 현실에 대해서 어떠한 희망도 걸지 않고 다만 경멸과 저주를 주는 반면에 미래에 대해서는 사람들이 전부의 가치를 거는 광명의 곳으로 인정하여 동경으로 차 넘친다. 이는 마치도 구약성경에서의 선지문학과 흡사하다. 선지문학에서는 흔히 선지라는 인물이 나타나서 현실의 고난 속에 깊이 빠져 해탈할 길이 없는 민중을 위하여 죄악과 고통과 불공평으로 가득한 현세를 부정하고 신이 보호하는 새 세계를 열정적으로 갈망함으로써 고해(苦海) 속에서 허덕이는 사람들에게 불행 때문에 소침하지 않도록 고무하고 위안을 준다. 물론 이기영문학은 변증법적 유물론을 받아들여 사회진화론의 각도에서 인류사회는 낙후한 사회에서 점차 진보적인 사회주의사회, 공산주의사회에로 진입할 것이라는 것을 믿고 있으므로 성경에서 말하는 하느님이 선악을 구별하여 악을 징벌하는 날이 반드시 올 것이라는 신념으로 가득 찬 선지문학과는 본질적으로 다르다지만 암흑하고 혼란하고 시비가 전도된 현실을 부정하고 맑은 미래를 동경한다는 격정 면에서는 상통하는 바가 있다. 그리고 바로 이 면에서 이기영과 김동리 문학은 내재적인 분계선을 갖게 된다.

이기영의 소설 「민촌」에서 무산계급운동의 선각자로서의 서울댁이 펼쳐 내는 유토피아적인 이상을 들어보면 다음과 같다.

> "보아라, 은근한 수풀속 나뭇가지에 록음이 우거진 안에 우리들은 경치 좋은 산속에다 정결하게 집을 짓고 옷 밥 걱정이 없이 살아간다고 생각해보자. 아버지와 어머니들은 들에 나가서 일을 하고 우리들은 학교에 다니며 공부하고 뛰놀다가 저녁때 돌아와서는 들에 나가신 부모님의 일도 거들어주고 누래를 부르면서 산으로 들로 놀러다닌다면 우리의 사는 것이 얼마나 아름답겠니? 모든 사람이 다 같이 일하고 다 같이 빈부의 차이가 없이 산다면 그때야 말로 이웃사람들은 진정 정답고 사랑하고 싶어서 오늘은 너의 집에 모이자 래일은 우리 집으로 오너라 하고 즐길것이 아니냐 그때야 말로 공중에 나는 새도 인간의 행복을 노래하고 땅우에 피는 꽃도 사람의 즐거움을 찬양하게 될것이다. 그때야 말로 정말 모든 것이 인간을 위하여 축복을 드릴것이요 저 달을 보아도 우리의 마음이 즐거울것이다."[17]

동네 처녀들이 눈물이 글썽해서 듣는 이 사회주의의 이상은 인간과 사회의 복잡다단한 발전 법칙을 단순화시킨 결과 초래하게 되는 유치한 생각에 다름 아닌 것이다. 그것은 인류사회 발전을 거슬러 올라갈 때 발견되는 이상적인 요순시대를 가리키는 것은 아니라 할지라도 인류 사회의 많은 문제들을 정시하고 해결을 본 발달한 최고의 사회는 아닌 것이다. 그것은 다만 소설 「쥐이야기」의 곽쥐가 물질적 재분배를 실시하고자 한 것과 같은 이기영의 평등하고 민주적인 이상 사회에 대한 동경의 표현일 것이다. 이기영의 소설 「원보」에서 가난한 인텔리 석봉이는 "신작로를 닦다가 다리가 부러졌는데도 병원에서는 고쳐주지 않"아 서울에 병 고치러 온 노인에게 그 가난의 원인을 말해 주어 각성시킨다. 후에 노인은 거지처럼 다리 밑에서 처참하게 죽어가나 석봉이에게 "보소 내사 다시 살수 없능겨 같소. 그러나 내 인자 죽어도 팬찮겠소. 당신은 내 죽은뒤라도 우리 농군들한테 가서…그런 소리나 일러주소 우선 내 외손주한테 잘 일러주소. 아, 내 소원은 그밖에 없었지…응."18) 하고 원통한 눈물을 흘리며 유언한다. 그리고 이런 동경과 미래지향은 그 시기 조선인들의 실제적인 비참한 생활상에서 기인한 것이다. 당시 총독부의 보도인 다음과 같은 자료와 비교해 볼 때 상술한 유토피아의 세계는 진실로 그 시기 민중이 이룩하기 어려운 동경의 세계라는 것을 알 수 있다.

> 농민들의 약 8할은 해마다 식량이 부족하고 현금 수입은 1년동안에 50~60원 내지 20원정도였다. 굶주림에 시달린 그들은 전후 사정을 고려할 여지없이 높은 리자의 빚을 내었다. 농민들의 1년동안의 수입은, 혹은

---

17) 이기영, 「오빠의 비밀편지」, 문학예술종합출판사, 1993년, 88면.
18) 이기영, 「원보」, 문학예술종합출판사, 1993년, 164면.

차입식량의 반상에, 혹은 리자의 지불에 충당하고 보면 조금도 남는것이 없었다. 심지어 소위 <춘궁기>(1~4월)에는 식량 부족의 결과, 들에 초목으로 겨우 가족들의 입에 풀칠하는 사람이 대단히 많다.(조선총독부 시정 25년사)

유토피아라는 것은 사회학자인 칼 만(佧爾 曼海姆)의 말을 빈다면 "그런 일부 현실을 초월하고자 하는 취향으로서 그것의 행동으로의 전화는 당시 우세에 처해 있던 사물의 질서를 국부적 혹은 전반적으로 타파하는 데로 기울어지며", "현존질서의 유대를 타파함으로써 그로 하여금 그 다음에 올 현존 질서의 방향을 자유로운 데로 발전시키도록 하는 것이다."[19] 이에서 알 수 있는바 사람들이 추구하는 유토피아란 곧바로 현존질서 즉 현실이 핍박해낸 결과인 것이며 그런 현실에 대한 반항으로 나서도록 사람들을 고무하는 역할을 한다. 따라서 이기영에게 있어 유토피아에 대한 추구 자체가 곧 현실에 대한 반항으로 이어지는데 이가 바로 이기영작품을 이상주의라고 하는 원인이다. 좌익문학은 이처럼 자연주의의 각도에서 보면 이상주의적이고 김동리 문학의 각도에서 보면 또 현실주의적인 모습인 것이다.

김동리 문학은 이기영에게서 보이는 상술한 격정 높은 이상주의나 신성한 초경험적인 가치 같은 것이 없을 뿐 아니라 그것들이 김동리에 와서는 철저히 부정당하거나 와해되고 만다. 대신 그 자리를 차지한 것은 인간의 본능이나 개인적인 염원 같은 것이며 그런 불가사의한 것들이야말로 인간에게 지고무상의 조종권을 행사하는 것으로 그려지고 있는 모습이다. 그리고 김동리는 이기영처럼 현실을 부정하고자 하는 것

---

19) 佧爾 曼海姆, 『의식형태와 뉴토피아』, 北京 商務印書館, 2000년, 196~203면.

이 아니라 현실 질서에 대하여 인정하거나 순종하는 태도로 일관적이다. 다만 그런 순종의 태도가 때에 따라서 의식적이거나 무의식적일 수 있다는 것의 구분이 있을 뿐이다.

김동리가 부각해낸 인물들도 물론 행복에 대한 갈망과 염원이 있다. 그의 소설 「바위」에서 거지신분의 어머니는 돌아올 수 없는 아들을 애타게 기다리고 있고 또한 그 아들이 반드시 자기를 찾아올 것이라는 아름다운 염원을 가지고 있다. 그리고 그의 이 염원은 그로 하여금 지금까지 목숨을 부지할 수 있게 한 유일한 근거로 된다. 그는 자기의 이 염원의 실현을 확보하기 위하여 동네사람들이 신물(神物)로 모시고 있는 바위를 붙안고 죽어간다. 소설에서 주인공은 죽으면서까지 자기의 염원을 포기하지 않고 있으며 소설도 바로 이런 신비하리만치 끈질기고 처절한 인간의 정신력을 반영하고자 하는 데 그 목적이 있었다. 그러나 명확한 것은 김동리 소설 속의 주인공의 이런 염원은 이기영 소설에서처럼 미래에 대한 유토피아적인 동경 같은 것으로 넘치지 않고 회의주의, 비관주의, 패배주의, 그리고 운명론적인 인식을 바탕으로 하고 있을 뿐이었다. 비이성적으로 움직이다가 파멸되어 가거나 현세와 내세를 구분하지 못하고 현세도 내세이고 내세도 현세인 비몽사몽간의 상태에서 헤어나지 못하는 김동리 문학의 주인공을 대할 때 사람들은 곤혹에 빠지거나 인생에 대한 어떤 감회만을 느끼게 될 뿐이다.

다음으로 이기영 문학은 집단의 힘을 숭상하지만 김동리 문학은 철저하게 개체에 머물러 있음을 알 수 있다. 이기영의 소설들에서 우리는 근대 조선 사회의 움직임과 그런 격변기 속에서의 젊은이들의 동경과 방황을 접할 수 있음과 동시에 노동자들의 간고한 노동, 그리고 노동자와 기업주지간의 해결하기 어려운 이해적 충돌을 볼 수 있다. 그리고 젊은 신여성이 사랑에서 느끼는 갈등을 통해 전통적 윤리가 무너지는 것도 접하게 된다. 그리고 이기영 문학에서 이 모든 풍부한 표상(表象)에 대한 묘사는 그 자체로서 의의가 있다기보다는 작가가 그것들을 종합하여 현실 생활의 총체적인 질서의 불합리성을 독자들 앞에 전시하고 그 부패성을 제시하고 그런 혐오에 가득 찬 현실을 진일보로 부정하기 위한 데 있었다. 그리고 분명한 것은 작가 이기영의 정열이 노농운동에로 몰부어 지고 있다는 것이다. 왜냐하면 이기영이 보기에 노동자와 농민의 존재는 좌익문학 이론에서 보편적으로 인정하고 있는 바와 다를 바 없이 이 추악한 현실세계의 반면에 존재하는 희망의 불꽃이며 암흑한 현실 세계를 개조할 수 있는 새 역량이고 주력으로 인정되었기 때문이다. 이기영 소설 「고향」에서 안갑숙과 김인순은 보통학교 때 친한 동창이고 친구사이나 하나는 마름댁의 아가씨이고 다른 하나는 가난한 농군의 딸이다. 갑숙이는 서울의 여자고보를 계속 다닐 수 있었으나 인순이는 가난한 탓으로 제사공장에 들어가 노동자로 되었다. 소설에서는 인순이가 농민이던 데로부터 노동자로 변신한 것을 커다란 역사사건을 다루는 듯한 높이에서 쓰고 있다.

우선 용모에서 "사내같이 튼튼한 기상"을 가졌다고 하고 있는데 이는 사회를 변혁해 나서는 변혁자의 힘을 표상한 것이며 "천하만사를 락관"한다는 것은 필승의 신념과 확고한 신념, 혹은 강대한 정신력, 각성을 이룩한 주체성을 말함이다. 그리고 "그는 전고미문의 로동자란 이름을 가졌다. 수로는 몇억만, 해로는 몇천년 동안에 농민의 썩은 기름이 로동자를 탄생하였든가? 농민의 아들 로동자는 새로 깐 병아리처럼 생기 있게 새 세상을 바라보는것같다…"[20]고 하고 있는데 여기서 "농민의 아들 로동자"란 말은 노동자와 농민의 연합관계를 말함이다. 이는 노동자가 미래를 창조하는 새 세계의 주인이며 노동자와 농민은 단합하여 혁명을 일으킬 것이라는 작가의 인식의 표현인 것이다. 그리고 이는 당시에 성행한 무산계급혁명 이론에 부합되는 것이었다.

인순이가 이런가 하면 안갑숙은 마름집의 귀한 따님, 아가씨로부터 역시 노동자로 됨으로써 용모에서 정신세계에 이르기까지 철저히 변신된다. "학생시대의, 야들야들하던 살결과 능수버들처럼 나긋나긋하는 자태와는 마치 딴 사람같이 보여진다." "그는 용모뿐만 아니라 성격에도 그전처럼 온화한 맛이 없고 맺히고 날카롭고 굳세인 틀이 잡혀진 것 같다. 꼭 다물어진 입이, 열기 있는 눈이 그렇다."[21]

이 모든 것은 김동리에게는 없는 혁명적인 의식형태의 표현으로서 당시의 세계적 범위 내에 거대한 영향을 일으키며 부풀어 오른 사회주의, 공산주의사상의 전파 결과의 산물이다. 그리고 이는 완미한 사회 이상에 대해 인류가 옛적부터 추구해 온 끊임없는 노력과 깊이 연관된다는 것을 인정하지 않으면 안 된다. 무산계급의 혁명적 의식형태에서는 현대문명 속에서 파생되어 나온 죄악과 폐단을 제거하고 고도의 물질문명을 기초로 하는 이상사회를 건설하고자 하였으며 재산 사유제를 소멸하고 생산과 분배 과정 중에 평등을 확보할 수 있는 사회화한 공공(公共)관리의 사회를 세우고자 하였으며 사람이 사람을 압박하는 제도를 뒤엎고 개인과 사회가 조화로운 관계에 처한, 개인의 잠재력이 최대한으로 발휘될 수 있는 사회를 건립하고자 하였던 것이다. 이런 이데올로기로 인하여 인류역사는 전에 없던 혁명정서의 고조의 시기를 맞이하였으며 이 시기에 역사운동과 단체의 염원, 개인의 욕망은 서로 융합

---

20) 이기영, 「고향」 하권, 조선작가동맹출판사, 1954년, 149면.
21) 이기영, 「고향」 하권, 조선작가동맹출판사, 1954년, 230면.

되어 한 일체를 이룰 수 있었다.

바로 이런 이상성을 구비하였으므로 인하여 좌익문학은 미학적으로 보더라도 예술법칙에 부합되었다. 벨린스키는 "무릇 부정(否定)이란 것이 생동하고 시적인 것으로 되자면 모두 반드시 이상을 위한 것이어야 한다."22)고 하였는데 좌익문학의 현실적 목적이 곧 현실에 대한 일종의 부정이라 할 때 그 부정 뒷면에 있는 이상은 눈부신 빛을 발하는 예술의 핵으로 될 수 있는 것이다. 또한 그 이상이 절실한 이해관계에 놓여진 노동자와 농민에 의하여 실현된다고 할 때 이기영 소설은 분명히 집단의 힘을 숭상하지 않을 수 없었다.

혁명적 의식형태의 추동 하에 사회에 대한 신성한 사명감을 가진 그들이 보기에 개체의 생명은 집체적인 혁명운동 가운데 융합시켜야 만이 그 최고의 가치를 실현할 수 있는 것이라고 인정되었다. 그러므로 이기영이 혁명적 의식형태의 요구 하에 구축한 서사규범 내에서 개인의 욕망은 문본(文本) 발전의 동력으로 될 수 없으며 집단적 염원과 역사 법칙에 대한 의식적인 전시야말로 작품의 내핵으로 되었던 것이다. 하여 모종의 의미에서 볼 때 그의 문학은 작가 본신이 진리의 대변인의 지위에 처한 것이 되게도 하였다. 말하자면 혁명적 의식형태, 현실주의 창작방법과 사회학적인 투영의 각도 등은 이기영 작품에서 가장 중요한 요소로 되었다. 따라서 개인주의는 당연히 이기영의 비난의 대상이 되었다.

"근대 사상은 개인주의에서 출발하였다고 한다. 이 말의 가부는 나는
모르겠다. 과연 '자아'라는 과거 미래 영원한 시간에 전무 후무한 '나'이

---

22) 벨린스키, 「로씨야문학의 한 단면」, 『마르크스레닌주의미학원리』, 陸梅林 등 번역, 三聯
書店, 1961년판, (하), 541면.

니까 그야말로 천상 천하에 유아독존이라 할수도 있을는지 모르겠다.─
그래 병신이든지 천치 바보이든지 잘 살겠다는것을 누구나 소원할것이
다. 그러나 인간은 어디까지나 진실하게 살아야 한다"(하므레트의 망령
165쪽)

　　"부르죠아문인은 저혼자 좋은것! 저 혼자만 좋으면 그만인것! 이것이
그들의 골자인 개인주의사상이 아닌가?"23)

　　이기영의 인식이 이러하다면 김동리의 문학은 더더욱 개인주의와 개
성주의를 표방한 문학으로서 그가 부각해낸 인물들은 개성적이다 못해
사회의 인력을 철저히 떨쳐 버리고자 노력하는 모습들이다. 이기영과
달리 김동리 작품의 초점은 한 개인의 욕망 추적에 맞추어져 있다.

　　김동리의 눈에 욕망이라는 것은 부단히 사람에게 좌절을 주고 고통
을 주고 절망을 주는 것이었다. 그리고 그런 욕망은 당연히 현실과 사
회에까지 미칠 수 있었고 심지어는 사회에 대한 불만의 모습으로 될
수도 있었다. 뿐더러 그 불만은 극히 날카롭고 예민한 것이기도 하였
다. 「황토기」에서 피의 싸움을 진행하는 사나이들의 분노, 「무녀도」에
서 칼로 자기 아들을 죽이고 자기도 물에 잠겨버리는 무당의 모습, 「불
화」에서 한평생 결혼을 하지 않고 그림 그리기에만 몰두하는 주인공의
고독한 모습, 「역마」에서 정처 없는 방랑의 길을 택하는 소년의 고집스
럽고 허탈한 모습, 「바위」에서 죽으면서도 자기 마음속의 정신적 지주
를 빼앗기지 않으려고 몸부림하는 문둥이어머니의 모습들은 그 하나하
나가 현실에 대한 불만과 반항이 아니고 무엇인가. 그것이 사회에 대한
반항은 아닐지라도 자기 자신의 현 처지에 대한 불만인 것이며 그러면

―――――――――

23) 이기영, 「숙제」, 『현대조선문학선집』 9, 조선작가동맹출판사, 1960년, 170면.

자기 자신은 사회의 한 인자(因子)가 아니란 말인가? 그러나 김동리의 소설들에서 주인공들의 욕망이 좌절당하는 것은 결코 사회와 무관하게 그려지고 있으며 각종 개체적인 심리, 경력방면에서 보이는 우연성이 그들로 하여금 방황과 갈피를 못 잡는 곤혹 속에 빠뜨린 것이라고 제시되어 있다.

김동리 소설에서 주인공들의 눈에 현실 사회는 아주 흉악하게 보일지라도 그들은 이 사회를 훼멸시킬 충동과 역량이 있을 수 없었다. 반대로 그 사회는 그들이 생활하고 활동하는 확고부동한 무대이며 항상 그들과 공존(共存) 관계에 처해 있다. 그리고 김동리 소설 속의 인물은 집단의 힘에 흡인되어 가는 것이 아니라 무궁한 자연 속에 융합될 때에 힘을 얻었고 영생을 얻었다. 김동리 소설 「산제」에서는 심지어 사회와 단절된 상태에서 만족하게 사는 숯 굽는 노인인 태평이의 모습을 그리고 있는데 작가는 그가 산에서 뒤 보는 행위를 신성한 산에 제의를 드리는 종교적 의식행위라고 쓰고 있다. 하여 여기에 아무리 신비주의적인 그 어떤 의미를 부여한다 하더라도 우리는 사회성을 완전히 배제해버린 진공상태의 인간과 그런 인간을 이상적인 것으로 추구한 김동리의 모습을 외면할 수 없는 것이다. 김동리 자신도 자기의 이 점을 모르는 것은 아니었던바 그는 "작가란 본질적으로 의식의 분열을 경험할 수밖에 없는 존재"라고 개체의 의식 층에 대한 자기의 미련과 그 종잡기 어려운 특성에 대한 발굴의 어려움을 나타낸 자기의 고민을 말하였다.24) 이는 사회변혁의 사명을 짊어진 이기영의 계급문학과 다른 한 끝을 쥔 극단의 모습인 것이다.

---

24) 김동리, 「순수이의」, 『문장』, 1936년 8월, 143면.

3. 사실주의 창작방법과 현대주의 창작방법

문학창작 가운데 창작방법이라는 것은 일반적인 표현기교나 예술수단과는 다르다. 그는 작가가 창작과 현실 사이의 관계를 처리함에 있어, 그리고 작품에서 사회생활을 반영함에 있어서 취하게 되는 태도와 준수하게 되는 원칙을 말한다. 그러므로 창작방법은 작가의 창작활동의 모든 면에 작용을 일으키는 통솔자적 위치에 놓인다. 이렇게 볼 때 이기영이 사실주의 창작방법을 취하였고 김동리가 대체로 현대주의 창작방법을 취하였다는 것은 주지하는 바와 같다. 문제는 왜서 한 분은 사실주의이고 다른 한 분은 현대주의인가 하는 문제이다. 그것은 대체로 아래 몇 개 방면에서 고찰해 볼 수 있다.

첫째, 당시 조선의 대체적인 인문환경에서 볼 때 이기영은 사실주의에로 기울어지고 김동리는 현대주의에로 기울어질 수밖에 없었다고 할 수 있다.

장기간 막혔던 쇄국의 문이 열리자 근대 조선사회에는 서구의 여러 가지 사상사조들이 밀물처럼 쓸어 들어왔다. 그 속에서 가장 대표적인 것은 아마도 인문주의 사조일 것이다. 그것은 한개 강한 외래 사조이면서 조선사회 자아 발전의 요구와 함께 묘한 합력을 이루어 조선사회에 커다란 영향력을 산생하였다. 그것이 문학에서는 인간성 해방의 문학으로 나타났다.

그러나 조선 사회에 들어온 인문주의 사조는 사실상 두 가지인바 하나는 14세기 문예부흥시기의 이성주의, 다른 하나는 19세기 말 이래의 비이성주의이다. 서구에서 이런 인간에 대한 첫 번째 발견과 두 번째 발견 사이는 몇 세기를 거쳐 왔으며 그러므로 그가 처한 역사 문화 배경과 그 함의 사이에는 비교적 선명한 차이가 있다. 첫 번째 발견에서 인류는 뉴튼의 역학을 과학적 기초로 하여 최종적으로는 인간이 자연을 인식하고 자연을 파악하고 자연을 개조하는 거대한 능력이 있음을 발견하였으며 그러므로 인간은 '만물의 영장'의 위치에 놓여 인간으로서의 가치와 존엄은 전 예 없이 긍정 받게 되었다. 그 결과 철학적으로는 '하느님 중심론'에서 '인류 중심론'으로 전환되어 왔으며 문학에서는 외재적 세계에서 인간의 내재적 심령에로 전이된 모습으로 나타났다. 그러나 19세기 말에 이르러 현대과학과 심리학의 발전은 사람들에게 새로운 충격을 주어 그들로 하여금 인간 이성의 힘의 거대함에 의심을 갖게 하였고 인류 중심론에 대해 회의를 가지도록 하였다. 그 결과 비이성주의 철학이 성행하게 되었고 문학에서도 비이성적인 인간을 그리고 인간 주체의 분열 현상과 인간의 어두운 면을 공공연히 그리게 되었다.

그리고 이 과정에는 동방 사회의 전통 문학 관념의 영향도 한개 중요한 요소로 된다. 조선 신문화시기의 작가들은 흔히 전통 문학을 전면적으로 부정하는 자세를 취하였다. 그러나 조선 근대 공업의 경제기초가 박약하기 때문에 조선 문인들의 이런 전통 부정의 혁명적 자세는 확고할 수가 없었으며 오랜 시기 누적된 전통 문학 관념은 청산당하지 않았을 뿐 아니라 새로운 형식으로 부활되거나 여전히 커다란 영향력을 끼칠 수밖에 없는 것이다. 예하면 서구의 사실주의 문예사조가 조선에 들어올 때 사람들은 동양 전통 사회에 이미 존재하였던 사실주의 문학정신과 경향을 연상하면서 창작방법으로서의 사실주의와 혼동시켰다. 하여 사실주의에서 객관 묘사를 진행함과 동시에 일정한 주관 정감을 표현하여야 한다고 할 때에 사람들은 전통 문학 가운데 있었던 '문이재도(文以載道)'의 문학 주장을 쉽게 연상시키게 되었다. 이기영의 문학이 사실주의 창작방법을 고취하면서도 본질적으로는 문이재도의 문학과 통하는 것은 바로 이 때문인 것이다. 이기영들이 습관적으로 사실주의를 더 쉽게 받아들일 수 있었다면 그보다 10년 후의 조선사회는 공업 경제의 영향력 하에 주어졌을 때이며 그때에 등단한 김동리로서는 전통 문화에 대한 저항의 힘이 오히려 강할 수밖에 없었으며 이 면에서 그가 이기영보다 전위적(前衛的)일 수 있는 것이다.

그리고 두 번째로는 작가의 생활경력과 작가적 개성에서 원인을 찾을 수 있다. 충청남도 아산군의 몰락한 양반가정에서 태어난 이기영은 1914년 봄에 19세의 나이에 가난에 반항하여 집을 뛰쳐나와 5년간의 방랑생활을 하였다. 부산, 대구, 공주 등 이르는 곳마다에서 닥치는 일에 몸을 적시며 지낸 이 5년간의 생활은 진리를 찾아 헤맨 고통스런 방랑의 길임과 동시에 각양각색의 기이한 인생을 접하면서 그가 그 후에 사상 감정 면에서 최하층인들을 동정하고 창작방법과 미학관 면에서 사실주의에로 나아갈 수 있었던 기초를 다진 5년이었다. 바로 이 시기에 최하층인들에 대한 깊은 요해와 사랑을 갖게 되였기에 그는 문학을 할 때에 처음부터 그들의 이익을 대변할 수 있었던 것이다. 이는 그의 다음과 같은 고백이 말해주고 있다.

> 나는 그 무렵에 작가가 되여보려고는 생각도 못하였으나 그러나 어떻게 자기의 생각하는 바를 글로 표현하였으면 하는 념원은 간절하였다. 그것은 내가 보고 들은 생활체험— 나의 주위에 있는 가난한 근로인민들의 억울한 처지와 그들의 비참한 정황을 어떻게 표현할수 없는가? 하는 발표의욕이였다.[25]

---

[25] 이기영, 『리상과 노력』, 민청출판사, 1958년, 27면.

게다가 그는 동경유학시절에 러시아 사실주의 문학을 접하고 영향을 받았는데 특히 "고리끼의 유년시대의 역경이 나의 그것과 방불한 점이 있는 것 같아서 공감을 불러일으켰"으며 "이때까지 갈팡질팡하며 헤매던 나는 고리끼의 작품을 읽으면서 미궁에서 벗어나 인간의 새 세계를 발견한듯 했고 세상 진리를 어느 정도 체득한 것 같았다."[26]고 하였다. 이런 과정을 거쳐 그는 마침내 조선문학이 남에게 뒤떨어진 원인이 과학적 세계관을 파악치 못한 데 있다고 생각하고 사실주의 창작방법을 제창하기에 이른 것이다.

> "문학이 아직도 세계적 수준에 도달치 못함은 무슨 까닭이냐? 그것은 물론 이 땅의 특수적인 허다한 원인이 있겠지만 비평가나 작가나가 현실을 추상적으로 기계적으로 관찰함에 그치고 과학적 세계관을 파악치 못한 현실인식의 불철저함이 가장 큰 원인의 하나가 아닌가 한다"[27]

그는 발자크가 사실주의 창작방법을 고취함으로써 자기 계급의 입장마저도 초월하는 힘을 보였다면서 "위대한 레알리즘의 수법은 자기의 세계관과는 배치되는 시대적 악 현실의 모순을 우벼파 내는 수단으로 되기 때문이다."고 사실주의 창작방법의 과학성에 동감하였다. 이와 동시에 그는 문학 작품이라면 반드시 생활을 기반으로 생활의 진실에서 예술의 진실에로 승화를 이루어야 한다고 주장하였다.

> "예술은 현실을 있는 그대로 그려서는 안된다. 사실 작가는 현실의 저수지에서 재료를 선택하지마는 창작과정을 통하여 나온 작품의 현실은

---

26) 이기영, 『리상과 노력』, 민청출판사, 1958년, 32면.
27) 이기영, 「작가에게 방향을 지시하라」, 1939년 3월, 『현대조선문학선집』, 조선작가동맹출판사, 1960년, 223면.

벌써 소재로서의 현실이 아니다. 그것은 예술적 도가니속에서 용해 연소
된 문학적 현실로 재생산된 것이다."28)

이렇듯 이기영은 현실 속에 깊이 빠져 들어야 한다는 자세를 가지고
사회이상 실현을 위한 문학관을 세우고 확고한 사실주의 작가로 성장
하였다면 김동리에게는 생활의 저변을 헤맨 이기영의 그런 경력이 없
을 뿐더러 유명한 한학자인 그의 맏형의 영향을 받았다. 그러므로 그는
가난을 이겨내는 절박한 느낌보다도 철학이나 인간의 관념세계, 혹은
학구적인 것에 보다 큰 관심을 갖게 되었다. 하여 이기영과 달리 보다
비공리적으로 사회 현실을 대하며 현실과 거리를 둔 심미적 태도를 취
할 수 있었다. 김동리는 단호하고 확신적인 논조로 다음과 같이 말한
바 있다.

문학정신의 본령이라면 물론 인간성 옹호에 있다. <인간성옹호>란 말
의 역사적 위치와 성격이 어느 변에 있는가 하는 것은 제3휴머니즘의 지
향을 이해함으로써만 가능한 것이다. 높고 참된 의미에 있어서의 <문학
하는 것>은 무엇인가, 그것은 어떤 구경적인 생의 형식이 아니어서는 아
니 된다고, 나는 생각한다.29)

그리고 그는 더 나아가

즉 제1기는 고대의 휴머니즘이니 (…) 이 시기의 내용적 특징은 신화
적 미신적 궤변과 계율에 대한 항거와 타파로써 가장 원본적인 인간성의
기초가 확립되었던 것이요, 제2기는 르네상스로서 표현된 소위 신본주의

---

28) 이기영, 「먼저 자부심을 가지라」(1937년 11월), 『현대조선문학선집』, 조선작가동맹출판
　　사, 1960년, 190면.
29) 김동리, 「문학하는것에 대한 사고」, 『문학과 인간』, 백민문화사, 1948년, 43면.

에 대한 인본주의의 승리가 그것이다. 이 제2기 휴머니즘의 특징은 신본
주의에 대한 반발로서 시작되었느니만치 제1기적 휴머니즘의 부흥이라
고 해도 특히 헬레니즘계의 이성적 인간정신이 위주되었던것이며 이 이
성적 인간정신의 개화로써 과연 오늘날의 난만한 과학시대를 초래한것
도 사실이나 현대과학정신의 구경적 발달과 발화의 난숙은 다시 공식주
의적 번쇄(煩鎖)이론과 과학주의적 기계관을 산출하게 된것이니 고대의
신화적우상, 중세의 규율화한 신성 등에 대치된 새로운 현대적 우상이
즉 <과학>이란 이름으로 불리워지게 된것이요 특히 과학주의의 기계관
이 결정체인 유물사관이 그것이다. 이리하여 철학에 있어 니체, 하이데
거, 딜타이, 문학에 있어 헤세, 만, 지드, 헉슬리 등으로서 제3기 휴머니
즘에의 지향이 선명되었고 오늘날 세계적으로 팽배한 데모크라시의 조
류도 개성의 자유와 인간성의 존엄을 목적하는 휴머니즘에의 세계사적
의욕의 일면으로서 간주되는것이다.[30]

라고 함으로써 자기의 이 사상이 세계적 범위에서도 전위적이라는 데
자부심을 가졌다. 이는 이기영이 가지는 자부심의 질과 다른 내용의 것
이었다. 이기영이 사실주의를 채택한 것은 그가 이런 창작방법에 대한
그의 특수한 애호에서이기도 하지만 현실 생활에 대한 공리적 수요 때
문이라는데 있으며 또한 바로 여기에 그의 자부심이 있는 것이었다. 현
실 투쟁의 수요에 응하여 현실 생활과 밀접한 연계를 가져야 한다는
염원 하에 이기영은 사실주의 창작방법을 택했으며 그리고 그의 이 염
원이 확고할수록 그는 서구의 모식, 김동리가 편애한 범주의 문학과는
거리가 멀어질 수밖에 없었다. 설령 사실주의라 할지라도 서구의 모식
을 완전히 본 딸 수도 없었다.

　일종의 창작 이론으로서 사실주의가 19세기 서구에서 산생할 때에는

---

30) 김동리, 「순수문학의 진의」, ≪서울신문≫, 1949년 9월 14일.

그 과학정신을 이론적 의거로 하였는바 생활의 본래의 면모대로 생활을 반영하는 것이 그의 첫째가는 원칙으로 되었다. 그러므로 플로베르는 "위대한 예술은 응당 과학적, 객관적이어야 하며", "예술가는 응당 그의 작품에서 얼굴을 내밀지 말아야 한다. 마치도 하느님이 자연가운데 나타나지 않는 것과 같이"라고 하였다.[31] 그러나 조선에서 이기영의 사실주의는 강렬한 사상 정감과 명확한 주관적 의도로 충만한다. 하여 작품에 정도부동하게 자기의 얼굴을 내미는 것을 꺼리지 아니하였다. 따라서 그에게 있어서 문학의 통속화, 대중화, 평민화는 일종의 필연적인 조치로 인식되었다. 결국 이기영 문학은 사실주의적 풍격으로써 광대한 노동 대중의 심미적 취향에 영합하였고 문학과 민중의 거리를 가까이 하였다.

> "위대한 작품일수록 통속화해야 된다는것이다. 통속화란 무엇이냐? 즉 그 작품의 사상적내용이 예술적으로 잘 소화되여서 누구나 리해할수 있도록 평이화하고 통속화한 것이란 의미로 필자는 해석하고 싶다."
> "뿌쉬낀은 산문의 정신이 사상에 있다고 말하였다. 참으로 산문은 운문과 달라서 더욱 사상적 내용이 없으면 무엇이 남아 있을것인가? 빈그릇은 아무리 아름답게 아로새긴 것이라도 역시 빈그릇이 되고 말것이다."[32]

여기서 작가는 뿌쉬낀의 말을 인용하여 문학의 사상적 내용의 중요성을 강조하였고 사상적 내용이 빈약한 것을 빈 그릇에 비기면서 "빈그릇은 아무리 아름답게 아로새긴 것이라도 역시 빈그릇이"라 아무 쓸

---

31) 非力克思 達文, 「巴爾扎克十九世紀風俗研究 序言」, 『古典文藝理論 譯叢』, 第3輯.
32) 이기영, 「산문의 정신과 사상」(1937년 7월), 『현대조선문학선집9』, 조선작가동맹출판사, 1960년, 187면.

모가 없는 것이라고 하였다. 그러나 김동리는 바로 이기영이 비판하고 있는 이런 "빈그릇"을 즐기었을 뿐 아니라 그 그릇에 추상적인 것, 혹은 있을 듯 말 듯한 것을 담아내기 좋아하였다. 그는 문학의 평민화, 통속화, 대중화를 주장한 것이 아니라 그와 대치되는 고아한 문학을 추구하였다. 그 '고아'하다는 것은 사회의 수요를 앞세우는 것이 아니라 예술에 대한 자기만의 이해를 말하며 또한 그런 자기만의 개성과 특수성에 대한 집요한 추구를 가리킨다. 그는 '현대성' 가운데 포함된 분열적 의의, 현대사회 고유의 내재적 모순 등 내용들을 예민하게 포착해 내었다. 그의 흥분점은 위기에 처한 인간의 주관세계에 대한 탐구에로 돌려졌으며 그기에 입각하여 그것을 탐닉하고 전람하고 감상하면서 '예술의 진실'을 만들어 내었다. 그러나 이기영이 명확한 사회 변혁의 목표를 세운 것과 달리 김동리는 자기가 표달하고자 하는 '명확한 것'을 몰랐으며 혹은 모든 명확한 것까지도 휘저어서 모호하게 만들고자 하는데 자기의 모든 총명을 주입하였다.

> 한 작가의 생명적 진실에서 파악된 세계에 비로소 그 작가적 리얼리즘은 시작하는 것이며 그 세계의 여율(呂律)과 그 작가의 인간적 맥박이 어떤 문자적 약속(文字的約束)아래 유기적으로 육골화(肉骨化)하는 데서 그 작품의 리얼은 성취되는 것이다. 그러므로 아무리 몽환적이고 비과학적이고 초자연적인 현상이라도 그것이 가장 현실적이고 상식적이고 과학적이라면 다른 어떤 현상과 꼭 마찬가지로 어떤 작가의 작품에 있어서는 훌륭한 리얼리즘이 되는것이다.[33]

여기에서 김동리는 자기의 예술창작 활동과 추구를 역시 "훌륭한 리

---

33) 김동리, 「나의 소설수업」, 『문장』, 1940년 3월, 174면.

얼리즘”이라 하고 있다. 그런데 문제는 그가 상술한데서 나열시키고 있는 리얼리즘과 상반되는 “몽환적이고 비과학적이고 초자연적인 현상”이란 표현들에 있었다. 쉽게 말하면 마음의 진실이라는 뜻이겠으나 김동리는 하필이면 “몽환적이고 비과학적이고 초자연적인 현상”, 또는 “한 작가의 생명적 진실에서 파악된 세계”라고 하여야 만이 그의 직성이 풀릴 수 있었다. 철학과 정신력과 관념적인 것을 편애하는 김동리의 모습은 이처럼 이기영과 멀리 떨어져 다른 한 극단에 처해 있었다. 내용에서 이럴 뿐 아니라 형식면에서도 감각화한 표현을 쓰기 좋아하였고 신비한 분위기를 조성하기 위해 정교롭고 과분하게 조작화된 묘사로 주관적 정서에 대한 확대화한 표현을 보장해내고저 하였으며 이 또한 그의 장기였다. 이 점을 이기영의 각도에서 말하면 “현실을 떠난 리얼리즘”이라고 규명 지을 수밖에 없는 것이다. 확실히 그의 문학은 현실을 외면하고 몽환적이고 신비주의적인 것을 조작한 현대주의적이고 유미주의적 작품에 가깝다고 인정하는 것이 보다 정확한 인식인지도 모른다.

제 6 장

전통적 선비정신과 좌익문학에 대한 새 조명

조선현대 지식인의 혁명의 동기와 자기 개조

'지식인'이라는 용어가 20세기 초의 서구에서 만들어진 최초의 이유는 계몽시대에 지식인이 일으켜야 할 중요한 사회적 가치와 마땅히 확보되어야 할 지위를 강조하기 위한데 있었으며 동시에 지식의 생산, 전파와 관련된 모든 것에 대한 지식인의 관심을 총체적으로 불러일으키기 위한데 있었다. '지식인'이란 부동한 직업에 종사하는 인사(人事)로 무어진 집합체를 가리키는데 그 중에는 소설가, 시인, 예술가, 신문기자, 과학자와 기타 일부 공공(公共)신분의 인물이 포괄된다. 이런 인물들은 국민들의 사상에 영향을 끼치고 정치 수령의 행위를 평가하는 등 도경을 통하여 정치에 직접적으로 관여할 수 있었다. 그리고 그들은 이런 간섭을 저들의 도덕적 책임과 성스런 공공(公共)권리로 간주하였다. 이런 의미에서 '지식인으로 된다'는 표현에는 지식인이 자기의 전업적 한계를 초월하여 진리라든가 모종의 가치판단이라든가 전반 시대의 취미라든가 하는 등 지구성적인 문제에까지 탐구의 열정을 보인다는 뜻이 포함되어 있다. 따라서 이런 특정한 실천에의 참여여부는 곧바로 '지식인'과 '비지식인'를 판단하는 가치기준으로 되었다.[1] 지식인의 신분, 그리고 그 의의에 대한 상술한 이해가 산생될 수 있었던 유력한 참조계(參造系)는 당연히 계몽시대라는 당시의 시대적 배경인 것이며 '지식의 힘'과 사회적 권한의 힘 양자가 모두 가치를 일으킬 수 있었던 현대라는 시대적 특징과 긴밀히 관련된다. 그러나 실제상 상술한 경지는 지식인으로서의 이상적 상태를 가리키는 것이었다.

조선을 비롯한 동양사회에서도 지식인으로서의 가치규명에 관해 논하였던 흔적을 남기고 있는데 '사대부(士大夫)'로서의 사명감은 대단하여 선비정신으로써 사회의 정신적 흐름과 도덕 양심을 수호하고 현실 세계의 불합리 현상을 비판할 것을 희망하였다. 그러나 지식인의 사상사와 생활사를 돌이켜 볼 때 진정으로 상술한 이상상태에서 지식인으로서의 신성한 역할을 실천하였던 지식인은 그다지 많지 못하다. 많은 경우에 지식인들은 권력의 압제 하에 자기 사상의 독립성을 견지하지 못하고 바람에 따라 돛을 다는가 하면 심지어는 권력의 부용물(附庸物)로 전락하기조차 하였다. 이런 그들에게서 지식인으로서 마땅히 갖추어야 할 책임이라든가 이상과 비판정신 등은 한낱 공리공담에 지나지 않는 것이 되었다. 이런 원인으로 지식인은 경우에 따라 사회와 민중의 존경을 받든가 혹은 맹렬한 풍자와 견책의 대상이 되기도 하는 것이다.

20세기 30년대에 조선 문단에서 강대한 사조를 이루었던 좌익문학운동은 기정의 역사 질서와 가치 취향을 새롭게 심시(審視)하고 현실의

---

1) 齊格蒙特·鮑曼(Bauman, Zytholgy), 「입법자와 해석자―현대성 후현대성과 지식인」, 洪濤 역, 상해인민출판사, 2000년 11월, 1~2면.

생존 상태와 질서에 불만하고 공공(公共)의식 가운데 존재하는 가치 관념과 윤리 표준에 중시를 돌리고 특히는 사회 최하층의 약세(弱勢)한 군체(群体)가 처해 있는 생존 환경에 지대한 관심을 보인 것으로 특징적이다. 그러므로 이 면에서 볼 때 좌익 문학운동의 산생 그 자체가 조선 현대 지식인의 사명감과 사회적 양심의 집중적인 발로를 보여 주었다고 할 수 있다. 그리고 그들의 이런 사회적 사명감과 지식인적 풍모는 특히 작품 가운데서는 지식인이 혁명사업에 투신하여야 하는지, 혹은 혁명사업에 투신하였더라도 어느 정도 견지하였는지 하는 준엄한 인생 선택에 맞닥뜨리는 가운데서 가장 진한 빛깔을 보인다고 할 수 있다. 그러므로 조선현대지식인들의 혁명에 투신할 수 있었던 동기에 대한 연구는 좌익문학연구에서뿐 아니라 전반 조선 현대문학 연구에 있어서 중요한 과제가 된다. 그는 지식인과 혁명의 관계문제를 취급하게 될 뿐만 아니라 현대문학과 당대문학의 총체적 흐름을 연구하는 데 유조하며 더욱이 현대 조선 지식인들의 사상 면에서의 내적 추동력을 분석함에 있어 중요한 의의가 있다. 학계에서 이 문제에 대한 연구는 장시기 동안 공식적이고 단조로운 해석, 모종의 필연성을 분석하는 것으로 국한되어 있었다. 그러나 20세기 20, 30년대로부터 지금에 이르기까지 반세기 이상의 시간적 거리는 우리에게 좌익문학을 연구함에 있어 객관성을 보증할 수 있도록 필요한 역사적 거리를 제공해 주었다.

여기서는 좌익문학의 대표적 작가들인 이기영, 한설야의 조기의 대표적 작품을 대상으로 그 작품 가운데 성공적으로 부각된 지식인의 형상을 분석함으로써 그들이 어떻게 현대적 개체의 자아 발전과 사회 변혁의 관계문제를 처리하고 있는가, 그들이 무산계급 예술운동에서 어떠한 작용을 하였는가, 그들이 피할 길 없이 겪어야만 했던 절실한 시대적 아픔 등등을 살펴봄으로써 이전 연구의 공식적이었던 한계를 초월하고자 한다. 그리고 이 연구는 좌익문학운동에서의 대중화의 사조와 함께 제기되었던 조선현대지식인의 윤리, 도덕, 정치, 정감 등 여러 방면에서의 자아개조 문제까지 당연히 취급하게 된다.

1. 인도주의에서 사회주의에로의 전변
   ─이기영과 「고향」의 김희준의 형상

이기영은 '카프'를 위수로 한 좌익문학운동 가운데 선명한 개성적 풍격을 보이는 한편 좌익문학의 질을 높이고 그를 번영시킴에 있어 마멸할 수 없는 역사적 공헌을 한 작가이다. 그는 자기 작품에 일련의 지식인 주인공을 부각하고 있는데 작가 이기영의 분신인 그들의 몸에서 우리가 가장 강렬하게 감지하게 되는 것은 인도주의적이며 민주주의적인 정신적 특질이다. 또한 바로 이 점이 그들로 하여금 혁명 사업에 투신할 수 있도록 한 직접적인 동기이며 추동력이 된다. 인도주의정신은 이기영 작품 속의 지식인들로 하여금 순박하고 성실한 농민들을 사랑하게 하였고 약자를 억압하는 현실의 부조리에 반항하게 하였고 이런 암흑한 현실과 대비되는 이상적인 유토피아의 세계를 동경하게 하였다. 그리고 더 나아가 노동자와 농민을 주인으로 추대하는 사회주의사상으로 자기를 무장하고 그 운동에 뛰어들게 하였던 것이다.

장편소설 「고향」의 인텔리 주인공인 김희준의 형상에서 우리는 다른 무엇보다도 노동자와 농민을 대함에 항상 따뜻하고 부드러운 배려, 성심성의로 그들의 이익을 대변해 나서는 뿌리 깊은 인도주의적 정감에 감동하게 된다. 그 인도주의 정감은 우선 농민들의 순박하고 성실한 인격에 대한 긍정과 숭배로 표현된다. 그가 5년간의 동경 유학 생활을 마치고 고향에 돌아오는 모습은 금테안경을 쓰고 금시계 줄을 늘이고 짐군에게는 부담을 잔뜩 지워가지고 마을에 들어서는 다른 유학생들의 '호기 있'는 모습과 선명히 대조되는, 단출하다 못해 초라하기까지 한 모습이다. 그러나 그 외모와는 달리 마음은 격정과 희망으로 들끓었는데 원인이라면 "세계라는 무대 우에서 뒤떨어진 조선 사회를 굽어볼 때 청년의 피가 끓어올라서 하루 바삐 그들로 하여금 남과 같이 따라가게 하고 싶"은, "그래서 누구보다도 먼저 고토의 동포를 진리의 경종으로 깨우치고저"2) 하는 사명감과 그 사명감을 하루 바삐 완수하고자 하는 조바심과 정열 때문이었다. 사회 변혁이 흔히 사상 관념의 변화를 앞세운다고 할 때 이때의 김희준은 사상이 활약적이고 사회 문제에 민감하여 전반 사회의 신경과 맥박을 분명히 짚어낸 선각자의 위치에 부상하여 있었다. 그리고 바로 이런 사상 면에서 전위적이라는 지식인 특유의 특성은 김희준에게 신심을 북돋아 주었고 김희준으로 하여금 남들의 비난과 몰이해에 개의치 않을 수 있도록 받쳐준 강한 정신적 역량으로 되었던 것이다. 그는 고향에 돌아온 후 즉시 야학을 꾸리고 두레를 조직하면서 농민들을 하나같이 뭉쳐 세우고 조세를 낮추는 운동을 벌려 마름 안승학과 투쟁함으로써 강의한 의지와 지혜로 마을에 존재하는 실제 문제를 해결하여 나간다. 그의 마음속에는 개인의 영달보다도 전반 조선 농민의 고통스런 운명을 개변시키고자 하는 신념으로 꽉 차 있었다.

---

2) 이기영, 「고향」, 연변인민출판사, 1979년, 704면.

　　물론 그도 가난한 농민들의 산만하고 인색하고 멀리 내다보지 못하는 무지몽매한 특성을 모르는 것은 아니며 그로 인하여 늘 심한 외로움과 정신적 피로에 시달려야 하는 상황이기도 하였다. 희준이가 보기에 "그들은 오랫동안 붙어 있던 농노의 근성을 죄다 털어버릴줄 알았던 것이 마치 장마속의 곰팡이처럼 그들에게 다시 붙"3)어 있었으며 그러므로 "자기는 지금 묵은 인간의 어둠속에서 겹겹으로 에워싸여 있지 않는가— 모든 인습과 무지한 어둠속에서 리기적 흑암 속에서 홀로 싸우며"4) 있는 것을 수시로 느꼈다. 그러나 농민을 비롯한 약세한 사회 군체에로 쏠리는 김희준의 사랑은 그로 하여금 농민의 상술한 결함에 대해 이지적인 심시와 비판을 하기보다는 그들에게 뜨거운 사랑과 정감을 쏟도록 하였다. 그러므로 희준은 농민들의 몽매함과 낙후함과 산만성과 이기주의를 보면서 분노할 대신에 오히려 그것을 불쌍하게 생각하거나 그런 결점조차 사랑스럽게 보기까지 한다. 그 원인은 농민들은 어디까지나 성실하고 순박하기 때문이라는 것이었다.

　　현대 조선의 인텔리들이 떠멘 사상 계몽의 중임(重任) 속에는 필연코 도덕 계몽의 내용도 포함되어 있었다. 하지만 현대 사회는 그들에게 어떠한 도덕 인격의 새 모범을 제공하여 주지 아니하였다. 이때 이기영을 비롯한 지식인들은 흔히 눈앞의 사회를 떠나 현대 문명의 때를 묻히지 아니한 사람에게서 도덕 인격의 모범을 찾게 되는데 김동리가 역사를 거슬러 올라가 무당이나 산속의 숯 굽는 노인에게서 정신적 기탁을 찾고자 하고 이태준이 회고적인 미학관을 가지었다고 할 때 이기영은 성실하고 순박한 노동자와 농민에게서 답안을 찾고 그들을 도덕인격의

---

3) 이기영, 「고향」, 연변인민출판사, 1979년, 705면.
4) 이기영, 「고향」, 연변인민출판사, 1979년, 237면.

구체적인 화신으로 인정하였던 것이다. 왜냐하면 그가 보기에 노동자, 농민이야말로 의식주(衣食住)의 창조자들이며 신성한 생산자들이며 이 지구 위의 모든 사람을 먹여 살리는 장본인들이기 때문이었다. 작가 이 기영이 사회의 밑바닥을 헤매어 6년간의 방랑을 하였다면 「고향」의 김 희준은 일본에서 5년간의 간거한 고학 생활을 겪는데 그 사이 주인공 이 끊임없이 사고한 결과 깨달은 것이라면 진리가 근로 대중에 있다는 도리였다. 현실에 존재하는 여러 가지 불합리와 암흑면을 보면서 자기 의 정신적 낙원을 찾을 수 없었던 그는 근로 대중에 대한 사랑과 연민 의 감정에서부터 진리 탐구의 입구를 찾아낸 것이다.

> "예전부터 농사는 천하지대본이라 해서 사람은 먹고 사는 것이 제일 이라 하였다. 먹고 사는 것이 사람의 목적이라 할수 없겠지만 사람들은 우선 먹고 산 후에야 다른 훌륭한 일도 할 수 있는것이다. 아무리 잘난 사람이라도 그에게서 옷과 밥을 안 주고 집을 안 주게 되면 그는 걸인이 되든지 굶어죽고 말것이다. …(중략)… 그러면 옷과 밥을 만드는 사람들, 다시 말하면 로동자와 농민은 결코 천한 인간이 아니다. 도리여 그들은 모든 사람들을 잘 살게 만드는 훌륭한 역군들이요, 또한 그만한 힘을 가 지고 있다. 그들이 부지런하면 못할 일이 없다."5)

김희준이 보기에 농민들은 살벌한 사회 환경 속을 살아오면서 언제 나 왜곡되고 홀시되고 치욕당하고 손해만을 보아야 하는 주인공들이며 그들에게 마땅히 주어져야 할 공정한 가치 평판과 사회적인 인정과 인 격 존중이 없었다. 그러므로 이기영은 우선 그들에게 '의식주의 어머 니'라는 가치적 규명을 내려 줌과 동시에 그들의 의지와 인격과 품격

---

5) 이기영, 「고향」, 연변인민출판사, 1979년, 439면.

을 긍정하고 그에 대응되는 의의를 환원시키고 나아가 그에 따라야 하는 권익(權益)을 찾고자 하였다. 이렇듯 현실에 대한 직접적인 부정의 자세로 나서서 약세한 군체(群體)를 새롭게 긍정함으로써 기정 역사가 인정하였던 가치 체계에 대해 회의하고 비판하고 뒤엎고자 하는 김희준의 형상에서 우리는 작가의 인도주의적 정열을 감지하고도 남음이 있다. 동시에 그에게서 우리는 역사에 개입하여 들어와 도의(道義)상의 공정함을 역사와 현실에 주고자 하는 지식인으로서의 사명감과 사회적 양심의 역량을 감지할 수 있다.

초기에 이기영에게 있어서 사회주의의 추구는 인도주의의 정열가운데 매몰되어 있었다. 말하자면 가난한 하층 인민으로서의 개념은 추상적인 '인간'이란 관념 속에 내재하여 그 독립적 가치가 뚜렷하지 못한 특징을 띠었다. 그리고 사실상 좌익적인 인도주의 역시 초기에는 민주정치를 건립하고자 하는 이상과 융합되어 있었다. 이기영은 선진적인 인텔리로서 민주를 갈망하는 한편 민주를 짓밟는 사회를 저주하였다. 그의 적지 않은 작품은 모두 그의 이런 도덕 입장과 인생 신념과 창작 이상을 반영하였다. 그는 인텔리라면 마음껏 자기가 하고 싶은 학문을 하여야 할 것을 바랐으며 '사람을 죽이고 목숨을 살리는' 굴욕적인 생활, 민주가 없는 생활을 하지 말기를 바랐다(소설 「돈」, 「가난한 사람들」). 그는 조선 땅에 나이 많은 남자, 혹은 나이가 너무 어린 미성년 남자와 결합하는 민며느리가 없어지기를 바랐으며(소설 「민며느리」, 「소부」, 「귀농」) 가난한 사람들이 철저하게 인간적 대우를 받고 그들의 존엄이 지켜지고 민주가 있기를 갈망하였다. 민주주의에 대한 추구는 이기영 작품의 곳곳에서, 그리고 확고한 사회주의 사실주의 창작방법을 고취한 후의 작품에서 끝없이 나타나는데 가난한 이의 존엄이 짓밟히는 현실의 부

조리에 대한 작가의 분노 역시도 실제상에서는 작가의 민주에 대한 갈
망의 표현이라는 해석이 가능하다. 그러나 그의 이 갈망은 빈부차이가
격심하고 암흑한 현실에서는 실현이 불가능하였던바 그는 마침내 이런
불합리의 원인은 부자들이 물질적 부를 너무 많이 차지한 까닭이며 돈
때문이라고 해석하기에 이르렀던 것이다.

> "그게 모두 몇놈의 악한 놈들이 부를 독차지해가지고 착하게 부지런
> 히 일하는 많은 사람들을 가난의 구렁으로 처박는 까닭이다."6)

여기서 우리는 작가의 인도주의적이고 민주주의적인 정열이야말로
그의 작품 속의 지식인이 사회주의자로 전환하게 된 내재적 원인임을
알 수 있게 된다. 이기영처럼 시종일관하게 가난한 이의 입장에 서서
그들의 희로애락을 적고 그들의 이해관계를 대변한 작가는 세계문학사
상에도 많지 않은바 러시아의 고리끼와 그 아름다움을 비길 수 있다.
이기영 자신도 "이때까지 갈팡질팡하며 헤매던 나는 고리끼의 작품을
읽으면서 미궁을 벗어나 인간의 새 세계를 발견한듯 했고 세상진리를
어느 정도 체득한 것 같았다."7)고 하였다. 약세한 한층인들에 대한 그
의 정열은 우월한 위치에 있으면서 아래로 내려다보는 식의 도덕적 관
심에 그쳐 있는 것이 아니라 자아의 마음속 깊이에서 우러나온 인도주
의 정열이었다. 그것은 자기와 대등한 안광으로 농민을 주시하는 지식
인의 평등하고 민주주의적인 관점의 반영이었다. 그러나 아무리 선량
한 동기에서 출발하였다 하더라도 일이란 늘 그의 부면적 영향을 쉽게
산생시키는 법인데 이기영으로 말하면 바로 상술한 정열로 인하여 작

---

6) 이기영, 「오빠의 비밀편지」, 문학예술종합출판사, 1993년, 89면.
7) 이기영, 「이상과 노력」, 민정출판사, 1958년, 30면.

품에서 변증법적 사유 가운데 감성과 이성이 고도로 통일되지 못하고 몇 가지 편향을 보여주기도 한 것이다. 그리고 이런 편향은 이기영에 국한됨이 없이 전반 좌익 문학이 보여준 편향으로서 아래 몇 가지로 귀납하여 볼 수 있다.

우선 돈의 가치에 대한 부정적 인식과 그에 기초한 부자에 대한 막무가내적인 증오의 정감을 선양하였다는 점이다. 예하면 소설 「쥐이야기」에서 작가는 의인화의 수법으로 곽쥐를 등장시켜 그의 입을 빌어 "부자놈들은 이렇게 대낮에 앉아서 도적질을 하"는 놈들이라고 하였다. "땅은 제손으로 밭갈이하는 사람만이 가져야 옳은건데 놀고 먹는 김부자가 땅을 가진 것은 이 헛가비 같은 돈으로 땅을 속여 뺏은"[8] 탓이라고 열변을 토하게 하였다. 결과 곽쥐는 김부자의 돈을 백 원 훔쳐내서 가난한 수돌이에게 10원짜리 지전 6장을 가져다주고 자기는 나머지 돈 4장으로 병풍도 치고 침대처럼 잠자리에 깔기도 한다. 이렇듯 당시 사회에서 '만능'의 지위에 떠받들려 있는 돈이 이기영에 와서는 쥐의 '장판방'이 됨으로써 그 가치가 극도로 비난 받았다. 물론 그 시기의 작가 이기영은 자본의 원리를 알 수 없었고 알려고도 하지 않았을 것이다. 그는 다만 진화론의 원리에 따라 인류사회는 부단히 한층 높은 단계의 사회로 진출할 것이며 자본주의는 필연코 더욱 진보한 사회주의에로 나아갈 것을 믿었을 뿐이었다. 분명한 것은 이기영에게 있어서 인도주의와 민주주의적인 요구는 마침내 '부자가 차지한 물질적부를 가난한 사람들에게 골고루 나눠주고 토지도 균등으로 재분배하'는 등 사회주의적인 요구로 전변하였다는 점이다. 사실상 이런 주장은 그의 인도주

---

8) 이기영, 「오빠의 비밀편지」, 문학예술종합출판사, 1993년, 65면.

의, 민주주의사상을 극단화시킨 결과의 산물인 것이다.

그 결과 좌익문학에서는 차츰 재부가 악하다는 심리가 보편적으로 산생하였고 그런 심리는 이어서 돈 있는 사람들에 대한 관점까지도 영향 주어 한개 괴이한 현상의 산생을 초래하였다. 그것인즉 좌익사상의 의식 하에서 돈을 얻는 수단은 착취이고 돈 있는 사람은 좋은 사람일 수 없다는 논리였다. 물론 이는 계급투쟁 사상과 사회혁명 이론의 표현일지라도 총괄적으로 좌익문학에서 사유재산은 아주 민감한 화제가 되었으며 그러므로 구체적인 작품에서 돈을 소유한 부자나 마름이나 고리대금업자, 권세자 등은 좌익작가들의 증오와 신랄한 풍자의 대상이 되었다. 이기영의 「고향」에서 원터 마을의 마름 안승학과 고리대금업자인 권상철의 형상은 과장적으로 우스꽝스럽게 그려져 있다. 소설에서 안승학의 딸 안갑숙은 권상철의 아들과 연인관계인데 둘은 그만 결혼 전에 있어서는 안 될 깊은 관계로 발전한다. 그런데 이 일을 알게 된 안승학은 권상철을 찾아가 그의 아들로부터 자기 딸이 정조를 잃었다면서 위자료를 받아 내고자 한다. 그러나 안승학의 탐욕과 인색함을 잘 알고 있는 권상철은 역시 가능한 손해 보지 않으려고 좌충우돌하며 안승학의 진공을 막아내느라 진땀을 뺀다. 자기네 자식들의 극히 은폐적인, 보호받아야 할 비밀적인 권리를 두고 두 사람 사이에 진행되는 이 치열한 흥정에 대한 묘사는 극히 만화적이어서 소설의 사실성에 손상을 주기조차 한다. 이기영 소설에서 부자는 모두 이런 식으로 게으름뱅이가 아니면 구두쇠, 이속에만 밝고 인간성, 도덕성이 전혀 없는 모습으로 그려지고 있는데 그것은 훗날 부자는 좋은 사람일 수 없고 가난한 사람은 나쁜 사람일 수 없다는 극좌적 관점이 명확히 자리 잡게 된 맹아기의 모습인 것이다.

다음으로 좌익문학이 보여주는 다른 한 편향은 시간대에 대한 일종의 편향적 인식이다. 본래 시간에는 감정적 경향이 없는 것이나 현실이 암흑하므로 반항해 나서야 한다는 논리를 앞세울 때 시간에 대한 사람들의 감각적 인식 가운데는 흔히 작가의 의식형태가 부여됨으로써 정치적 가치를 발하게 된다. 말하자면 좌익문학들에서는 '과거가 현재보다 낫다'라든가 '광명한 미래'에 대한 유토피아적 동경 등 내용을 돌출화시킴으로써 시간대에 대한 감정적 경향이 주어진 것이다. 이기영의 소설 「고향」에서 박서방은 한 동리에 있는 권상철에게서 돈 오원의 빚을 꾸지 못하자 서러운 끝에 자살하는가 하면 조첨지는 옛날 자기가 부자일 적에 사귀었던 가난한 친구의 손자, 그러나 지금은 오히려 부자가 되어 자기를 부려먹는 손자뻘 되는 사람의 집에 품팔이를 하여야 하는 신세로 전락되고 마는데 그는 자기가 이렇게 치욕을 당하는 것은 '지전이 난 까닭이라'고 하였다.9) 심지어 김희준마저도 감회 깊게 옛적의 휘황했던 자기 선조의 흔적을 찾아보는가 하면 그의 어머니는 초라한 밥상을 마주할 때마다 입안의 '고기를 씹어뱉던' 부유했던 옛날을 회억하며 이맛살을 찌푸렸다. 그런가 하면 작가는 "량반을 잡아먹은 쌍놈… 새 량반은 묵은 량반보다 돈에 들어서는 더 무서웠다. 새 량반은 돈으로 되는 때문이다."10) 하고 돈과 현실을 한데 겹쳐서 과거보다도 못한 현실의 암흑함을 강조하는데 그가 보기에 귀족양반마저도 옛날의 양반이 한층 도덕적이었다는 가치판단이 내려질 지경이었다. 물론 작가 이기영이 과거가 꼭 현실보다 낫다고 생각할 리는 없겠지만 현실에 대한 부정의식 속에는 혁명투쟁의 정치적 수요가 분명 스며들어 있는

---

9) 이기영, 「고향」, 연변인민출판사, 1979년, 189면.
10) 이기영, 「고향」, 연변인민출판사, 1979년, 115면.

것이다.

이렇듯 좌익작품들에서 과거는 흔히 현재보다 좋게 인식되었을 뿐만 아니라 미래는 현재보다 더더욱 아름다운 이상적 세계로 부상되었다. 과거는 괜찮았고 미래는 더욱 좋은 것, 다만 현세만이 여의치 못하다는 것, 이가 바로 좌익문학에서 흔히 쓰게 되는 논리였다. 이런 과거와 미래의 시간대에 대한 가치판단과 관련된 것은 '가출'의 주제였다. 좌익문학에서 어떤 때는 '미래'가 예측되기 어려운 것이기도 하지만 오늘날 먼저 앞당겨 '가출'함으로써 미래의 세계에 '진입'할 수 있었다. 하여 가출의 제재는 좌익문학에서 빈번히 제기되는, 보편화에 가까운 주제가 되어버렸다. 최서해의 「탈출기」에서 박군이 탈출하였는가 하면 「인간문제」의 유신철, 선비와 첫째가 탈출하였으며 이기영 「고향」의 안갑숙, 권경호가 가출하였는가 하면 「민며느리」의 금순이도 탈출하였으며 한설야의 소설 「귀향」의 주인공도 가출하였던 전형이다. 인생의 목표와 이상이 있는 지식인이 탈출하는가 하면 농촌의 부녀들도 분분이 가출하였다. 가출하기만 하면 꼭 무슨 희망이 있는 것도 아니나 소설의 주인공들은 저들이 취한 그런 행동이야말로 유일하게 정확한 인생의 길, 혹은 막부득이 취할 수밖에 없었던 길이라고 생각하였던 것은 분명하다. 그리고 이런 가출의 사건은 조선현대문학작품 가운데서 흔히 작품의 시작 부분에 있지 아니하고 중간쯤에 설정되어 있는 것도 아니며 흔히 결말에서 제기되었다. 서두에 제기되면 미래에 대한 사고와 전망과 혹은 그 구체적 모습을 그려야 하는 부담 때문이며 작품의 중간에 취급될 때면 가출 전과 가출 후의 일들에 대해 모두 교대하여야 하기 때문이다. 다만 작품의 결말에 설정될 때만이 가출 전의 의미에 대해 치중적으로 해석하기만 하면 그만일 수 있었다. 물론 우리는 이렇다 하여 좌익작가들의 사고력을 의심하고 그들을 나태하다고 매도하는 것이 아니라 상대적으로 볼 때 상술한 특성이 대체로 가출과 관련된 모티브를 내세운 소설에서 보이는 사건배치의 경향성적인 규범이라는 것이다. 왜냐하면 가출은 파괴의 의미와 통하는 것으로 그는 그대로 현실 생활질서에 대한 파괴의 의미에 대한 강조인 것이다. 그리고 그 파괴의 대상물이야말로 좌익문학에서 흔히 노리고 있는 목표물로서 사회의식형태의 대변자들인 부자, 착취자, 통치자 혹은 한 개 가정을 단위로 할 때는 집안의 가장 등이 흔히 그 자리에 놓이었다.

이런 인식의 극단성은 극히 혁명적인 듯하지만 사실은 비과학적인 것이다. 그러나 러시아 10월사회주의혁명의 승리와 소련 사회주의 국가의 엄연한 존재, 그리고 국제 공산주의 운동의 위력은 마르크스주의 이론을 받아들인 이기영들에게 자기 신념의 진보성과 진리성을 부단히 확인시키는 힘으로 작용하였다. 물론 좌익 작가가 산생하기 이전에도 문단에서는 작가들로 하여금 노동인민의 실생활 속으로 심입해 들어갈 것을 요구하였었다. 그리고 작가들이 광대한 하층인의 생활을 눈 주어 살피기 시작한 이 현상은 3·1운동 후 조선 신문학이 보여준 한 개 새로운 특점으로 된다. 그러나 그 시기 '대중 속으로'식의 요구는 실제적 효과가 크지 못했으며 인력거군, 노동자, 막벌이군, 거지 등을 주인공으로 그린 작품일지라도 작가들은 작품의 사상 내용보다도 언어 표현에서의 개혁을 더욱 중요시하였으며 그 출발점은 어디까지나 신문학을 어떻게 하면 광대한 독자들에게 쉽게 접수시킬 수 있게 하는가에 있었다. 말하자면 신문학운동이 언어 도구의 개량에 주력하였던 전부의 목적은 현대성의 계몽에 있었다. 그러므로 과학, 민주의 대 기치 아래 개성을 선양하고 전통에 반항하는 계몽주의 방향이 명확하였었다.

그러나 그 고조가 얼마간 지나간 후 사회에 주입된 사상 자원이 복잡하여지고 사회 개혁을 주창하는 현실적 요구가 뚜렷하게 제기됨에 따라 젊은 지식인들은 사회 운동에 열중하는 동시에 문단에서 새로운 초월을 이룩하고자 하였다. 신문학에 대해 재차로 되는 혁명을 진행하고자 하는 젊은이들의 이런 염원은 마르크스, 레닌주의의 이론적인 지지를 새롭게 얻은 후에야 실현될 수 있었다. 그들은 보다 직접적으로 민간 대중에게로 접근해 갔으며 민중을 깨우쳐 그들로 하여금 우매함을 벗어나 과학이요, 민주요, 개성이요 하는 새 사상을 이해시키는 것으로 그치는 것이 아니라 그들을 사회 혁명의 주체적 역량이라는 강력하고 신성한 지위에로 끌어 올렸다. 좌익 작가들의 이런 선명한 염원은 문단에 강한 영향을 일으켜 전심전의로 자아 표현에만 열중하고 사회 현실에 관심을 돌리지 않던 작가들로 하여금 자아 표현과 개성의 선양이 아니라 사회 생활을 표현하고 고난 받는 인생에 주의를 돌리게 하였으며 혁명의 길로 나아가도록 자극하였다. 이기영은 바로 이런 좌익 작가 대오 가운데의 중견으로서 계급이요, 착취요, 자본가요 하는 단어들이 이기영의 작품에 빈번히 나타나기 시작하였으며 노농 대중을 일종의 새로운 계급 집단과 사회 역량으로 취급하기 시작하였던 것이다.

2. 개성해방에서 계급해방으로 전환

개성주의는 개인주의라고도 흔히 통칭되는데 그는 서구문화의 중요한 내용으로 서구사회에서 한개 "진정한 철학이었다…… 바로 이 개성주의가 루쏘, 칸트와 벤샴(Bentham)의 철학을 어느 정도 관통시킨 요소인 것이다.”11) 그러나 조선을 비롯한 전통적인 동양사회에서는 흔히 '개인은 자기를 위해서가 아니라 전반 사회를 위하여 존재한다'는 유의 사상을 강조하였던 것은 주지하는 바와 같다. 그러므로 개성을 억압하는 동양 문화의 전통의 음영에서 벗어나자면 반드시 개성주의의 기치를 높이 쳐들어야 하였다. 신문화운동 시기 조선 사회에서 이미 중요한 가치표준으로 되었던 개성주의는 그 후의 20, 30년대의 좌익문학운동 시기에 와서도 여전히 사상 변혁의 중요한 내용을 이루었다. 그러므로 이 시기 조선의 지식인들은 인간의 존엄, 자주성, 자아의 발전 등 내용의 개성주의의 사상과 국가, 민족, 사회 내지 가정에 대한 책임과 의무를 강조하는 전통적인 윤리도덕 사이에서 일종의 접합점을 찾고자 노력하는 모습을 보인 것으로 특징적이다. 이 면에서 이기영의 「고향」 속의 인텔리 주인공 김희준은 역시 전형적 의의를 갖는다.

약소한 무리가 억압 받고 고난에 허덕이게 하는 불합리한 사회결구에 반항한 김희준의 몸에서 우리는 지식인에 고유한 윤리적 기질과 이상주의 색채를 보게 됨과 동시에 개성해방의 내용도 그 속에 융해되어 있음을 충분히 보아낼 수 있다. 김희준이 추진하고자 하고 있는 사상변혁의 의미가운데는 전통의 무거운 쇠사슬을 벗어버리고 보다 자유로운 자아의 회복이라는 뜻이 포함되어 있다. 다만 이런 인간개조에 관한 내용들은 정치경제 면에서의 변혁목적에 비추어볼 때 비공리적인 것으로서 그것은 요원하고도 오랜 과정이었다. 공리성적인 생존수요를 박절히 요구하는 조선의 노농대중의 각도에서 볼 때 이런 사상적 변혁은 추상적이고 그 실현이 완만하여 그다지 매력적인 것이 못되었다. 그러

---

11) 埃利·阿萊維, 「哲學急進主義的 發展」, 史蒂文·盧剋斯, 「個人主義 : 分析與批評」에서 재인용, 북경 中國廣播電視齣版社, 1993季版, 1면.

나 그런 사상이 노농대중들의 생존수요를 반영한 국한화한 모습을 띨 때는 즉자적인 효력을 발생할 수 있었다. 이기영이 접수한 빈부의 차이를 없애고 토지를 골고루 나누어야 한다는 사상은 바로 이런 요원한 듯한 사상변혁의 내용을 정치 경제적 측면에서 구체적으로 국한화시킨 결과 정하게 된 목표인 것이다.

김희준에게 있어 개성주의의 불꽃은 부모의 배치대로 조혼할 수밖에 없었던 자기의 처지에 대한 불만으로 표현되었다. 그는 할머니의 회갑잔치를 빛내기 위한 목적 하에 어처구니없이 조혼하게 되는데 그러므로 그는 자기의 결혼을 할머니에 바쳐진 희생품으로 생각하였다. 하기에 그는 결혼문제를 생각할 적마다 마음 가득한 억울함을 느꼈고 죄 없는 아내라고 생각하면서도 그는 쉽사리 아내에게 마음의 분노를 터뜨려 미워하였다. 사회의 약세한 군체의 이익을 도모하기 위해 분투하는 선각자로서의 숭고한 형상일지라도 이기영은 이 때문에, 면에서만은 이성의 빛을 잃고 속되기 그지없는 모습으로 변하기 쉬웠다. 그는 아내보고 "엣기 아무리 무지하고 인색하기로 너같은 것이 사람이냐", "때리긴 커녕 너같은건 죽여도 싸다. 너같은건 죽어야 한다." 하고 저주한다. 그러나 그 저주 속엔 자기 자신도 포함된 것 같다고 한 표현[12]에서 알 수 있다시피 일찍 개성해방의 세례를 받은 선각자로서의 김희준의 개성이 억압당한 데서 오는 아픔과 분노를 우리는 느낄 수 있는 것이다. 그러나 그는 개체의 사랑을 사회적인 높이에서 사고함으로써 개성해방 유의 내용을 사회변혁의 급선무의 뒷면으로 밀어버리면서 다음과 같이 합리적으로 정리하게 된다.

---

12) 이기영, 「고향」, 연변인민출판사, 1979년, 183면.

　　"모든 형태의 사랑 －애정이라는것이 근본은 극단의 개인적인것이면서 실상은 사회적인 물건이요 극단의 감정적인 물건같으나 사실은 리지적인것이라고 생각하게 되였습니다. …(중략)… 그런 까닭으로 우리들의 사랑이라는 것은 이와 같은 사회적인 그 처지의 기준위에서 성립되고 평가되여야 합니다."

　　"그는 지금 개인의 행불행을 그리 문제 삼지 않는다. 그러므로 련애같은것은 더구나 문제로 되지 않는다. 인간생활엔 련애보다도 훨씬 고상한 생활이 있다. 누구나 만일 진리의 사도가 되랴 할진대 그리고 두 가지를 동시에 겸할수 없을 것 같으면 그는 반드시 진리를 위해서 살아야만 할 것이다."13)

　　여기서 '진리를 위해 산다'는 것은 노동자, 농민으로 구성된 군체(群體)의 이익을 앞자리에 놓고 자기 개인의 욕구와 개성해방의 욕구는 후차적으로 고려하는, '련애보다도 훨씬 고상한 생활'을 뜻한다. 보다시피 김희준은 사회변혁의 이상을 품고 그 이상의 실현을 위해 투쟁하는 견정한 혁명가적 인텔리이다. 김희준의 사상 가운데 계급의식, 사회변혁 의식은 무엇보다도 우위에 있었다. "진리의 사도"로서 "두 가지를 동시에 겸할 수 없을 것 같으면 그는 반드시 진리를 위해서 살아야만 할것이"라고 생각하고 있는 그로 말하면 개성적 욕구를 포함한 다른 의식은 모두 어김없이 그의 절대적 지휘 하에 놓이었다.

　　그러나 김희준 시대의 지식인들이 동서문화 충돌의 격랑 속에서 모두 김희준처럼 이성적으로 달통을 이룩한 높은 의식 수준에 올라 있었던 것은 아니었다. 보다 많은 지식인들은 그 전시기 신문화운동 가운데서 얻은 개성주의사상을 부둥켜안고 기존 사회체제의 순장품(殉葬品)으로 되지 않기 위해 그냥 몸부림하는 단계에 처해 있었다. 그러나 바로

───────────────

13) 이기영, 「고향」, 연변인민출판사, 1979년, 771면.

이런 몸부림으로 인하여 그들은 무산계급운동에 뛰어들게 되는 것이다. 예하면 「고향」에서 권경호와 안갑숙의 혁명에의 투신은 개성해방추구가 좌절을 겪은 후에야 이루어졌다. 그들에게 있어서 그들의 최초의 혁명동기를 이루는 중요한 내용의 하나는 저들의 개성해방의 이상을 실현하기 위한데 있었다. 혼인자유를 위주로 하는 낭만적인 새 도덕의 추구는 전통도덕, 그리고 그 전통도덕을 수호하는 견고하고 강대한 전통 사회체제의 보호층이 있음으로 인하여 취약성을 나타내기 마련이었다. 그러나 이상적 도덕에 대한 추구가 전통사회와 충돌할 때 겪은 좌절은 필연코 현실 정치에 대한 반항으로 전향하기 마련인 것이다. 소설에서 안갑숙은 부모의 강제 혼인에 반대하여 집을 뛰쳐나왔다가 제사공장노동자가 되어 농민과 노동자의 연합투쟁을 조직하는 신형의 여성 혁명가로 성장한 것이다.

> "눈을 똑바로 뜨고 쳐다볼 때 이 세상에서 진실한 자유를 가진 자가 누구냐? 어느 곳에 진실한 자유가 있드냐? 참으로 어디에 인간의 남녀가 참 마음으로써 결합할 자유가 있든가. 이것은 비단 가난한 사람들의 남녀에게만 한정한 말이 아니다. 비록 루거만의 부자라 할지라도 그들은 돈을 쓰는 자유는 있을지 모르나 진정한 자유는 없다. 다만 그들은 금전으로 속 빈 자유를 사는 것 뿐이 아닌가? …(중략)… 그렇다면 이 시대는 자유를 누르려 할 것이 아니라 먼저 부자유와 싸워야 할것이다."14)

안갑숙의 이 말에는 개성해방에서 계급해방으로 전환하는 계기가 드러나 있다. 말하자면 개인적 수요가 만족을 이루지 못하였을 때 사회에 대해 반항하고 가난한 사람을 포함한 모든 사람에게 "진정한 자유"를

---

14) 이기영, 「고향」, 연변인민출판사, 1979년, 373면.

주기 위한 혁명에 투신하고자 하는 내재적 논리가 드러나 있다. 말하자면 자기 개체의 자유문제에서 다수인의 자유문제를 생각하게 되었고 이런 자유를 허락하지 않는 암흑한 사회에 반항해 나선다는 인과논리인 것이다. 그리고 여기에서 '자유'는 개성해방의 범주내의 것이었다. 그러나 소설에서 안갑숙이 추구하는 부르죠아로서의 '절대적 자유'와 가난한 이들이 추구하는 자유라는 것은 그 내함 면에서 같을 리 없지만 안갑숙은 여기서 그것들을 혼동시키고 있는데 따라서 그에게서 계급의식은 오히려 담백하였다고 할 수 있는 바이다. 그리고 바로 이 점에서 우리는 그의 혁명에 투신한 동기가 김희준의 뿌리 깊은 인도주의의 정감, 노고대중을 의식주의 어머니로 존경하고 숭배하는 것과 구분된다는 것을 알 수 있다. 그러나 아래 권경호를 혁명의 길로 인도하기 위해 진행하게 된 대화에서 우리는 안갑숙이 이미 최초의 이런 담백하였던 계급의식과 혼동상태에서 이미 성숙하여 노동자, 농민의 이해관계에 견정히 서게 된 계급적 입장을 분명히 느끼게 된다.

> "모든 농민과 로동자를 위해서 …(중략)… 아, 당신이 만일 그렇다면 지금 이 자리에서 굳게 약속해주신다면 나는 당신에게 제일 가까운 동무가 되고 싶어요."15)

그러나 다른 한편 권경호의 각도에서 볼 때 권경호는 안갑숙에 대한 자기의 사랑을 성공시키기 위한 목적으로 혁명에 참가하게 된다. 혁명에 대한 모호한 이해에서, 어리둥절한 상태에서 혁명에 투신한 권경호의 처지는 독자들이 보기에 심지어는 안갑숙에게 이용당한다는 감마저

---

15) 이기영, 「고향」, 연변인민출판사, 1979년, 669면.

줄 지경이다. 앞의 예문에서 보다시피 권경호에게 속삭이는 안갑숙의 말에는 대방이 혁명에 참가하여야 한다는 것을 조건으로 자기 사랑을 지불하겠다는 교환관계가 분명히 들어 있다. 사회변혁의 수요도 일정하게 자각한 상태에서, 그러나 선뜻 혁명의 선두에 나서지 못하고 한낱 개체적인 사랑문제에서 더 많은 에너지를 소비하고, 고민하는 권경호야말로 이기영이 소설에서 반복적으로 지적해내고 있는 노동자, 농민의 이해관계와 합일을 이루지 못하고 있다는 소부르죠아사상의 소유자의 전형인 것이다.

그리고 권경호 유의 이런 지식인의 혁명에로의 영합은 흔히 원유의 계급에 대한 배반을 동반하여야 하였다. 안갑숙은 마름인 자기 아버지가 가장 꺼려하는 자기의 연애와 정조에 관한 비밀을 세상에 공포하겠다는 위협을 내세워 그 대가로 아버지를 항복시키고 아버지와 계급적 대립 면에 서있는 김희준 일파를 도와 일시적이나마 성공을 가져오게 하였다. 권경호의 경우는 안갑숙과 사정이 다를지라도 그의 반역 역시 자기를 키워준 양아버지이면서 고리대금업자인 권상철에 대한 매정한 배반을 전제로 하고 있다. 따라서 이런 원유의 계급에 대한 정치적 배반과 사상 면에서의 분리는 늘 윤리적 자책과 정감적 고통을 동반하게 된다.

그러나 정치라는 것은 하나의 큰 기계처럼 모든 것을 자기의 고유한 논리 가운데 납입해 들이는 힘이 있었다. 하여 모든 개별적이고 특별한 인소를 망가뜨리고 무마시키는 한편 자기에게로 복종시킴으로써 이 기계의 정체적 기능을 강화하고 정상적 운전을 유지하게 하였다. 이는 정치적 논리인 것으로 윤리와 정감의 논리로써는 판단할 수 없는 성질의 것이다. 이 강대한 정치적 논리의 영향 하에 지식인은 개성의식을 죽이

고 농후한 종법의식, 집단의식으로 관통되어 있는, 그러나 사회변혁의
주력인 노농대중의 진영 속에 영합해가지 않을 수 없었다. 김희준, 안
갑숙, 권경호 이 세 인물을 비겨볼 때 권경호의 계급의식의 귀속이 가
장 어려웠다. 그러나 권경호의 방황과 곤혹이 이미 갈 길을 알고 명확
히 나아가는 김희준에 비하여 결코 무가치하다고는 할 수 없다. 왜냐
하면 권경호의 방황이야말로 인생가치에 대한 보다 복잡하고 심입된
사고를 동반할 수도 있기 때문이었다.

> "사실 인간에게는 행복이란 것이 별로 없는지 모른다. 이 사람의 행복
> 이 저 사람에게는 고통이 되고, 행복이라고 생각하는 그 속에도 도리여
> 많은 분량의 고통이 포함되어 있을수가 있을것 같다."
> "그렇다면 인간은 서로 뺏고 죽이고 하는 골육상쟁을 하기 전에 서로
> 도웁고 가르치고 사랑할수 있지 않은가? 아니 인류의 력사는 수천년동안
> 장원하도록 오늘까지 피로 물들여 왔으니 이제는 그만 칼날을 거두고 평
> 화를 가져와야 할 것이 아닌가?
> 생활은 투쟁이라 한다. 이 생활의 투쟁은 반드시 인간에게만 있는 것
> 이 아니라 자연계의 일체 현상에서 볼수 있는 일반적 법칙이라 한다.
> 그러나 투쟁은 반드시 살벌적이래야 할가? 만일 그렇다면 인류는 멸망
> 하고야 말것이다."16)

위의 예문에서 볼 수 있다시피 경호에게서 투쟁의식은 극히 희박하
나 그는 행과 불행, 삶과 죽음의 문제 등 인생에 가장 중요한 모체(母體)
들에 대한 사고를 종래로 멈춘 적이 없었다. 그는 살벌적인 투쟁, 골육
상쟁의 투쟁을 싫어하며 혁명의 필요성에 대해 커다란 의혹을 품고 있
다. 그는 '위대한 행복을 위해선 조그만 행복을 희생해야 된다'고 한

---

16) 이기영, 「고향」, 연변인민출판사, 1979년, 674면.

옥희의 말을 간신히 받아들이긴 하였지만 역시 얼떨떨한 상태이다. 빈고농의 핏줄을 타고 태어나긴 했으나 고리대금업자의 슬하에서 경제적으로 별로 어려움이 없이 행복하게 성장한 그의 기이한 신분이 상징해 주는 바와 같이 그는 영원히 혁명과 비혁명 사이에서 방황할 것이며 그의 이런 방황은 현실적으로 혁명의 기세를 약화시키는 작용밖에 하지 못한다. 행동은 따라가지 못하고 사유 속에서만 우유부단하므로 머리만 크게 확장된 이 지식인은 씩씩한 혁명대오 속에서 '하등병사'에 다름 아니며 계속 그렇게 나아가다가는 차차 자기의 지위를 잃고 종국에는 무용지물로 전락하고 말 것이었다.

소설에서 권경호의 고민과 방황은 극히 생동하게 그려져 있다. 그러나 소설은 소부르죠아출신의 안갑숙이 혁명에 투신하고 혁명가적 신형의 지식인인 김희준에게 사모의 감정을 품도록 처리하였고 그리고 권경호 역시 안갑숙에 의하여 혁명에 투신하게 된다고 처리함으로써 소자산계급의 사상의식이 최종적으로는 분명 무산계급 혁명에 신념적으로 굴복하게 될 것임을 체현하였다고 할 수 있다. 이에 비해 한설야의 소설 「황혼」에서는 준식이를 대표로 하는 무산계급지식인과 김경재를 대표로 하는 소자산계급지식인의 활동공간과 언어 환경이 선명하게 대립되게 그려짐으로써 두 가지 부동한 세계관의 치열한 충돌이 정면으로 드러난다. 그리고 더 나아가 그들은 화합을 보지 못하고 계급의 적으로 사활(死活)적인 계급투쟁의 전투마당에서 대결한다고 묘사하고 있다.

「고향」의 김희준이 농촌에 뿌리박은 선구자라면 「황혼」의 준식은 젊은 노동자혁명가로서 중학교 3학년 때에 '학생을 란타한 일본인선생의 퇴직을 요구하는 동맹휴교의 선두에 섰'던 이유로 출학당하고 Y방직공장 노동자로 들어가 노동자들 속에서 마르크스주의 소조를 조직하고 혁명 활동을 진행하는 지도자로 등장한다. 그의 대립 면에는 일제와 야합한 안중서를 비롯한 친일 자본가의 진영이 있다. 그들의 기본 갈등은 일제 및 그 예속자본가들과 노동자들 간의 민족적 및 계급적 모순, 노자(勞資)간의 대립으로 주어지고 있다. 그러나 이 조화할 수 없는 두 진영사이에서 '약간 특이한 위치를 차지하고 있는 인물'이 바로 경재인 것으로 작품의 주제나 구조상으로 보아 그 형상은 중요한 위치를 차지한다.

「고향」의 안갑숙이 마름의 딸이고 권경호가 고리대금업자의 양아들인 것처럼 「황혼」의 경재 역시 경제적으로 유족한 민족자본가의 아들로서 일본 와세다대학 고등학원을 졸업하고 동 대학 정치과에서 공부한 인텔리이다. 그는 일본 유학시기에 마르크스주의사상을 탐구하였던 원인으로 "두번이나 검거된 일"을 경험하였으며 그러나 굴하지 않고 자기가 받아들인 선진적 사상과 이념을 실천하고자 하는 포부를 안고 귀국한다. 그러나 정작 준엄한 사회적 현실에 부딪치게 되자 사상적으로 번민하기 시작한다. 그리고 그 번민은 자기의 사상을 실제적 행동에 결부시키지 못한데서 기인한 것이었다. 이런 사상 상의 위기와 함께 그는 연애생활에서도 위기를 맞게 되는데 그 번민은 친일자본가의 딸인 현옥이와 정의감이 넘치고 순결하고 아름다운 려순 사이에서 가지게 되는 방황으로 초래된 것이다. 표면적으로 볼 때 이는 한낱 사랑에 관한 고민인 듯하나 실상은 그의 사상과 정신면에서의 위기와 본질적으로 겹쳐지는 것이었다. 그는 "아직 제가 옳다고 생각하던 바를 그렇게도 쉽게 내던지는 사람을 미워할만한 량심"은 가지고 있었으며 또한 "그만큼 경멸할 인간을 제몸에 겨누고 싶지 않는 깨끗한 한 구석"도 마음속에 유지하고 있었다. 그는 "세상복판에 들어가봐야 할것"을 알고 있으면서도 도저히 그것을 "실행해내지 못"하고 외국에 유학이라도 갈 생각을 가져 보나 그것도 하지 못할 형편임을 한탄한다. 그는 주위로부터 자극을 받을 때마다 이리 저리 흔들리면서 "구태여 그렇지 않아도 좋다. 어디 있든지 좋다. 어떤 경우든지 상관없다. 생각만 좋으면야" 하는 자위(自慰)적인 체념에 빠져서 도저히 "어떻게 제몸을 운전해야 할지를 몰라" 한다. 그러다가는 마침내 아버지의 집요한 권고를 받아들여 "부모의 말대로 일가의 행복을 위해서 부자집 사위가 되여 예속된 강아지의 행복을 누리"며 자기의 이념을 포기하고 자본가들의 세계와 타협한다. 그러나 그 타협 또한 지극히 고통스러운 것으로 자포자기적인 생각에서 산생한 것이었다.

> "…(인간이란 결국 되는 대로 사는수밖에 없는게다)하는것이 때따라 찾아드는 그 뒤에 온 경재의 인생관이였다면 (사랑이란 그역 그런것이다.)하는것이 그의 변해진 련애관이라고 할것이다. …려순을 잃은 얼마후부터 경재는 이렇게 관대한 생각으로 사랑때문에나 미움때문에나 그 어느 편에도 마음을 고달프게 하지 않고 아프게 하지 않으려 하였다— 달팽이의 뿔과 같이 좁디좁은 세상에서 무엇을 다투며 무엇을 까다로이 미워하랴, 사랑도 미움도 넘어서는것이 마음의 평화를 얻는 소위이며 그저 그런대로 잠자코 살아가는것이 현명한 삶이 아닐가…"17)

이와 같이 경재가 사업과 사랑 면에서 마침내 고취하게 된 명확한 선택은 그대로 번민의 연속이었다. "마치 페병으로 거의 죽어가는 사람이 신경만 더욱 예민해져서 자기의 죽음을 날카로이 바라보고 있는것과 같이 그는 자기 자신을 바라보고 있었다. 경재는 저 자신이 가장 미

---

17) 리효운 계북, 「≪고향≫과 ≪황혼≫에 대하여」, 조선작가동맹출판사, 1958년, 217면.

워하던 소시민을 가지 자신에게서 발견하였다. 그것은 신경이 쑤시는 일이요 또 이 개려운 일이었다."18) 이런 그는 끝내는 자본가와 타협의 길을 택하였으나 또 그렇다 하여 자본가들과 완전한 합일을 이룰 수 있었던 것 또한 아니었다. 그는 자본가와 노동자사이의 치열한 투쟁의 중간에 서서 둘 사이를 화해시켜 보려고 "회사의 경우를 잘 리해하도록 로동자들에게 량해를 구하라는 것과 어느 정도까지 피차 양보하는 것이 쌍방을 위하여 유리하리라는 막연한 권고"를 자기의 장인어른이면서 상급이 된 친일 자본가 안중서에게 하기도 한다. 그러나 그의 이 노력은 아무런 효과도 보지 못하는데 그는 결국 노동자대중의 기세 드높은 총파업 투쟁에 직면하여 어찌할 줄을 모르고 "공장 사무실 한구석에 넋을 잃은 사람"처럼 앉아 있어야만 하는 정신적으로 지극히 초라한 모습이다.

선명한 정치적 의식 하에 씌어진 한설야의 이 소설은 경재가 종국에는 꼭 "자기 계급의 리익을 수긍하"여 갈 것을 제시하고 있다. 소설의 제목이 「황혼」인 것도 "경재가 가는 길은 경재 자신의 운명의 황혼에로 닿아있는 길이며 무기력한 부르죠아 인텔리 청년들의 운명의 황혼에로 닿아있는 길인 동시에 또한 그들이 투항하여 나서도 앞으로 가담하여 나서게 될 그 세계와 그 세계의 주인들의 력사적 운명의 황혼에로 통하여 있는 길이다."19)라는 의미를 내포함으로써 지어진 것이다. 작가 한설야의 무산 계급적 세계관의 압도적인 영향으로 소설은 노동자의 형상이 지나치게 완미하다는 점, 노동자들의 세력과 기세가 과분하게 강대하게 씌어졌다는 점으로 인해 소설의 사실성을 저하시키는

---

18) 리효운 계북, 「≪고향≫과 ≪황혼≫에 대하여」, 조선작가동맹출판사, 1958년, 219면.
19) 리효운 계북, 「≪고향≫과 ≪황혼≫에 대하여」, 조선작가동맹출판사, 1958년, 221면.

부작용을 오히려 일으키고 있고 또한 매개인의 언행을 계급적 신분으로 획일해버리는 등 좌익문학에 공유한 특점을 보여준다. 그러나 작품은 동시에 그 시기 지식인의 시대적 아픔과 여러 가지 약점을 생동하게 반영하였다는 면에서 그 가치가 충분히 긍정 받아야 한다. 실천력이 약한 사고의 인간형이라든가 현실세계로부터 끊임없이 무위의 세계로 이탈하여 가고자 한다든가 하는 지식인의 약점들은 소설에서 깊이 있게 탐구되어 있다.

　무산계급의 혁명이론으로 두뇌를 무장한 한설야와는 달리 강경애는 '동반자작가'로서 그에게서 부각된 「인간문제」의 주인공 유신철은 이데올로기의 영향권을 많이 벗어난 모습이다. 그는 이기영의 「고향」의 권경호와 한설야의 「황혼」의 김경재 사이에 놓여지는 인물이라 할 수 있다. 우선 먼저 권경호의 연장선상에서 유신철을 분석하여 볼 때 그 역시 권경호처럼 지식인으로서의 약점이 남김없이 그려지고 있으며 종국에는 「황혼」에서 그려지고 있는 김경재의 인생 선택과 합일을 이루는 모습이다. 그 역시 「고향」의 권경호처럼 결혼문제 때문에 아버지와 충돌하고 집을 뛰쳐나와 혁명자의 행렬에 든다. 하여 농민인 첫째를 견정한 혁명가로 배양하고 인천 부두의 노동자가 되어 노동대중의 반항투쟁을 이끌어 가는 지도자의 역할을 한다. 그러나 소설에서 보다 많은 필묵을 들여 생동하게 펼쳐 보이고 있는 것은 그에게 뿌리 깊은 인텔리적 열근성이다.

　법과대학 4학년생인 그는 여행 도중에 우연히 지주의 딸인 옥점이를 만나 사귀게 되는데 옥점이는 일심으로 그를 사랑하나 신철이는 "옥점이야말로 여행중에나 잠시 사귀어 심심풀이나 할 여성에서 지나지 않는다."고 생각한다. 그러나 자기의 이 진실된 마음을 옥점이에게 말하여 옥점이로 하여금 그와의 결혼을 단념하게 하는 것이 아니라 계속 애매한 관계를 유지한다. 물론 유신철의 진정은 옥점이네 집의 심부름 꾼으로 있는 선비에게 가 있었다. 하여 그가 두 달간이나 옥점이네 집 에 거주할 수 있었던 것도 그가 행여나 선비에 대한 자기의 연모의 정 을 어떻게 실천적으로 진전시킬 기회를 찾고자 하는 욕망에서였다. 그 는 옥점이를 이용하여 선비를 서울로 데려올 생각을 가지고 노력도 하 여 보나 결국은 자기가 진실로 선비를 사랑하는지조차 모를 지경에 이 른다. 그는 "선비를 사랑한다 하고 선뜻 대답이 나오지는 않았"으며 선 비와 결혼까지 하기는 "그의 마음이 허락지를 않았"던 것이다. 그가 선 비를 사랑하는 것은 알고 보면 "최대 원인은 선비가 자기가 좋아하는 타입의 미를 구비한것이며, 그리고 그의 근실성! 그것뿐"이었다. 그러 나 그의 근실성을 사랑한다 하지만 옥점이네 집에 머물던 어느날 홀로 산책하던 중 선비의 호박 따는 손을 우연히 보게 되어 그토록 거친 손 이 차마 선비의 손일가하고 마음에 느껴지는 거리감을 어쩔 수 없어 한다. 여기서 느껴지는 거리감은 상상속의 미적화신으로서의 손과 실 제존재로서의 노동인민의 거칠고 미운 손과의 차이뿐 아니라 두 사람 사이의 마음의 거리를 상징하는 것으로 사실상 그 거리는 결코 쉽게 무마될 수 있는 성질의 것이 아니었다. 과연 유신철은 차츰 선비를 망 각하게 되며 훗날 부두노동자로 일하면서 심신이 피곤하고 괴로울 때에 는 자기가 한 때 그처럼 동경하였던 선비가 아닌, "옥점의 그 활발 명 랑하게 뵈던 그 눈! 그 손! 그 얼굴이 금방 눈앞에 보이듯" 그리워한다.

"옥점이 그는 결혼하였을까? 그렇게 나를 못 잊어하더니…… 내가 너 무 과했어! 그의 눈에는 요령부득의 눈물이 괴었다."[20]

감정생활에서 이러하다면 그의 신념 또한 견정할 수 없었다. 옥점이와 같은 부잣집 딸과 결혼하고 고등문관시험에 합격하여 빨리 출세하라는 아버지의 강박에 반항하여 집을 뛰쳐나온 것을 계기로 혁명의 길을 걷게 되었으나 그 혁명이란 그가 "책상머리에서 생각하던 바와는 너무나 현실이 무서움을 깨달았다. 동시에 이제 앞으로 닥쳐올 현실! 그것을 상상하여 볼 때, 그의 앞은 아무것도 보이지 않고 캄캄하였다." 그러다가 결국은 그가 벌려 나가던 혁명 활동이 좌절을 겪고 감옥살이를 하게 되자 "아버지의 파리해진 얼굴을 바라보는 그 순간에 자신의 그 비장한 결심이란 얼마나 약한 것이었던가"[21]를 깨닫고 "사상전환"을 하고 "만주국에 취직하고 더욱 돈 많은 계집을 얻"고 화려한 세속생활을 시작한다. 이런 신철이의 배반을 맞아서, 그리고 사랑하던 선비를 죽어서야 만나보게 된 기막힌 현실을 맞이하여 첫째는 다음과 같이 생각한다.

> "그렇다! 신철이는 투항하였다! 아니 타협하였다! 신철이는 그만큼 자기 환경이 그들과 타협할수 있는 조건들을 가지고 있었다! 자기 생활의 여유를 가지고 있었다. 그러나 자신은 어떠한가? 과거와 같이, 그리고 눈앞에 나타나는 현실과 같이 목전에 부닥치는 장벽을 뚫고 앞으로 걷지 않으면 자기를 살릴수 없는 존재가 아니냐! 그러나 신철이는 어느 길이든지 자신이 택할수 있는 길이 그의 앞에 여러 갈래로 놓이여 있었다. 신철이와 나와 다른것이란 여기 있었구나!"[22]

여기서 첫째가 깨닫게 된 신철이와의 '다른 점'이란 곧바로 노동자,

---

20) 강경애, 「인간문제」, 이상경 엮음, 『강경애전집』, 소명출판, 1999년, 333면.
21) 강경애, 「인간문제」, 이상경 엮음, 『강경애전집』, 소명출판, 1999년, 401면.
22) 강경애, 「인간문제」, 이상경 엮음, 『강경애전집』, 소명출판, 1999년, 412면.

농민과 지식인 사이 있게 되는 이해관계의 비통일성을 말한다. 이는 이기영과 한설야 등 좌익작가들이 저마다의 작품들에서 부단히 탐구하고 있는 내용인 것으로 다만 강경애는 보다 자연주의의 창작방법으로 추리해 내었을 뿐이다.

요컨대 좌익 측에서 빈번히 논하게 되는 소부르죠아의 제한성은 사실상 상술한 세 주인공에게서 남김없이 표현되었다. 그 공통점이라면 아래 몇 가지로 귀납해볼 수 있다. 우선 그들은 혁명을 동경하고 극히 높은 혁명적 열정이 있었다. 그들은 신문화운동 가운데서 서구의 인문주의사상의 영향을 받아 노고대중의 비참한 현실적 운명을 깊이 동정하여 그들을 위해 일하고자 한다. 그러나 그런 염원이 현실생활에서 우월한 물질 조건에 대한 포기를 전제로 하여야 하고 자기가 소속된 계급을 배반하여야 한다고 할 때 그들은 깊은 고민과 방황에 몸부림치게 된다. 「고향」에서 안갑숙은 이런 고민을 쉽게 이겨낸 모습이지만 권경호, 유신철, 김경재는 고민에서 빠져나지 못하고 우유부단하거나 심지어는 애정의 정열가운데 무조건 몰입해 들어감으로써 심령의 나약성, 공허와 고민을 외면해 버리고자 한다. 이런 그들의 모습은 김희준이나 준식이나 등 견정한 혁명가들이 보기에는 당연히 앞날의 밝음을 멀리 보지 못하고 협애하고 이기적이며 마음속에 큰 뜻이 없는 모습, 힘이 없이 모순적이기만 한 정신상태로 보였던 것이며 그러므로 좌익작품들에서 소자산계급 지식인이라면 상술한 약점을 집약시킨 대명사로 자리매겨지고 만 것이다.

하다면 소부르죠아 지식인은 왜서 노동자, 농민의 이해관계와 완전한 합일을 가져오지 못하는가? 사실상 지식인 개체와 사회민중으로서의 군체 지간에는 어떠한 모순 대립의 관계도 천연적으로는 없었다고 할 수 있다. 지식인 개체의 각도에서 볼 때 그는 사회 군체(群體)를 떠난 고립적이고 추상적인 현실적 존재일 수는 없는 것이며 그들 자체가 곧 사회 군체의 객관적 구성요소의 하나로 된다. 그러나 좌익의 문학운동 범주 내에서 볼 때 지식인은 노동계급에 영합하여야만 하는 위치에 처하게 되어 있는데 이 모순관계의 형성원인은 주로 동양사회 지식인들의 전통적 지위의 문제로 거슬러 올라가 생각하지 않을 수 없다. 전통적으로 조선지식인들은 종래로 관료체제 가운데 소속되어 있는 관료계층의 후비적(后備的) 역량으로 존속하여 왔었다. 하여 공부하고 과거에 급제하여 관직을 얻게 되면 국가의 봉록을 먹으면서 국가체제 내에 납입(納入)되어 그 체재를 위해 일하게 되어 있었다. 그리고 이와 상응되게 조선 전통의 지식결구와 가치관, 그 도덕학설의 주요 내용 역시도 국가의 정치적 수요와의 필연적 연계 하에 만들어져 있었다. 그러므로 지식인으로서 일단 이런 통치 체제에 반역해 나서자면 반드시 이 통치계급 외의 다른 계급에 의부하지 않으면 안 되는 처지가 되고 말았던 바이다. 특히 근대에 들어와 과거제도가 철폐됨에 따라 조선지식인들은 단순한 사상집단의 역량으로 일변하여 버렸다. 하여 일종의 정신적 역량으로 존재할 수는 있을지라도 기타 계급에 의부하여야만 하였던 그의 전통적 특성은 변함이 없었다. 따라서 좌익사상가와 지식인들이 사회와 통치계급에 반항해 나서고자 할 때면 여전히 노동자, 농민계급에 영합해 나가지 않을 수 없게 되었던 것이다. 그러나 그런 영합과정 또한 순탄한 것이 아닌바 노동자, 농민의 이해관계와 완전한 합일을 가져오기까지는 일정한 과정이 필요하였으며 혹은 그 과정이 아무리 길어지더라도 영원히 합일을 볼 수 없는 경우가 있을 수도 있었다.

작가 이기영의 개체적 특점을 살펴 볼 때 그가 청년시절에 하였던 가난에 반항하고 진리를 찾아 헤맨 6년간의 방랑은 이기영으로 하여금 조선 곳곳의 최하층사람들을 접할 수 있도록 기회를 준 것으로 된다. 이런 진귀한 체험을 거치고 마르크스주의 이론을 받아들인 이기영은 앞에서 논한 것처럼 노동자, 농민의 이익을 적극적으로 대변하여 나서고 그들을 심지어 숭배하기까지 하는 지식인으로 성장함으로써 그는 이미 노동계급에로의 계급적 귀속을 이룩한 것이나 다름없었다. 그에게 있어 구체적 인생체험과 새 사상의 접수는 상호 보완적으로 작용하여 그의 행동으로 하여금 명확한 목적성을 띰과 동시에 완강한 정신적 힘을 부여받게 해 주었다. 게다가 그는 동양사회 전통적 지식인의 유가(儒家)적인 사상을 주축으로 하는 미덕을 물려받은 사람으로서 자연스럽게 노동민중의 개체적 인격에 대해 긍정하는 자세를 취할 수 있었으며 노농대중에로의 계급적 귀속도 자연스럽게 이루어질 수 있었다. 그런가 하면 회의적인 안광으로 기존 세계를 심시하고 권위와 전통, 불합리한 사회결구에 과감히 도전함으로써 사회역사를 보다 공정하고 진리성 있는 방향으로 추진시키고자 하는 노력, 그의 몸에 풍기는 신념과 도의(道義)의 역량 등은 현대적 지식인의 패기와 담량과 사명감의 집중적 표현이기도 한 것이다.

그러나 이런 김희준일지라도 소설에서 보면 자기 마음에 도사리고 있는 '인텔리근성'과 '소부르죠아사상'을 검토하고 매사에 근로대중의 실제적 요구와 이해관계를 탈리하지 않으려고 노력[23]하는 적극적인 자기 개조의 발자취를 늦추지 않고자 하는 모습이다. 이기영의 다른 한 작품인 「제지공장촌」(1930년작)의 샌님의 형상에서 지식인의 이런 자기

---

23) 이기영, 「고향」, 연변인민출판사, 1979년, 203면.

개조의 노력은 보다 선연하다. 소설에서 샌님은 붓을 던지고 공장생활에 뛰어들어 자기개조를 진행하는데 그 원인은 "지금까지 자기의 불행한 생활―알뜰한 무산자이면서도 오히려 소부르죠아 의식에서 벗어나지 못한 비겁한 자기를 진실한 투사로서 진리를 위해 사는 옳은 사람으로 되게 하겠다는 결심"24)에서였다고 하였다.

그 시기 조선사회 지식인들은 대다수가 빈한한 출신이며 낡은 사회구조 가운데 피압박자, 피착취자의 사회지위에 처해 있음으로써 그들 본신은 사회에 반항하고 혁명에 투신할 수 있는 주관적 요구를 구비하고 있었다. 그러므로 마르크스주의 혁명이론으로 자기를 무장하기만 하면 무산계급 해방사업에 모든 것을 바치는 자아희생정신을 확립할 수 있었으며 나아가 조선사회 정치혁명의 핵심인물로 역할을 발휘할 수 있었다. 그러나 그 전제 조건은 노동자, 농민의 군체적 이익을 대표하여야 하고 가능한 그 자신이 무산계급출신이어야 하였다. 그렇지 않을 경우에는 철저한 사상 면에서의 반성이 그 필요적 전제로 이루어져야 한다고 인정되었다. 초기의 좌익문학 작품들에서 이런 사상개조를 비교적 성공적으로 이룩한 지식인의 형상은 「고향」의 김희준과 안갑숙, 「황혼」의 준식이와 려순이가 있다. 그러나 「고향」의 권경호, 「인간문제」의 유신철, 「황혼」의 김경재 등은 '알뜰한 무산자'가 아님으로써 철저한 사상개조를 통과하기 어려운 선천적인 장애가 있는 것으로 되었다. 하여 그들은 진정으로 노농대중의 혁명진영 속에 융합될 수 없는 지식인의 모든 약점을 다 걸머진 모습들이다. 절대적 정신자유에 대한 열광적인 추구는 그래도 적극적인 면이 있다 하더라도 인생 신념에 대한 극

---

24) 이기영, 「제지공장촌」, 현대조선문학선집 이기영단편소설집, 「오빠의 비밀편지」, 문학예술종합출판사, 1993년, 180면.

도의 회의, 내심의 존엄에 대한 부단한 포기, 인생의 본질문제를 두고 진행하게 되는 끝없는 하강적 인식 등 약점들은 그들의 몸에서 남김없이 표현되었다.

사상을 주도로 하는 집단으로서의 지식인은 생존과 의식주 문제로 정치적 논리에 휘말려 들어온 노동인민과는 본질적으로 같을 수가 없었는바 그들의 노농계급에 대한 영합은 당연히 복잡한 정신활동인 이성적(理性的) 면에서의 영합을 동반하지 않을 수 없었다. 그러나 실제 정황을 보면 이런 지식인의 사상 면에서의 반성은 극단으로 치닫기 쉬웠던바 예하면 지식인의 몸에서 반짝이는 자유와 개성주의를 주체로 하는 현대의식과 사상능력마저 부정당해야 한 것 등이다. 좌익의 각도에서 볼 때 자유사상은 소부르죠아 지식인들을 해칠 뿐이며 자유사상의 결과 모순만이 있을 뿐이며 자유사상의 결과 방황만이 있을 뿐이라는 것이 그런 사상을 압제하게 하게 되는 이유로 되었다. 한마디로 소위 자유사상이라는 것은 이 세상에서 하나의 기편술에 지나지 않는다는 것이었다.

이런 비판은 일종의 초월을 이룩한 듯하였지만 자유와 개성의식의 추구는 사실상 이광수, 김동인시대 때부터 수많은 신문학의 선구자들이 뿌리 깊은 봉건의식과의 치열한 투쟁의 결과 이룩한 승리의 과실이라는 것은 주지하는 바와 같다. 그러나 이때 와서 이 승리의 과실을 소부르죠아의 개인주의사상이라 하여 부정해 버린다면 그 역시 손해가 아닐 수 없다. 훗날 좌익문학이 극단으로 치우친 것은 바로 이런 현대의식에 대한 철저한 부정에서 기인한 것이다. 그러나 정치적 논리의 각도에서 볼 때 이는 필연적이기도 한 것이다. 노동자 농민의 투쟁열정과 승리의 신심을 북돋아 주어야만이 혁명세력은 장대해질 수 있으며, 반면에 개성의식 등은 혁명의 각도에서 보면 유해할 뿐이므로 억압하여야만 하는 상황인 것이며 따라서 정신적 역량 형태로서의 지식인의 존재적 의의는 담백한 것으로 인식될 수밖에 없는 것이다. 일찍 현대문화의 매개체였으나 좌익에서는 자기 개조의 길을 걷지 않으면 안 되었던 지식인의 운명의 비극성은 이런 논리 하에 결정지어진 것이다.

3. 정감방식 면에서 본 지식인의 자기개조

좌익문학운동의 범주 내에서 지식인은 반드시 자아관념의 갱신을 거쳐 무산계급 혁명의식을 획득하여야만 하는 모식 하에 놓여졌다. 그러므로 인민 속에 들어가 그들의 현실 생존상황을 관심하고 그들의 운동을 요해하는 데서부터 출발하여야 만이 무산계급대변인으로서의 역할을 충실히 실행할 수 있었다. 하여 이 시기 좌익작품들에서는 흔히 안광을 날로 파산되어가는 조선농촌에 두었는데 흔히 농민들이 풍작을 거두었음에도 오히려 파산당하고 마는 괴이한 현상에 대해 묘사하였다. 그 의도는 이런 사회현상에 대한 분석을 통하여 조선농민이 국내외 반동세력의 쌍중(雙重)의 압박 하에 부득불 반항해 일어날 수밖에 없는 역사적 필연성을 진실히 반영하기 위한데 있었다. 이는 그 이전시기 문학작품이 농민의 사상의 우매함과 낙후성에만 주의를 돌리고 그들의 반항정서를 표현하지 않은 것과 선명한 대조를 이루는데 이가 곧 관념인식 상에서 좌익문학이 보여준 큰 변화인 것이다. 따라서 이는 좌익작가들의 조선사회에 대한 인식이 이미 정치이성화(理性化)에로 발전하였음을 말하여 주며 문학도 무산계급혁명문학의 새로운 영역에 진입하였음을 말하여 주는 증거로 되기도 한다.

좌익문학 작품들에서 농민은 더는 우매하고 낙후한 문화의 대명사가 아니며 농민계급과 무산계급 사이는 동일한 본질을 구비한 계급집단으로 인식되었다. 하여 농민은 무산계급의 혁명이상을 접수하기만 하면 간단히 무산계급으로 전환할 수 있었다. 그것은 지식인의 어려운 자기개조의 과정과 너무도 선명히 대조되는데 봉건문화의 재체(載體)였던 농민과 선진적인 무산계급개념을 간단하게 동등시하였고 농민대중의 본능적인 반항도 무산계급의 숭고한 이상과 한데 혼동시켜 논하였다고 지적 받을 수 있을 정도이다. 강경애의 소설 「인간문제」에서 주인공 첫째는 농민이던 데로부터 자연스럽게 무산계급혁명의 선두에 서서 투쟁하는 투사가 되는가 하면 이기영의 「고향」의 인동이 역시 무산계급 혁명의식을 받아들인 후 저들 농민계급의 역사적 운명을 저로써 주재할 수 있는 성스런 사명을 짊어진 씩씩한 농민혁명가의 전형으로 재빨리 성장하였다. 따라서 무산계급 혁명의 진영 내에서 빈궁이란 결코 무서운 것이 아니며 그것은 오히려 무산계급혁명의 원동력으로 되기조차 하였다. 그리고 결점이 있는 가난한 자는 그 결점마저도 그의 개체행위와 품질에서 원인이 찾아지는 것이 아니라 사회의 기형성이 낳은 것이라고 그 사회적 근원을 발굴하기에 이르렀다. 「인간문제」에서 계급적으로 각성한 후의 선비는 첫째의 도적질행위를 다음과 같은 인식수준의 높이에서 이해하여 준다.

> "그는 아직도 도적질을 하는가?……지금 생각하니 어째서 그가 도적질을 하게 되였으며, 매음부의 자식이었던것을 그는 깊이 깨달았다. 선비는 어서 바삐 첫째를 만나서 술 마시고 싸움질이나 하는 개인적 행동에 그치지 말고 좀더 대중적으로 싸워야 한다는것을 가르쳐주고 싶었다."[25]

　　물론 첫째와 같은 농민출신의 로동자혁명자의 새로운 형상의 창조는 무산계급 혁명문학이 걸어야 할 필연적인 길인 것이며 농민계급은 필연적으로 조선 무산계급 사회혁명의 주체적 역량으로 성장할 것이었다. 농민이 이러할진대 노동자에 대한 찬미는 좌익문학작품에서 더욱 강렬하고 선명하였다. 이기영의 소설 「고향」은 인순이가 노동자가 된 모습을 다음과 같이 찬미하였다.

> "인순이는 뼈마디가 굵어지고 살이 억센 데다가 말소리까지 힘이 있어서 사내같이 튼튼한 기상이 보인다. …(중략)…
>
> 상글상글 웃는 표정이 천하만사를 락관하는것 같은데 그것은 쓸데 없는 비판을 단념한 까닭인지 또는 저의 앞길을 환하게 내다보는 굳은 신념이 있어 그럼인지?"
>
> "그는 전고미문인 로동자란 이름을 가졌다. 수로는 몇억만, 해로는 몇천년동안에 농민의 썩은 기름이 로동자를 탄생하였든가? 농민의 아들 로동자는 새로 깐 병아리처럼 생기 있게 새 세상을 바라보는것 같다. 그리고 이 병아리는 오히려 밤중으로 알고 늦잠이 고이 든 농민에게 새벽을 알리우는것 같다."[26]

　　상술한 정열적인 주정토로가 있을 수 있은 것은 사회 변혁의 새 역량인 전고미문의 노동자에 대한 작가 이기영의 커다란 희망과 기대 때문이었다. 한설야의 「황혼」 역시도 노동자계급의 선진성에 대한 찬양과 신임이 전반 작품의 기조를 이루고 있다. 그러나 그런 찬미의 뒷면에는 흔히 지식인의 약점들이 안받침 되는데 그러므로 지식인은 언제나 자기개조를 하지 않으면 안 되는 처지였었던 것은 앞에서 논한바와

---

25) 강경애, 「인간문제」, 『강경애 전집』, 이상경 엮음, 소명출판, 1999년, 398면.
26) 이기영, 「고향」, 연변인민출판사, 1979년, 364면.

같다.

윤리적 정치적면에서의 자기개조는 그래도 지식인의 강한 이성적 힘으로 이루어질 수가 있지만 이성의 힘은 만능적인 것은 아닌바 정감세계에까지 충분히 침입해 들어가지 못하는 상황도 있었다. 왜냐하면 정감방식이란 인간의 교양, 직업과 생활방식으로 형성된 일종의 정신표현 형태로서 그는 한 개인의 모든 생활행위 가운데 침투해 들어가 이성적인 의식형태보다 더욱 온건한 특성을 띠기 때문이다. 지식인과 노농대중의 가장 선명한 정신적 차이는 사실상 정감방식의 차이에서 드러난다. 이기영, 강경애, 한설야의 상술한 작품들은 전반 사회의 지식화정도가 낮은 1920, 30년대를 취급하였으므로 그런 차이는 더욱 심할 수밖에 없다. 노동자, 농민이 "현실생활에 있어서 질박하고 둔중한 것처럼 그들의 감정도 둔중하고 단순"하며 "아무런 수식과 단장이 필요치 않"다. 이런 그들에게 인텔리들에 고유한, "롱만 하고 번잡한 말초신경적 감각의 곡선미"는 찾아볼 수 없는 것이다.27) 하기에 좌익문학들에서 보면 지식인들은 낭만과 감상을 떨어버리고 진취적이고 사실주의적으로 변모하는 모습일 수밖에 없었다.

그러나 바로 "문화의 정도가 얕고 전 인구 중에 문맹이 대다수를 차지한 이 땅에서는 그럴수록 대중적이어야 할 것이 아닌가? 뿐만 아니라 위대한 작품일수록 대중적이라는 말이 있다."라고 이기영은 주장하였다. 이기영은 또 "현재에 있어서 문학적 역할을 담당하고 있는 작가들은 대게 소시민적인 인텔리 출신이므로 그들의 제작하는 작품이 필연적으로 인텔리적 취미를 띨 것은 물론이다." 그러나 "너무 감각적인

---

27) 이기영, 「창작방법문제에 관하여」, 현대조선문학평론집, 1920~1930(북조선), 조선작가동맹출판사, 1957년, 217면.

부르죠아문학적 잔재”를 벗어나 “생활의 대중성을 파악하고 현실적 대중성을 파악해야 된”다고 하였다.28) 부르죠아적 미를 쓴 예로 그는 박태원의 작품인 「5월의 훈풍」을 들었다.

모 대학 영문과 출신의 인텔리 주인공은 종로네거리 백주대도 상에서 불현듯 못생긴 소꿉친구인 기순이를 생각한다. 기순이가 워낙 못생겼기 때문에 그는 기순이를 놀려 주고 떠다밀어서 이마에 상처를 내주었다. 그런 연고로 기순이는 꽃 같은 나이에 40대 남자에게 후취로 시집갈 수밖에 없었는데 인텔리 주인공은 새삼스럽게 이제 와서 기순이의 결혼생활의 불행은 자기 탓이 아니었던가 하고 자책에 빠진다. 이에 이기영은 “참으로 팔자 좋은 걱정이다.”라고 비난하였다. 그리고 주인공이 그런 불필요한 심리활동을 할 수 있었던 원인은 “장래를 바라보는 확고한 신념이 없고 인류사회의 종국적 행복을 기대하는 위대한 리상도 없이 아주 정신적으로 파산”하였기 때문이라고 비판하였다.29)

작가 박태원은 20세기 서구라파에서 유행한 심리현실주의, 정신 분석, 신감각주의, 의식류 등 현대주의수법을 받아들여 자기의 작품에서 인간의 대뇌를 순간적으로 비껴가는 생각, 사소한 것, 환상적인것 등 끊임없는 활약상태에 처해 있는 인간의 의식과 잠재의식의 세계를 그대로 살려 독자들 앞에 드러내 보이고자 한 작가이다. 그는 자기가 실험한 이 의식의 흐름의 수법을 굳이 ‘이중표출의 수법’이라 하면서 “최근에 유리시즈를 읽고 제임스조이스도 그 같은 실험을 한 것을 알았다”30)고 자기의 문학형식 면에서 이룩한 각성을 자랑하였다. 확실히

---

28) 이기영, 「창작방법문제에 관하여」, 현대조선문학평론집, 1920~1930(북조선), 조선작가동맹출판사, 1957년, 217면.

29) 이기영, 「문예적시감수제」, 현대조선문학평론집, 1920~1930(북조선), 조선작가동맹출판사, 1957년, 190면.

인물의 심층의식, 잠재의식에 대한 발굴 방면에서, 시공(時空)논리와 소설의 전통적 서술방식에 대한 철저한 타파방면에서 의식의 흐름의 소설은 소설 발전을 위해 새로운 도경을 개척하였던 바이다. 그러나 다른 한편 그는 이야기정절과 인물성격의 부각을 완전히 포기하고 의식에 대한 이성의 제약 작용을 무시하는 반면 과분하게 인간심리의 현실성을 강조함으로써 비이성주의를 편면적(片面的)으로 숭상하는 특성을 보였다. 박태원의 상술한 「5월의 훈풍」이란 소설 속의 주인공은 박태원의 이런 심리묘사의 대상으로 선택되어진 인물이다. 그러나 주지하는 바와 같이 의식의 흐름의 수법을 포괄한 현대주의수법에 대해 좌익 측에서는 자산계급의 부패한 의식의 산물이라는 등 여러 가지 원인으로 부정하는 자세를 취하였었다. 그러므로 박태원에 대한 작가 이기영의 비난의 태도는 좌익작가의 현대주의에 대한 총체적인 태도의 범주 내에서 해석할 수 있다. 그리고 사회의 불합리를 하루 빨리 변혁하려는 급진적인 혁명자의 각도에서 볼 때 그것은 "걸인에게 밥을 주는 대신에 눈물의 동정만을 주는", "걸인의 현실인 배속을 보지 못한", "현실에 맹목적인"31) 부질없는 행동에 불과한 것이었다. 그러나 이기영의 말대로 박태원의 이런 보귀한 탐색과 각성을 '정신적 파산'이라고 매도하는 것은 과학적인 태도는 물론 아닌 것이다.

20세기 전반기에 조선의 노동인민과 지식인의 차이는 향촌문명과 도시문명, 전통문화와 현대문화의 충돌의 특성을 띠기도 한다. 도시문화와 현대문화의 체현자로서의 지식인은 좌익작가들의 붓 끝에서 노동자계급에 영합해가는 도중 향촌문명과 충돌하다가 부득불 원유의 정감방

---

30) 박태원, 「표현, 묘사, 기교」, ≪조선중앙일보≫, 1934년 12월 31일.
31) 박영희, 「신경향파의 문학과 그 문단적 지위」, 『개벽』 63호, 1925년.

식을 개변시켜 노동민중에 보편적인, 거칠고 간단화한 정감방식의 특성으로 전화되고 영합되는 궤도를 밟았다.

이기영의 소설 「고향」에 등장하는 인물 가운데 인순이가 농민에서 노동자로 신생(新生)한 전형이라면 안갑숙은 마름의 딸이란 신분에서부터 노동자에로 계급적 전변을 이룩한 전형으로서 그의 이런 전변 속에는 지식인에 특유한 정감방면의 복잡한 시련이 들어가 있었다. 그 시련은 그가 초기에 고리대금업자의 양아들인 권경호와 사랑하였다가 김희준의 숭고한 혁명가적 정열에 매력을 느끼고 진정한 사랑의 감수를 가지는 과정에, 그러나 그런 진정을 억제하고 제사공장 노동자가 되어 노농파업운동을 지도하는 굳건한 신형의 여성으로 성장하는 전반 과정에 관통되어 있다. 더욱 중요한 것은 그가 감상적인 소부르죠아적 인텔리에서 노동인민에게로 귀속하는 가운데 그의 정감세계는 지식인에 특유한 섬세하고 민감하고 풍부하고 낭만적인 감정을 극복하고 무산계급운동의 수요에 부합되는 정감방식으로 변화하였다는 점이다. 그의 이름이 안갑숙으로부터 옥희로 변하였을 뿐 아니라 경호의 눈에 안갑숙은 못 알아볼 정도로 변모되어 있었다.

> 악마디가 진 손과 햇빛을 쏘이지 못한 얼굴과 으스스해보이는 새파란 입술이 그것은 그전 학생시대의, 야들야들하던 살결과 능수버들처럼 나긋나긋하는 자태와는 마치 딴 사람같이 보여진다.
> 　그는 용모뿐만 아니라 성격에도 그전처럼 온화한 맛이 없고 맺히고 날카롭고 굳세인 틀이 잡혀진것 같다. 꼭 다물어진 입이, 열기 있는 눈이 그렇다. 경호는 옥희의 입술과 두 눈을 번갈아 쳐다보았다.
> 　(사람이 어쩌면 저와 같이 변할수 있을가?)[32]

---

32) 이기영, 「고향」, 연변인민출판사, 1979년, 642면.

보다시피 이 과정은 가장 선명한 낭만적 정감의 소실과정이라 할 수 있다. 물론 소설에선 이런 변화를 "힘찬 로동과 규률적 생활과 육체적 고통에서 몸과 마음이 강철처럼 단련되여 가기 때문"이며 "자기의 생활에 리상과 신념을 발견하고 순교자적 정열을 가질 때에는 그는 어떠한 고통이라도 그것을 씹어삼키며 밟아넘어갈만한 용기와 대담과 인내의 행동을 가질수 있는 것이다."33)라고 해석하고 있다. 그러나 그것은 중복 노동을 주로 하는 가운데 키우게 된 노동인민들의 비교적 간단하면서 실용적인 인생수요와 사유방식을 배양한 결과 가지게 된 미학관에 접근한 모습에 다름 아닌 것이다. 특히 애정의 정감 면에서 옥희와 같은 인텔리들은 노동인민들의 정감세계에 자기를 비추어 자기의 몸에 있는, 과분하면서 혁명에 거추장스러운 섬세한 정감인소를 배재해버리고자 노력하였다.

소설 「고향」에서 인순이가 농민이던 데로부터 노동자가 됨으로써 '사내같이 튼튼한 기상'을 띄었고, 안갑숙이는 지주집 딸이자 부르죠아 지식인이던 데로부터 신형의 노동자로 변신함으로써 '날카롭고 굳세인 틀'로 자리 잡혔다면 이와 반대로 소설속의 다른 한 여성인 음전이는 농민인 김인동으로부터 타격 받아 정감의 위기에 빠져 속을 썩인다. 그녀는 인텔리는 아닐지라도 술집을 차리었던 부잣집 딸로서 특수한 가정환경으로부터 식견이 넓어져 차츰 문화적인 분위기를 구비한 사람을 숭상하는 심미관을 형성하게 되었다. 그러므로 그는 남편이 '우락부락하고 잔재미가 없는' 성격만은 싫어하지 않더라도 그에게 문화적 분위기가 없이 '땔나무군같이 상스러운 꼴이 보기 싫'어 반반한 옷가지도

---

33) 이기영, 「고향」, 연변인민출판사, 1979년, 642면.

해 입히려 하고 글 배우기를 권하기도 함으로써 남편으로 하여금 가능한 자기의 심미관에 접근시키고자 노력한다. 그러나 인동이는 안해의 이런 정상적인 정감수요를 전혀 알아주지 못한다. 그는 아내가 석유등잔불 밑에서 한 바늘 한 바늘 사랑을 담아 만들어낸 저고리를 두고 입으려 하지 않을뿐더러 "놀고 호사하는 자식이나 입을 입성을 우리같은 농군이 입으면 남이 흉보지 않는가" 하고 퉁을 준다. 그리고 심지어는 "이 가시내가 즤 어머니를 닮아서 오입쟁이사내를 좋아하는 모양이지. 그럼 너도 시집을 잘못 왔다."34) 하고 아내의 도덕품질마저도 턱없이 의심하는 용속함을 보인다. 이런 터무니없는 오해가 쌓이던 끝에 둘 사이는 금이 생겨 음전이는 마침내 눈물과 탄식으로 나날을 보내는 처지가 된다. 그러나 인동이의 아내를 무함하던 상술한 '땔나무군같이 상스러운 꼴'과 몰인정하고 무식한 태도에 대해 어떤 연구자는 "일하지 않고 앉아 먹는 자들에게 대한 인동이의 경멸과 증오의 감정"이라 해석하고 있지만 필자가 보기에는 이 역시 인동이가 혁명에 불필요한 거추장스럽고 과분한 정감적 인소를 배재해버린 데서 가져온 비극인 것이다. 소설에서 김인동이는 각성한 농민의 대표로, 씩씩한 혁명적 역량의 주체자로 부각되었다. 사회의 불합리에 대한 반항과 혁명사업에 온 정력이 집중되었을 때 그에게 있어 아내의 자기에 대한 관심은 과분한 부담으로 여겨졌고 '계집이란 정말로 사내를 결박하는 것인가?'35) 하고 생각하게 되었던 것이다. 말하자면 혁명과 비혁명의 단순한 이분적인 가치관이 그의 모든 정감세계를 지배하였던 것이다.

---

34) 이기영, 「고향」, 연변인민출판사, 1979년, 498면.
35) 이효운, 「이기영 작 장편소설 《고향》과 사회주의사실주의」, 논문집 『《고향》과 《황혼》에 대하여』(북조선), 조선작가동맹출판사, 1958년, 66면.

조선 무산계급 혁명이 세계 무산계급 혁명의 한 개 조성부분이듯이 조선의 좌익문학운동 역시 세계 무산계급 문예운동의 한개 조성부분이다. 그들은 모두 광범한 세계성의 연계 속에서 발전하였으며 만약 이런 연계와 영향이 없다면 조선의 무산계급혁명이 있을 수 없으며 조선의 좌익문학운동도 있을 수 없다. 그리고 중요한 것은 조선의 좌익문학운동이 흥기할 때 세계 무산계급문학 역시 탐색기에 처해 있었다는 점이다. 이기영, 한설야 등은 바로 이 시기, 금방 봉건시대의 문학전통을 탈피해 나온 조선 좌익문학운동의 선구자이면서 주력이었다. 그들의 작품을 전면적으로 심시하여 볼 때 그의 보귀한 점의 하나는 소설이 조선전통지식인의 문화심리와 선각자적인 문화의식을 진실하게 체현하였다는 내용이다. 그들에게서 부각된 지식인들은 암흑한 현실을 타개하고 정신적 낙원을 애타게 찾는 모습을 보여준다. 그들은 자기 개인의 생활과 운명을 조국과 인민의 운명과 긴밀히 연계시키는 가운데 생활의 진리를 탐색하고 철리적 사고를 진행할 줄 알았다. 하여 봉건세력과 자본주의적인 제 요소와 싸울 때 지식인들은 강대한 정신적 역량을 보였다. 도의나 양심이나 존엄의 가치 등은 지식인으로서의 역사적 사명과 사회 책임을 뒷받침하여 주었으며 그러므로 소설은 농후한 우환의식(憂患意識)과 열렬한 구원의 염원으로 충만하였다. 소설의 정치적 안광은 지식인의 선각자이면서도 노동자 농민에게 영합하여 나갈 수밖에 없는 특점을 예리하게 제시함으로써 인물의 내재적인 성격의 다원화한 부각을 성공적으로 이룩하게도 하였다. 동시에 우리로 하여금 당시의 현실적 요구 하에서의 좌익문학운동의 합리성과 여러 면에서 보이는 역사의 맹목성도 감지할 수 있게 하였다.

제 7 장

한설야 소설의 특수성

"용속(庸俗)"과 "선봉(先鋒)"의 기이한 결합

작가 한설야(韓雪野, 1900~?)는 본명이 한병도(韓秉道)이고 조선 함경북도 함흥의 교외 출생이며 시골의 함흥소학교를 다니다가 서울의 성망 높은 제일고등학교에 입학하여 공부할 수 있었던 수재이며 중국의 북경, 일본의 동경에 유학하여 사회학을 전공한 재능 있는 인텔리이다. 그가 작가의 길을 걸으려고 뜻을 품기 시작한 것은 그가 이십여 세 나던 청년시절이었다. 본래는 군수이면서 상당한 재산가였던 그의 아버지가 집안을 몰락에로 몰아넣은 후 세상을 뜨자 한설야는 식구들을 거느리고 만주에로 이주하였으며 거듭 되는 좌절과 절망의 인생경험을 겪는 가운데 문학을 좋아하게 되었고 문학에서 정신적 기탁을 찾은 것이다. 1925년 그는 이광수의 ≪조선문단≫에 처녀작 「그날 밤」을 발표하고 "비로소 기운을 얻게 되었다"[1]고 당시 문학에서 삶의 힘을 얻을 수 있었던 느낌을 고백하였다. 그 후 그는 좌익문학운동에 열을 올려 좌익문학단체인 "카프" 참여로부터 조선문예전선의 앞장에 서서 활약하게 되었다. 조선문학사에서 흔히 논하게 되는 "월북작가"를 시간적 순서에 따라 세 갈래로 나눈다고 할 때 한설야는 훗날 북조선 문단의 주력이 된 첫 번째 "월북문인"그룹에 속하며 그 가운데서도 주도적 지위를 차지하였다. 그는 "북조선문예총동맹"(1946년 3월)의 실질적 조직자로서 사회주의사실주의 예술미학을 창건하였고 북조선 문예정책의 제정에 깊이 관여하였다. 하지만 이렇듯 혁혁한 공헌을 하였던 한설야는 1960년 중엽이후 조선문학사에서 김일성 주체사상의 주류화가 이루어짐에 따라 배척과 탄압에 휘말리어 종국에는 정치운동의 희생품으로 사라지고 말게 되었다.

　한설야는 입세적(入世的) 작가로서 그에게서 사회와 정치운동에 대한 정열은 문학에 대한 심미적 태도를 훨씬 압도하였다. 그가 1936년에 발표한 장편소설 「황혼」은 사회주의사실주의의 대표작이거니와 그러나 그의 전반 창작생애를 총괄적으로 살펴 볼 때 그가 처음부터 선명한 좌적 이데올로기를 내세워 창작에 종사하였던 것은 아니었다. 그의 처녀작 「그날 밤」는 주인공이 실연 후 느끼게 되는 무진한 고독과 번뇌를 쓰고 있는 극히 감상적인 작품이다. 잇달아 발표한 「동경」 역시 현실을 도피하고 주관세계에만 빠져있는 한 화가의 이상주의적 생활을 묘사하였다. 그러면 한설야는 어떻게 사회주의사실주의의 높이에까지 승화를 이룩할 수 있었는가? 이 문제는 여러 면에서 찾아져야 하거니와 우선 이성(理性)에 경도되는 그의 개체적 기질이 사회주의 사실주의의 문학주장과 그 기조(基調)면에서 통하였다. 그러나 그의 문학정신이

---

1) 권영민, 「노동문학의 가능성과 한계」에서 재인용, 『월북문인연구』, 문학사상사, 1989년, 44면.

질적인 변화를 일으키기까지의 과정은 결코 일조일석에 이룩될 수 있는 성질의 것이 아니며 그 과정은 고통에 겨운 탐색과 시련의 연속이었던 것이다. 하기에 이 문제에 착안점을 두고 그의 초기소설에 대한 분석으로부터 한설야만의 문학과 진리에 대한 모색과정을 살펴보는 작업은 더없이 필요하다.

1958년 조선작가동맹출판사에서 출판한 『현대조선문학선집4·한설야 단편집』은 한설야의 30년대 대표 단편을 모은 소설집이다. 시간적으로 장편소설 「황혼」의 발표와 비슷한 시기거나 혹은 그 전후이기도 하나 그의 단편소설은 인위적인 예술적 승화의 흔적을 보여주지 않은 것으로 특징적이다. 소설은 평범하고 용속한 사람들의 일상을 치중하여 묘사하였는데 작가의 좌익 선봉(先鋒)의식 역시 일상생활의 흐름에 대한 환원적(還原的) 묘사와 생활의 세부적인 것에 대한 평민화(平民化)한 묘사 가운데 은폐되어 있었다. 말하자면 그의 소설은 주인공의 자질구레하고 속된 생존상태(生存常態)와 정서를 전시(展示)함으로써, 그리고 그런 용속적(庸俗的) 역량과 운명에 항거하여 나서는 주인공의 정서적 추구를 보여주는 가운데 독자들의 상상을 자극하고 진리에 대한 추구욕을 불러일으키는 목적에 도달할 수 있었던 바이다. 그리고 바로 이 면에서 한설야의 작품은 이기영이나 다른 좌익작가와 구별되는 개성적 풍격을 보여주었다.

1. 평범한 인생에 대한 "비전형적(非典型的)"인 표현수법

한설야의 이 시기 단편소설창작은 "비전형적(非典型的)"이라는 말로 그 특점을 개괄할 수 있다. 소설속의 인물은 전통적인 사실주의소설과 구별되는 점을 보이고 있는데 예하면 평범한 세속인이 주인공으로 설정되어 그의 자질구레한 일상생활이 아무런 의미가 없는 듯이 그려지고 그 부분이 작품의 대부분의 양을 차지하고 있다는 점이다. 그런 세속화한 사실적 묘사와 용속적(庸俗的)인 정신적 기질에서 우리는 한설야의 대표적 장편소설이 보여준 이상주의와 이데올로기적인 추구와 연관된 어떠한 정신적 내핵(內核)도 찾아볼 수 없다. 말하자면 이 시기 한설야의 창작은 현실에 대한 심시(審視)에서 이상적 높이에로 도약(跳躍)을 이루지 못하고 있으며 선명한 세속화한 사회가치 취향을 반영하였다.

『한설야 단편집』에 수록된 절대 부분의 작품에서 작가는 체험자, 관찰자의 위치에 서서 가정을 둘러싸고 벌어지는 평범한 사람들의 잡다한 일상생활을 아무렇지도 않은 듯 평범화한 언어로 서술하고 있을 뿐이었다. 도합 17편의 단편 가운데서 남편, 아내와 자녀들 사이에 발생한 이야기가 11편이나 된다.

소설 「파도」에서 주인공 명수는 지식인이기는 하나 고정된 일자리가 없이 매일을 허송세월한다. 삶을 개척해 나갈 수 없어 무능하기만 한 이 남편은 그 흥취 또한 무료하기 짝이 없이 자기 아내와 자기 친구사이가 의심스럽다고 터무니없이 추측하는 일로 시간을 낭비할 뿐이다. 다른 한 소설 「모색(摸索)」에서 주인공 남식이는 자기 아내가 작은 일로 남과의 시비에 열을 올리는 모습을 보며 자기에게는 그런 용기가 없다면서 아내를 "용감"하다고 치하하고 흠상하는 자세인데 그런 주인공의 모습에서 독자들은 어떠한 너그러움과 초탈의 모습도 찾아볼 수 없이 용속한 생활의 장면 장면만을 접할 뿐이다. 소설 「진창」의 주인공 민우도 할 일 없이 빈둥거리는 인텔리로서 그의 눈에 아내는 여성스러움이 없이 거칠기만 하고 자식들은 문약하기만 한데 남에게 맞아서 울고 들어오는 아들자식에게 왜 남을 호되게 때려주지 못하는가, 앞으로라도 그놈을 때려서 통쾌하게 보복하라고 충동질하는 한심한 사람이었다.

　이렇듯 작가가 작품 속에 그려내고 있는 것은 생활의 원생태(原生態)이며 그러므로 그런 생활화폭은 어지럽고 자질구레한 가운데 더없이 핍진(逼眞)하다. 작품은 독자를 흡인할 만한 괴이한 사건, 전기적인 얽음새가 없고 사람을 감동시키는 추상적인 이념이 없이 오직 생동하고 자연스러운 생활화폭만이 있을 뿐이다. 일상생활 속의 세절은 세속생활을 반영함에 있어 진실한 배경으로 되고 있고 작가가 전달하고자 하는 생존 체험의 정경(情境)이 자리하는 곳이었다. 한설야의 작품을 살펴볼 때 작가의 자기 작품 속 인물들의 일상생활상태(常態)에 대한 이해는 모두 그의 세속적(世俗的) 관심 가운데 집약되어 있었다. 그리고 이런 세속적 관심은 그대로 보통인이 처해 있는 당시 경우(境遇)에 대한 관심이며 개체 생존에 관련된 물질행복에 대한 관심인 것으로 이는 인문주의자들이 흔히 강조하는 종극적(終極的)인 관심과는 구별되는 세속화의 특징을 보여준다.

　소설 「진창」 속의 주인공 민우는 생계를 유지해나가고 생활의 궁핍상태를 벗어나기 위해 "보호관찰소"의 일본사람 디무라를 찾아가 머리를 조아린다. 그리고 그의 속된 아내는 남편의 이런 행동을 적극 지지하며 남편에게 "나쁜 것은 나쁘다고 입에 게거품을 우구구 물고 목에 핏대를 세워가며 한사코 떠들어봤댔자 그저 제 손해고 미운 놈을 밉다고 했댔자 성나서 바위 차기요 하늘을 우러러 침 뱉는 격"이라는 자기식 철학을 내세워 "이제부터는 되지두 않을 딴 생각을 하지 말고 살아갈 연구를 하"2)여 취직하기를 강요하는 모습이다.

　　세속 생활이 이러할뿐더러 이성지간의 사랑에 대한 묘사 역시 속된 생활 내용들이 사랑의 낭만적 의미를 압도해버리는 모습이다. 소설 「류전」은 혜선이라는 여자를 둘러싼 세 남자의 이야기를 쓰고 있는데 이 세 남자는 혜선이에 대한 태도가 각기 다르다. 명준이는 혜선이에게서 이상한 매력을 느끼고 혜선이가 자기를 사랑한다고 느끼면서도 워낙 신중한 인생태도 때문에 어쩔 줄 몰라 한다. 그러다가 자기에게 쓰러지듯 다가오는 여자를 보현암이라는 절에 임시로 보내놓고 돌봐준다. 그러다가 우연한 기회에 자기의 정직한 친구 태우를 보현암에 보내어 혜선이를 도우게 한다. 그러나 친구 태우는 뜻밖에도 재빨리 혜선이와 가까워지는데 이런 사태의 발전에 명준이는 노여움과 깊은 배신감에 모대긴다. 하여 심지어는 자기가 애초에 혜선이를 받아들이지 않은 일을 후회하면서 자기가 여자를 농락할 절호의 기회를 잃었음을 애석해 한다. 그런가 하면 정식이라는 남자는 명준이와 태우 먼저 혜선이를 사귄 사람으로 남들이 보기에는 혜선이의 남편이었으나 실상에는 혜선이를 살뜰하게 보살펴 주기만 하면서 부부관계로까지 발전시키지 않고 혜선이의 진정한 사랑이 솟아나기를 기다리는 사람이다. 이렇게 할 수 있는 정식의 인내성은 대단하여 혜선이가 다른 남자에게 빠져든 일에 접해서도 지극히 태연하다. 이런 인물 설정과 이야기 정절에 대한 배치를 통하여 우리는 사랑의 신성하고 낭만적인 특성을 찾아볼 수 없다. 본래 애정이란 인간성의 내재적인 시적 체현으로서 거의 모든 소설제재가운데 애정은 종래로 그로서의 시적 품질을 충분히 나타내었던 것이다. 그는 인간의 내재적인 심령(心靈)이 거주할 수 있는 시의(詩意)가 충만한 거

---

2) 한설야, 「진창」, 『현대조선문학선집4 · 한설야 단편집』, 조선작가동맹출판사, 1958년, 176면.

주지였다. 애정을 표현할 때 작가들은 흔히 각별히 심혈을 기울여 그의
낭만주의의 정조와 이상주의의 색채를 진하게 하며 나아가 범속적인
생활을 초월한 플라톤 식의 애정을 그리기도 하였었다. 그러나 한설야
가 보기에 애정은 현실생활에 우선 부착되어야 하는 것으로 인식되었
고 그러므로 그의 낭만주의의 요소는 담백해질 수밖에 없었다. 작품 속
에서 한 여자와 세 남자 사이에는 진정한 사랑이 없었고 그들 사이에
는 진정한 마음의 소통이 이루어질 수 없었다. 태우와 혜선은 허환적인
사랑에 잠시 도취된 데 불과하여 종국에는 파멸될 것이며 정식이와 명
준의 몸에서 우리는 의무와 책임 같은 사회적 예속역량의 흔적을 보다
많이 보게 된다. 다만 하나는 의지가 견정하고 다른 하나는 동요 가운
데 처해 있을 뿐이었다. 이 세 명의 남자 가운데 혜선이를 가장 잘 요
해하고 있는 이는 정식이었다. 그는 혜선이가 다른 남자에게 정을 주는
것은 그가 이전에 미친 듯 사랑했던, 그러나 무참히 버림받은 그 남자
에 대한 "사랑의 남은 불꽃"이며 "그러나 그것은 반드시 꺼지고 말 것"
이며 지금은 비록 "나를 버리고 나가서 스스로 세상의 멸시와 학대를
받고" 있으나 또한 "그렇기 때문에 혜선은 세상을 보게 되고 세상을
알게 될 것"이며 언젠가는 "꼭 돌아올 것을 믿고"[3) 있었다. 정식이로
말하면 사랑은 이미 모종의 신념으로 변해 있었다. 그러나 독자들은 소
설을 흠상하는 가운데 그의 인격적 역량에서 감동을 받기보다는 양성
(兩性)관계에 대한 그의 이성적(理性的)이고 현실화한 이해와 그를 바탕으
로 한 과분하리만치 놀라운 인내력에 더 많이 경악할 뿐이다. 비록 한
설야는 정식이의 정신력을 돌출히 함으로써 사랑 속에 내포된 이상주

---

3) 한설야, 「유전」, 『현대조선문학선집4 · 한설야 단편집』, 조선작가동맹출판사, 1958년, 387면.

의의 정신적 내핵(內核)을 완전히 와해시킨 것은 아닐지라도 총괄적으로 볼 때 그의 이 소설에서 애정은 성욕에 기초한 사랑의 사회화적 표현이라 할 수 있다. 작품 속에서 주인공은 시종(始終) 현실생활의 지배를 벗어날 수 없었고 작가는 양성관계에 대한 자기의 냉정한 해석을 펼쳐보인 것이다. 작가는 애정을 세속인생 가운데 추방시킴과 동시에 그를 정리하는 자세로써 해석하고 양성관계를 일상생활의 세속적 원칙가운데 몰아넣어 심시(審視)하고 있으며 그러므로 창작자세의 평형을 유지할 수 있는 좌표와 접합점을 찾은 것이다.

작가는 일상생활 가운데서 시의(詩意)가 소실되어가는 현상을 너무나 잘 알고 있었으며 그러므로 그는 자기의 작중인물들의 평범한 갈망과 속된 행동과 인생선택에 대해 깊은 이해와 존중의 마음을 나타내는 수용적인 자세를 취하였다.

소설 「철로교차점」은 철도와 도로의 교차점에 필요한 안전시설을 설치하지 않은 탓으로 부근 주민의 아이가 사고로 죽은 이야기와 경수라는 주인공이 이런 사고발생을 계기로 주민과 사망자 가족을 동원, 설득하여 회사측와 담판을 벌여 일정한 성공을 이룩한 일을 쓰고 있다. 소설에서 경수는 정의감에 넘치는 인텔리로서 그가 이 사건에서 보여준 지도자적 행동은 좌익의 각도에서 볼 때 충분히 승화시킬 수 있는 소재임에도 불구하고 소설에서는 그를 평범하기 그지없는 "비전형화(非典型化)"의 태도로 부각하는 것으로 그쳐 버린다. 소설에서 경수는 처음에 교통사고가 발생했다는 소식을 듣고 자기 집에 있는 아이들의 모습과 그 안전여부를 머리에 떠올리며 미친 듯이 집으로 달려온다. 그러나 자기 아이들이 안전한 것을 확인하고는 인차 냉정해졌으며 이 사건을 자신과는 아무런 관계가 없는 일로 간주한다. 비록 그는 최종적으로 자기

마음속의 이기주의를 극복하고 사회의 약세(弱勢)한 계층의 이익의 대표
자로 일본식민회사와 첨예한 투쟁을 진행하였지만 소설에서는 그의 이
런 정의로운 행위를 대거 과장하여 정치적인 이데올로기의 높이에서
선양하는 것이 아니라 반면에 경수가 담판에 나설 때 겁을 먹어"가슴
이 뛰고 오한이 드"는 두려움과 비겁함을 보다 인상 깊게 쓰고 있다.

> 경수는 걸음을 빨리 하며
> "경칠…줏대 없는 놈!"
> 하고 스스로 제 몸을 꾸짖었다. 기운이나 버쩍 나 주었으면 하기도 하였다.
> 　바로 아까에 일어난 참변을 그만 잊어 버리듯이 쓸쓸한 거리를 걸으며
> 자기의 슬기 없음을 그는 안타깝게 생각하였다. 좀 더 강하고 좀 더 의
> 젓한 자기가 되였으면 하기도 하였다. 저를 위해서나 남을 위해서나 한
> 가지로 충실한 몸이 되여 보았으면 하는 의욕도 저으기 타올랐다.
> 　"웨, 오한이 드는거야?"
> 경수는 속으로 제게 웨치며 위정 다리에 힘을 주어 거뜬거뜬 걸어갔다.4)

보다시피 한설야의 이 시기 창작은 좌익문학에서 보편적이던 선동성
과 교화성(敎化性)을 약화시키는 대신 세속적인 민심과 세속적인 정서를
충분히 이해하여 수용하는 아량을 보이고 있다. 세속에 대한 감수능력
과 안광을 지니고 창작시점을 낮춤으로써 한설야의 작품은 평민화와
세속화의 특징을 선명히 나타냈다. 이야기를 구성하고 있는 세부적 얽
음새는 우리의 일상생활처럼 평범하며 작가가 그린 이야기 속에 그 어
떤 특별한 함의가 숨겨진 것도 아니고, 그 가운데 무슨 특별한 전형적
의의를 주입시킨 것도 아니었다. 한마디로 말해서 한설야가 보여주려

---

4) 한설야, 「철로교차점」, 『현대조선문학선집4 · 한설야 단편집』, 조선작가동맹출판사, 1958
　년, 104면.

는 것은 사회와 인간의 용속적인 생활에 대한 원시적 상태이며 독자들은 그런 생활 실태로부터 그 핍진함에서 충격을 받게 된다. 그는 독자들로 하여금 평일의 일상생활에서 흔히 가지게 되는 불진실한 환각을 깨뜨려버리고 자신이 처한 현재 생활실태로 되돌아오게끔 각성시켜 주기도 하는 것이다.

한설야의 작품이 이상의 특점을 나타내게 된 것은 그의 개성 면에서의 경향성을 떠나서 논할 수 없다. 그가 보기에 세상은 "언제나 나쁜 면과 동시에 좋은 면을 가지고 있다. 즉 부정과 긍정이 함께 있는 것이다. 뿐 아니라 긍정적인 것이 자라고 부정적인 것이 사라지면서 력사는 발전한다는 것도 나는 안다. 알 뿐 아니라 움직일 수 없는 이 사실을 믿음으로 산다고 하리만치 나는 그것을 믿는다." 그러므로 그는 "창작에서 이 '사실'을 잡아올 것을 잊지 않"는다고 하였으며 그 자신의 냉혈안(冷血眼)이 "'사실'에로 통하는 거울"이 되기를 희망하였다. 물론 그는 동시에 "온혈의 향촌 '랑만'으로 통하는 '꿈'"이 있어 "이놈을 버쩍 들끓게 하고 고조하게 하고 싶"5)은 갈망도 하였다. 그러나 한설야의 세속 세계에 대한 커다란 열정은 그의 이런 갈망을 덮어버리기에 족하였다. 그의 미래세계에 대한 이해와 사실주의 창작방법에 대한 이해는 적어도 이때만은 다른 저명한 좌익작가인 이기영과 달랐다. 그의 소설은 이기영에게서와 같이 유토피아의 열정과 동경으로 들끓거나 이상주의에로 끝없이 내닫는 모습일수 없었으며 한설야 자신도 자기의 이런 특점에 대하여 거듭 검토하였다.

---

5) 한설야, 「사실과 공상」, 『현대조선문학선집 (9) (수필집)』, 조선작가동맹출판사, 1960년, 157면.

> "나에게는 실로 '몽상'과 '낭만'이 없다. 작은 참새의 비애는 여기 있거니와 그래서 그런지 현대에서 제일 '소설가'답지 못한 사람을 골라 내라고 한다면 다른 현명한 사람은 물론이어니와 나 자신도 맨 첫손가락을 나 자신에게 꼽으리라."6)

보다시피 도고한 한설야는 자신을 "작은 참새"에 비기어 검토함으로써 절망에 빠진듯한 모습이다. 그러나 정작 그의 창작을 두고 한 여류작가가 그를 "사무적, 타산적"이라고 지적하자 한설야는 자기의 상술한 데서 나타낸 '허위'의 겸손함을 버리고 상대방의 공격을 사정 없이 되박아부치는, 역시 그의 '온혈의 향촌'과는 거리가 먼 '랭혈안(冷血眼)'의 모습을 싸늘하게 나타내었다.

> "'사실'이란 크나 적으나 모두 숫자로 표시할 수 있으며 숫자와 인연이 깊은 그런 것이며, 그러기 때문에 고상한것으로 될 수 없는 그런 것일 것이다. 그러나 대체 어찌 해서 숫자란 경멸해야 할 것이며 숫자로 재일 수 없는 '공상'이라야 고상한 것인지 나는 모른다. 또 알려고도 하지 않는다"7)

그러나 한설야의 세속화한 비전형적인 창작수법에서 우리는 그 현상을 파헤치고 조금만 깊이 생각해 본다면 그 시기 조선 인텔리들의 정신적 곤경을 접하게도 된다. 비록 작가 한설야는 좌익의 경향을 보이고 있었지만 한설야를 포함한 그 시기 조선의 인텔리들은 총체적으로 문화의 허탈상태에 처해 있었다. 이때 문학형상이 잠재 혹은 활동하고 있

---

6) 한설야, 「사실과 공상」, 『현대조선문학선집 (9) (수필집)』, 조선작가동맹출판사, 1960년, 155면.
7) 한설야, 「사실과 공상」, 『현대조선문학선집 (9) (수필집)』, 조선작가동맹출판사, 1960년, 158면.

는 생활구역으로서의 일상생활은 인텔리의 각도에서 보면 두 가지 함의를 내포하고 있다고 할만하다. 하나는 개체의 인문적(人文的)인 목적이 사회현실과 격렬히 충돌할 때 지식인은 개인의 일상생활 가운데에 숨어버리는 자세를 취할 수 있고 다른 하나는 강렬한 입세(入世)정신으로 사회에 대한 개조와 계몽의 책임을 행사하고 일상생활을 부정, 비판하는 자세를 취할 수 있다는 것이다. 첫 번째의 경우에서 일상생활은 당연히 인간의 이상과 투지를 소모해버리는 용속화한 인생모식을 의미하는 것으로 된다. 이에 비추어 볼 때 한설야의 소설들은 바로 이 시기 조선 지식인들의 정신적 곤혹을 거울처럼 반영한 것으로 소중한 가치가 있다. 그들은 일상생활의 용속함 가운데 매몰할 것인가 아니면 반항하여 나설 것인가 하는 인생에서의 긍정과 부정, 절망과 희망사이에서 부단히 방황, 배회하고 있었던 것이다. 한설야는 그 시기 조선지식인의 걸출한 대표로서 그의 창작은 우리에게 일상적이고 평범한 생활화면을 전시함과 동시에 이런 평범함과 자질구레함과 용속성이 사람의 의지를 무마시켜버리는 현상을 그리어 내었다. 동시에 유토피아적인 정열과 이상주의적인 색채를 제거함으로써 당시 조선지식인의 갈 길을 몰라 헤매는 난처한 정신적 곤경을 보는 듯이 그려낸 것이다.

2. 용속(庸俗)에 대한 반항과 좌익 선봉(先鋒)의식의 발로

　앞에서 논하고 있다 시피 한설야 소설의 비정감화(非情感化)한 창작수법은 세속적인 일상생활에 매몰해 버리는 듯한 인생 태도를 보여주었다. 소설에서 용속한 인간들은 표면적인 세속적 물질욕에 만족하는 모습으로 그쳐 있었고 가정과 사회 모든 면에서 온정한 생활상태를 유지하고자 하는 것이 최고의 인생 목적처럼 수용되고 있었다. 그러나 바로 여기에 한설야의 다른 작가와의 구별점이 보여지는바 한설야의 좌익적인 선봉의식의 폭발도 이런 세속적 감각과 감정의 표피 하에 감추어져 있은 것이다. 한설야 소설 속의 용속한 주인공들은 흔히 세파 속을 헤매다가 상술한 용속적인 최저의 생존 목적도 이룩하지 못하여 결국은 평온한 생활상태를 뛰쳐나와 부득불 반항하지 않으면 안 되는 궤도를 밟고 있다. 그들은 용속한 생활상태 속에 동화되지 못하고 끝내는 개체와 외적 환경 사이의 치열한 대결의 장에 던져지게 된다. 그리고 그런 대결은 사람을 숨 막히게 하는 용속함의 연속 뒤에 마침내 발하게 된 것이므로 독자들로 하여금 인생경지에서의 일종의 강개(慷慨)를 느끼게 하며 막연한 듯하면서 그러나 강렬한 감동을 준다. 주인공들은 용속한 생활환경 속에서 허우적이다가 들뜨고 종잡을 길 없이 방황에 빠졌던 마음은 점차 반항에로 나아가는데 이런 심리적 전환과 승화(昇華)의 과정에 대한 자세한 묘사는 조선 지식인들의 곤혹과 고통이 바야흐로 커다란 에너지로 집결, 폭발될 것이라는 깊은 함의를 보여주었다. 그리고 그는 동양 사회 전통적 지식인의 정신결구 가운데의 영원한 대항정신의 회귀이기도 한 것이다.

　소설 「진창」에서는 인물을 구체화한 세속생활의 무대 위에 올려놓고 인물의 정감체험, 생활태도를 생존환경과 긴밀히 결합시켰다. 지식인 주인공 민우는 보통인들의 일반적인 욕망, 예하면 자식을 괜찮은 학교에 보내고 싶은 등 염원을 가지고 있었고 그러나 자신은 실업한 상태여서 아들애가 개학 첫날 신을 신도 사주지 못하는 처지이다. 하기에 그로 말하면 자식이란 자신의 미래에 대한 희망의 의미보다도 심중한 부담으로 안겨왔다. 거칠고 저속한 아내도 그로 하여금 가정의 온화함을 느끼기보다는 역겨움에 가까운 싫증과 딱히 말하기 어려운 아쉬움을 갖게 한다. 더 골치 아픈 것은 그의 사상상의 막연함이었다. 이런 막연함은 소설 속에서 일종 분노의 정감상태로 폭발되는데 그것은 "어째서 이렇게 분한지 민우 자신도 알수 없"을[8] 성질의 것이었다. 냉철한 분석 끝에 주인공은 그것이 "사람의 지혜를 진창으로 반죽해 주려는 무서운 무지의 세계"에 대한 분노임을 인식하게 되는데 그 때의 정감을 소설에서는 "지옥을 보는 것보다 더 싫고 무서운" 것이었다고 쓰고 있다. 이렇듯 한설야는 자기의 작품 속에 일종의 쓰거운 현실생활의 분위기를 조장해내고 있다. 그리고 이런 예술화한 분위기 속에서 작중인물들은 생활에서의 여러 가지 배역을 짊어진 정상적인 모습이기는 하나 어렵게 그 의무를 담당하고 있는 사이 생활은 냉혹하게도 그에게 무궁한 번뇌를 가져다줄 뿐이며 그러나 이와 동시에 주인공을 자극하여 부단히 성숙시켜 주기도 하였다. 소설 「진창」의 주인공도 바로 이런 정신역정을 겪고 있는 모습인데 생활의 끝없는 충격 속에서 주인공의 태초의 불평의 마음은 점차 반항에로 그 초점을 맞추어 가고 있으며 이런 각성을 이룩한 주인공의 눈에 세속인은 다음과 같이 비쳐진다.

"오고 가는 사람이 모두 바보와 같다. 대체 저 속에 무슨 생각이 있는가… 저 퀭한 눈동자는 무엇을 말하는가. 대가리가 돌맹이처럼 굳어버린 치가 아니면 호박속같이 서벅서벅한 축들이다. 좀 무얼 한다고 하는 사람들도 기실은 모두 머리가 새대가리만치 줄어들어서 량심도 가책도 없고 일껀해야 뉘집 늙은이 상사인지도 모르고 진종일 어이퍼이를 부르는 그런 따위가 아니면 그저 남 좋다는 대로 덩달아 따라가는 친구들이다.

---

8) 한설야, 「진창」, 『현대조선문학선집4 · 한설야 단편집』, 조선작가동맹출판사, 1958년, 176면.

그담 대부분의 인간들은 말하자면 기왕 세상에 태여났고 살아 있으니까
그저 그런 대로 할수 없이 살아가는가 싶다."9)

여기서 주인공 민우가 보고 있는 "바보", "퀭한 눈동자"의 소유자, "대가리가 돌맹이처럼 굳어버린 치"의 모습, "호박 속같이 서벅서벅한" 모습은 그대로 세속인의 모습이며 더욱이는 세속 가운데 어쩔 수 없이 매몰되어 가고 있는 자기를 연상시키는 자화상이기도 한 것이다. 그를 "량심도 가책도 없"다고 질책한 것은 지식인으로서의 사명감을 망각한 자기에 대한 비판과 편달이고 "기왕 세상에 태여났고 살아 있으니까 그저 그런 대로 할 수 없이 살아가는" 그런 세속인의 모습들에서 주인 공은 그들과의 거리를 느끼며 더는 그렇게 살 수 없다는 의지의 폭발 을 느끼고 있는 것이다. 이렇듯 작가가 자기 작품에서 그리고 있는 생 활의 용속함과 번잡함과 암담함, 그 속에 던져진 주인공의 영혼과 생명 의 각도에서 느끼게 되는 질식의 느낌, 그런 질식과 용속화의 역량에 대한 분노와 반항의 의지는 좌익선봉의식 가운데 내포되어 있는 정신 적 기질과 동질의 것으로 양자는 내재적으로 밀접히 연관되는 바이다. 앞에서 말하고 있는 바와 같이 한설야는 일상생활을 실재화(實在化)하고 그것을 시적인 화폭으로 승화시켜 처리하지 않음으로써 세속정감 표현 에 대한 그의 편애와 추구를 표현하였다. 하지만 한설야에게서 보귀한 것은 그의 정신적 기질은 결코 이에 멈추어 있지 않다는 점이다. 그는 생활을 범속하게만 보고 있지 않으며 주체정립 면에서의 막연함과 방 황적인 느낌에서 차츰 탈피하여 나올 수 있었다. 하여 전반적 사회문화 의 좌표계 속에서 자기의 위치를 찾고 마침내는 보다 높은 의식형태적

---

9) 한설야, 「진창」, 『현대조선문학선집4 · 한설야 단편집』, 조선작가동맹출판사, 1958년, 177면.

인 추구로써 자기 승화를 이룩하였던 것이다.

20세기 30년대의 선봉파 문학은 예술상의 선봉과 사상상의 선봉 두 가지로 나누어지는데 전자는 "시문학파"와 "구인회"를 그 대표로, 후자는 좌익 혁명문학을 그 대표로 볼 수 있다. 그 공통한 특징으로는 모두 청춘의 정열로 세계적 범위에서의 최신 문학과 예술 사조를 숭배, 접수한 점을 들 수 있다. 전자가 문학 예술의 독자적인 심미원칙을 견지하였다면 좌익문학은 문학의 사회적 가치를 인정하고 더 나아가 계급투쟁의 무기로 전락시키면서까지 문학을 통해 사회주의이상의 실현을 추진하고자 하였다. 조선 좌익문학이 신속하게 발전할 수 있었던 것은 바로 그것이 세계범위 내에서의 한차례 선봉적(先鋒的) 사조였던 국제공산주의운동과 긴밀한 연관 하에 놓였던 때문인 것이다. 기세 높은 좌익문학사조의 영향 하에 한설야는 점차적으로 사실주의와 사회주의사실주의의 생존태도(生存態度)로써 자기를 위해 잃었던 자아를 되찾을 수 있는 한 갈래 도경을 제공하여 줄 수 있었다. 그러므로 그는 맑스주의의 문학이론으로 자기를 무장함으로써 광대한 민중의 이익을 도모하고 사회적 평등과 자유를 쟁취하기 위한 정치문화투쟁을 신성한 사업과 일생의 목표로 삼은 것이다. 한설야의 이러한 각성은 소설 「태양」의 주인공에게서 보여지는데 그는 앞에서 인용하였던 소설 「진창」의 주인공의 각성상태보다 한 발짝 앞으로 전진한 모습이다.

　　"기차안은 몹시 무더웠다.(약)… 차안의 사람들은 거진 다 이 더위와 냄새를 아지 못하는 상이다. 그러므로 아무도 자기들의 주위를 싸고 있는 공기를 제 손으로 바꾸어 넣으려는 생각을 가지지 않는다. 모두들 태연한 상이다. 뿐만아니라 떠들썩하며 이야기들을 하고 있다. 웃기도 한다. 이런 공기에 인이 박혀진 모양이다."[10]

　여기서 주인공은 "자기들의 주위를 싸고 있는 공기를 제 손으로 바꾸어 넣으려는 생각을 가지"고 있는 사람으로서 이것은 전형적인 좌익 선봉의식의 발로라고 할 수 있다. 각성한 선각자가 보기에 세상은 여전히 잠자고 있었고 세상 속의 사람들은 암흑 속에 처해 있으면서 아무런 위기의식과 반항의식도 가지고 있지 못하므로 진정으로 외롭고 초조하고 고통스러웠다. 확실히 소설속의 주인공이 혁명적 정열로 불탔던 바와 같이 작가 한설야 역시 "내가 사는 이 세대는 그 언제보다 많은 사람들이 별과 달과 해를 찾고 있"다는 시대적 부름을 인식하였고 세계를 개조하는 문화투쟁 속에 뛰어들어 자기 자신에게 "비록 별은 못된다 하더라도 촛불이나 그렇지 않으면 반디불이라도 되야 할것"으로 그 자신에 대해 "무자비한 투쟁"을 선고하도록[11] 격려하였던 것이다.

　문학의 본질적 정신은 현실에 대한 대결의 의지에서 산생하는 것이며 만약 문학이 이런 예술정신의 대항적 특성을 포기한다면 자연히 그로서의 비극적 정신이 결핍하게 된다. 한설야의 세속(世俗)생활에 대한 관심은 평민의 생존수요라는 현실요구의 측면에만 머물러 있지 않다. 그는 진일보로 인간생존과 발전의 새로운 가능성을 찾아 애서 탐색하고자 하였다. 역사적 격변기에 처해 있던 당시 조선의 전통적 가치관념은 재구성(再構成) 단계에 처해 있었고 사람들도 따라서 기진맥진한 모습으로 이상 신념이 보편적으로 결핍되어 있었다. 한설야는 자기의 작품에서 세속에 대한 자기의 관심을 나타냄과 동시에 인간이상(理想)이 보

---

10) 한설야, 「태양」, 『현대조선문학선집4 · 한설야 단편집』, 조선작가동맹출판사, 1958년, 69면.
11) 한설야, 「사실과 공상」, 『현대조선문학선집 (9) (수필집)』, 조선작가동맹출판사, 1960년, 157면.

여주는 인도적(引導的) 역량에 대한 발굴사업도 소홀히 하지 않았다. 하여 생존과 발전이 상호간 통일된 세속관을 수립하고자 하였으며 조선 사람들의 머릿속에 완고하게 자리하고 있던 각종 숙명론적인 사고방식을 부숴버리고자 하였다. 그는 당시의 조선인과 조선인텔리들로 하여금 인간에 내재하여 있는 소극성을 적극적이고 주동적인 생존방식으로 전변시켜 정신적으로 강대하여지고 세상과 사회와 심지어는 '하늘'과도 맞설 수 있는 견강한 사회 생명의식을 구비하기를 희망하였던 것이다.

소설에서 작가는 평범한 인간의 일상생활에 깊은 중시를 돌리다 보니 사회역사 배경 속의 큰 역사 사건과 사회 충돌에 대해서는 언급하지 않았다. 그러나 그런 일상생활 가운데는 사회형태의 본질을 말하여 주는 사회관계가 엄연히 존재하였다. 말하자면 평범한 사람에게 있어 생존목적은 그 자신의 생존방식과 태도를 결정하여 주었다. 그러나 한 설야의 소설에서 그들은 이상에 대한 포기거나 현실의 모순에 대한 도피적 태도를 대가로 심리적 평형의 기점을 찾은 것은 아니며 세속의 흐름에 매몰되고 만 것은 아니었다. 용속한 세속생활 속에서 번뇌와 초조함과 조바심을 느끼던 그들은 종국에는 이상(理想)의 저편을 갈망하고 동경하게 되었던 것이며 용속한 인간무리에 영합하고자 하는 안일한 심리적 관성(慣性)을 성공적으로 벗어날 수 있었다. 이런 과정을 거쳐 그들은 마침내 개인의 자그마한 천지를 뛰쳐나와 사회계몽의 중심적 위치로 나올 수 있었다. 물론 그렇다 하여 그들은 자기 인생을 밝게만 생각하는 것은 아니며 목표가 정확하고 신성할 때에는 어떠한 희생과 억울함도 견딜 수 있다는 완강한 의지가 있었다. 「진창」 속의 주인공은 이미 인생의 방향을 명확히 하였으므로 어떠한 여한도 있을 수 없다는 태도를 보이고 있는데 그는 지극히 철학적이면서 완강하고 고독하며 심지어 허무적이기조차 하다.

> "민우는 뜻하지 않고 늙어 죽을 그때를 생각하였다. …(중략)…
> 그는 또 뜻하지 않고 관 속에 가로 누운 자기를 생각하였다. 그 관 뚜
> 께 우에 먹으로 쓴 글씨— 민우의 략력이 나타난다. 그 다음에는 주묵
> 글씨 또 그 담에는 백묵글씨— 이렇게 수없이 바뀌여진다. 그러다가 이
> 가지가지 빛갈글씨가 얼룩 덜룩 섞여 씌인것이 보인다. 그렇게 곱게 살
> 려고 바둥거렸건만 구경 다 씌여진걸 보니 악물스러운 잡색이 아닌가…
> 그는 또 한번 몸소름을 쳤다. 차리리 관 뚜께에 아무것도 씌여지지 안하
> 기를 그는 바란다."[12]

소설 「세로(世路)」의 주인공 웅식이는 B일보회사 직원인데 편집부 내
의 M세력과 A세력 간의 권력다툼의 희생품이 되어 실업한다. 하여 금
방 시골에서 자기를 찾아온 아내와 자식들을 거느리고 다시 고향으로
돌아가지 않으면 안 되었다. 그럼에도 자신이 파직당했다는 사실에 대
해선 아내에게 말할 면목이 없었다. 본래 그의 이름은 회사의 해고명단
에 올라와 있지 않았으나 지금의 이런 비참한 결과를 빚어내게 된 것
은 그의 강직한 성격 때문이며 동료와 지도층의 비열한 음모에 모르는
척 참지 못하고 까밝혔던 때문이었다. 이렇듯 주인공은 자기 탓으로 온
식구가 생존 곤경에 빠져들게 되었지만 여전히 세속과 용속함에 매몰
됨이 없이 진실된 자아를 찾고 진리성을 찾아 끝까지 전진할 것을 결
심한다.

> "저는 저 이외의 아무것도 되고 싶지 않았다. 지금의 있는 그대로의
> 제가 역시 제일 좋았다. 저 자신에게 대해서 이 순간만은 아무 불만도

---

12) 한설야, 「진창」, 『현대조선문학선집4 · 한설야 단편집』, 조선작가동맹출판사, 1958년, 179면.

없었다. 동시에 그는 알수 없는 강심과 희망이 유연히 몸속에서 솟는것을
느꼈다. 해직사령을 받고 민민하던것은 차라리 한개 그림속의 파도같은 반
면에 지금 걸어가는 길이 거치나 참다운 자기의 길이라고 생각되였다.13)"

여기서 주인공이 "저 이외의 아무것도 되고 싶지 않"다고 한 것은
바로 용속한 세속에 영합하지 않겠다는 결심이면서 작가 한설야의 불
요불굴의 의지와 도고한 정신상태의 반영인 것이다. 그의 이 말에서 우
리는 작가의 굽힐 줄 모르는 완강한 성격을 찬미함과 동시에 그가 훗
날 북조선의 정치 무대 위에서 비극적 운명을 맞을 수밖에 없는 모종
의 단서를 보아내는 듯도 싶다.

20세기 30년대는 조선 현대소설이 점차 서구의 관성(慣性)을 탈피함
과 동시에 자아확립을 위해 몸부림하는 때이기도 하고 현대소설의 다
원화의 발전방향을 보여준 시기이기도 하다. 20세기 30년대 소설의 다
원화는 각종 문학이론의 제창과 각종 문학관념의 강력한 논쟁 속에서
체현될 뿐 아니라 작가의 창작 면에서의 예술사조의 자유로운 선택과
예술 풍격의 개성의 다양함을 통해서도 반영된다. 그리고 우리는 임의
의 문학이 모두 자기의 경향을 드러냄과 동시에 그 결점도 불가피하게
보여준다는 것을 안다. 생명파문학이 인류의 원고역사(遠古歷史)의 깊은
곳에서 문화의 뿌리를 찾고자 하다 보니 현실 인생에 대한 관심이 적
어졌고, "구인회"가 문학형식의 의식적인 탐색에서 세계 선봉적인 문
학사조를 추종하다보니 문학내용 면에서의 선봉의식에는 충분한 관심
을 줄 수 없었다. 좌익문학 역시 문학의 정치적 실리적 역할을 추구하
면서 역사 유물주의의 세계관에 맞는 창작방법을 제창하였으나 정치사

---

13) 한설야, 「세로」, 『현대조선문학선집4·한설야 단편집』, 조선작가동맹출판사, 1958년, 350면.